中国学前教育研究会教师发展高中专分委会
Zhongguo Xueqian Jiaoyu Yanjiuhui Jiaoshi Fazhan Gaozhongzhuan Fenweihui

推荐
教材

YOUER
WENXUE

幼儿文学

主　编　李倩敏　林敬华
主　审　凌云国

北京师范大学出版集团
BEIJING NORMAL UNIVERSITY PUBLISHING GROUP
北京师范大学出版社

图书在版编目(CIP)数据

幼儿文学 / 李倩敏，林敬华主编. —北京：北京师范大学出版社，2013.8(2023.8 重印)

ISBN 978-7-303-16713-5

Ⅰ. ①幼… Ⅱ. ①李… ②林… Ⅲ. ①儿童文学理论－中等专业学校－教材 Ⅳ. ①I058

中国版本图书馆 CIP 数据核字(2013)第 165559 号

图 书 意 见 反 馈 gaozhifk@bnupg. com 010-58805079
营 销 中 心 电 话 010-58802755 58800035
编 辑 部 电 话 010-58802883

出版发行：北京师范大学出版社 www. bnupg. com
北京市西城区新街口外大街 12-3 号
邮政编码：100088

印 刷：鸿博睿特(天津)印刷科技有限公司
经 销：全国新华书店
开 本：787 mm×1092 mm 1/16
印 张：18.5
字 数：380 千字
版 次：2013 年 8 月第 1 版
印 次：2023 年 8 月第 13 次印刷
定 价：34.80 元

策划编辑：姚贵平 曹 巍 责任编辑：曹 巍
美术编辑：陈 涛 焦 丽 装帧设计：陈 涛 焦 丽
责任校对：陈 民 责任印制：马 洁

本书编写组

主　编　李倩敏　林敬华

副主编　瞿吉好　刘　黎　刘言香

编　委（按姓氏笔画排序）

王　晶　刘　黎　刘言香　李倩敏

林敬华　谢　靖　廖庆辉　瞿吉好

序言

学前教育是基础教育的奠基阶段，是国民教育体系的重要组成部分，它不仅对个体身心全面健康发展，而且对义务教育质量、国民素质整体提高和社会发展均具有极其重要的奠基性作用。近两年，在党中央、国务院的高度重视下，在《国家中长期教育改革和发展规划纲要（2010—2020年）》（以下简称《教育规划纲要》）、《国务院关于当前发展学前教育的若干意见》（以下简称“国十条”）和各地学前教育三年行动计划等政策的有力推动下，各省（区、市）政府纷纷把学前教育作为本地教育工作和改善民生的重要方面，大力发展学前教育，有力地促进了各地学前教育事业的发展。2010年，是近年我国学前教育发展最快的一年，全国学前三年毛入园率增至56.6%，比2009年（2009年为50.9%）提高了5.7个百分点。

同时，我们需要客观、冷静地看到，由于长期受经济、社会、文化、传统和教育等多方面因素的制约，目前我国学前教育在不少地区是低水平的普及，学前教师队伍整体素质不高，特别是城乡学前教师专业素质水平差距大，不少农村幼儿园教师缺乏基本的专业教育，教育质量较低。

《教育规划纲要》和“国十条”明确指出了我国未来中长期学前教育发展的战略方向是“基本普及学前教育”，到2020年全国要实现基本普及学前教育。这在我国学前教育发展史上是具有里程碑、突破性意义的。但当前，如何更好地全面贯彻落实《教育规划纲要》和“国十条”精神，保障我国学前教育既大普及大发展，同时又是有质量地发展，因而我们的普及是有意义的普及，给我们的孩子提供的教育是真正令人向往的、有价值的教育，这一问题仍然非常艰巨、突出！

我国政府、社会、家长等各方面都对此表示了极大的关注，专家、学者们为此也在认真思考、研究和探索。

无疑，要确保学前教育质量，必须要有高水平的学前教师作为基础和保障。政策和实践研究均表明，世界发达国家都十分重视学前教育阶段教师队伍的建设，在严格实施幼儿园教师资格制度和教师专业标准的同时，努力建构促进幼儿园教师专业发展的有效培养和支持体系，实现幼儿园教师培养的专业化和优质化。比如，美国、日本等国不仅基本实现了幼儿园教师培养的学士化，更值得关注的是，它们都非常注重幼儿园教师培养与培训教学资源的研发与优化，重视通过通识教育提高学生的人文和科学素养，注重通过深化专业课程设置、及时吸纳教育科学研究成果等培养学生对儿童的观察、理解与分析能力，教育教学实践能力及与儿童的有效互动和引导发展能力。

在我国，随着经济社会的快速发展，广大人民群众对学前教育规模和质量的要求越来越高，直接推动着我国学前教师教育的迅速发展。进入21世纪以来，包括幼儿师范学校和中职幼师班在内的中专层次的学前教师教育规模不断扩大，专科层次的初中起点五年制和高中起点三年制学前教师教育也迅速发展起来。迄今，全国已有独立设置的幼儿师范专科学校15所，今后几年数量还会急剧增长。然而，与此形势发展及其需求很不相适应的是，我国学前教师教育的教材建设却相对滞后，与学前教师教育规模、层次的发展速度与趋势很不相称。例如，初中起点五年制高专和高中起点三年制高专的教材还没有形成完善的体系，甚至可以说还是空白，教学中大量借用中专和本科教材；而三年制中专学前教师教育教材体系由于是在20世纪末期形成的，其时代性、先进性和适用性都亟须加强；当前幼儿园教师在职培训、转岗培训、提升培训等的速度和规模迅速扩大，国家级培训已经覆盖全国，但其课程与教材建设却非常滞后，已经严重制约和影响培训的质量和效果。可见，要保障学前师资培养与培训的质量，必须要对学前教师教育的课程与教材体系进行新的系统建设。更为重要的是，去年国家教育部先后颁发了《教师教育课程标准(试行)》《幼儿园教师专业标准(试行)》，对幼儿园教师的专业素养与能力以及学前教师教育的课程与教学等提出了明确的新要求，而这些新要求也亟须通过建立一套新的、更加完善的课程和教材才能更好地得到贯彻和落实。

适应事业发展形势的迫切需要，为了更好地贯彻落实《教育规划纲要》和“国十条”精神，促进学前教育大普及大发展的同时有质量地发展，有效推动我国学前教育事业的健康、可持续发展，在中国学前教育研究会的有力支持和领导下，教师发展专业委员会高职高专中职中专分委会从成立伊始，即将促进当前教育改革发展背景下我国学前教师教育和教师队伍的质量提升作为自身义不容辞的历史使命和责任，着手策划和研发这套“全国高中专学前教师教育教材”。就当前我国学前教育特别是学前教师教育和教师队伍建设中的关键矛盾、主要问题进行了多次深入研讨；组织多次研讨会对各地各校已有课程改革探索与教材创新进行深度的交流与研讨，并分享进一步改革的思考与建议。在策划和研发过程中，笔者参与了若干次当前现状与需求、编审理念与重点、系列及其册本的设计、各册本主审专家的遴选等工作，深感这是我国学前教育事业发展和教师队伍建设中的一件大事，责任重大，任务艰巨。现经过全国上下学前各领域多方面专家学者、历时三年的努力工作后，这套教材终于要出版了，值得祝贺！

就总体而言，这套教材及其编写过程具有如下三个主要特点。

一是设计全面，体系比较完整。即其分别对五年制高专、三年制高专、三年制中专和培训四个系列(除政治科目以外)的所有科目教材进行了全面系统的成套建设。在编写各科目册本的具体内容之前，系统研制了各系列人才培养方案和各门课程的教学大纲，以此作为纲领，使各系列在人才培养目标与课程设置、课时安排、教学内容选取、教学考核要求等方面形成一个比较完整的体系。

二是内容、体例力求创新。从《教师教育课程标准(试行)》和《幼儿园教师专业标准(试行)》等文件征求意见稿开始，全体编写人员即对这些政策文件进行了多轮的认真研读，努力使教材编写体现新文件对幼儿园教师应秉持的基本理念、应具有的专业理念与师德、专业知识和专业能力等提出的新要求。同时，所编各科教材都力图反映本学科领域的最新研究与实践改革成果。特别是本套教材不局限于传统的“三学六法”，在此基础上新增了幼儿学习与发展、幼儿发展观察与评价、幼儿园教育环境创设等深化、创新和拓展性的教材。在体例上，这套教材也有诸多的创新之处，如各科目以章节为单元，在学习目标与要求、理论学习与实践以及课后阅读、思考与练习等方面进行完整设计，使学生的学习既具有阶段递进性又具有相对完整性。此外，还安排了大量的案例以增强课程和教学的实践取向和学生的实践性体验。

三是组织过程比较严谨规范。在编写程序上，从研制人才培养方案和各学科册本的计划，到各册本确定编写大纲、体例和样章，再到形成初稿、进行统稿和最后审稿等，每一个步骤均经过了起草、征求意见、论证修改等多个环节的不断反复。编、审队伍的遴选组织坚持了高标准严要求，编写者均是全国高中专学前教师教育骨干院校中有水平、有影响、有经验的教师，审稿专家均为全国有影响的本科院校和国家研究院所中本领域的知名专家教授。此外，所选择的出版单位也是全国有影响力、专业性强的出版社。这些严格的要求与复杂的操作过程，均为了实现一个目标——共同建设一套适应我国新时期学前教育发展需要的、具有较高质量的学前教师教育课程和教学资源体系。

总之，这套教材的编写与出版恰逢其时，相信将有利于促进我国学前教师教育工作的开展和质量的提高，并将有力促进我国学前教育事业高质量地、健康地、可持续地发展。同时，也希望通过这套教材的广泛使用进一步集结和吸纳更多高校一线教师的智慧与经验，使这套教材得到不断发展和完善，从而不断推动我国学前教师教育教材的建设发展，并且积极服务和促进我国学前教育事业的发展。

庞丽娟

于北京师范大学新主楼

前　言

幼儿文学是幼儿师范学校的一门基础课和专业课。说它是基础课，是因为它是语文的一个重要组成部分；语言是人类交际的工具，是人们从事各种活动的基础，试想一个语文基础很差的人，他怎能当老师？说它是专业课，那是因为它跟幼儿教育息息相关；无论幼儿园哪一门课程、哪一种活动，甚至家庭教育，都离不开幼儿文学。可以毫不夸张地说，不懂得幼儿文学的人，就不是一位合格的幼儿园老师，也不是一位称职的父母。所以说，学好幼儿文学，不但本人受益，而且惠及子孙后代。

幼儿文学课的教学目标，是让学生经过系统学习，了解并掌握幼儿文学的基本理论，具有对幼儿文学的鉴赏能力和一定的改编、创编能力，具有一定的幼儿文学修养，并成为合格的幼儿园老师和称职的父母。

《幼儿文学》教材共八章，每章前面有【导言】，它主要是让学生明确本章内容在幼儿文学中的价值，引发学生的学习兴趣。还有【学习目标】，它为学生提供学习要领，为老师提供检测依据。每章的内容主要介绍各种文体的起源、发展、特征、作用、分类、创作、改编等，让学生掌握幼儿文学各种体裁的基础知识。每章后面有【练习与实践】，这一部分是检测和落实学习目标的具体题目，是学生动脑、动手进行阅读、思考、练习的重要部分，是学生复习考试的依据。这样既方便老师教学，也方便学生自学。还有【作家作品链接】，这一部分主要选取与本章文体相对应的古今中外具有代表性的作品，并附上作家简介和作品导读。这样把文学理论和具体的文学作品放在一本书里，目的是更好地把理论和实践有机地结合起来，方便老师讲解、分析、举例；便于学生阅读、理解；也直接为学生提供了作品赏析和写作的范例。最后是【阅读推荐】，这一部分以推荐优秀作品和代表性的理论书籍为主，旨在扩展学生的专业视野。

《幼儿文学》在三年级使用，全年实际教学不少于 72 个学时。

全书的编写体例，最初由出版社提供，后经与会的编写人员反复讨论修改，主编拟写全书提纲，发给各编写老师，各编写老师进行修改后再发回给主编，主编再一次综合大家意见又发给各编写老师，反复多次修改，最后由主编确定编写体例、编写大纲以及全书的基本框架。

因为时间紧，错误和不完善的地方在所难免，欢迎各校师生及广大读者提出宝贵意见和修改建议，不断完善本教材。

主　编

目 录

第一章　幼儿文学基本理论

导　言

幼儿文学是儿童文学的一个重要组成部分，对幼儿的健康成长起着十分重要的作用。那么，什么是幼儿文学？幼儿文学的概念及范畴怎么界定？本章从这一首要问题切入，继而阐述了幼儿文学的分类、功能、特征，同时介绍了中外幼儿文学的发展概况，提出了幼儿文学创作和改编方面的基本要求。通过本章的学习，我们可以对幼儿文学获得一个全面的了解。作为学前教育专业的学生，必须具备较好的幼儿文学修养。本章是我们进入幼儿文学殿堂的敲门砖。

学习目标

了解幼儿文学的概念、分类、功能；了解世界及中国幼儿文学的发展概况；掌握幼儿文学的文体特点和美学特质；明确创作和改编幼儿文学的基本要求。

第一节　幼儿文学概说

一、幼儿文学的概念

幼儿文学是以3～6岁的幼儿为主要接受对象，为促进幼儿健康成长而创作的，适应他们审美需求的文学。

幼儿文学是儿童文学的分支。在整个文学系统中，儿童文学是与成人文学密切相关同时又相对独立的子系统。根据儿童读者的文学能力的不同发展阶段，一般将儿童文学作品划分为幼儿文学(3～6岁，学前阶段)、童年文学(7～12岁，小学阶段)和少年文学(13～15岁，初中阶段)这三种形态。① 本书使用的“幼儿文学”(也称“幼年文学”“学前儿童文学”)这一概念，正是将接受对象特别界定为3～6岁的幼儿，即学龄前幼儿园教育阶段的孩子。儿童文学界还有“婴幼儿文学”“低幼文学”等提法，不过是在读者对象上将0～2岁的婴儿和小学低年级学生包括进来而已。

幼儿文学的主要接受对象是幼儿，但幼儿的主要接受方式是“听赏”，而不是阅读。

① 黄云生．儿童文学教程[M]．杭州：浙江大学出版社，1996：18.

幼儿由于识字不多，自己还不能直接阅读文学作品，尚不具备独立欣赏文学作品的能力，必须借助于成人。从这个意义上而言，幼儿文学的接受对象还包括家长、教师等成人。许多优秀的幼儿文学作品是既适合幼儿听赏，又适合成人阅读的。需要特别注意的是，幼儿文学是“为幼儿”的文学，是为适应幼儿读者的需要而创作的、与幼儿心理特征和接受能力相符合的作品。另外，幼儿文学也不等于“写幼儿”的文学，有些文学作品虽然也描写了幼儿生活，这些描写却可能只占少量篇幅，其主旨也只是以成人的眼光去表现幼儿，而并非有意为幼儿创作，大多数幼儿也未必能够理解和接受，那么它们就不能属于幼儿文学的范畴，而只可称为“幼儿题材”的作品。

幼儿文学与幼儿读物也是两个不同的概念。所谓幼儿读物是泛指适合幼儿观看和听赏的各种书籍，其范围远大于幼儿文学。例如专门向幼儿介绍自然现象和社会知识的书籍，以及供幼儿使用的填色、迷宫等游戏书或识字卡片，都属于幼儿读物，但不属于幼儿文学。幼儿文学是幼儿读物的一个种类，它故事性强，形象生动，富有趣味，最根本的是它必须是“文学”，具有文学的一般特性，如鲜明的形象性和艺术化的文学语言，幼儿能够从中获得审美享受。其他幼儿读物一般重在传达各种知识，创作者一般有明确的教育立场或特定的编写意图。

二、幼儿文学的文体分类

文体即文学体裁，也就是文学作品存在的具体样式。按照文学形式和内容相结合的标准，文学体裁一般分为诗歌、小说、散文和戏剧。但由于接受对象的特殊性，幼儿文学的文体分类也应有自己的特殊性，尤其是要考虑如下因素。

第一，文体的发展。文学除了传统的四类外，后来又演变出散文诗、报告文学、影视文学、网络文学等。那么，幼儿文学的文体也是不断发展的。儿歌、童话是最古老的两种文体，它们是专属于儿童文学领域的，迄今仍然焕发着蓬勃的生命力。寓言、故事，虽然成人文学领域也有，但它们毕竟特别适合儿童，况且成人文学中的四大门类也不能涵盖这两种文体。随着社会的发展(尤其是科学技术的发展)和文明程度的提高，尤其是科学技术的发达，幼儿文学的体裁也越来越丰富，出现了童话诗、童话剧、幼儿歌舞剧、幼儿科学文艺、幼儿图画书(绘本)、幼儿动漫卡通、幼儿影视文学，等等。文体的划分是相对的、动态的，文体交叉的情形并不少见。各种新样式的出现大大丰富了幼儿文学的文体领域。

第二，文体的地位。按照不同年龄阶段的审美特征，儿童文学通常划分为幼儿文学、童年文学和少年文学三个层次。但是，各种相近的文体在这三个层次里的重要性是不尽一致的。例如小说，在童年文学和少年文学中都十分重要，但在幼儿文学中，由于幼儿对小说的主题、环境这些要素不易理解，他们主要是欣赏小说的情节，这就与故事区别不大，不需单独列出。与此类似，报告文学、科学文艺在少年文学中的地位举足轻重，但在幼儿文学中基本不提及。反之，儿歌、图画书等则是幼儿文学中十分重要的文体，在童年文学和少年文学中都已退居次席。

综上所述，幼儿文学的文体范围十分广泛。本书着重介绍七种基本文体。

儿歌，是适合幼儿念唱、欣赏的歌谣，又称童谣。

幼儿诗，是适合幼儿听赏诵读的自由体短诗。

幼儿童话，是一种古老的文学样式，也是幼儿文学最基本最重要的体裁，它是具有浓重幻想色彩的虚构故事。

幼儿故事，是指适合幼儿欣赏的篇幅短小、具有情节的叙事性作品，其中幼儿生活故事是幼儿故事的主体。

幼儿图画书，又称幼儿绘本，是以图画为主、文字为辅或者全部用图画表现故事内容的一种特殊的幼儿文学样式。

幼儿散文，是为幼儿创作的，着重叙写真情实景的篇幅短小、文情并茂的一种文章。

幼儿戏剧，是以幼儿为主要阅读对象，适合幼儿欣赏和排演的小戏剧。幼儿影视文学可以视为幼儿戏剧的特殊样式。

三、幼儿文学的功能

3～6岁是人生性格形成的关键期，是人生心灵塑造的最佳期。这一时期启蒙的教育内容，决定了人生品质，因此选择品质高雅的与幼儿心灵相通的经典文学，塑造幼儿美的心灵，是一劳永逸的素质教育。幼儿文学作为孩子一生中最早接触的文学形式，对其精神成长具有深远的影响。“俄罗斯文学之父”普希金多次回忆自己幼年时乳娘给他讲童话故事，他说：“这些故事有多迷人啊，每则都是一部好诗！”中国的大诗人郭沫若深情地回忆幼时唱儿歌的情景：“儿时和姐妹兄弟们在峨眉山下望月，有时会顺口唱出这些儿歌来，那时候的快乐，真是天国了！”著名儿童文学作家洪汛涛说：“一部好的儿童文学作品，各个不同的孩子读了，可以从各个不同的角度去得益。”①这些都生动地说明了包含着很高艺术成分的幼儿文学，能让人们在年幼时获得教益，获得快乐，幼儿文学的作用不言而喻。

一般来说，文学具有教育、认知、审美、娱乐等功能。具体到幼儿文学，由于其接受对象的特殊性，其功能主要表现在以下几个方面。

（一）引导幼儿从自然人向社会人的发展

在人的社会化过程中，幼儿文学起着至关重要的作用，这尤其体现在传递社会的道德规范上。如寓言诗《龟兔赛跑》告诫孩子不要像兔子那样骄傲；历史故事《孔融让梨》启发孩子学习孔融的孝悌谦让；郑渊洁的童话《黑黑在诚实岛》，写一只小蚂蚁因为撒谎而受到惩罚；杨红樱的童话《寻找快活林》，写狐狸一家在寻找“快活林”途中先后与猴子和兔子一家发生的故事，向幼儿传达善良和关爱的观念。小读者们可以从作品中看到各种动物缺点或人物优点，并暗自比较，在潜移默化中获得启示。又如俄罗斯作家瓦·奥谢叶娃的《三个伙伴》，写魏佳的点心不见了，通过郭良、米沙和沃罗佳三

① 洪汛涛．儿童·文学·作家[M]．郑州：河南人民出版社，1992：8.

个伙伴的不同言行对比，让小读者明白了什么才是真正的友爱和真心的帮助别人。杲向真的幼儿故事《七个太阳》，文中的盼盼嫌老师示范画中的鸭子端端正正浮在水里没劲儿，他要把小鸭子画成正把脖子弯进水中戏耍觅食，扁嘴上两道曲线则表示一条小鱼在扭动挣扎；他还在右上角一排画了七个太阳，因为："一个太阳不够热，要多多的阳光，才能把小鸭子晒得暖和起来。"故事塑造了一个不肯刻板模仿、敢于按自己意愿创造的小男孩形象。他的自主意识和敢于创造的品格都令人赞叹，这对幼儿来说是极好的教育。

（二）增长幼儿的知识，提高幼儿的技能

幼儿对外界充满好奇，凡事都要问个"是什么""为什么"。幼儿文学作品中充满多种多样的知识，能提高幼儿的求知兴趣，满足他们的求知欲望。如叶永烈的童话《圆圆和方方》，利用两个人物的不断变化和比本领的方式，让小朋友懂得不同物体的用途，并学习取长补短。又如日本图画书作家秦好史郎的"小酷和小玛的认知绘本"系列，将幼儿想要知道的颜色、形状、身体部位等方面丰富的知识，编织成一个个生动的故事和一幅幅鲜艳的画面，激发幼儿的兴趣，去观看大千世界，去探索自然奥秘。

幼儿文学除了能够扩大幼儿的眼界，增加对自然事物和社会现象的认识，还能向幼儿传达日常生活知识，培养基本生活技能，如柯岩的童话《小熊拔牙》，就是以拟人化的方式告诉孩子要讲卫生的道理。而在幼儿接触最早又最多的儿歌中，这种认识功能更是体现明显。例如下面两首儿歌：

《小牙刷》：小牙刷，手里拿，挤点牙膏把牙刷。上面刷，下面刷，刷得牙齿像雪花。

《穿衣歌》：小胳膊，穿袖子，穿上衣，扣扣子。小脚丫，穿裤子，穿上袜子穿鞋子。

（三）丰富幼儿的语言和情感，发展幼儿的思维和想象力

文学是语言的艺术。幼儿文学作品是幼儿学习语言的极好的材料和范例。朗朗上口的儿歌、节奏明快的故事、幽默诙谐的童话和寓言，不仅可以使幼儿分辨、掌握准确的字音，学到大量的词语，而且可以帮助幼儿建立初步的语言范式，帮助他们规范、生动地使用语言。同时，语言是传情达意的工具。幼儿从文学作品中不但丰富了语言，也丰富了情感，不断获得情感的体验。例如，从《卖火柴的小女孩》《快乐王子》中，他们能体会到同情、悲悯、关爱的情感。语言还是思维的载体。幼儿在感受作品语言时，其形象思维能力和逻辑思维能力也相应获得提高。语言更能激发想象，这正是幼儿的天性和乐趣所在。鲁迅先生说："孩子是可以敬服的，他常常想到星月以上的境界，想到地面下的情形，想到花卉的用处，想到昆虫的言语；他想飞上天空，他想潜入蚁穴……"①幼年正是发展想象力的最佳时期，幼儿文学无疑是培养幼儿想象力的最佳载体。当幼儿念诵着"弯弯的月儿小小的船，小小的船儿两头尖，我在小小的船里坐，只

---

① 鲁迅．看图识字[C]．且介亭杂文[M]．北京：人民文学出版社，1993.

看见闪闪的星星蓝蓝的天”(叶圣陶《小小的船》)这样的歌谣的时候，他们就会想象自己真的在蓝天遨游。在孩子的想象里，世界真是十分的神奇美丽：天上有月宫，海底有美人鱼，草地上有米奇妙妙屋，森林里有七个小矮人……一切皆有可能。幼儿文学为他们插上了自由腾飞的翅膀。

(四)培养幼儿的美感，提高幼儿的审美能力

美感是人根据一定的美的评价标准而产生的复杂的情感，审美能力是人判别生活或艺术中的“真善美”与“假丑恶”的能力。我们说文学是审美艺术，自然也包括幼儿文学。优秀的幼儿文学作品能够培养幼儿健康的审美趣味。那些亮丽的色彩、感人的艺术形象、浓郁的生活情趣，无不浸润着幼儿的心田。金波的幼儿诗《天绿》、吴然的幼儿散文《珍珠雨》、方园的幼儿童话剧《“妙乎”回春》等，这些幼儿文学作品都会把美的种子播撒到孩子的心中，让他们获得美的熏陶。

幼儿文学还能使幼儿的审美理解达到奇妙的境界。他们不但能从幼儿文学作品中直觉到美，还能清楚地意识到什么是美，知道为什么美。例如安徒生童话《拇指姑娘》里一段话：

> 拇指姑娘的摇篮是一个光得发亮的漂亮胡桃壳，她的垫子是蓝色紫罗兰的花瓣，她的被单是玫瑰的花瓣……水上浮着一片很大的郁金香花瓣，拇指姑娘可以坐在这片花瓣上，用两根白马尾作为桨，从盘子的这一边划到那一边。这看起来真是美丽极了！

这些优美语言组织起来的形象，再加上简单明晰的评判语句，就潜移默化地给了孩子们许多鉴赏美的标准和示范。末句“美丽极了”明确地告诉孩子们，这就可以叫作“美”！可以说，幼儿文学首要的和杰出的功能就是审美。

(五)愉悦幼儿的身心，养成幼儿健康、活泼的人生态度

快乐是人们的共同需要。对幼儿来说，快乐还有助于他们的生长发育，对其身心健康和人格健全都起到积极作用。幼儿文学的重要品性就是快乐。当幼儿在听赏童话时，实际上是身临其境地体验着角色的自由与快乐。当他们情绪不佳时，可以通过一段奇情异趣的故事得以疏导。在儿歌和幼儿戏剧中，幼儿还能吟唱和扮演，感受到身体律动的快乐。许多幼儿文学作品是“纯娱乐”的，如某些儿歌或某些生活故事，它们的最大价值未必是什么“教育意义”，而可能就是简简单单地纯粹让孩子们开心一笑。譬如对于阿·托尔斯泰的著名童话《拔萝卜》的欣赏，幼儿可能并不能体会“人多力量大”的道理，反而会对“拔萝卜，拔萝卜，哎呀，哎呀，拔不动。小花猫，快快来，快来帮我们拔萝卜”这样的富有节奏感的语句特别感兴趣，在终于拔出萝卜的快乐中，获得一种与身体运动相符的愉悦。给幼儿带来快乐是幼儿文学的重要任务。

第二节　幼儿文学的发展概况[1]

一、世界幼儿文学的发展概况

(一)幼儿文学的萌芽与诞生

从广泛意义上说，人类自有婴幼儿，就有原始的幼儿文学。母亲的摇篮曲、父亲的打猎故事，都可以说是幼儿文学的雏形。同成人文学一样，幼儿文学也萌芽于原始的民间文学，如人类在与大自然搏斗中创造的神话、传说、故事、歌谣等，都常常对幼儿口耳相传，为一代又一代的幼儿所喜欢。古代印度的寓言童话集《五卷书》是世界文学宝库中的经典之作，最早成书于公元前1世纪，其中有很多动物故事，诙谐幽默，极富儿童情趣，可称得上是世界幼儿文学的鼻祖。古希腊的《伊索寓言》，也可以说是幼儿文学的源头之一。它多以动物生活为题材；采用拟人、夸张手法；短小精悍，结构单纯；多用对话和动作，这些都与幼儿年龄特征相适应。其中《狼和小羊》《兔子和乌龟》《狐狸和葡萄》《狐狸和乌鸦》《牧羊孩子和狼》《农夫和蛇》等篇章，至今魅力不减。稍后的阿拉伯民间故事集《一千零一夜》，其幻想奇特瑰丽，情节曲折生动，语言绘声绘色，被各国人民广为传颂，其中《渔夫的故事》《阿里巴巴和四十大盗》等篇章一直为小读者所喜爱。

以上提到的作品，都不是专门为幼儿创作的，只是其中有一些为幼儿接受和喜欢的篇章而已。7世纪英国的一名主教阿尔丹(Aldhelm)写了一本《七言故事》，用来说明《圣经》中“七”的数目意义和用法，它选用许多谜语，采用诗歌的形式，使幼儿乐于接受。从现存文献看，这可以算是世界上最早专为幼儿创作的文学读物。14世纪法国出版了《列那狐的故事》，被誉为“伟大的禽兽史诗”。这是儿童最喜爱的、最早的一部民间长篇动物诗，作品中以狐狸列那为主角的一系列动物形象栩栩如生，同时又极具讽刺意味。后来由法国女作家M. H. 季诺夫人为孩子们改写的《狐狸列那的故事》一直被小读者津津乐道。1657年，捷克教育家夸美纽斯专门为幼儿和低年级学生编著了一本《世界图解》(又译《看得见的世界》)，这是世界上第一部幼儿百科全书，也是世界上最早的幼儿图画书。该书用绘画的形式给孩子们介绍世界万物，图文并茂，后来被译成多种文字，许多国家把它当作幼儿启蒙教材，这就为后来将儿童文学作品当作儿童教育的教材开了先河。1697年，法国学者贝洛出版了《鹅妈妈的故事》(包括8篇童话和3篇童话诗)，其中有《睡美人》《小红帽》《灰姑娘》等经典篇章，在幼儿文学历史进程中具有里程碑性质，出版后受到广大儿童热烈的欢迎，被世人誉为“开儿童文学新纪元”。

[1] 本节内容主要引自杨佳利、卜庆亮、周杏坤．幼儿文学教程[M]．郑州大学出版社，2008；李莹、肖育林．学前儿童文学[M]．2版．复旦大学出版社，2011.

法国评论家马克·索里亚诺曾说："这本小册子，它是我们中间每一个人上学前就已学过的唯一古典著作，是我们中间每一个人在识字前就已经读过的唯一古典著作。"足见该书是一本历史悠久的幼儿文学作品，贝洛也成为世界上第一个改写民间童话的作家。受其影响，此后英国也出版了一本专为幼儿而著的小书《鹅妈妈的歌谣》，其中51首歌谣(并插有木刻画)是旧时英国幼儿园里流传的儿歌和摇篮曲，从而开创了幼儿文学的新局面。

但是，严格地说，直到18世纪初，真正意义上的幼儿文学还没有诞生，专门为幼儿创作并为幼儿欢迎的经典作品还未出现。18世纪50年代，英国出版家纽伯瑞(John Newbary)在伦敦开设了世界上第一家儿童书店"圣经与太阳社"，出版了许多带有插图的有趣的"袖珍好书"，为后世的幼儿文学发展奠定了坚实的基础。1762年，法国伟大的思想家、文学家卢梭发表了哲理小说《爱弥尔》，第一次将儿童作为具有独立人格的人来描写，从此开始了"发现儿童"的时代，这标志着社会儿童观的彻底转变，也为以后儿童文学的发展铺平了道路。被称为"法国儿童文学的真正开拓者"的阿尔诺·伯尔坎创作了很多着重表现儿童生活的作品，还于1782年创办了法国第一份儿童月刊《儿童之友》。

(二)幼儿文学的发展和繁荣

进入19世纪之后，文学史上诞生了第一个自觉专门为孩子们写作童话的作家——丹麦的安徒生(1805—1875)。他一生写了168篇童话，其中有不少适合幼儿听赏，如《豌豆上的公主》《丑小鸭》《海的女儿》《卖火柴的小女孩》《皇帝的新装》等。安徒生因此被誉为文学童话的奠基人，"世界儿童文学的太阳"。德国的格林兄弟是19世纪最早为儿童改写童话的作家，他们的作品《灰姑娘》《白雪公主》《青蛙王子》等，无疑是世界儿童文学的瑰宝。1865年，英国作家、牛津大学数学教授卡洛尔(Lewis Carrol)创作了《爱丽丝漫游奇境记》，有一系列奇妙的故事，幻想色彩浓重，情节变幻多端，语言妙趣横生，被誉为"19世纪儿童文学黄金时代的支柱"，为现代童话开辟了崭新的道路。意大利儿童文学作家科洛迪(Calro Collod，1826—1890)的《木偶奇遇记》是另一部具有里程碑性质的作品，采用拟人化手法，塑造了匹诺曹这一童话形象，使人性与物性浑然一体，将幼儿身上许多美好的天性和需要克服的缺点统一在一起，并赋予其鲜明的个性，成为典型化人物形象，促使文学童话向"小说性童话"发展。在科洛迪的家乡科洛迪镇，竖立着一座匹诺亚的铜像，台座上刻着一句话："献给不朽的皮诺亚——满怀感激心情的四岁至七岁的小读者。"足见《木偶奇遇记》在幼儿文学史上的地位。此外，德国霍夫曼(1776—1822)的童话《核桃小人和老鼠国王》、英国王尔德(1854—1900)的童话《快乐王子》，以及俄国克雷洛夫(1769—1844)的寓言《狗的友谊》和普希金(1799—1837)的童话诗《渔夫和金鱼的故事》等，都在幼儿文学中占有一席之地。

综上所述，在19世纪，幼儿文学整体上进入自觉时代，成为世界儿童文学的第一个繁荣期。这不但在创作实践上表现为作家队伍空前壮大，作品取材广泛，体裁不断丰富等诸多成就，而且在文学理论上也逐步形成。俄国涌现出三位杰出的文艺理论家：别林斯基(1811—1848)、车尔尼雪夫斯基(1828—1889)和杜勃罗留波夫(1836—1861)，他们第一次较为系统地提出了革命民主主义的儿童文学理论，对后世创立完整的儿童文学理论体系作出了不朽的贡献。

(三)幼儿文学进入黄金时代

20世纪以来，有关儿童文学的各种奖项纷纷设立，大大激励了作家、画家为幼儿创作的积极性。如美国图书协会儿童分会1937年设立的凯迪克奖，每年颁发一次，专门奖励最有贡献的儿童图画书作家。1956年创设的有小诺贝尔奖之称的“安徒生奖”，每两年颁发一次，表彰各国对儿童文学作出杰出贡献的作家和画家。1966年，意大利波隆那儿童书展还专门设立了三个单项奖：幼儿图画书奖、少儿图书奖和插画奖，奖励那些为图画书和儿童插画作出重大贡献的出版社。这些奖项对幼儿文学的发展起到了很大的推动作用。

世界幼儿文学在20世纪可以说进入了黄金时代，优秀作家辈出，杰出作品如雨后春笋般涌现。在英国，J. M. 巴里(1860—1937)的童话剧《小飞侠》(又名《彼得·潘》)、米尔恩(1882—1956)的中篇童话《小熊维尼·菩》，这些作品中的主角日后成为全世界儿童熟悉的好朋友。在美国，E. B. 怀特(1899—1985)的童话《夏洛的网》、乔治·塞尔登(1929—1989)的中篇童话《时代广场的蟋蟀》，前者是美国儿童文学史上的丰碑，后者在18年中再版了17次。在法国，圣·埃克絮佩里(1900—1944)的童话《小王子》影响广泛。在意大利，姜尼·罗大里(1920—1980)是20世纪世界儿童文学的泰斗，他的童话《洋葱头历险记》《假话国历险记》等被译成百种文字在全世界流传。在瑞典，女作家阿斯特丽德·林格伦(1907—2003)一生为孩子们写了80多部童话、小说和故事，如《长袜子皮皮》三部曲、《小飞人》三部曲等。在苏联，儿童文学作品十分丰厚，著名的有马雅可夫斯基(1883—1930)的幼儿诗《长大了做什么好》、比安基(1894—1959)的动物故事《森林报》、瑞特柯夫(1882—1938)的幼儿知识故事《我看见了什么》、瓦·奥谢叶娃(1902—1969)的幼儿故事《蓝色的树叶》等。在亚洲的印度，伟大的诗哲、文豪泰戈尔的《新月集》是儿童诗的典范。日本则有中川李枝子(1935—)的幼儿童话《不不园》、古田足日(1927—)的幼儿故事《鼹鼠原野的伙伴们》、藤子·F. 不二雄(1933—1996)的漫画故事《哆啦A梦》、宫西达也(1956—)的绘本《霸王龙》等。

21世纪以来，世界幼儿文学长廊中又增添了不少经典作品，如英国J. K. 罗琳(1965—)所著的《哈利·波特》系列童话，风靡全球，畅销逾亿册，在世界各地造就了无数的哈里·波特迷，并被拍成电影、游戏，影响巨大。日本臼井仪人(1958—2009)著作并据此制作的动画片“蜡笔小新”系列，讲述的是一个名叫小新的5岁男孩成长的故事，剧情丰富，语言幽默，让人啼笑皆非，深获广大幼儿喜爱。当代世界幼儿文学的创作蓬勃发展，新成果令人期待。

二、中国幼儿文学的发展概况

(一)古代幼儿文学的痕迹

同世界幼儿文学一样，中国幼儿文学也孕育于民间口头创作的摇篮之中。神话中的许多片段，如夸父追日、精卫填海、女娲补天、仓颉造字、嫦娥奔月、大禹治水、鲤鱼跳龙门，等等，因为具有神奇的想象和曲折的情节，很受幼儿的喜爱，也为后世幼儿文学的创作提供了丰富的素材和艺术借鉴。随着神话的演变，又陆续出现了许多富有幻想色彩的民间传说、故事、童话，如神农尝百草、周处除三害、八仙过海、铁杵磨针、柳毅传书、画中人、狐假虎威……还有中国著名的四大传说(牛郎织女、孟姜女哭长城、白蛇传、梁山伯与祝英台)。另外，先秦诸子和历史散文中记载了大量的寓言，如自相矛盾、刻舟求剑、掩耳盗铃、守株待兔、邯郸学步、叶公好龙、南辕北辙、大鹏展翅，等等。这些生动优美的传说故事和童话寓言，经过世代口耳相传，对幼儿都有巨大的吸引力，是中国古代幼儿文学史上一笔丰富的文化遗产。但由于中国封建社会长期不重视儿童，因此缺少专门为幼儿收集、加工民间童话的作家，也没有自觉的专门为幼儿写的诗作。当然，一些作家在其作品中有“儿童题材”，如唐代段成式(？—863)在其《酉阳杂俎》中记载的题为《叶限》的故事，比西方同属“灰姑娘型”童话的作品要早八百多年。古代诗词也有少量适合幼儿欣赏诵读的，如骆宾王的《咏鹅》、孟浩然的《春晓》、李白的《静夜思》、白居易的《赋得古草原送别》、李绅的《悯农》、杜牧的《清明》等，有的还充满浓厚的生活气息和儿童情趣，对培养孩子们的观察力、语言表达力都有帮助，但这些毕竟只是凤毛麟角，也不是真正意义上的幼儿诗。明清小说名著《西游记》《封神演义》《聊斋志异》等作品，都有不少适合幼儿审美趣味的带有幻想色彩的篇章，但作品整体上与幼儿文学不沾边。历代塾师所用的启蒙课本中，也存在一定的幼儿文学因素，如《三字经》《神童诗》《幼学琼林》中，含有一些传说和故事的片段。直到明嘉靖年间，刊行了一本专门为幼儿编写的带有插图的故事集《日记故事》，记载了许多启迪幼儿智慧的日常生活故事，如曹冲称象、司马光砸缸之类，内容亲切，文字浅显，是我国古代不可多得的一本幼儿文学读物。

民间口头创作形式还有歌谣、谜语等，它们主题单一，题材广泛，形式活泼多样，是幼儿的主要精神食粮。中国古代的儿歌非常丰富。现有据可查的最古老的一首儿歌是保存在《列子·仲尼》中的《尧时康衢童谣》。现存我国最早的儿歌专集是明代吕坤(1536—1618)于1593年编成的《演小儿语》，是根据其在豫、冀、陕、晋等地任官时所收集的民间儿歌改编、创作的，收有儿歌46首。该书是专门为幼儿编写的儿歌式的韵语读物，浅显明白，朗朗上口，并附有序跋，对儿歌流传的特点、儿歌的教育功能作了简明扼要的论述，可视作中国最早的有关儿歌的论文，在一定程度上促进了社会对儿歌的关注。因此到清代，收集整理儿歌童谣得到更多先进文人的重视，编著、刊行了一些优秀的儿歌集，如郑旭旦的《天籁集》(童谣48首)、意大利人韦大利的《北京儿歌》(170首)、美国人何德兰的《孺子歌图》等。晚清诗人黄遵宪(1848—1905)于1902年专门写有《幼稚园上学歌》。

(二)现代幼儿文学的兴起

中国幼儿文学的真正兴起，是从“五四”新文化运动开始的。大批思想先驱们提倡“发现”儿童、解放儿童。郭沫若还写了《儿童文学之管见》(1922)一文。被誉为“爱的使者”的冰心，致力于儿童散文的创作，居于开拓者的地位，她的《寄小读者》(1926)影响极大。这时期，翻译外国作品是儿童文学的重要组成部分，如鲁迅编译了《爱罗先珂童话集》，郑振铎翻译了《高加索民间故事》《莱辛寓言》等。周作人是最早重视儿歌的人。他于1914年开始收集儿歌，1923年写了《儿歌之研究》一文，并积极发起以北京大学为基地的歌谣运动。北大设立了歌谣征集处，几年里收集了13000多首歌谣，其中有大量的儿歌童谣。受此风气影响，各地也纷纷编辑出版儿歌童谣集，如朱天民的《各省童谣集》、林兰的《小朋友山歌》、苏州一师的《中国儿歌集》等。同时，作家创作儿歌儿童诗也蔚然成风，如胡适的《蝴蝶》、刘半农的《拟儿歌》、刘大白的《两个老鼠拾了一个梦》、顾颉刚的《吃果果》、胡怀琛的《大人国》和《小人国》等，这些作品都用现代白话文创作，受到幼儿的喜欢。同时，童话这一体裁也在"五四"新文学作家的参与下开创了崭新的局面。被鲁迅誉为"给中国童话开了一条自己创作的路"的叶圣陶，于1921年创作的第一篇童话《小白船》，就是写给幼年儿童的，1923年他又出版了我国第一部短篇童话集《稻草人》。郑振铎发表的《竹公主》《八十一王子》《兔子的故事》，大多是根据中国幼儿心理特点而对外国优秀童话的改写或重述。他还于1922年在上海创办了中国现代最有影响的儿童刊物《儿童世界》，为中国童话的创作提供了一个更为广阔的舞台。到了20世纪30年代，在不断的创作实践中，迅速成长起来了一大批著名的童话作家，如张天翼、陈伯吹、贺宜、严文井、叶君健、方轶群、金近、包蕾、郭风、鲁兵等。

"五四"以来，儿童戏剧也第一次登上了中国幼儿文学的舞台。1920年，从事小学教育的黎锦辉，编导了《麻雀与小孩》《葡萄仙子》《三蝴蝶》《七姐妹游花园》等12部儿童歌舞剧，以充满诗意的幻想，童话般优美的意境，赢得千万小观众的喜爱，开创了我国幼儿戏剧发展的新纪元。"五四"幼儿文苑中还出现了幼儿图画书这一奇葩，它为低幼儿童解除了阅读障碍，使幼儿提前进入一个充满幻想和想象的奇妙世界。如郑振铎1922年发表在《儿童世界》上的《河马幼稚园》，一直连载了12期，很受幼儿读者的欢迎。这个图画故事后来又由多人续写，在幼儿文学史上留下不可磨灭的艺术魅力。赵景深也是一位热心提倡图画书创作的学者作家，在20世纪30年代写过一篇《儿童图画故事论》，从民间故事的角度分析了图画故事对幼儿成长的意义，认为"实在是一件功德无量的事情"。他自己也身体力行，编创过50多种幼儿图画书，如《一粒豌豆》《到小人国去》都是受到幼小读者欢迎的佳作。又如著名画家、作家丰子恺，仅1946年就为《儿童故事》一刊创作了《等候四川回来的爸爸》《儿童相见不相识》等众多作品。可以毫不夸张地说，自现代以来，中国幼儿文学史上出现了一大批不可忘却的作家和作品。

（三）当代幼儿文学的繁荣

新中国尤其是改革开放新时期以来，由于政府部门、社会各界的重视，幼儿文学获得了迅速的发展，无论是创作还是理论，都取得了很大的成就，这主要表现在如下几个方面。

一是幼儿文学作品大获丰收。包括儿歌、幼儿诗、幼儿童话、幼儿故事、幼儿图画书、幼儿散文、幼儿戏剧和影视文学等众体兼备，涌现了大批思想与艺术都值得肯定的上乘之作，尤其是创造了许多为幼儿们喜爱的艺术形象，例如，为抢救小白兔而不惜化身为水飞升为云的雪孩子、大名鼎鼎的黑猫警长、幽默机智的猪猪侠、淘气聪明的大耳朵图图，还有巧虎宝宝、大头儿子和小头爸爸、喜羊羊与灰太狼……不仅个个栩栩如生地活在幼儿的心里，成了孩子们耳熟能详的好朋友，而且大大丰富了我国幼儿文学的人物画廊，显示着我国幼儿文学艺术水准的不断提升。

二是幼儿文学作家迅速崛起。在这支相对稳定的创作队伍中，既有新中国成立前的儿童文学先驱前辈，如叶圣陶、冰心、贺宜、金近、包蕾、陈伯吹、严文井等；也有20世纪五六十年代成长起来的幼儿文学的主力军，如柯岩、金波、袁鹰、任溶溶、孙幼军、张继楼、叶永烈、宗璞等；还有新时期进入幼儿文学领域的创作中坚，如曹文轩、郑渊洁、郑春华、陈丹燕、孙云晓、谭小乔、李想、李其美、任霞苓、杨红樱、方园等。这支由老中青三代作家组成的队伍，孜孜不倦共同耕耘，在幼儿文学领域里创作成果斐然，展现了我国幼儿文学的创作实力，也是我国幼儿文学在新世纪走向成熟的不可或缺的人才保证。

三是幼儿文学理论受到重视。不但有了《儿童文学研究》《幼儿读物研究》等专门的理论刊物，更有一批热心于幼儿文学研究的教授、学者，如蒋风、鲁兵、圣野、方轶群、金波、洪汛涛、黄云生、王泉根、张美妮、韦苇等，他们从各个方面对幼儿文学的美学特征进行探讨，对优秀的幼儿文学作家作品进行艺术分析，并且出版了《幼儿文学ABC》《幼儿文学概论》《幼儿文学教程》等一批有分量的幼儿文学专著。

四是幼儿文学出版兴旺发达。1981年国家出版局在山东泰安召开会议，提出了“出版低幼读物”的号召，之后各地专业性的少儿读物出版机构纷纷成立，如新蕾出版社、湖南少年儿童出版社、四川少年儿童出版社等；为幼儿朋友所喜爱的综合性或专业性的少儿报刊也大量发行，如《幼儿文学报》《童话大王》《幼儿故事大王》《小朋友》等；幼儿文学作品的出版更是大量涌现，如江西少儿出版社的《低幼童话选》，海燕出版社的《中国幼儿文学精华》，安徽少儿出版社的《中国著名作家幼儿文学作品选》等。尤其是1991年重庆出版社的《中国幼儿文学集成》六编十卷、1998年未来出版社的《中国新时期幼儿文学大系》七卷，这两套书的出版，对中国幼儿文学作了系统的历史回顾与总结，既说明了我国幼儿文学读物兴旺发达，也标志着我国幼儿文学走向成熟。

五是幼儿文学奖项作用明显。20世纪80年代以来，除了地方性、专业性奖项之外，属于全国性、常设性、综合性的儿童文学重大评奖活动就有很多，如“全国优秀儿童文学奖”“全国儿童文学理论评奖”“宋庆龄儿童文学奖”“陈伯吹儿童文学奖”“冰心儿童图书奖”等。这些儿童文学奖项的设立和评定，有效地鼓舞了一大批幼儿文学作家的创作活动。

不过，也应该看到，我国的幼儿文学由于起步晚，加上长期对儿童不够重视的社会观念，以及信息流通不畅等多种因素，所以同国外幼儿文学的水平还有一定距离，这种距离不但表现在创作意识上，还表现在图书制作的水平上。随着21世纪全球化时代的来临，儿童文学界对外交流日益频繁，我国同国外在幼儿文学方面的差距将逐步缩小。

第三节 幼儿文学的特征

文学的特征是由文学的属性所决定的。文学的属性主要有三个方面：意识形态性、审美属性和语言属性。基于这几个属性的考虑，许多文学理论著作都把文学的特征表述为四个：形象性、情感性、审美性、符号性(语言性)。但是幼儿文学除了具有这些共性之外，还有其特殊性，这种特殊性是由其接受的对象决定的，即幼儿文学的读者主要是学龄前幼儿。一方面，幼儿的智力和生活经验还处于朦胧状态，其审美心理主要表现为动态的、感性的和“自我中心”思维；另一方面，幼儿由于识字不多，对作品的“阅读”主要是借助于“听赏”家长和教师的讲述。基于这种对幼儿的心理特征和接受文学的特殊方式的认识，我们认为，幼儿文学一般具有如下文体特点和美学特质。

一、幼儿文学的文体特点

(一)启蒙性——幼儿文学是开启心智的启蒙文学

幼儿文学一般有明确的教育目的，其题材丰富，知识性强，常常以形象化的艺术手法，介绍幼儿所不知道的大千世界。许多作品是通过对现象世界的描绘来帮助幼儿认识事物的特点，甚至有专门介绍知识的动植物儿歌、知识性童话等，这些对于幼儿初步认识自然、认识社会作用很大。如幼儿诗《植物妈妈有办法》，分别介绍了豌豆、苍耳、蒲公英等植物传播种子的不同途径。幼儿科学童话《小蝌蚪找妈妈》，描述了一群蝌蚪找妈妈的有趣过程，帮助幼儿认识了“眼睛圆鼓鼓”的金鱼，“肚皮雪雪白”的螃蟹，“四条腿”的乌龟……最后，小蝌蚪终于找到了自己的青蛙妈妈：眼睛圆鼓鼓、肚皮雪雪白、长着四条腿。后来，小蝌蚪也渐渐变成了小青蛙。显然，这些描述不同于生物学中对青蛙个体发育过程的阐述，而是适应幼儿主体接受能力，着眼于增长他们认识事物特征的形象描绘。

再看下面两首儿歌：

爸爸妈妈去上班，我上幼儿园。我不哭，我不闹，叫声老师好。(佚名《我上幼儿园》)

1像铅笔细又长，2像小鸭水上漂，3像耳朵听声音，4像小旗随风飘……(郭明志《数数歌》)

第一首简单明了，自言自语，对于那些初入幼儿园的小朋友能够起到自我暗示、自我教育的作用，有益于心智发育。第二首配上适当的插图，不仅让幼儿感受到了语言的节奏美，而且通过联想和想象把枯燥的数字与现实生活中的各种事物联系了起来，在趣味学习中使幼儿记住了数字，可谓把幼儿文学的启蒙作用发挥到了极致。类似的，幼儿文学中的绕口令能训练幼儿的语言能力和思维能力；谜语能发展幼儿的判断推理能力；幼儿童话有助于幼儿道德情操的养成；幼儿戏剧通过角色扮演，能促进幼儿社会化过程；等等。

(二)听赏性——幼儿文学是通俗生动的听赏文学

幼儿文学是“听赏文学”，容易受时间的限制，因此幼儿文学作品总是特别讲究声音的运用，需要建立传播中语言的稳定性。这主要体现在两个方面。

一是浅显通俗的口语性。幼儿文学作品讲究使用浅显明白、通俗易懂的口语，力求在短时间内给幼儿留下较深印象。例如一篇幼儿文学作品这样写道：“小猫心情挺不舒服，但是小兔并不理解它。”小孩子就不好听懂。若改为“小猫咪的心里多难过呀，可是小兔子一点都不知道。”幼儿就很容易听明白了。

二是悦耳生动的音乐性。幼儿文学是充满诗情画意的，其优美的语言、精致的节奏、和谐的韵律，成为将幼儿引向文学世界的一份漂亮的“请柬”。幼儿文学作品大多适合朗诵传唱，例如樊家信的《孙悟空打妖怪》：

唐僧骑马咚那个咚，后面跟着个孙悟空。孙悟空，跑得快，后面跟着个猪八戒。猪八戒，鼻子长，后面跟着个沙和尚。沙和尚，挑着担，后面来了个老妖怪。老妖怪，心狠毒，骗过唐僧和老猪。唐僧老猪真糊涂，是人是妖分不出。分不出，上了当，多亏孙悟空眼睛亮。眼睛亮，冒金光，高高举起金箍棒。金箍棒，有力量，妖魔鬼怪消灭光。

这首儿歌别出心裁地引入锣鼓点“咚那个咚”，既为全篇奠定了欢快的基调，又形成强烈的节奏。两句一转韵，使幼儿诵读时自然形成抑扬顿挫的音调。和谐优美的韵律激起幼儿愉快美好的直感，便于朗诵记忆。

(三)快乐性——幼儿文学是趣味盎然的快乐文学

幼儿文学作品大多充满天真的情趣，有助于培养幼儿活泼开朗的性格和积极向上的生活态度。如传统儿歌《小老鼠上灯台》：

小老鼠，上灯台，
偷油吃，下不来，
吱吱吱，叫奶奶，
奶奶不肯来。
喵喵喵，猫来了，
叽里咕噜滚下来！

这首儿歌语句简短，妙趣横生，读起来朗朗上口，富有教育意义，适合于小班的幼儿，容易引发幼儿的笑声。此外，儿歌中的谜语、绕口令、问答歌、颠倒歌、拍手歌等都具有很强的趣味性。

特别指出的是，幼儿文学作品在艺术上的趣味性，是常常与它们的游戏性紧密相关的。许多作品的内容和形式都具有浓郁的游戏化色彩，有些作品甚至直接以游戏为题材，例如詹冰的幼儿诗《游戏》、夏辇生的幼儿散文《抬轿子》和包蕾的幼儿歌剧《小熊请客》等。印度大文豪泰戈尔有一首短诗《玩具》，写一枚在成人眼中是典型的财富象征的硬币，在孩子手中却成了纯粹用来游戏的玩具。可以说，幼儿文学作品是充满美学意味的文学化游戏。就算是少数有悲剧色彩的作品，其情调也是美好的。如李其美的幼儿生活故事《鸟树》，写几个小朋友把一只死了的小鸟埋进地里，还在上面插了一根葡萄枝条。作品并没有过多描绘鸟儿死后小朋友的悲伤，而是着眼于孩子们的幻想："这棵树长大了，会开出很多很多的鸟花，鸟花结成很多很多鸟果，鸟果熟了，裂开来就跳出了很多很多的小鸟……"看，孩子们那天真无邪的"游戏态度"，作品中那明朗乐观的诗意情调，无不表明幼儿文学是名副其实的快乐文学！

二、幼儿文学的美学特质

所谓幼儿文学的美学特质，是指那些相对于成人文学而言，在幼儿文学中表现得更为普遍、更为集中、更为典型的艺术品性。这些艺术品性同幼儿的生命内蕴和精神特征之间有着更为深刻的、内在的联系。既然幼儿在审美趣味和阅读能力上具有特殊规范和特别要求，幼儿文学也就具有区别于成人文学的整体审美特点。因此，幼儿文学不但不会因为它的接受对象是幼儿而降低对美的追求，相反，优秀的幼儿文学作品总是在简洁平实的外表下饱含着美的成分，这是其他文学所不容易达到的。

(一)稚拙美

"稚拙"，即稚气而拙朴，是幼儿文学天然拥有的美学语汇和艺术特质，或者说是一种艺术本能和一种美学天性，它与原始艺术及其美学风格十分相似。幼儿文学的稚拙美，构成的是大巧若拙、浑然天成的艺术景致，是一种很高的美学境界，它既表现在内容上，也表现在形式上。

从内容上看，幼儿文学的稚拙美主要表现为幼儿心理、生活中的许多形态和情态，尤其表现为许许多多的充满幼儿情趣而深入幼儿内心的文学形象。例如蜡笔小新、大头儿子、大耳朵图图等，他们有的机智，有的糊涂，有的喜爱自作聪明，有的总是弄巧成拙，使得大人又爱又气，哭笑不得。在圣野的幼儿故事《只哭一点点》里，札札没玩够，有点不开心，就对外公说自己只哭一点点，因为怕妈妈听见了伤心。谭小乔的幼儿故事《小蜜蜜与乖独独》，则把两个小孩子的稚态描绘得十分细腻：摔痛了就打地板打桌子，边打边喊"桌桌哭！凳凳哭！"过生日时的最大愿望是"不要自己的屁股了"，免得调皮时挨打；为了看飞机飞翔，把老母鸡甩下阳台……这些在成人看来滑稽可笑的情节，小孩子却觉得十分真实亲切。"稚"和"拙"本为幼儿天性，并非愚昧呆笨，而出于心灵诚实，是真性情的自然表露。又如儿歌《小黄狗》：

小黄狗，汪汪叫，吓了妹妹一大跳。妹妹转身回头看，原来是哥哥学狗叫。

寥寥几笔，就把兄妹俩玩耍时天真活泼的情趣表现出来了。

从形式上看，幼儿文学的稚拙美主要体现在：篇幅短小、线索单一、结构简明等。又如叙述方式上一般只用一种人称，只用顺叙方法；语言运用上主要是浅显的口语，而且常常不断重复等。请看樊发稼的《看自己睡觉》：

晚间上床/不一会儿/我就什么也不知道了/我真想/一直睁大眼睛/看自己怎样睡觉

这首小诗语言简易，但因为选择了幼童稚嫩的眼光去关照生活，就有了化腐朽为神奇的力量，充满了幼儿文学特有的稚拙美。

(二)纯真美

虽然某些成人文学作品中有时也有“纯真”的印痕，但在幼儿文学作品中，“纯真”却是一种普遍存在的、基本的美学品性，这是因为幼儿比成人更具有“纯真”这一生命的原质。幼儿正处于人生的黎明时期，生命的花朵刚刚绽放，其心灵单纯而明净，具有纤尘不染的童真，许多作家对此进行了生动展现。无论是摹声、摹状，还是想象抒情，都表现出对幼儿天真烂漫的童心世界的敏锐感受和艺术再现能力。当然，这种赞美不是用直接的评论，而是通过幼儿的视角来展现的。如樊发稼的幼儿诗《小蘑菇》：

小蘑菇，你真傻！/太阳，没晒，/大雨，没下，/你老撑着小伞，干啥？

又如张继楼的《快住手》：

你这个淘气包，/为啥要欺侮小鸟！/老师没有告诉你吗？/这样顽皮可不好。/你要是肚子饿了，/我请你吃奶油蛋糕；/你要是想做游戏，/我来当一次小鸟。

通过一个小孩向老猫的训话，把幼儿平等向善的心理状态描写得十分传神，一个“打抱不平”的可爱的小英雄形象跃然纸上。可以说，表现幼儿生命、幼儿世界的纯真之美，正是幼儿文学作家自觉的创作追求。作品里充盈晶莹剔透的幼儿心灵，构成了作品纯真之美的内在质素。

(三)质朴美

“质”是质地，“朴”是朴素。幼儿文学同民间文学一样，具有一种不加修饰的自然、淳朴之美。这种质朴美来源于幼儿生命、精神中所蕴含的质朴风格和幼儿文学作家质朴的人格品质。具体到幼儿文学作品中，这表现在作品形式的简洁朴素，也表现为作品内容的浅显清澈，还表现为作品语言的本色自然。例如，格林童话中的《玫瑰公主》的开头：

从前，有一个国王和他的王后。他们每天都说：“唉，要是我们有个孩子，那该多好！”可是，他们一直没有。有一次，王后正在洗澡。有一只青蛙从水中爬上岸来对她说：“你的愿望就要实现了。一年之内你会生下一个女儿。”果然，青蛙的话应验了。王后生了一个女儿，长得非常美丽。

文中没有任何拖泥带水的叙述，就把一个故事的缘起交代得非常清楚。这种质朴的风格既是民间文学的特点，也是后世幼儿文学作家努力追求的风格。

但是要注意，质朴绝不是形式的粗糙、内容的贫乏、语言的简陋，而是用最简洁最自然的文学形式来表达最本真的生命意趣。质朴是一种美学品格，是需要深厚的艺术功力和长期的创作实践才能达到的精神境界。金代元好问赞陶渊明诗“一语天然万古新，豪华落尽见真淳”，近代王国维评李后主词“粗服乱头，不掩国色”，优秀的幼儿文学作品也具有这样的魅力！

第四节 幼儿文学的创作和改编

一、幼儿文学的作者①

(一)幼儿文学作者的类型

从社会职业身份来看，我国现阶段的幼儿文学作者队伍，主要有以下几种类型：

第一种是专业作家。专门从事幼儿文学创作的专业作家为数不多。

第二种是少年儿童出版社或少年儿童期刊杂志的编辑。

第三种是教师，尤其是中小学和幼儿园的教师。这是一支非常重要的、实力雄厚的业余少儿文学作者队伍。在我国，叶圣陶、陈伯吹等许多儿童文学前辈作家都是小学教师出身。后辈作家中如胡莲娟、任霞苓、倪冰如、郑春华、谭小乔等，他们都来自教育一线，熟悉幼儿生活，作品质量也比较高。

(二)幼儿文学作者的基本素养

幼儿文学作者要创作出适合幼儿听赏的作品，除具备一般文学作者所应有的能力和掌握文学创作的一般规律外，还应具备哪些基本素养呢？

第一，要有对幼儿的爱心和责任感。

热爱幼儿是一个幼儿文学作者的基本品格，爱心应和培养幼儿健全人格、发展他们文明素质的社会责任感紧密联系起来。叶圣陶、冰心、张天翼等儿童文学前辈大师，无一不是具有爱心的作家，是孩子们的伟大朋友。安徒生说："我用全部感情和思想来写童话。"著名作家、《安徒生童话》的中文译者叶君健说："搞儿童文学是一种牺牲，但要提高中华民族的文化素质，必须从孩子们着手。"每个有志于幼儿文学创作的人，无论是专业作家还是一般作者，都应该有一种崇高的爱心和责任感，把幼儿文学创作当作神圣的事业。

第二，要有独特的生活积累。

幼儿文学作者的生活积累主要有两种途径：一种是自己的童年记忆，不断地从童年记忆中唤醒自己童年的生活体验，就如女作家刘真所说："童年给我印象最深的那几年生活，总在脑子中转……总之，是我的童年不平常的生活使我写起儿童来的。"另一种是深入幼童生活领域，进行真诚的观察、体验、思考。尤其是第二种，幼儿文学作者不但要主动了解当下幼儿的生活，观察和熟悉他们的现实世界，更要善于用心去体悟，用脑去想象他们的心灵世界。

第三，要有特殊的审美意识。

幼儿文学作者的创作心理中普遍存在两种审美意识：一种是作者自我的成人审美

---

① 本小节内容主要引自黄云生．儿童文学教程[M]．浙江大学出版社，1996：29—35.

意识；另一种是来自接受者的幼儿审美意识。尤其是后者，它需要作者保持童心不泯，“他们虽已成年，但在心理上却保留着比一般人远为强烈的精灵崇拜的倾向，属于具有非常丰富的幻想力的性格类型。”（日本·上笙一郎语）幼儿审美意识具体表现为单纯、率真和感性化，以幼儿的眼光看世界。金近在《中国新文学大系·导言》中说：“儿童文学作家应该有童心，有了童心，他们才能成为孩子们的知心朋友，才能深入细致地了解孩子的心理特点，理解孩子思想感情。”也只有这样，才能在创作中形成两代人的“心灵对话”，亦即安徒生说的：“仿佛我对面有一个小孩在听一般。”

第四，要有丰富的想象力和恰当的表现力。

幼儿文学作者应该具有丰富的想象力。正如俄国文艺理论家别林斯基所说：“生气勃勃的、富有诗意的想象力是培养儿童文学作家的一系列必备条件中的不可或缺的条件。儿童作家应当通过幻想并且凭借这种幻想去打动孩子们。”幼儿文学作者还要有意摆脱成人思维定式，把艺术假定建筑在幼儿思维的逻辑之上，要敢于“异想天开”。许多在成人看来不可能的事情，而幼儿认为是顺理成章的，如爱迪生小时候蹲坐在鸡蛋上，理所当然认为自己可以孵出小鸡！

幼儿文学作者还应该具有适宜幼儿接受的艺术表现力，包括选材立意、情节设计、表现手法、形象刻画、语言运用等方面的表现力。特别值得一提的是幽默。幽默是幼儿文学最好的表现方式。一位幼儿文学作者应该是富有幽默感的人，并将其机智和快乐在创作中呈现出来。

二、幼儿文学创作的基本要求①

与一般文学创作相同，幼儿文学创作的全过程也应由取材、构思和表达三个有序而连贯的阶段组成。第一个阶段解决的是“写什么”，后两个阶段解决的是“怎么写”。然而，在幼儿文学创作过程中，由于有一个指向幼儿的读者意识在引导和制约着作者的创作行为，因而在取材目标、构思方法、表达形式和语言技巧等方面，都会有一些相异于成人文学的独特之处。

（一）题材

题材是指组合在文学作品中的生活材料。

从题材的选择看，幼儿文学的题材要广泛多样。作家、理论家刘绪源认为儿童文学有三大母题：爱的母题、顽童的母题和自然的母题。② 这仍然未能涵盖众多题材。幼儿文学的题材，无疑应以反映幼儿生活为主，但也可以有反映成人生活的，如英雄事迹、名人轶事等。还可以从传统的神话传说、历史故事、笑话寓言及经典文学中的某些章节中取材。西方文学中比较受欢迎的历险、探奇、侦破、科幻等方面的题材，也

① 本小节内容主要参考人民教育出版社中学语文室．幼儿文学[M]．人民教育出版社，2005：29—38。李莹、肖育林：学前儿童文学[M]．2版．复旦大学出版社，2011：135—138.

② 刘绪源．儿童文学的三大母题[M]．上海：华东师范大学出版社，2009.

应引起我们的关注。此外，作家应该重视知识性题材尤其是富于时代特征的科技知识题材，当然，创作这类题材时要注意兼顾知识性和文学性，以区别于识字卡片之类的一般幼儿读物。

从题材的处理看，幼儿文学的题材要适应幼儿的理解水平。儿童文学作家陈伯吹说："幼童文学面向着经验、知识贫困的幼童，它的题材内容不是首先要满足他们所不知道的有十万个那么多的'为什么'和'怎么样'。"幼儿文学应以幼儿熟悉的生活和能够理解的事物为主要题材，要顾及幼儿的年龄(也应该顾及性别)理解的程度。幼儿世界(包括幼儿想象中的世界和幼儿关心及感兴趣的世界)往往是幼儿文学创作的最基本的题材库。

(二)主题

主题是文学作品中蕴含的基本思想。

幼儿文学的主题一般有：道德性主题、知识性主题和趣味性主题。

幼儿文学的主题不必人为设限，认为哪些可以表现，哪些不能表现，自设禁区，于创作无益。例如"死亡"的观念，在重视"生命教育"的大背景下，只要表现得巧妙，作品是可以涉及的。安徒生童话《卖火柴的小女孩》、王尔德童话《快乐王子》，结尾都巧妙地写到了主人公之死。又如嵇鸿的童话《雪孩子》的结局："水化为蒸汽腾起，幻化成一个雪孩子模样的云朵，徐徐升向高空。"这种浪漫主义笔法，使作品极具魅力。同时，幼儿文学的主题应注意表现的角度，要努力从幼儿能理解的方面去表现。例如"爱"的主题，就不要一开始就表现"爱党、爱人民"这样的抽象内容，因为幼儿不易理解，可以先从爱父母、爱伙伴讲起，效果就会好很多。

幼儿文学的主题要求单纯、浅显、鲜明，这是因为幼儿知识积累少，辨别能力不足，那些复杂和隐晦的主题不宜出现在幼儿文学作品中。另外，幼儿文学创作时还要防止"主题先行"，试图用故事来图解主题，刻意雕琢，很难写出高质量的作品。

(三)情节

"情节是表现人物间相互关系的一系列生活事件的发展过程。"①

幼儿天生喜欢听故事。幼儿文学中，有情节的作品占绝对优势。即使是偏重抒情的诗歌和散文等文体，叙事成分也有一定比重。柯岩的幼儿诗之所以深受喜爱，原因之一就是她的诗中普遍存在情节因素，例如《帽子的秘密》。情节是形象塑造和主题表现的中心环节。作家设计幼儿作品的情节时，应注意以下几点。

第一，情节要照顾幼儿的理解水平。作品要尽量避免那些需要经过推理、判断才能理解的情节。现实生活中常有这样的情况，给幼儿讲完一个故事后，他们觉得茫然，一点内容也复述不出来，这大都是因为情节超出了他们的理解水平。

第二，情节要求单纯、生动。单纯是指事件少，人物少，人物之间、事情之间简单有序。生动是指情节重在表现人物的行为动作，同时要新颖巧妙，起伏跌宕，切忌

① 童庆炳．文学概论(修订本)[M]．武汉：武汉大学出版社，1995：126.

平铺直叙。许多童话喜欢在开头制造紧张的气氛，然后在后面的情节中设置幽默的缓和方式。这样幼儿就能在情节的一张一弛中，或紧张或放松，注意力得以持续较长时间。

第三，情节应是完整的。情节安排有头有尾，主要情节可适当重复。结构完整、结局圆满是幼儿的心理需要。著名诗人阮章竞在《与青年朋友讨论儿童文学》中说："儿童是希望人生美满，希望有结果，有结果是对孩子的希望、信心的回答和支持。"

（四）结构

结构是对一连串事件的选择和安排。

结构组织得当，有助于情节的生动展现。幼儿文学结构的基本要求是条理清楚。常见的结构方式有以下几种。

一是纵式结构。指的是按照事件发生的自然进程和时间的先后顺序来安排故事内容。它一般运用顺叙方法，中心人物（主人公）只有一个，情节线索单纯，故事沿着一条红线发展。这种结构在幼儿生活故事中最常见，如杨福庆的《谁勇敢》、任霞苓的《一亮一暗的灯》。

二是横式结构。指的是把前后并无直接联系的生活场景或情节平列安排，从不同侧面或角度共同表现主题。这种结构安排舍弃了通常那一条贯穿始终的线索，并且将情节作淡化处理，一切服从题旨需要。如任溶溶的《我是哥哥》，故事用叠被扫地、打针吃药、做错认错等几个事例，说明弟弟妹妹爱跟哥哥姐姐学样，启发幼儿为更年幼的孩子树立榜样。

三是串连式结构。指的是以人物或事件为线索，把几个可以相对独立而又有内在联系的事件连缀成一个有机的整体。这种方式犹如把一颗颗的珍珠串起来，每一颗珍珠都是一个小故事，串在一起表现出人物的同一特点，从而使人物的性格特征更突出，作品更具感染力。如薛卫民的《大画家和小画家》，以林枫和爸爸合作画画为线索，分别写出三幅画的画面：第一幅，林枫给爸爸画的果树上添上一棵葡萄藤，告诉爸爸"这是小葡萄藤和大树玩骑脖梗的游戏呢！就像我骑爸爸的脖梗那样"。第二幅，林枫给爸爸画的窗户上添上牵牛花，一朵洁白，一朵紫红，顺着竹竿爬上窗台，对着屋内，林枫说："我的牵牛花爬上窗子，吹起了小喇叭：嘀嘀嗒——起床吧，洗脸啦！嘀嘀嗒——吃饭吧，上学啦！"第三幅，爸爸和林枫比赛画孙悟空，爸爸问林枫，他的孙悟空怎么没拿金箍棒，他笑嘻嘻说："我的孙悟空连喊三声，变、变、变！把金箍棒变得比火柴棒还小，藏到耳朵里去了，你们看不见！"作品对父子每次合作画画的描述，都可构成一个小小的故事，它们又都表现了林枫的聪颖和丰富的想象力。

（五）形象

形象塑造是幼儿文学创作中的核心问题，一篇作品能否深入人心，很大程度上取决于人物形象的塑造。幼儿文学应在作品中塑造值得幼儿学习和仿效的形象，不宜过多地写反面的东西。幼儿对作品人物形象的认识，常常只简单地区分为"好人"和"坏人"，因此作品中的形象刻画就必须鲜明，要使幼儿明确地感觉哪个好，为什么好，以及哪个坏，为什么坏。

幼儿好动，喜欢活灵活现的人物形象，而不喜欢沉静、呆板的人物形象。例如，《西游记》故事中，幼儿多喜欢孙悟空和猪八戒，而不喜欢唐僧和沙僧。另外，幼儿喜欢形象的外部特征生动突出甚至夸张的，如大耳朵图图、大头儿子和小头爸爸；还喜欢性格单一的“类型化形象”，如英勇的奥特曼、聪明的喜羊羊、凶狠的大灰狼。当然，类型化形象也是可以有区别的，如《米老鼠和唐老鸭》中的米老鼠是活泼幽默型，《老鼠开会》中的老鼠则是狡诈胆小型。

(六)语言

文学是语言的艺术。幼儿文学与其他艺术及文学中的其他样式最显著的区别，就是它的语言。因此，能否使用真正的幼儿文学的语言是作品成功与否的关键。

幼儿文学的语言，从某种意义上讲就是规范了的幼儿口语。那么，这种语言主要有哪些特征呢？

1. 浅显性

在词汇使用上，幼儿文学作品以意义简单明了的日常生活词语为主，以名词、动词和形容词等具体形象的实词为主，少用抽象的虚词，并尽可能避免方言、俗语。在句型使用上，幼儿文学要多用简单句，少用复合句；多用短句、主动句，少用长句、被动句，较少使用关联词。浅显不是贫乏苍白或故作“娃娃腔”，而是深入浅出，浅而不薄。

2. 音乐性

语言的音乐性，指的就是音调和谐，节奏鲜明，读得流畅，念得响亮。幼儿文学语言的音乐性，常见的表现方式有以下几种。

(1)文句有韵。很明显，童谣、儿歌、儿童诗都是讲究押韵的，就是在其他文体中，押韵的效果也非常好。如童话《小兔乖乖》中的唱词：“小兔子乖乖，把门开开，快点儿开开，我要进来。”“不开不开我不开，妈妈没回来，就不把门开。”《骄傲的公鸡》中的独白：“公鸡公鸡真美丽，大红冠子花外衣，油亮脖子金黄脚，要比漂亮我第一。”

(2)象声词的使用。使用象声词能够引起小读者对事物发出声音的听觉直感，从而唤起对事物具体形象的记忆和想象。如柯岩童话剧《小熊请客》里写客人的出场：小猫是“喵喵喵”，小狗是“汪汪汪”，小鸡是“叽叽叽”，突出了各自特点，有助于幼儿对形象的感知。又如童话《狼和小羊》里“老狼巴达巴达地走来了”“老狼痛得嗷嗷地叫着”，这些声音的模拟，用得生动传神。

(3)节奏的安排。幼儿文学创作中，如能用整齐统一、结构相似的句式，则可以形成语言的节奏感。如童话《金色的房子》，写小姑娘不让朋友走近她的漂亮房子，她对小鸟说：“你扑棱棱地乱飞，会把我的房子弄脏的。”她对小狗说：“你汪汪地乱叫，会闹得我睡不着觉的。”她对小猴和小羊说：“你们啪答啪答地乱跑，会把我家的地板踩坏的。”有时候，为了增强语言的节奏，还可有意“啰嗦”，如幼儿民间故事《阿里巴巴和四十大盗》中："等呀，等呀，等到天黑，高西木没有回来；等呀，等呀，等到半夜，高西木还是没有回来。"又如童话《金色的房子》中反复出现一句话："红的墙，绿的窗，金色的屋顶亮堂堂。"这种反复造成的节奏感，能够强烈地感染小读者，也有助于幼儿熟悉、理解和记忆作品的内容。

3. 形象性

幼儿文学的语言要尽可能形象，把人物或事物的外貌、声音、色彩、动作、神态等鲜明具体地凸显在幼儿的面前，绘声绘色，惟妙惟肖，从而使幼儿如身临其境，如见其人，如闻其声。语言要形象，需要通过丰富多样的修辞手法来实现。在幼儿文学创作中，运用较多的修辞格有摹状、比喻、拟人、反复、夸张等，这里不一一举例。

4. 动作性

幼儿天性好动，听故事、唱儿歌时也喜欢随着情节和节奏摇摆身体，情感易外露。因此，幼儿文学的语言尽可能体现出动作性。可以说，幼儿文学是行动的文学。一些表现心理状态的词，如"委屈""激动"之类，幼儿不易理解，可以化为动作来写。比如"瓜瓜嫌西瓜太小，生气了"这句话，如果用动作神态来表现："瓜瓜斜眼儿瞧一瞧那西瓜，噘起了嘴巴，心想：哼，这也叫西瓜？"(马光复《瓜瓜吃瓜》)这一系列动词就把"生气"写具体了。就是运用动词，也要尽量选择确切的有变化的，如柯岩的童话《小熊拔牙》写小熊吃东西时的动作："先吃一勺蜜，真甜！再吃一勺酱，真鲜！勺儿才舀一点点，不如盛上一小盘，越吃越想吃，干脆添一碗。一勺，一盘，一大碗，吃完挨个儿舔三舔……"小熊馋嘴的神态刻画得活灵活现。

三、幼儿文学的改编

文学改编是一种文学写作活动，是按照改编意图和读者需要，在原作基础上进行的审美再创造。幼儿文学的改编，则是以幼儿为读者对象而对原作进行的文学再创造。改编也是一种创作，只不过这是以已有的原作为基础的再创作。这种再创作的意义并不亚于原创作。一些改编后的作品，其艺术魅力比原作更显光彩，也更受读者欢迎。例如750年，伊拉克作家阿里·穆加发对古印度寓言故事集《五卷书》进行了删减增补、文字修饰，使其更适合儿童阅读，并定名为《卡里来和笛木乃》，这是较早的为儿童改写故事的成功范例。

具体说来，幼儿文学的改编，是指把包含有幼儿审美特质的作品或作品片段简化、浅化为适合幼儿听赏的作品。改编既然也是一种创作，那么，前面关于幼儿文学创作的基本要求，也同样适用于幼儿文学的改编。但是，改编也毕竟有它的特殊性。不同体裁作品的改编，其具体方法也不尽相同，本书在后述各章都将有详细介绍，这里仅论述幼儿文学改编的共同原则——"吃透两头，生发中间。"

所谓吃透两头：一是谨慎选择原作，把握原作的精髓。并非任何作品都可以拿来改编，宜选择那些有教育意义或娱乐价值的，适合幼儿审美情趣的作品。例如"四大名著"中，最适合改编成幼儿文学的是《西游记》(尤其是有关美猴王的前七回)；《封神演义》中最适合改编成幼儿文学的是有关哪吒闹海的部分。二是把握作品改编的文体规范。例如，要把一部儿童小说改成幼儿故事，改编者就应该掌握儿童小说和幼儿故事各自的特点及其区别，进行相应的处理。又如要把一个幼儿故事改编成幼儿戏剧，就应简化人物，彰显冲突，尤其是提炼原作中的“戏剧因素”，根据剧本写作要求和舞台演出需要，设计个性化台词和戏剧动作等。

所谓生发中间，指的是改编者的加工创造。这既包括对原作内容作合理取舍，或删繁就简，或添枝加叶，也包括对原作形式作必要的变换，例如，增加情节的曲折性，突出语言的幼儿化，强化叙述的简明度，等等。这是改编者最能展示才华的部分。例如，根据三国时徐整所著《三五历记》改编的幼儿故事《盘古开天》的片段：

很早以前，没有天，也没有地，整个世界黑咕隆咚裹成一团，好像一个大鸡蛋。在这个“鸡蛋”中，有一个人，叫盘古。他一边呼呼睡觉，一边一点点长大。他睡啊睡，长啊长，慢慢长成了一个巨人。

一天，盘古醒过来了。他睁眼一看，哎呀，四面八方全是黑糊糊的，什么也看不见。他感到浑身难受，呼吸困难，突然火冒三丈，就拔下自己的一颗牙齿，说声“变!”就把它变成了一把大斧头！于是他抡起来就向四周用力砍去。只听“轰隆”一声，大“鸡蛋”被砍成了上下两半……

改编者保留了对英雄盘古牺牲自己、创造世界的伟大业绩的歌颂，丰富了他开天辟地的具体情节，语言浅显生动，显示了高超的艺术创造力。

本章小结

通过本章的学习，我们基本掌握了幼儿文学的概念、功能、分类和中外幼儿文学的发展概况，对幼儿文学的基本特征及其创编要求也有了一定的认知。但是，要深入研究幼儿文学的特点，对各种样式的幼儿文学作品进行鉴赏和学习创编，就需要我们在后面的章节中作更为具体的认识，并在平时阅读乃至写作实践中加强训练。

练习与实践

一、运用图示，形象标志幼儿文学在文学和儿童文学中的位置。

二、回忆你童年时代听过的一篇幼儿文学作品，或者列举你喜欢的一两个幼儿文学形象，说一说该作品或该形象为什么给你留下深刻印象。

三、结合具体作品，谈谈你是如何理解幼儿文学是快乐文学的。

四、下列有关幼儿文学的判断，是否存在欠妥之处？请结合作品实例作简要的辨析。

1. 幼儿文学就是不成熟的幼稚作品。

2. 幼儿文学，顾名思义，其接受对象只能是幼儿。

3. 幼儿文学实际上是适宜幼儿阅读的各种书籍的总称。

4. 如果一个作品有幼儿生活的描写，或者其中一些章节为幼儿所喜欢，那么，该作品也可称作幼儿文学。

5. 幼儿文学是教育幼儿的工具，作品中一定要有某种政治或道德的主题。

6. 幼儿文学的读者主要是幼儿，因此在艺术美的追求上应该降低要求。

五、下面是成语“铁杵磨针”的典故原文和幼儿故事，请对照阅读，想想这里体现了哪些改编的技巧？然后讲述给幼儿听。

铁杵磨针(典故原文)

磨针溪，在眉州象耳山下。世传李太白读书山中，未成，弃去。过小溪，逢老媪方磨铁杵，白怪而问之，媪曰：“欲做针。”白曰：“铁杵成针，得乎?”曰：“但需工深!”太白感其意，还而终业。媪自言姓武，今溪旁有武氏岩。(宋·祝穆《方舆胜览》)

铁棒磨成针(幼儿故事)

◇周伟　沈晨光

李白是我国唐朝一位大诗人，他的诗千古传诵，直到今天。但是李白刚上学的时候，并不是个好学生，他觉得学习是件苦事，玩是最快乐的。

一天，李白坐在书房里，没念几页书就厌倦了。他瞅着桌上一大摞书，发起愁来：“这么多书，什么时候才能读完呢?”李白越想越没劲，索性把书合上，溜出了书房。

离开了书房，李白就像飞出笼子的小鸟，蹦蹦跳跳，开心得很。走着，跑着，看着。一抬头，忽然发现不远处的小溪边蹲着一位老奶奶，不知在干什么。李白走上前一看，原来她手里拿着一根铁棒，在一块大石板上“嚓嚓嚓”地使劲磨着，磨着。

李白觉得很稀奇，就躬身向老奶奶行了个礼，问：“老奶奶，你磨这铁棒干什么?”

老奶奶听见有人问话，并不停下手中的活，只是抬头看看身边这个提问的小孩，笑着说：“好孩子，我把它磨成针呀!”

李白听了，大吃一惊，用小手指指铁棒，又忙比划着问：“铁棒这么粗，什么时候才能……”

老奶奶好像知道李白要说什么，便打断他的话，回答说：“小家伙，铁棒虽粗，但是它经得起天天磨吗？我今天磨，明天磨，日子久了，还怕它磨不成绣花针吗?”

听了老奶奶的话，李白很受启发：做什么事情都要有恒心，只要努力去做，没有做不好的，念书识字不也一样吗?

李白想了想，立刻转身往回走，来到书房，重新打开书本，专心地读了起来。从此，他常用老奶奶的话鼓励自己，发愤读书，刻苦学习，写下了千百首诗篇，被誉为“诗仙”。

参考文献

[1] 祝士媛．儿童文学[M]．北京：北京师范大学出版社，1988.

[2] 黄云生．儿童文学教程[M]．杭州：浙江大学出版社，1996.

[3] 人民教育出版社中学语文室．幼儿文学[M]．北京：人民教育出版社，2005.

[4] 杨佳利，卜庆亮，周杏坤．幼儿文学教程[M]．郑州：郑州大学出版社，2008.

[5] 任继敏．幼儿文学创作与欣赏[M]．北京：高等教育出版社，2010.

第二章　儿　歌

导　言

儿歌，又称为“童谣”，是人一生中最早接触的文学样式，是孩子成长不可缺少的精神乳汁，它的自然、活泼、幽默，给人之初的孩子带来欢乐，让他们得到最早的精神陶冶和知识启蒙。本章以经典儿歌为立论的依据，从概念、发展、功能、分类、特征和创编等方面解读儿歌，提高学生对儿歌的理性认识，培养学生对儿歌的鉴赏、创编能力。

学习目标

理解儿歌的概念；了解儿歌的发展历史、功能和分类；掌握儿歌的特征，并学会创编儿歌的方法。

第一节　儿歌概说

一、儿歌的概念

儿歌是指由民间流传、文人拟作或儿童自编自创的，适合幼儿吟唱、欣赏的歌谣，又称为“童谣”。它是儿童文学中最基本的文体之一。

儿歌最简洁的定义是“儿童歌谣”。对“儿童歌谣”，取一、三两个字，就是“儿歌”，取二、四两个字，则是“童谣”。①

在古代，儿歌一般被称为“童谣”。所谓“童谣”，是歌谣中的一个部分，专指在儿童口头广为流传的、没有音乐伴奏的短小押韵的歌谣。童谣在各种文献中还有“童子歌”“儿童谣”“婴儿谣”“小儿谣”“小儿语”“孺子歌”“孺歌”等称谓。

“儿歌”这一名称，古代并没有人使用，1914 年，周作人在《儿歌之研究》中说：“儿歌者，儿童歌讴之词，古言童谣。”这是儿歌第一次被使用。1918 年，北京大学设立了歌谣征集处，随后成立了歌谣研究会、创办了《歌谣》周刊，他们从征集到的歌谣中挑选出儿童歌谣，并冠以“儿歌”的名称在周刊上发表。此后，“儿歌”作为儿童文学的

① 朱自强．儿童文学概论[M]．北京：高等教育出版社，2009：165.

一个专用术语沿用至今。

现代意义上的儿歌，包括民间流传的童谣和作家创作的儿歌两部分。

二、儿歌的发展历史

儿歌起源于民间，历史十分悠久。

现有据可查的《尧时康衢歌谣》是保存在《列子·仲尼》中最古老的一首童谣，因此有研究者称儿歌为“会唱歌的百灵鸟，已经不倦地唱了三千年”。

两千多年前，就有人对儿歌进行收集、整理。在《春秋左传》《国语》《孟子》《战国策》《述异记》《汉书》《新唐书》等历史著作中，可读到最早记载的儿歌。

由于受时代、阶级的局限，也由于数千年来封建社会对儿童教育的轻视，古籍中的童谣大部分是反映政治变动的“时政歌”，被政治家们所利用，成为改朝换代的舆论工具。例如秦末农民起义时的歌谣“阿房，阿房，亡始皇”“楚汉兴，陈胜王”。同时，在我国相当长的一段历史时期，古代阴阳五行学说把童谣当作“诗妖”，认为童谣是预示人间灾变祸福的征兆。例如汉献帝元年初，长安有童谣：“千里草，何青青。十日卜，不得生”。这首童谣是讲董卓的，暗指他将以下犯上，以臣凌君，并暴盛当权，却又迅速败亡，落得“不得生”的结局。因此，我国古代的童谣往往被蒙上强烈的政治色彩和迷信色彩，失去了本真的颜色。流传至今的古代童谣中，真正反映幼儿生活及幼儿情趣的并不多见。

到了明代，人们对儿歌的认识有了很大变化。一些有识之士突破阴阳五行学说的束缚，开始关注儿童自身的心理、情感和趣味，关注童谣对儿童的教育意义。在这种观念的指导下，1593 年出现了由吕坤个人搜集整理的我国第一部儿歌专集《演小儿语》。该书共收集河北、河南、陕西、山西等地民间童谣 46 首。吕坤在序言中强调儿歌要生动形象、饶有趣味，使儿童“乐闻”而“易晓”。这表明，以吕坤为代表的明代文人对儿歌的研究已经有了较大的突破。

清代，人们对儿歌的认识又有了新变化。郑旭旦等称儿歌是“天地之妙文”，犹如大自然发出的音响——“天籁之音”。他强调儿歌是自然、活泼、天真的，“天机活泼，时时发现于童谣。”清代出现了优秀的儿歌集，如《天籁集》(郑旭旦编)、《广天籁集》(悟痴生编)、《北京儿歌》(意大利传教士威大利编)、《孺子歌图》(美国人何德兰编)，清人编的一些歌谣集如《霓裳续谱》《古今风谣拾遗》《越谣》《下里歌谣》中也收录了不少儿歌，其中的作品既有知识性又富趣味性，较明代儿歌的内容更丰富。

五四时期，我国现代意义上的儿歌得以产生，并作为儿童文学的一种重要体裁开始流行。这一时期，最早重视收集儿歌并进行研究的人，当属周作人，他于 1914 年开始收集儿歌，并写了《儿歌之研究》一文，指出儿歌具有“重在音节，多随韵接合，义不相贯……儿童闻之，但就一二名物，涉想成趣，自感愉悦，不求会通”的特征。1918 年，在校长蔡元培、学者沈尹默、刘半农等的倡导下，在北京大学设立了歌谣征集处，成立了歌谣研究会，并创办了《歌谣》周刊。经过几年的努力，在全国共征集 13000 多首歌谣，其中就有大量的儿歌童谣。同时，北京大学的行动推动了各地收集整理儿歌的活动，儿歌童谣集纷纷被出版，如《儿童歌谣》(潘百英编)、《儿童歌谣百首》(葛承训编)、《小朋友山歌》(林兰编)、《各省童谣集》(朱天民编)、苏州一师编《中国儿歌集》等。对传统儿歌的采集与研究促使不少人开始为儿童创作儿歌，出现了《儿歌》(周作人)、《吃果果》(顾颉刚)以及用儿歌体写的《卖布谣》(刘大白)等优秀儿歌。

新中国成立后，我国儿童文学取得了长足的进展，儿歌创作也出现了欣欣向荣的景象，出版了《红色儿童歌谣》《革命红旗满山冈》《少年歌谣》等大量儿歌专集。20 世纪 50 年代的儿歌创作被誉为我国儿歌创作的黄金时期而写在儿童文学史册上。在此期间，涌现出一大批热心儿歌创作的作家，鲁兵、张继楼、圣野、刘饶民、柯岩等是其中成就较高者，他们为儿歌的繁荣作出了重要贡献。

十年动乱期间，儿歌也未能逃脱厄运，许多优秀的儿歌被诬为毒草，横遭封锁禁锢。粉碎“四人帮”进入新时期以后，我国儿童文学揭开了崭新的一页。随着人们对儿歌功能认识的深化，儿歌的研究与创作步出了“教化论”的狭隘圈子，儿歌的题材更加广泛有趣，内容更加丰富多彩，风格更加新颖多样，儿歌的艺术品位大大提高，更多的作家投身于儿歌创作，更多的儿歌专集问世。古老的儿歌正携带着远古的美丽，碰撞现代文明，焕发着智慧和情趣，展示它新的风采，伴随着孩子们走向未来。①

三、儿歌的功能

儿歌是人一生中最早接触的文学样式，是孩子成长不可缺少的精神乳汁，它的自然、活泼、轻快，带给孩子们最早的快乐，让他们得到最早的精神陶冶和知识启蒙。1976 年在比利时举行的国际诗歌会议上，将每年的 3 月 21 日定为“世界儿歌日”，足见国际社会对儿歌意义的肯定和推崇。

儿歌主要有以下几个方面的功能。

(一)培养幼儿的审美情趣

美国诗人如默·戈登(Rumer Godden)认为，培养一位儿童对儿歌的喜好，就如同安置了一个让他永远心旷神怡的泉源。就儿歌来说，在文学创作中表现出来的审美特质，给予那些徜徉于儿歌世界的孩子们美的享受。由于孩子的年龄、生活阅历和知识水平有限，他们的审美能力在一定程度上来说是“睡着的”——稚嫩、有限、不稳定，需要成人加以引导和启发。儿歌是对幼儿进行审美教育、提高审美能力、培养审美情趣的最佳载体。

首先，儿歌可以培养幼儿对美的感受能力。泰戈尔在《儿歌》一书中说：“儿歌是心灵王国的游戏。”可见儿歌是自然诞生于人类心田里的，它往往于自然天成中蕴含着高妙悠远的神韵，于稚拙中显示着质朴纯真的空灵。儿歌呈现出来的音乐美、绘画美、形式美、形象美、情感美……给幼儿美的享受和启迪。

① 人民教育出版社中学语文室．幼儿文学[M]．北京：人民教育出版社，2005：42.

例如任溶溶的《我给小鸡起名字》：

一二三四五六七，
妈妈买了七只鸡。
我给小鸡起名字：
小一，
　小二，
　　小三，
　　　小四，
　　　　小五，
　　　　　小六，
　　　　　　小七。
它们一下都走散，
一只东来一只西。
于是再也认不出：
谁是小七，
　　　　小六，
　　　　　小五，
　　　　　　小四，
　　　　　　　小三，
　　　　　　　　小二，
　　　　　　　　　小一。

这首儿歌设计精细，构思巧妙，外形与内质互融互渗，给予孩子美的享受。作品节有定行，行有定字，长短句有规律的组合以及外形结构上的楼梯式排列，构成了外在形式的参差之美和匀称之美。而这种均衡的楼梯式结构(对称反复)，既与小鸡四处走散又聚拢的形态相吻合，又较好地表现出幼儿数小鸡的手指头和目光随四散的“鸡群”渐渐移向远方的生活场景。

其次，提高幼儿的审美情趣。优秀儿歌能够培养幼儿健康的审美情趣，作品中美的语言、美的情感、美的构思……无不浸润着幼儿的心田，吸引着幼儿去感受美、体验美、鉴赏美、热爱美、追求美。

(二)启迪幼儿的心智

儿歌包罗万象，涵盖大千世界的各种知识。它像一个神奇的万花筒，为幼儿打开了一扇认识世界的窗口。有的知识性儿歌，先从认识自己开始，认识自己身体的各个器官及其功能，然后引导幼儿进一步认识周围的事物，开启幼儿观察世界之门。

例如北京童谣《小眼睛儿》：

小眼睛看景致儿，
小鼻子闻香气儿。
小耳朵听好音儿，
小嘴儿吃奶皮儿。

再如虞运来的《小溪》：

冬天，小溪结冰，

亮晶晶，亮晶晶。

春天，小溪弹琴，

丁丁丁，丁丁丁。

这首儿歌中，结冰的小溪，是一座水晶宫；流动的小溪，是一把会弹奏的琴。形声兼备，想象奇特，展示了大自然的神奇，美妙，引发幼儿探索大自然的兴趣。

内容丰富多彩、风格千姿百态的儿歌使幼儿在娱乐中增长知识，开阔视野，锻炼思维，发展想象，启迪心智，促进幼儿身心健康发展，成为幼儿步入人生，认识自己、认识自然、认识社会的领路人、启蒙者。

(三)促进幼儿语言的发展

儿歌语言浅显、明快、通俗易懂、朗朗上口。幼儿反复听、读儿歌，对于他们的语言发展来说，是大有裨益的。

训练幼儿正确读音，帮助幼儿矫正发音。幼儿在诵读儿歌的过程中，唇舌齿腭等发音部位和口型变化都会得到锻炼，不知不觉中学会正确的读音，矫正错误的发音。儿歌中的绕口令历来都是语言训练的好材料。例如北京儿歌《四和十》：

四是四，

十是十。

十四是十四，

四十是四十。

要想说好四和十，

得靠舌头和牙齿。

谁说四十是“细席”，

谁的舌头没用力；

谁说四十是“事拾”，

谁的舌头没伸直。

认真听，常练习，

十四，四十，四十四。

这首儿歌内容、形式都饶有趣味，幼儿在朗读时乐此不疲，轻松掌握舌尖前音 s 和舌尖后音 sh 的区别，学会正确的发音。

儿歌中丰富的词汇，优美的句子，规范的句式，为幼儿学习语言提供最佳范例，有效促进幼儿语言的发展；幼儿(一岁至两岁)的语言往往是“电报式语言”——断续的、不连贯的，儿歌在训练幼儿语言连贯性上，同样发挥着无与伦比的作用。

(四)传承民族文化

张继楼语：“耳口相授传万代，它是长生不老歌。”看似浅显的儿歌其实蕴藏着丰富的思想内容，它记载了社会生活习俗、道德礼仪等各个方面，被誉为“民族文化的活化石”。儿歌将民族的优良传统、民俗文化等传递给幼儿。例如《忙年歌》：

小孩，小孩，你别馋，
过了腊八就是年。
腊八粥，过几天，
漓漓拉拉二十三。
二十三，糖瓜粘，
二十四，扫房子，
二十五，做豆腐，
二十六，去割肉，
二十七，宰年鸡，
二十八，把面发，
二十九，蒸馒头，
三十晚上熬一宿，
大年初一扭一扭。

在如今物质生活富裕的时代，这种过年的习俗已渐渐远去，终有一天会沉淀为历史。但是，儿歌却真实地记载、保存这一历史文化，并流传下来。

同时，儿歌也会给正在成长中的幼儿提供正确的道德规范。例如传统儿歌《小板凳》：

小板凳，四条腿，
我给奶奶嗑瓜子。
奶奶吃得香，
我给奶奶熬面汤。
面汤里加点油，
吃得奶奶直点头。

这首儿歌语言简洁、晓畅。在不经意间，向孩子传递了“孝顺”长辈的主题。

那些平时被长辈们呵护着的“家中的宠儿”“后院的王者”们在诵读时，内心又会泛起怎样的涟漪。

此外，一些儿歌还寄托着家人、社会对幼儿的祝福和希望等。这些宝贵的财富经过孩子们的“天籁之音”，一代代传承下来。

可见，儿歌与幼儿一生的发展有着千丝万缕的联系，恰如儿童文学研究者王泉根教授所说：“这是文学女神在未经开发的幼者心田播下的第一粒诗之花种，洒下的第一瓢美之甘露，投下的第一束爱之光泽。”童时习之，可为终身体识。

第二节　儿歌的分类

一、分类

儿歌内容丰富、形式灵活多样。从不同的角度、按照不同的标准，可以把儿歌分成不同的类型。

(一)儿歌的吟唱者

1. 母歌

母歌指的是婴儿还不会说话时，听母亲或其他长辈吟唱的歌谣。

2. 儿戏

儿戏指的是渐渐学会说话的幼儿边嬉戏边吟唱的歌谣。

(二)儿歌的创作者

1. 民间流传的儿歌

例如河南民间儿歌《盖花楼》：

盖！盖！
盖花楼。
花楼低，
碰着鸡。
鸡下蛋，
碰着雁。
雁叼米，
碰着小孩就是你。

2. 作家创作的儿歌

例如金波的儿歌《野牵牛》：

野牵牛，爬高楼；
高楼高，爬树梢；
树梢长，爬东墙；
东墙滑，爬篱笆；
篱笆细，不敢爬；
躺在地上吹喇叭：

嘀嗒嘀嘀嗒！
嘀嗒嘀嘀嗒！

(三)儿歌表现的主题

1. 知识性儿歌

知识性儿歌是指那些专门介绍知识的儿歌。幼儿的好奇心与求知欲旺盛，儿歌是帮助他们认识自然、了解社会的有效途径之一。在儿歌中，知识性儿歌占有相当大的比重。例如王金黎的《雄知了》：

雄知了，
嗓门大，
是个小小歌唱家。

真可惜，
运气差，
娶个媳妇是哑巴。

这首儿歌采用拟人手法，富有情趣地介绍了雄知了发音、雌知了不发音的动物知识。从儿歌中可以看出：作者舍弃知了其他特征不提，只抓住它们发音的特点来写，这正是其高明之处。知识性儿歌在描绘事物时，最好只抓住一点，不及其余，如果说得过于全面，会使幼儿不得要领。

2. 教育性儿歌

教育性儿歌是指那些对幼儿进行教育的儿歌。幼儿的个性、品格、习惯等各方面都处于形成期，对其进行好的教育是必不可少的，儿歌正好担当此任。寓教于乐是儿歌教育性的体现方式。例如张秋生的《啊呜一口就吃掉》：

小老鼠，胖宝宝，每天都要睡懒觉。
睡懒觉，不肯起，妈妈给他送蛋糕。
送蛋糕，还撒娇，爸爸给他挤牙膏。
挤牙膏，刷好牙，太阳已经老老高。
老老高，上学校，半路碰上小花猫。
小花猫，真正凶，老鼠胖得没法跑。
没法跑，吱吱叫，坐在地上等妈抱。
妈没抱，猫来抱，啊呜一口就吃掉。

3. 趣味性儿歌

趣味性儿歌即游戏性儿歌，让幼儿得到如做游戏般单纯的快乐享受，并不强调儿歌的“意义”。“游戏性儿歌”包括“游戏儿歌”。例如张铁苏的《我像小鸟》：

我学老鹰飞飞，
我学小鸡逃逃。
我学青蛙跳跳，
我学小狗叫叫。
我学鱼儿游游，
我学马儿跑跑。
我学花儿笑笑，
我在美丽的花园，
快乐得像只小鸟。

举手投足都是乐，一颦一笑皆成歌。幼儿在他“飞飞、逃逃、跳跳……”一系列的动作中，传递出心中最纯真、无邪的快乐。

(四)儿歌的行数

1. 绝句型儿歌

绝句型儿歌指的是句式工整，四句为一首的儿歌。例如常瑞的《秋风吹》：

秋风秋风吹吹，
树叶树叶飞飞。
就像一群蝴蝶，
张开翅膀追追。

2. 自由体儿歌

自由体儿歌指的是行数、每行的字数不受限制、自由的儿歌。例如钱万成的《小木偶》：

走路爸爸抱着走，
吃饭妈妈送到口，
天长长，
日久久，
有手不会拿，
有脚不会走，
变成一个小木偶。

(五)儿歌每行的字数

1. 三言

三言又叫三字歌，每句由三个字构成。例如吴珹的《小蝌蚪去春游》：

桃花水，
轻轻流。
小蝌蚪，

扭呀扭，
东看看，
西瞅瞅，
排着队，
去春游。

2. 四言

四言又叫四字歌，每句由四个字构成。例如陶行知的《布谷》：
布谷布谷，
快快布谷。
如不布谷，
没米煮粥。
如要煮粥，
快快布谷。
布谷煮粥，
煮粥布谷。

3. 五言

五言又叫五字歌，每句由五个字构成。例如戚万凯的《水果歌》：
苹果爱红脸，
香蕉爱弯腰，
石榴爱咧嘴，
桃子爱长毛，
西瓜爱睡觉，
起来要人抱。

4. 六言

六言又叫六字歌，每句由六个字构成。例如喻德荣的《丫丫》：
丫丫种下花花，
每天都要看它，
是否长高长大，
什么时候开花？
妈妈每天回家，
总要亲亲丫丫，
摸摸她的头发，
盼她快快长大。

5. 七言

七言又叫七字歌，每句由七个字构成。例如许浪的《秋》：

高粱熟了昂着头，
稻子熟了低着头，
玉米熟了歪着头，
芦花白了摇着头。
一阵秋风吹来了，
树上苹果露着头。
娃娃唱起丰收歌，
拍着手儿点着头。

6. 三三七言

每节有三句，前两句每句有三个字，最后一句由七个字构成。例如辽宁儿歌《大蜻蜓》：

大蜻蜓，
绿眼睛，
两对翅膀亮晶晶。

飞一飞，
停一停，
飞来飞去捉蚊蝇。

7. 杂言

杂言每行字数不固定，一般由三言、五言、七言等各种句式交替运用。例如北京儿歌《蚕宝宝》：

蚕宝宝，
真稀奇，
小时像蚂蚁，
大了穿白衣，
吐出丝来长又细，
结成茧儿真美丽。

二、儿歌的传统艺术形式

儿歌在长期的发展演变及流传过程中，形成了某些固定的格式。这些固定的格式经过漫长岁月的不断“淘洗”，艺术形式更加丰富、臻于完美。

现介绍几种人们喜闻乐见的传统艺术形式。

(一)摇篮曲

摇篮曲又称摇篮歌、催眠曲，古代称为抚儿歌。指由母亲或其他长辈哄幼儿睡觉时哼唱、吟诵的歌谣，是人一生中最早接触的文学样式。它节奏柔和舒缓，语言柔美流畅，易使幼儿的情绪趋于平稳并渐渐入睡。

摇篮曲歌词简单，内容单纯。儿歌中常常出现“宝宝”“宝贝”“睡觉”等字眼。因其对幼儿的影响在“声”不在“义”，有的摇篮曲没有歌词，只有声调；有的摇篮曲没有完整或明确的意思，只是用柔和的声音连缀几个词或句子。例如鲁迅先生哄他的儿子小海婴入睡，即兴吟唱的摇篮曲：

小红，小象，小红象，
小象，小红，小象红；
小象，小红，小红象，
小红，小象，小象红 。

有的摇篮曲表现了母亲或其他长辈对幼儿的温情和爱抚。例如流传于欧洲部分地区的《吊床》：

吊床，吊床，
挂在树上。
摇晃，摇晃，
悠荡，悠荡，
摇晃，悠荡，
悠荡，摇晃，
床上的小孩，
进入梦乡。

对即将入睡的幼儿而言，摇篮曲的内容并不重要，重要的是和谐优美的韵律和轻柔舒缓的节奏共同营造出的静谧温馨的氛围，让幼儿在幸福感、满足感、安全感的包裹下进入甜蜜的梦乡。

(二)游戏歌

游戏歌是指幼儿进行游戏活动时吟唱的儿歌。在活动中，游戏歌担任指挥游戏动作的角色，给活动中的幼儿一个口令。它一方面指挥游戏动作、调节游戏节奏；另一方面协调大家的活动，将唱诵嬉笑统一在一起。所以游戏歌不仅有组织游戏的作用，还能培养幼儿团结合作的精神。例如郑志刚的《跳绳谣》：

一根绳，
两人摇，
三个宝宝排队跳。
摇得低，
像水池，
摇得高，
像座桥。
摇摇摇，
像波涛，

跳跳跳，
鱼蹦高。
你跳我跳大家跳，
好像鱼儿水中闹。

在游戏过程中吟唱歌谣，不但能提高幼儿游戏的兴趣，还会使其获得极大的快感，促进其身心健康的发展。例如著名儿童文学作家金波在幼儿时期和母亲一起念唱的《游戏歌》：

拉箩箩，
扯箩箩，
收了麦子蒸馍馍：
蒸个黑的，
放到盔里；
蒸个白的，
揣在怀里。

这首儿歌中，母亲和孩子面对面，手拉手，伴着儿歌的节奏，一来二去地拉着，当念到最后一句“揣在怀里”时，母亲张开双臂，迅速把孩子揽入怀中，母子亲情以及他们的快乐在这一瞬间达到了极致。

游戏歌的形式多样。可以“边唱边玩”，如《丢手绢》等；可以“边唱边跳”，如《跳绳谣》等；可以“边唱边画”，如一首日本儿歌：圆中一点，圆中一点，横横竖竖，圆中一点。唰——，再画个大圆，三个半圆，头发三根，头发三根，头发三根，一下子变成了老板娘。①

游戏歌中还有一种特殊的形式叫“拍手歌”。两人相对而坐，边念儿歌边伸出双手左右击掌对拍，念每行最后一句时两人的双手同时对拍，念唱儿歌的节奏决定拍手的快慢，一般要从一拍到十，因此有的地区也叫作“十对唱”。例如在许多幼儿园广泛流传的《爱清洁，讲卫生》：

你拍一，我拍一，不睡懒觉早早起。
你拍二，我拍二，洗脸漱口自己做。
你拍三，我拍三，指甲长了剪一剪。
你拍四，我拍四，打死苍蝇和蚊子。
你拍五，我拍五，消灭臭虫和老鼠。
你拍六，我拍六，瓜皮碎纸别乱丢。
你拍七，我拍七，吃饭细嚼别着急。
你拍八，我拍八，桌子椅子要常擦。
你拍九，我拍九，饭前便后要洗手。
你拍十，我拍十，大家不要吃零食。
爱清洁，讲卫生，身体健康不生病。
身体好，学习好，人人夸我好宝宝。

① ［日］黑柳彻子．窗边的小姑娘［M］．宋濂，译．长沙：湖南少年儿童出版社，1983：163.

(三)数数歌

数数歌是指把抽象的数与一些有趣的事物结合起来的儿歌。它是数学与文学的巧妙结合，让幼儿在轻松愉快的诵读中，掌握一些数的概念。数数歌对促进幼儿思维的发展有着不可低估的作用。

数数歌的形式灵活多样、生动活泼。有的将数字符号嵌入儿歌，化为具体可感的事物，引发幼儿学习数的兴趣。例如郭明志的《数数歌》：

"1"像铅笔细长条，
"2"像小鸭水上漂，
"3"像耳朵听声音，
"4"像小旗随风摇，
"5"像秤钩来称菜，
"6"像豆芽咧嘴笑，
"7"像镰刀割青草，
"8"像麻花拧一遭，
"9"像勺子能吃饭，
"0"像鸡蛋做蛋糕。

有的嵌入简单的数序，让幼儿初步认识数的顺序。例如金近的《数字歌》：

一二三，
爬上山，
四五六，
翻筋斗，
七八九，
拍皮球，
伸出两只手，
十个手指头。

有的利用数序的变化来结构儿歌，增加数数的难度与趣味性。例如庄永春的《外婆有只花猫咪》：

一二三，四五六，
外婆家，有舅舅；
六五四，三二一，
外婆家，有小姨；
一二三四五六七，
外婆有只花猫咪。

有的把数字与量词结合起来，使数数更加活泼有趣。例如王晨湖的《量词歌》：

一头牛，两匹马，
三条鲤鱼四只鸭，

五本书，六支笔，
七棵果树八朵花，
九架飞机十辆车，
量词千万别说差，
小朋友，试一试，
互相调换就要闹笑话。

有的加入了简单的计算，将儿歌与运算融为一体。幼儿既能享受到吟唱的快乐，又能掌握运算知识。例如孙华文的《数数歌》：

四加三，
等于七。
六减五，
等于一。
一二三四五，
六七八九十。
十个手指头，
小小计算机。

还有的把月份与蔬菜、水果、花卉等时令知识结合。幼儿既能获得数数的训练，又能了解一些花卉、水果、农作物等方面的知识。例如内蒙古传统儿歌《十二月菜》：

一月菠菜刚发青，
二月出土羊角葱，
三月荠菜出了土，
四月韭菜嫩青青，
五月黄瓜大街卖，
六月茄子紫英英，
七月葫芦弯似弓，
八月辣椒满树红，
九月大瓜面又甜，
十月萝卜瓷丁丁，
十一月白菜家家有，
十二月蒜苗水灵灵。

当然，并非出现了数字的儿歌就是数数歌。数数歌要求儿歌中必须有数的排列，排列形式是多样的，可以横着排、竖着排、顺着排、倒着排或斜着排。

(四)问答歌

问答歌又称问答调、对歌，还有称为“盘歌”的，是指以设问作答的方式，引导幼儿认识事物的特征或一定道理的儿歌。孩子唱诵问答歌，能引起幼儿的思考、联想，从而获得知识的启迪和美的享受。有问有答是其基本的特征。

有的问答歌采用一问一答的形式。这种形式的问答歌问得清楚，答得迅速，与幼儿想知道答案的急切心理相契合。例如彭玉冰的《怎样叫》：

大公鸡，怎样叫？
喔喔喔喔这样叫，
喔——
宝宝宝宝快起早。

小鸭子，怎样叫？
嘎嘎嘎嘎这样叫，
嘎——
黄黄的绒毛水上飘。

老黄牛，怎样叫？
哞哞哞哞这样叫，
哞——
拉起犁头田里跑。

小山羊，怎样叫？
咩咩咩咩这样叫，
咩——
好像在把妈妈找。

小花猫，怎样叫？
喵喵喵喵这样叫，
喵——
吓得老鼠逃不掉。

有的问答歌采用连问连答的形式，以一组问引出一组答，以此介绍不同的事物。这种形式的问答歌，可以让幼儿在比较中认识事物，培养幼儿观察事物、分辨事物的能力。例如再耕的《车儿歌》：

什么车儿山上爬？
什么车儿钻地下？
什么车儿梳辫子？
什么车儿牵娃娃？

缆车朝着山上爬，
地下火车钻地下，
电车头上梳辫子，
拖车身后牵娃娃。

有的问答歌采用连环扣的手法，根据前一句的回答继续发问，使问与答不断延伸。

例如《我唱歌儿骑着马》：

青青的草，红红的花，
我唱歌儿骑着马。
什么马？
大马。
什么大？
天大。
什么天？
青天。
什么青？
山青。
什么山？
高山。
什么高？
塔高。
什么塔？
宝塔。
什么宝？
国宝。
什么国？
我爱中华人民共和国！

有的问答歌和数数歌结合起来，形成一种对数谣。例如吉林儿歌《十数对花谣》：

我说一，谁对一，
什么开花在水里？
你说一，我对一，
菱角开花在水里！
我说二，谁对二，
什么开花把道沿？
你说二，我对二，
马来开花把道沿！
我说三，谁对三，
什么开花叶尖尖？
你说三，我对三，
韭菜开花叶尖尖！
我说四，谁对四，
什么开花一身刺？
你说四，我对四，
黄瓜开花一身刺！

我说五，谁对五，
什么开花在端午？
你说五，我对五，
葫芦开花五月五！
我说六，谁对六，
什么开花一身肉？
你说六，我对六，
茄子开花一身肉！
我说七，谁对七，
什么开花把头低？
你说七，我对七，
葵花开花把头低！
我说八，谁对八，
什么开花胡子拉碴？
你说八，我对八，
苞米开花胡子拉碴！
我说九，谁对九，
什么开花家家都有？
你说九，我对九，
地豆开花家家有！
我说十，谁对十，
什么开花随簸箕？
你说十，我对十，
扫帚开花随簸箕！

（五）连锁调

连锁调也称连锁歌、连珠体儿歌、衔尾式儿歌。它用顶真的修辞方法来结构儿歌，即将上一句末尾的字、词或短句，作为下一句的开头，或上下句随韵黏合，从而首尾相连、环环相扣。这种“顶针续麻、随韵黏合、中途换韵”的艺术手段形成了连锁调丰富的韵律变化和内容的趣味性、娱乐性。

“首尾相衔接”是连锁调的基本形式。例如邓德明的《做习题》：

小调皮，做习题，
习题难，画小雁；
小雁飞，画乌龟；
乌龟爬，画小马；
小马跑，画小猫；
小猫叫，吓一跳。
学文化，怕动脑，
看你怎么学得好。

"隔行相衔接"是连锁调的又一表现形式。这种形式的儿歌中间隔一行才形成字词的首尾黏合。例如西南地区流传的《三国刘备打草鞋》：

来来来，
三国刘备打草鞋，
草鞋打给苏妲己。
苏妲己的脸又红，
一打打到赵子龙。
赵子龙的本领高，
一打打到高老幺。
高老幺的镰刀快，
一杀杀到猪八戒。
猪八戒的嘴巴长，
揪起两个耳朵晒太阳。

这首儿歌虽然"隔行相衔接"，但这种衔接十分紧凑、自然，两句一换韵，铿锵有力，妙趣横生；在内容上将毫无关系的《三国演义》《封神演义》《西游记》里的人物形象串在了一起，更是趣味无穷。

(六)绕口令

绕口令又叫急口令、拗口令，是指用一些发音相近、容易读混淆的字词组成的语音拗口、风趣幽默的儿歌。诵读时要求口齿清楚、发音准确、快速流畅、连成一气。绕口令能够训练幼儿正确的发音吐字，提高幼儿的语言能力、思维能力；同时快速诵读导致口误而产生的幽默感和喜剧效应，给幼儿带来巨大的快乐和满足。

传统的绕口令特别强调语音上的相近性，对内容并无过多的要求。例如传统儿歌《碗盛饭》：

红饭碗，
黄饭碗，
红饭碗盛满碗饭，
黄饭碗盛半碗饭，
黄饭碗添半碗饭，
像红饭碗一样满碗饭。

在这首绕口令中，黄、红两字声母相同，饭、碗、满三字的韵母相同，快速诵读，极易混淆。

作家创作的绕口令则更追求形式与内容的统一，让幼儿在训练口齿、辨声正音的同时，还能得到情感的熏陶。例如传统儿歌《妞妞扭牛》：

牛牛要吃河边柳，
妞妞赶牛牛不走，
妞妞护柳牛扭头，

牛牛扭头瞅妞妞，
妞妞扭牛牛更拗，
牛牛要顶小妞妞，
妞妞捡起小石头，
吓得牛牛扭头走。

儿歌不但突出了对声母中容易混淆的鼻音“n”和边音“l”的训练重点，还塑造了一个爱护树木的小妞妞的形象，堪称绕口令佳作。

（七）颠倒歌

颠倒歌又叫古怪歌、错了歌、稀奇歌、滑稽调、扯谎歌。它是指故意将事物之间的正常关系和各自特征加以夸张性错乱颠倒的儿歌。

这类儿歌表现的都是现实生活中事物的反面，违背常情常理。在这个颠倒的世界里，四季可以转换，雌雄可以混淆，弱者可以战胜强者等，形成了颠倒歌独特的荒诞、古怪、诙谐、幽默的特点。例如寒枫的《稀奇歌》：

罗罗嘿，嘿罗罗，
听我唱支稀奇歌。
公鸡下蛋呱嗒叫，
黄狗会把老鼠捉，
母猪嘴里长象牙，
鸭子有双大耳朵，
两只白兔飞起来，
石榴树上摘菠萝。
太阳听了哈哈笑，
不往西落往东落。

颠倒歌可以引发幼儿的好奇心，训练幼儿的逆向思维，培养幼儿的辨别能力和幽默感。例如北京儿歌《太阳起西往东落》：

太阳从西往东落，听我唱个颠倒歌。
天上打雷没有响，地上石头滚上坡；
江里骆驼会下蛋，山上鲤鱼搭成窝；
腊月酷热直淌汗，六月寒冷打哆嗦；
姐在房中头梳手，门外口袋把驴驮；
咸鱼下饭淡如水，油煎豆腐骨头多；
黄河中心割韭菜，龙门山上捉田螺；
捉到田螺比缸大，抱了田螺看外婆；
外婆在摇篮里哇哇哭，放下田螺抱外婆。

这首儿歌全是反语，通过内容上的悖理、错位和大胆的想象、夸张造成幽默情趣，让幼儿在忍俊不禁中快速纠正，锻炼了幼儿从反面思考问题的能力。

(八)字头歌

字头歌也叫字尾歌，是指每句末尾的字词完全相同的儿歌。字头歌主要的特点是一韵到底，有较强的韵律感。

传统的字头歌多用“子”“儿”“头”等字作句尾，语言亲切、幽默，易于记诵，深受幼儿喜爱。

1. 子字歌

子字歌是指每句以“子”字结尾的儿歌。例如传统儿歌《房子里有箱子》：

房子里有箱子，
箱子里有匣子，
匣子里有盒子，
盒子里有镯子。
镯子外有盒子，
盒子外有匣子，
匣子外有箱子，
箱子外有房子。

2. 儿字歌

儿字歌是指每句以“儿”字结尾的儿歌。这种儿歌里的“儿”字，要读它的“儿化音”。例如传统儿歌《小小子儿开铺子儿》：

小小子儿，
开铺子儿，
开开铺子儿两扇门儿，
小桌子儿，
小椅子儿，
乌木筷子儿小碟子儿。

3. 头字歌

头字歌是指每句以“头”字结尾的儿歌。例如河北儿歌《爷爷爷爷给馒头》：

从西头到东头，
这边来了个小老头。
穿着靴头，戴着帽头，
腰里掖着个小斧头。
上山头，砍木头，
砍了这头砍那头。
跟上山来个小丫头，
拿着一篮小馒头。

摔了一个小跟头，

碰了丫头的花花头。

小丫头，不啼哭，

理理头，拾馒头，

找到了砍木头的小老头，

小丫头，叫老头：

“爷爷爷爷我给你送馒头。”

一些作家采用“来”“了”“人”“瓜”“手”等字作字尾，创作了新的字头歌，给人耳目一新的感觉。

4. 来字歌

来字歌是指每句以“来”字结尾的儿歌。例如张继楼的《怎么来》：

怎么来？

抱着来。

怎么来？

背着来。

骑在爸爸肩上来。

坐在妈妈车上来。

牵着奶奶手儿来。

挺着胸膛自己走——着——来！

5. 了字歌

了字歌是指每句以“了”字结尾的儿歌。例如张继楼的《做手影》：

兔来了，

狼来了，

螃蟹爬上墙来了。

电灯一关都跑了，

电灯一开都来了。

6. 瓜字歌

瓜字歌是指每句以“瓜”字结尾的儿歌。例如圣野的《瓜儿谣》：

长丝瓜，

嫩黄瓜，

花花脸儿是西瓜，

胖胖个儿是冬瓜，

雪白雪白的白梨瓜，

黄底白条的黄金瓜，

地上躺着一个大南瓜。

7. 人字歌

人字歌是指每句以“人”字结尾的儿歌。例如张光昌的《游湖人》：

东是人，西是人，
来来往往都是人。
“阿拉阿拉”上海人，
“俺们俺们”山东人。
戴花帽的新疆人，
穿长袍的西藏人。
外地人，本地人，
说说笑笑像亲人。
他们说我们是西湖的小主人，
我们说大家都是一家人。

8. 手字歌

手字歌是指每句以“手”字结尾的儿歌。例如戚万凯的《干干净净一双手》：

吃饭穿衣伸伸手，
写字画画伸伸手，
劳动锻炼伸伸手，
助人为乐伸伸手。
不该要的不伸手，
干干净净一双手。

（九）谜语歌

谜语歌又叫谜语儿歌、儿歌谜。它是指用儿歌的形式表述谜面的谜语。

谜语歌由谜面、谜底、谜目三部分组成。谜面就是儿歌本身，用比喻、拟人、象征等手法，含蓄地透露出作为谜底事物的特征、性能或作用等；谜底就是被隐藏起来的事物，也就是答案；谜目就是对答案范围的提示，通常在谜面后用文字加小括号的形式体现，如（打一动物）、（猜一植物）、（打一生活用品）等。

谜语歌与谜语有着千丝万缕的联系，但又不同于一般的谜语。

首先，文体形式不同。谜语既可以是无韵的一两句话，也可以是有韵的一首歌谣；而谜语歌则一定是合辙押韵的儿歌。

其次，难度不同。由于读者对象的不同，谜语的难度较大，谜底包罗万象，令人难以捉摸，成人都难以猜出；谜语歌的难度相对较小，谜底往往是幼儿熟悉的事物，符合幼儿的认识水平和理解水平，幼儿较容易猜出。

最后，从语言特点上来看，成年人谜语的语言往往具有书面语色彩；谜语歌的语言则是浅显、生动、形象、直观的幼儿生活口语。

谜语歌内容丰富、形式多样。

1. 从谜面的角度来看，有一个谜面一个谜底的，也有一个谜面多个谜底的。

例如：圆肚肚，紧绷绷，
肚子里面空又空；
不敲它，不吭声，
敲它就喊痛痛痛。
（打一乐器）

再如：大哥说话先脱帽，
二哥说话先用刀，
三哥说话要喝水，
四哥说话雪花飘。
（打四种文教用品）

2. 从谜底的角度看，有动物、植物、自然现象、人体器官、生活文化用品等。

例如：上边毛，
下边毛，
中间一粒黑葡萄，
到了夜里毛对毛。
（打一人体器官）

又如：弟兄七八个，
围着柱子坐，
只要一分开，
衣服就扯破。
（打一植物）

再如：驼背公公，
力大无穷；
爱驮什么，
车水马龙。
（打一物）

猜谜语对于幼儿来说，似在智慧树下捉迷藏，能激发幼儿探索的兴趣，满足幼儿的好奇心与好胜心，促进幼儿分析、综合、推理、判断能力的发展，促进幼儿记忆、想象、联想能力的提高。因此谜语歌常常成为幼儿教师组织活动的好帮手，家长与孩子交流的一条温馨的纽带。

第三节　儿歌的特点

自幼儿呱呱坠地的那一刻，儿歌就带着“天籁”般的幽默走进了孩子们的精神世界，流淌在一个又一个温馨祥和的家庭，活跃在一代又一代慈爱柔和的长辈和纯真稚嫩的儿童的吟唱中。许多儿歌经历了一辈又一辈歌者的吟唱，脱却了粗俗，洗净了尘滓，清新明朗、质朴无邪，让幼儿深深迷恋，为之欢欣、陶醉。

儿歌的主要特点有以下几方面。

一、大巧若拙，自然天成

儿歌贵在率真自然。清代郑旭旦在他的《天籁集》里最早把儿歌视作“天籁”，认为它们“天机活泼”“风行水上，自然成文……真率浑成之至”。毫无雕凿矫饰之意，这确实道出了儿歌的真谛。优秀的儿歌往往在稚拙中显示出一种自然、纯真的空灵；在单纯中蕴含着高妙、悠远的神韵，无意为巧而大巧得之。例如传统儿歌《光头》：

光头光头，
下雨不愁，
人家有伞，
我有光头，
又圆又光，
又油又亮，
雨水不沾，
天下敢走。

这首儿歌像是雨中的孩子兴之所至，脱口而出。我们仔细琢磨，就会觉得语言简洁，意味却不简单。儿歌中的“光头”因为没有了牵挂，没有了羁绊而敢走天下。那种洒脱与追求自由的孩子的心性是多么的吻合。

二、音韵和谐，节奏明快

音乐性是儿歌的生命。没有了音乐性，趣味盎然的儿歌就会变成一潭死水，缺少活力和灵气。

儿歌语言的音乐性具体表现在和谐的音韵和明快的节奏两个方面。

儿歌的音韵和谐主要是指借助句子的押韵、词句的回环复沓以及模拟声响等手段所造成的音乐感。

押韵是造成儿歌音韵和谐最重要的手段。所谓押韵是指儿歌中相关句子最后一个字(亦称韵脚)的韵母相同或相近，使儿歌读起来产生音韵上的和谐美。儿歌押韵的方式主要有：句句押韵(整首儿歌，一韵到底；其中用同一个字来押韵的，被称为“一字韵”，它是句句押韵的特殊方式)；隔行押韵(一般偶数行押韵，首句可押韵可不押韵，尾句押韵)；几行一转韵(中途换韵自然和谐)。例如传统儿歌《宝石光光》：

星星，月亮，(iang)
抬头望望，(uang)
摘来点灯，
宝石光光，(uang)
借来梳头，
照我模样。(iang)

这是一首隔行押韵的儿歌，首行及偶数行押“ang”韵，听起来响亮悦耳，再加上叠音词“望望、光光”的使用，乐感更强，读来十分上口，深受幼儿喜爱。

词语、词句的回环复沓以及模拟声响也是形成儿歌音韵和谐不容忽视的手段。例如刘饶民的儿歌《春雨》：

滴答，滴答，下雨啦！
种子说：“下吧，下吧，我要发芽。”
梨树说：“下吧，下吧，我要开花。”
麦苗说：“下吧，下吧，我要长大。”
孩子说：“下吧，下吧，我要种瓜。”
滴答，滴答，下雨啦！

这首儿歌不仅选择了发音开口大、响亮的“a”韵母作为韵脚来取得音韵效果，还调动了各种艺术手段，使作品飘荡出欢快的韵律：如运用“下吧、下吧”的词语反复；采用了音响效果突出的象声词“滴答、滴答”等。由于多种手段的共同作用，使儿歌产生了奇妙的音乐效果，唤起幼儿听觉的直感，极尽“春雨绵绵不尽，万物欣喜”的心情。

儿歌的节奏明快主要是指通过高低强弱的语音有规律地交替以及句子的停顿所形成的音乐感。

高低强弱的语音有规律地交替形成了儿歌明快的节奏。如果这种交替疏密得当，错落有致，语言就会产生和谐的节奏。古代律诗的调平仄就是有规律地排列、有高低强弱之分的语音方法。作为“天籁”之音的儿歌，几乎是天然地运用着调平仄的方法，读起来抑扬顿挫，如珠落玉盘，清亮悦耳。

儿歌的节奏更多地反映在由句子的停顿而构成的节拍上。当儿歌中有规律地出现一定数量的音节，形成一定数量的节拍，念唱起来有短暂的停顿，就形成了节奏。一般来说三字句为两拍，五字句为三拍，七字句为四拍。例如河南传统儿歌《菊花开》：

板凳，板凳，歪歪，
菊花，菊花，开开！
开几朵？X　XX
开三朵。X　XX
爹一朵，X　XX
娘一朵，X　XX
妹妹头上戴一朵。XX　XX　X　XX

儿歌开头两个六字句，各切为三个整齐的二字音节，而后转为两个三字句，最后又以“三三七”句式收尾，句式错落有致又不失工整，读来朗朗上口，具有很强的音乐感染力。

三、歌戏融合，富有乐趣

周作人在《儿歌之研究》中指出：儿歌者，儿未能言，母与儿戏，歌以侑之，与后之儿自戏自歌。可见，儿歌与游戏相伴，密不可分。幼儿往往一边做游戏，一边唱童谣，协调动作，其乐融融。例如在许多幼儿园流行的《黑猫警长》：

黑猫警长，黑猫警长喵喵喵，（身体前倾，五指张开，放在嘴边学猫叫）

开着警车，开着警车呜呜叫，（双手作握方向盘状，左右转动）

小小老鼠，小小老鼠哪里逃，（双手五指并拢放嘴边，作小老鼠状）

一枪一个，一枪一个消灭掉。（左手叉腰，右手做开枪动作，最后"包袱——剪子——锤决出胜负）

在游戏歌、数数歌、问答歌、绕口令、颠倒歌、谜语歌、连锁调等传统的艺术形式中，儿歌充满着浓厚的游戏精神，给孩子们带来快乐；就是一般性的儿歌，也融进了大量的游戏情调，供幼儿且歌且舞，且歌且戏。例如陈家华的《大皮鞋》：

小弟弟，真好笑，
爸爸的大皮鞋脚上套。
皮鞋大，
脚板小，
走起路来像姥姥。

作品中弟弟穿着爸爸的大皮鞋，一仰一俯、步步走来。他的滑稽可笑、憨态可掬会让每个孩子忍俊不禁、跃跃欲试。又如薛卫民的《牵牛花找朋友》：

牵牛花，
不牵牛，
牵着花儿爬墙头。
牵牛花，
东墙走，
去和豆荚拉拉手。
牵牛花，
西墙走，
去和葫芦碰碰头。
东墙走
西墙走，
牵牛花儿找朋友。

这是一首描述静态物的儿歌，但游戏的成分非常明显。作者巧妙运用"爬、拉、碰、找"等动词，赋予牵牛花以动感，使儿歌在拟人化中充满了游戏的快乐。

在富于变化的节奏中，在和谐优美的韵律中，在自问自答的设想中，在快速诵读的拗口中，在违背常理的逻辑中，在童心可掬的动作中……儿歌无不充满着游戏的精神。失去了歌唱性、游戏性与趣味性的品格，儿歌本真的特性就消失了，变成成人手中的政治工具、教化工具。

四、内容浅显，篇幅简短

由于儿歌是"口头文学"，再加上幼儿的理解水平和接受能力都比较低，因此，儿歌在内容上必须浅显、单纯，适合幼儿的生活经验、思想情感、语言水平；在篇幅上不宜过长。这样幼儿才能一听就懂、一学就会。一般来说，一首儿歌大约控制在四行至十余行之间，二十行以上的儿歌就算是篇幅长的了。例如传统儿歌《丫头丫》：

丫头丫，打蚂蚱，
蚂蚱叫，丫头笑，
蚂蚱飞，丫头追，
蚂蚱跳，吓得丫头一大跳。

这首儿歌在内容上选取了一个娃娃在草地上追打蚂蚱的场景，这是幼儿熟悉的生活；在语言上，“丫头”“蚂蚱”“吓一大跳”等词全是幼儿生活中的口语，便于幼儿理解。在篇幅上，句短行少，只有短短四行，不到三十个字。整首儿歌好读、好学、好记。又如常瑞的《两只小象》：

两只小象河边走，
翘起鼻子钩一钩，
好像好朋友，
见面握握手。

儿歌短短四行，只有二十四个字，写了两只小象在河边钩鼻子嬉戏的情景。巧用比喻，在不经意间，和盘托出“礼貌、友谊”两大主题。幼儿不必思考就能感受到儿歌的温馨。

总之，儿歌同玩具、游戏一样，是幼儿天然的朋友。这个天然的朋友，以其特有的美质，陪伴着幼儿快乐健康地成长。

第四节　儿歌的创编

在幼儿文学的百花园里，儿歌是其中一朵亮丽的奇葩。幼师生除了具备欣赏儿歌的能力外，还须具备创编的兴趣和本领，才能拥有儿歌真正的春天。

幼师生学习创编儿歌可以分为以下两步。

一、抓住结构和韵律，儿歌创编要形似

儿歌作品形式上排列整齐、规范，读起来朗朗上口。儿歌创编在篇幅、结构、韵律上要符合儿歌的外在形式特征，看上去像一首儿歌，读起来有儿歌的味道。

具体来说，表现在以下几个方面。

(一)儿歌的篇幅

篇幅上，由于儿歌的主要接受对象是幼儿，所以儿歌的篇幅不宜过长。

(二)儿歌的结构

结构上，儿歌没有一成不变的固定形式，既可以分节，也可以不分。就分节而言，

一般有三种形式可以采用。

1. 一节式：儿歌篇幅较短，内容单纯，一气呵成，意到文止。例如经绍珍的《两个泥娃娃》：

小丫丫，和泥巴，
捏了一个泥娃娃。
抱一抱，亲一亲，
照照镜子发了傻：
哪来两个泥娃娃，
一个小来一个大？

2. 两节式：儿歌的内容，分两节表达。常采用对比或反复的修辞手法，使上下两节内容前后呼应、浑然一体。例如刘饶民的《问大海》：

大海大海我问你：
你为什么这样蓝？
大海笑着来回答：
“我的怀里抱蓝天。”

大海大海我问你：
你为什么这样咸？
大海笑着来回答：
“渔民叔叔流了汗。”

3. 多节式：三节或三节以上的儿歌，内容丰富，结构比较自由，可长可短。例如冬木的《霜花》：

北风刮，
大雪下，
玻璃窗上结霜花。

这像鸡，
那像鸭，
三套大马把车拉。

哎呀呀，
怎么啦？
鸡飞鸭逃车没了。

找呀找，
没影了，
太阳公公笑哈哈……

(三)儿歌的句式

句式上，可采用三言、四言、五言、六言、七言、三三七言或杂言等句式。

(四)儿歌的韵律

儿歌要有韵律感。儿歌作品读起来要朗朗上口，和谐动听，富有音乐美。押韵是造成儿歌音乐性的主要手段之一。

初学写儿歌，要熟悉普通话十三个韵辙的发音特点，学会因情选韵，因情变韵，同时也要掌握以下押韵规律。

1. 句句押韵

句句押韵的儿歌读起来悦耳动听，朗朗上口。例如郑春华的《甜嘴巴》：

小娃娃，
甜嘴巴，
喊妈妈，
喊爸爸，
喊得奶奶笑掉牙。

这首儿歌每句都以“a”韵母结尾，响亮有力。在轻松愉快的诵读中，可爱的孩子，惹人怜爱；一家人其乐融融，令人羡慕。

值得注意的是，如果采用句句押韵的形式，要注意变换韵脚(字头歌除外)，以免单调重复使儿歌缺乏美感。

2. 第一、二、四句押韵

“绝句型儿歌”(四句为一首的儿歌)常常采用这种押韵的方式。例如赵家瑶的《懒孩》：

懒孩睡前不洗脸，
夜里老鼠跑来舔，
不是小猫发现了，
差点啃了鼻子眼！

作品由四句组成，每句七言，第一、二、四句押“an”韵，读起来朗朗上口、节奏感强。

3. 双行押韵

儿歌超过四句的，一般双行要押韵。这种形式的儿歌，首句可以押韵，也可以不押韵。如果儿歌是奇数行，在遵循双行押韵规律的同时，结束句也要押韵。例如传统儿歌《小毛驴》：

我有一只小毛驴，
我从来也不骑，
有一天我心血来潮，
骑着去赶集，
我手里拿着小皮鞭，

我心里正得意，

不知怎么哗啦啦啦啦，

我摔了一身泥。

这首儿歌共有8行，逢双行均以“i”韵母结尾，形成了优美和谐的韵律。

4. 第二、三行押韵

这是对三三七言句式的儿歌而言的。这种形式的儿歌一般由若干节构成，每节三行，第二、三两行要押韵。整首儿歌既可以一韵到底，也可以根据需要隔段换韵。例如王森的《小丽丽》：

小丽丽，
握铅笔，
一画画出小公鸡。

小公鸡，
吹喇叭，
一画画出小青蛙。

小青蛙，
打起鼓，
一画画出小白兔。

小白兔，
爱吃豆，
一画画出金丝猴。

金丝猴，
爬杆杆，
一画画出小花园。

小花园，
花儿密，
有朵就像小丽丽。

这首儿歌由六节三三七言句式构成，每节巧妙换韵，读来韵律活泼、节奏明快。同时层层传递出更为广阔的空间，感情纯真美妙，体现了三三七言式儿歌丰富的表现力。

儿歌作品仅仅做到形似是远远不够的，必须达到神似方为佳作。

二、抓住神韵和灵气，儿歌创编要神似

（一）体察幼儿生活，捕捉新题材

袁枚诗云："夕阳芳草寻常物，解用都为绝妙词。"只要留意，素材遍地。儿歌选材的空间宏大，幼儿生活中的一人、一事、一景、一物，甚至一个瞬间、一个动作、一点感受、一丝情绪……均可成为儿歌创编的素材。如何在纷繁的生活中捕捉到新颖的题材？

首先，从幼儿视角体察生活。贴近幼儿生活的创编方是上乘之作。由于幼儿审美心理的特殊性，世界万物在幼儿的眼中，具有别样的色彩和情怀。成人必须站立于时代精神的高度，从幼儿的视角体察生活：用幼儿的眼睛去观察，用幼儿的耳朵去倾听，用幼儿的思维去思考，用幼儿的心灵去感悟。

其次，练就一双好眼。法国著名雕塑家罗丹曾云：美是到处都有的，对于我们的眼睛，不是缺少美，而是缺少发现。要有所发现，关键在于有一双敏锐的眼睛，在观察中见别人所未见。观察事物时要五官开放，身心兼用，除了用眼睛看，还可以用耳朵听，或者用手脚触摸等。例如郑春华的《吃饼干》：

饼干圆圆，
圆圆饼干，
用手掰开，
变成小船。

你吃一半，
我吃一半，
啊呜一口，
小船真甜。

作者以敏锐的眼光采撷到这首甜甜的儿歌，甜甜的不仅仅是饼干，还有一个甜甜的分享过程。对于幼儿吃饼干这样一个生活小镜头，作者就调动了视觉、听觉、味觉等各种感官，融形象、动作、声音、味道、情感于一体，趣味十足。把饼干想象成小船，更为奇特，浸透了浓浓的童真稚趣。

（二）巧妙构思，旧貌换新颜

平常的题材通过巧妙的构思，也能避免雷同，翻出新意。构思精巧往往表现为写作角度和思路的不一样。苏轼诗云："横看成岭侧成峰，远近高低各不同。"说的是同一事物，从不同的角度观察，会有不同效果。儿歌创编时，可选择的角度众多，从常人不易想到的角度和思路落笔，就会笔下生花，写出"人人心中皆有，人人笔下皆无"的佳作。例如范永昭的《老虎和小羊》：

爸爸属虎，

我属羊。

瞧！

小羊胆子大不大？

敢和老虎亲嘴巴！

这首儿歌构思新巧，堪称精品。标题中“老”和“小”对比鲜明，用字极妙，弱小的小羊遇见强大的老虎会发生什么事呢？设置悬念。一提到老虎和小羊，人们首先想到的是小羊成了老虎的美餐，而作者却独辟蹊径，写小羊和老虎亲嘴巴，令人匪夷所思。小羊之所以敢和老虎亲嘴巴，是因为“虎”和“羊”都是属相，至此，揭开谜底。作者将写动物的题材巧妙地转换到属相领域，构思超俗而入情入理。

构思时要多向思维，务求独辟蹊径，标新立异，不落俗套。逆向思维也不失为一种好方法。所谓逆向思维也叫反弹琵琶。它往往跳出习惯思维的窠臼，反其道而思之，使作品出奇制胜、别有洞天。

（三）激发想象，彰显童真童趣

童趣是儿歌的生命。无童趣，儿歌则僵、则枯，无美感，则不为幼儿喜爱。儿歌创编要有童趣。

如何彰显儿歌的童真童趣？

1. 撷取蕴藏童趣的生活加以创编。童趣往往蕴藏于幼儿的“天真妙语”“稚拙的行为”以及“独有的感受和想法”之中。创编者要善于捕捉幼儿生活中的童趣。例如圣野的《扮老公公》：

老公公，

出来了。

白胡子，

白眉毛，

点点头，

弯弯腰，

脚一滑，

摔一跤，

一摸胡子掉下了，

乐得大家哈哈笑。

这首儿歌截取了幼儿生活中的一个真实镜头，儿歌中的孩子模仿老公公的样子，故作老成，不料摔跤后却泄露了“天机”——粘着的胡子掉下来啦。整首儿歌无不跳荡着童心，充满着童趣。

2. 根据幼儿的特点展开想象的翅膀。

儿歌并不都是对幼儿情趣生活的客观描摹，它往往有着创编者兴致勃勃的介入，创编者大胆、独特的想象是使儿歌充满童趣的有效途径。创编者要打开想象的闸门，紧紧抓住事物的特征展开想象。想象要新鲜、有趣、立体、丰满。例如李少白的《鸡蛋》：

鸡蛋白，
鸡蛋黄，
白云抱个小太阳。

儿歌前两句平淡无奇，但结尾句却把鸡蛋的形象想象成白云遮住了太阳，境界全出。言尽而意无穷，留待读者回味：颜色，相似；形状，酷肖；童趣，无穷。精品也。

3. 巧用比喻、拟人、反复、对比、夸张、设问、摹声等表现手法。无论何种表现手法，只要自然贴切，都会为作品增加亮色。例如许浪的《月儿》：

月儿弯弯，
像只小船，
摇呀摇呀，
越摇越圆。

月儿弯弯，
像个银盘，
转呀转呀，
越转越弯。

儿歌中巧用反复、比喻，把“弯月”比作“摇动的小船”，把“圆月”比作“转动的银盘”，在形象、动态的描写过程中，使月亮盈亏变化的自然规律变得趣味盎然、鲜明生动。又如吴城的《小豆芽》：

小豆芽，
歪歪嘴，
胖嘟嘟儿没长腿。
没长腿，
咋走路，
蹲在水里打呼噜。
睡一觉，
醒来了，
伸出小脚踩高跷。

这首三三七言的儿歌，成功地运用拟人化的表现手法，艺术地再现了发豆芽的过程，同时也让我们快乐地认识了一位可爱、俏皮的小豆芽。那“歪歪嘴”“胖嘟嘟”的模样惹人喜爱，“打呼噜”“踩高跷”等调皮的行为又惟妙惟肖地表现出小豆芽的情态。这样的小豆芽小朋友们都喜欢。

再如丁曲的《冬瓜》：

冬瓜，
冬瓜，
地上躺；

呼噜，呼噜，

睡得香；
一个一个长得胖。

儿歌中巧用拟人、摹状等手法，引人遐想，增添了作品的童趣。只要恰到好处地运用这些艺术手法，就会增添作品的艺术感染力。

（四）推敲修改，力求去粗取精

文章不厌百回改，反复推敲佳句来。好文章是改出来的，儿歌亦然。文章的修改工作有人把它概括为四个字：“增、删、改、调”。“字去而意留，辞殊而意显”，是文章修改的一种较高境界。

儿歌常用的修改方法：一是朗读推敲法，儿歌写毕，自吟自诵，不顺则改。这种方法对于修改丢词掉字、语病句病、音韵不畅等问题特别有效。二是求助他人法，将自己的初稿拿给别人看，并请别人提出修改意见，“旁观者”更易于从中发现问题。

例如一位作者写了一首叫《螳螂》的儿歌：

一只螳螂，
举起两把大刀，
走了三步路，
要去割青草。

幼儿文学作家圣野对这首儿歌作了修改：

一只螳螂，
举起大刀，
一跳一跳，
去割青草。

修改后的儿歌想象奇特、尽显巧妙，句式更工整，节奏感更强；同时句子简练，动感十足，突出了螳螂爱蹦爱跳的特点。

另外，儿歌写好后，要读给小朋友们听。可以说，检验儿歌的好坏，婴幼儿是最严格的裁判。只要他们喜欢，我们的儿歌创编才算成功。

本章小结

通过本章的学习，我们初步掌握了儿歌的基本知识，领略了儿歌的特殊魅力，并学会了儿歌创编的方法。儿歌，天籁之音，凝聚的是中华民族5000年的智慧和文明。作为幼师生，我们有责任传承下去，让儿歌在幼儿文学的百花园里更加绚丽多姿。

练习与实践

1. 名词解释：儿歌　游戏歌　颠倒歌　谜语歌

2. 填空题

（1）明代，吕坤个人搜集整理了我国第一部儿歌专集《　　　　　》。

(2)清代，_________最早提出了儿歌是“天籁之音”的观点。

(3)1918年，北京大学设立歌谣征集处，随后又成立_________会，创办《歌谣》周刊，他们从征集到的大量歌谣中挑选出传统儿童歌谣，并冠以“_________”的名称在周刊上发表。

(4)1976年在比利时举行的国际诗歌会议上，将每年的_________定为“世界儿歌日”。

3. 简答题

(1)我国儿歌有哪些传统的艺术形式？

(2)简述儿歌的特征。

4. 幼师生如何创编儿歌？下面是几位初学者写的儿歌，请找出这些儿歌的问题，然后作出你的修改并谈谈修改理由。

下跳棋

小小跳棋花又圆，
红一颗，绿一颗，
你走来，我跳去，
大家走到一起真有趣。

老槐树

一棵老槐树，
今年多大了？
让我数一数：
一圈、两圈、三圈，
六七八九十圈，
已经六十了。

5. 放飞你的想象，把下面的儿歌续写完整。

补票

老袋鼠，看舞蹈，
买张票，往里跑。
(　　　　　　)
(　　　　　　)

雨来了

雨来了，快回家，
小蜗牛，说不怕，
我把房子背来了。

雨来了，快回家，
(　　　　　　)

(   )

雨来了，快回家，

(   )

(   )

6. 创编三首儿歌，其中一首为传统的艺术形式。

7. 请在下面的表格中填写相关的例字，以便帮助你掌握押韵知识。

记忆口诀	十三辙名称	合辙的韵母	例　字
春	人辰辙	en　in　un　ün	
夏	发花辙	a　ia　ua	
秋	油求辙	ou　iu	
冬	中东辙	eng　ing　ueng　ong　iong	
南	言前辙	an　ian　uan　üan	
来	怀来辙	ai　uai	
北	灰堆辙	ei　ui	
往	江阳辙	ang　iang　uang	
各	梭坡辙	e　o　uo	
界	乜斜辙	e　ie　üe	
互	姑苏辙	u	
报	遥条辙	ao　iao	
喜	一七辙	i　ü　er	

作品作家链接

1. 摇篮曲

◇陈伯吹

风不吹，浪不高，
小小的船儿轻轻摇，
小宝宝啊要睡觉。

风不吹，树不摇，
小鸟不飞也不叫，
小宝宝啊快睡觉。

风不吹，云不飘，

蓝蓝的天空静悄悄，
小宝宝啊好好地睡一觉。

作家简介

陈伯吹(1906—1997)，江苏省宝山县人。我国著名的儿童文学作家、儿童文学理论家、翻译家、教育家。他把毕生精力奉献给儿童文学事业，是中国儿童文学的一代宗师，在海内外享有极高的声誉。代表作有《儿童文学简论》《一只想飞的猫》《波罗乔少爷》《阿丽丝小姐》等。他还独自捐款成立了一年一度的“陈伯吹儿童文学奖”，在海内外有较大影响。

作品导读

这是一首摇篮曲，但它带给孩子们的绝不仅仅是催眠，应该说它同时把美带给了孩子。

儿歌共三节，像是三幅画，伴着母亲轻柔深情的吟唱缓缓推出：风越来越小(浪不高——树不摇——云不飘)，周围越来越静(船儿轻轻摇——鸟儿不飞不叫——天空静悄悄)，宝宝越睡越好(要睡觉——快睡觉——好好地睡一觉)，层层渲染出静谧温馨的氛围。

每节又各有特色。首节中船儿一摇一动，自成摇篮，让幼儿入睡，富有情趣。第二节作者视觉转向了大自然，风不吹，树不摇，鸟儿也回巢安眠，小宝宝更应该快睡觉。以鸟儿为榜样催孩子安眠，想法新奇。最后一节作者笔锋转向高远的蓝天，视野更开阔，意境更为深远。在这个万籁俱寂的晚上，只有母亲那轻柔的安眠歌一遍遍响起，流淌出浓浓的母爱。

儿歌多用叠词，巧用重复，且重叠中又有变化，回环往复。既朗朗上口，又舒缓优雅，极富美感。

2. 小熊过桥

◇蒋应武

小竹桥，摇摇摇，
有个小熊来过桥。
走不稳，站不牢，
走到桥上心乱跳。
头上乌鸦哇哇叫，
桥下流水哗哗笑。
“妈妈，妈妈你来呀！
快把小熊抱过桥！”
河里鲤鱼跳出水，
对着小熊大声叫：
“小熊，小熊不要怕，

眼睛向着前面瞧！”
一二三，向前跑，
小熊过桥回头笑，
鲤鱼乐得尾巴摇。

作家简介

蒋应武，生于1932年，浙江杭州人。1962年发表的儿歌《小熊过桥》被收入30多种选集，并被收入幼儿园教材。

作品导读

这是一首极易和幼儿产生共鸣的儿歌。作品采用拟人化手法，叙述了小熊懵懂上桥——害怕求助——得到鼓励——勇敢过桥的过程，惟妙惟肖地展示了小熊战胜恐惧、战胜自我的心理历程，给生活在困境中的孩子带去更多的启示和思考。

儿歌节奏明快，读来清脆悦耳；较多采用动感性强的词，极富有表现力；稚嫩、憨厚、幽默的小熊形象又使作品陡增童趣。

3. 手指歌

◇滕毓旭

一个指头按电钮，
二个指头拣豆豆，
三个指头解扣扣，
四个指头提兜兜，
五个指头握一起，
攥个拳头有劲头。

作家简介

滕毓旭，1937年2月生，大连市金州区大李家镇石槽村人。1953年毕业于大连师范学校，先后在小学、中学、师范学校任教，曾担任过杂志社的主编。系中国作家协会会员、中国儿童文学研究会会员、辽宁省儿童文学学会常务理事、大连市儿童文学学会名誉会长、高级讲师。

1957年开始发表作品。出版的作品有：《有趣的动物》《绿色的梦》《我是小乖乖》《老虎怕山雀》《老鼠坐上火箭炮》《童年的相册》《森林童话》《会跑的山》《趣味植物儿歌》《滕毓旭儿歌》等儿童诗集21本；科学文艺《神秘的蛇岛》等4本；长篇科学童话《瘸腿狮子阿古》。主编《蓝风筝长篇科学童话》等丛书，牵头组织编写《儿童文学》《儿童文学作品选读》《幼儿文学选萃点评》等教材，供中等师范学校使用。

作品导读

这是一首人人心中皆有，人人笔下皆无的儿歌，构思别致、新颖。初读儿歌，感觉以“按电钮、拣豆豆、解扣扣、提兜兜”的生活为题材，平淡、无童趣；再读，顿感惊奇，这些普通的生活经历竟然和“一、二、三、四”的数序结构成儿歌，好像作者信手拈来，自然、贴切，实在是大家手笔；又读，结尾以“五个指头握一起，攥个拳头有劲头”做结，和盘托出“劳动、团结”的主题后，戛然而止，境界皆出，堪称儿歌佳作。

4. 蝴蝶姑娘嫁丈夫

蝴蝶姑娘嫁丈夫
哗嘟嘟，哗嘟嘟，
蝴蝶姑娘嫁丈夫。
谁奏乐？
知了吹笛蛙打鼓。
谁提灯？
小河边上的萤火虫。
谁搀扶？
螳螂来当搀扶婆。
谁相送？
蚂蚁哥哥带队伍。
蜜蜂姐姐和她最要好，
“嗡嗡嗡！嗡嗡嗡！”
唱着歌儿来相送。

作品导读

这是一首主要流传在杭州一带的传统儿歌。在各种乐器“哗嘟嘟”的吹吹打打中，拉开了“蝴蝶姑娘出嫁”的序幕。好一幅壮观的姑娘出嫁图：吹笛的、敲鼓的、提灯的、搀扶的、送亲的……真可谓有声有色、热闹非凡。

拟人手法的成功运用是作品的一大特色。儿歌的角色由孩子们熟悉、喜欢的小动物扮演，就更显得天真有趣，充满着幼儿情趣。知了来吹笛，青蛙做鼓手，萤火虫发光提灯笼，螳螂有手去搀扶，蚂蚁成群就带队伍，蜜蜂则来当伴娘，人性与物性的和谐统一，给儿歌带来亦真亦幻的美感。

5. 大白鹅

◇吴少山

大白鹅，
扭秧歌，
一摇一摆，
扭下河；
伸长脖子，
唱山歌；
青了杨柳，
绿了河。

作家简介

吴少山，生于1923年，浙江遂昌湖山人。浙江省作家协会会员。著有《幼儿歌选》《欢迎小蜜蜂》《吴少山儿童诗100首》等。多首诗歌被选入幼儿园语言教材和小学语文课本。曾获陈伯吹儿童文学奖等奖项。

作品导读

每一首漂亮的儿歌，总能在某一方面，带给我们意外的惊喜、兴奋或震撼。这首儿歌清新、质朴，有一份从古典文学中晕染过来的田园诗意。摇摇摆摆的“大白鹅”、青青的杨柳、绿色的小河，构成了一幅如桃花源般纯净、朴素、生机勃勃的乡间春景图。画面上的白鹅扭着秧歌、唱着山歌，与杨柳、小河一唱一和，遥相呼应，铺开了乡村生活独有的气息。拟人手法的成功运用，增添了画面的情趣。

6. 呱

◇鲁兵

呱
呱呱
呱呱呱
我是青蛙
小虫吃庄稼
我就马上
捉住它
呱呱
呱

作家简介

鲁兵(1924—2006)，浙江金华人，编辑，儿童文学作家、理论家，中国作家协会会员、中国作家协会上海分会理事、中国散文诗协会会员、上海诗词学会理事、中国出版工作者协会幼儿读物研究会会长。编辑过《中国儿童时报》《童话连篇》《小朋友》《365夜儿歌》《365夜故事》等儿童读物，同时坚持为低幼儿童写作，有《小猪奴尼》《老虎外婆》《太阳公公起得早》等大量作品传世。鲁兵获首届“韬奋奖”“全国优秀儿童工作者”称号。

作品导读

这是一首形式新颖的儿歌，内容的菱形排列吸人眼球，拟声词的运用更是神来之笔。第一行的“呱”，像是第一个迎来春天的青蛙发出的战斗号角，打破了池塘的沉寂，唤醒了其他的青蛙。最先听到召唤的几只青蛙“呱呱”叫着，纷纷应和，最后所有的青蛙都醒来啦，“呱呱呱”整个池塘沸腾起来。它们开会，表决心，纷纷奔赴前线，捉住害虫消灭它。儿歌内容与形式完美融合，不愧为一首佳作。

7. 小蚱蜢

◇ 张继楼

小蚱蜢，
学跳高，
一跳跳上狗尾草。

腿一弹，
脚一跷，
“哪个有我跳得高。”

草一摇，
摔一跤，
头上跌个大青包。

作家简介

张继楼，1926年生，江苏宜兴人，我国著名儿童诗人。1945年开始文学创作，1949年随中国人民解放军西南服务团文艺队进军西南，此后，在四川长期从事民间文艺工作和杂志编辑工作。1953年开始以儿歌、儿童诗为主的儿童文学创作生涯。近年来，他还尝试幼儿童话、幼儿故事的创作，其中一些作品不乏幼儿情趣。已出版儿童文学读物29种，儿歌集和儿童诗集有《唱个歌儿给外婆听》《夏天到来虫虫飞》《母鸡和耗子》《东家西家蒸馍馍》《小蚱蜢》《在城市的大街上》等。

作品导读

这是一首充满幼儿情趣的儿歌。小蚱蜢刚跳上狗尾草，就自以为世界冠军非它莫属，弹腿跷脚，口出狂言，话音未了就受到惩罚。作者借这一顽皮的形象透视了幼儿生活，让孩子在笑声中明白“满招损”的道理。

精当地运用“跳”“弹”“跷”“摇”“摔”“跌”等一连串的动词，把“小蚱蜢”得意扬扬的可笑行为描写得生动传神；一句“哪个有我跳得高”的质问，把“小蚱蜢”骄傲自大的形象刻画得入木三分；结尾“头上跌个大青包”，尤其令人叫绝，凡是捉过蚱蜢的人都知道它头上左右各有一个包，对孩子的教育不留痕迹。

明快的节奏、浅显的语言、传神的动作，立体的形象、幼儿情趣……都是我们学习的典范。

8. 会叫的鞋子

◇圣野

我的鞋子真好笑，
走起路来叽叽叫，
小猫把我当老鼠，
跟在后面喵喵喵。

作家简介

圣野，生于1922年，浙江东阳人，当代著名儿童诗诗人，曾任《小朋友》主编、上海少年儿童出版社副编审，现为《儿童诗》丛刊顾问。1947年出版第一本儿童诗集《小灯笼》，自此，圣野为幼儿写作的热情一发而不可收拾。漫漫岁月，由黑头而白头，他竭尽心力讴歌祖国的花朵，产诗近万首，几乎日日有诗，成为罕见的高产作家。他的幼儿诗和儿歌收在《瓜果谣》《小灯笼》《啄木鸟》《欢迎小雨点》《春娃娃》《雷公公和啄木鸟》《爱唱歌的鸟》《鸡冠花》《圣野诗选》等三十多种集子中，其中《竹林奇遇》《做了一件，再做第二件》《凌凌的故事》等诗作被译介到国外。著有儿童诗论《诗的散步》等。

作品导读

这是一首取材于幼儿生活的儿歌，奇特的想象使儿歌充满了情趣。前两句是对生活作客观的描写：孩子穿上会发声的鞋子，走起路来发出“叽叽”的叫声，并无新奇之处。而后两句孩子奇特的感觉和想象，立刻给儿歌增添了浓烈的情趣。

鞋子的“叽叽”声和小猫的“喵喵”叫，遥相呼应，写尽了小猫的困惑与不解，也绘制了一幅动态的图画，给读者留下了广阔的想象空间。

9. 矮矮的鸭子

◇谢武彰

一排鸭子，个子矮矮。
走起路来，屁股歪歪。

翅膀拍拍，太阳晒晒，
伸长脖子，吃吃青菜。

一排鸭子，个子矮矮，
走起路来，屁股歪歪。

作家简介

谢武彰，1950年生，台湾台南县人，为台湾著名职业儿童文学作家。曾任主编、编剧、企划经理、发行人等职。现为台湾儿童文学学会常务理事、杨唤儿童文学奖管理委员会执行长。出版有诗集《春》《布娃娃的悄悄话》《动物的歌》《春天的脚印》，散文集《赤脚走过田园》《天霸王》，童话《彩虹屋》以及儿歌集、科普读物、幼儿图画书等共一百六十多种。

作品导读

当这首儿歌呈现在大家眼前，有人会说：这我也会写！但这不可能是事实。因为诗人谢武彰总是用平实、浅谈的口语酿造出一种美的意境，传达出一种美的味道。他笔下的鸭子：外形，个子矮矮；步态，屁股歪歪；神情，翅膀拍拍、太阳晒晒、伸长脖子；食性，吃吃青菜。字里行间律动着一种口语的清纯美、鲜活美。

反复手法的运用，既增强了作品的回环美，又强调了鸭子的外部形态，传递出只有鸭子才有的幽默艺术趣味，给人轻松愉快的享受。

儿歌，孩子听一两遍就上口，这正是一位有天赋、有才华、有丰富创作经验的作者的举重若轻。

10. 轻轻地

◇郑春华

小兔小兔，
轻轻跳。
小狗小狗，
慢慢跑。
要是踩疼小青草，
我就不跟你们好。

作家简介

郑春华，女，1959年生，浙江淳安人，曾任托儿所保育员。后调入上海少年儿童出版社当编辑，其间在北京鲁迅文学院、南京大学中文系学习。现为中国作家协会会员。主要作品有诗集《小豆芽芽》《甜甜的托儿所》《圆圆和圈圈》，中篇小说集《紫罗兰幼儿园》，儿童故事《大头儿子和小头爸爸》等。曾获"中国作家协会儿童文学奖""陈伯吹儿童文学奖""国家图书奖"等。

作品导读

儿歌篇幅虽短，叙述的线索、层次却十分明晰。作品中幼童提醒自己的好友"小兔""小狗"不要踩疼"小青草"，否则就不跟它们好，孩子式的口吻、孩子式的想法、孩子式的惩罚措施，传神地表现了一个孩子的天真可爱、纯洁善良，同时娓娓道出爱护花草树木的主题，充满着浓厚的幼儿情趣。

作家郑春华就是这样，善于从真实的幼儿生活中取材，捕捉生动的、富有特征的生活细节，把握孩子内心的情感世界，发现孩子身上的良好品质，使作品童趣盎然。

参考文献

[1] 人民教育出版社中学语文室[M]. 幼儿文学. 北京：人民教育出版社，2005.
[2] 翟云. 幼儿文学赏析教程[M]. 兰州：兰州大学出版社，2006.
[3] 郑荔. 教育视野中的幼儿文学[M]. 南京：江苏教育出版社，2005.
[4] 方卫平，王昆建. 儿童文学教程[M]. 北京：高等教育出版社，2009.
[5] 朱自强. 儿童文学概论[M]. 北京：高等教育出版社，2009.
[6] 王泉根. 儿童文学教程[M]. 北京：北京师范大学出版社，2009.

第三章　幼儿诗

导　言

幼儿诗作为诗歌王国里的一位成员，既有诗歌的共同特点，又有自身的特殊性。幼儿诗以幼儿为本位，表现幼儿的情感和性灵，体现幼儿的心理与意识。幼儿的情感丰富外露，想象力发达，思维方式具体形象，使幼儿诗呈现出感情强烈深厚，语言凝练优美，意向具体鲜明，意境深远的特点，融音乐性与浅显性于一体。本章详细介绍了幼儿诗的概念、发展、功能、分类和艺术特征，并在这基础上让学生掌握仿写、创编的方法，浅尝创作的乐趣。

学习目标

了解幼儿诗的发展、功能和分类等基本内容；理解幼儿诗的概念、艺术特征和创作手法；应用恰当的表现手法，仿写、创编简单优美的幼儿诗。

第一节　幼儿诗概说

一、什么是幼儿诗

幼儿诗指的是为幼儿创作的，适合幼儿的理解水平，符合幼儿的审美情趣，供幼儿欣赏和诵读的诗，适用于幼儿园中、大班和小学低年级的孩子。它运用凝练、富有节奏感和音乐美的语言，形象地反映社会生活，抒发幼儿所能理解的思想感情，培养幼儿对美的感受和欣赏能力。

二、幼儿诗的发展

(一)非自觉意义的古诗

中国是诗的王国，历来就有重视“诗教”的优良传统。早在春秋时期，伟大的思想教育家孔子就深刻指出“不学诗，无以言”，他甚至把学诗上升到这样的高度：“诗，可以兴，可以观，可以群，可以怨。迩之事父，远之事君，多识于草木虫鱼之名。”从《诗三百》到屈原的《离骚》、到汉魏的文人诗、到唐诗宋词，从古到今，一直都流行着各种篇幅简短、适合幼儿吟诵的诗歌。这些诗歌大多明白晓畅，朗朗上口，表达着人类的真情实感，训练着幼儿的语言与思维，体现着作者的纯情和本性。如李白的《静夜思》、孟浩然的《春晓》、白居易的《赋得古原草送别》、李绅的《锄禾》、杜牧的《清明》等，这些诗本身具有清新自然的意境美，以及合辙押韵的语言美，深深地吸引了幼儿，所以能够被历朝历代的孩童所传唱。但是，真正以幼儿为描写对象，用幼儿的眼睛去看，用幼儿的耳朵去听，用幼儿的心灵去感受的诗文，真是凤毛麟角。

(二)“辛亥革命”前夕

从晚清开始，中国近代文坛上出现了梁启超、黄遵宪等发起的“诗界革命”。梁启超在他的《饮冰室诗话》中多处论述了儿童诗歌，把它看作是“改造国民之品质”的“精神教育之一要件”，他和黄遵宪还亲自创作了不少有教育意义的儿童诗歌。黄遵宪创作的《幼稚园上学歌》开创了幼儿诗的先河：“春风来，花满枝，儿手牵娘衣。儿今断乳儿不啼。娘去买枣梨，待儿读书归。上学去，莫迟迟！……”全诗共十节，在优美的旋律中，描绘了一幅幅情真意切、求善求真、进取向上的幼儿生活图景。但该诗仍使用文言白话表述，未能完全冲破旧诗体的束缚。

(三)五四时期

“五四”新文化运动时期，诗歌在形式上打破了旧体诗词的格律限制，采用了比较自由的形式，既可以押韵也可以不押韵，废弃了僵化的文言语词，运用切合口语的白话进行创作。从这个意义上说，幼儿诗是从自由体新诗中演变发展而来的，胡适写的《湖上》可以说是早期幼儿诗的精品。

湖上

水上一个萤火，
水里一个萤火。
平排着，
轻轻地，
打我们的船边飞过，
他们俩儿越飞越近，
渐渐地并作了一个。

这是以幼儿为主要对象的白话诗。语言通俗易懂，虽然结尾的“火”“过”“个”押相近的韵，但已经摆脱了以三、五、七言为基本格律的传统诗歌的遣词造句模式，体例自由，重视情感的抒发，韵味悠长。

汪静之在1920年写的《我们想》：“我们想，/生两翼，/飞飞飞上天，/做个好游戏；/白白云，/当做船儿飘；/圆圆月，/当做球儿抛；/平坦的天空，/大家来赛跑。”这首诗想象奇妙，清新活泼，非常符合幼儿审美的趣味。

几乎所有积极参与早期新诗运动的人，都执笔写过童诗。郑振铎在我国第一家纯文学儿童周刊《儿童世界》上，以诗配画的形式发表童诗；还有周作人的《慈姑的盆》，刘半农的《拟儿歌》，刘大白的《两个老鼠抬了一个梦》，叶圣陶的《萤火虫》，陶行知的《红叶》，郭沫若的《天上的街市》，俞平伯的《忆》，陈伯吹的《牧童》，吴研因的《看红灯》，胡怀琛的《大人国》《小人国》等。作家热心幼儿诗创作的风气，一直延续到新中国成立之后。

(四)新中国成立后

新中国成立后，人民政府把儿童看作祖国的“花朵”和“未来”，非常重视下一代的教育工作，我国幼儿文学的发展进入了一个新的时代。例如高洪波创作的《鹅鹅鹅》，它从幼儿心理视角落笔，对当今教育中存在的一些弊端予以警示，这在以前是没有过的。20世纪的五六十年代，我国涌现了一大批热心幼儿诗创作的作家，其中任溶溶、金近、圣野、鲁兵、袁鹰、田地、柯岩等颇有影响。产生了一些优秀的幼儿诗，脍炙人口的有叶圣陶的《小小的船儿》、艾青的《春姑娘》、圣野的《欢迎小雨点》、柯岩的《“小兵”的故事》、鲁兵的《虎娃》和《小猪奴尼》，甚至还出现了当下正缺乏也正需要的优秀长篇幼儿叙事诗，如阮章竞的《金色的海螺》、李季的《三边一少年》和袁鹰的《刘文学》等。金波的诗集《我们去看海》是我国第一本儿童十四行诗集，这是在吸收西方十四行诗的艺术形式的基础上，结合我国当代幼儿诗的特点进行的新创造与新突破，它丰富和发展了我国当代幼儿诗的艺术表现形式。

这个时期，诗人们受到蓬勃的新气象的激发，幼儿诗歌的样式更加多样化，由原来叙事和抒情两大类衍化出许多为孩子所喜闻乐见的新形式，如寓言诗、童话诗、散文诗、科学诗、讽刺诗等。此外，开始重视幼儿诗的理论建设，随着幼儿诗创作实践的发展，诗人金近、邵燕祥、陈伯吹、贺宜等开始关心幼儿诗的理论探索。如邵燕祥严厉批评儿童诗歌创作中的不严肃的作风，指出“儿童诗首先应该是诗，并且是儿童的诗”；又如金近对儿童诗的特点、语言、感情等作了深入的探讨和论述。

(五)改革开放以来

进入改革开放的历史新时期以来，大文化大环境大气候的变化，使幼儿诗的创作、批评和理论研究空前繁荣起来，取得了丰硕的成果。金波、聪聪、张秋生、黎焕颐、程逸汝、高洪波、樊发稼、郑春华等作家写出了一批高质量的幼儿诗；海峡彼岸的儿童诗人林焕彰、谢武彰、林武宪等也为幼儿写了不少幼儿诗。幼儿诗日益走向开放性，融入世界。1992年，金波的儿童诗获得国际安徒生儿童文学奖提名奖，这标志着中国童诗在国际上被认可。加强幼儿诗的理论建设已成为整个儿童文学界的共识，许多诗人结合自己的创作实践进行了积极的探讨，为我国幼儿诗歌科学理论体系的建立作出了卓越的贡献。

三、幼儿诗的功能

幼儿诗和所有的幼儿文学一样，有着独特的文学特质，对培养幼儿的美好品质、发展幼儿的想象力、提升幼儿的审美情趣、促进幼儿学习语言都有着非常重要的作用，更有着其他文学形式不可复制的功能。我国著名的儿童诗人金波说过："诗歌可以打动人的心灵，读诗产生的美好情感体验将会为生命打上丰富的底色。短短的几行诗、薄薄的一本诗集，可以让孩子的情感更加细腻、心灵更加柔软、生命更加有质地。随着阅历的丰富，诗歌还可以启迪他们对人生、对生命理性的思考。"①

(一)培养幼儿美好的品质

中国自古以来就有诗教的传统。古人说："染于黄则黄，染于苍则苍。"《礼记》中曾经记载："入其国，其教可知也，其人也温柔敦厚，诗教也。""温柔敦厚而不愚，则深于《诗》者也。"意思是凡亲身到一个地方，那里的教育情况就可以看出来，凡是老百姓温柔敦厚的，那便是诗教的结果。老百姓不仅温柔敦厚而且还很聪明，那便是学《诗经》学得深入的结果。这说明学诗的作用在于移情，诗能改变人的性情，使人走向正路。幼儿处于个性和道德品质形成的初期，智力发展相当快，也容易受外界影响。幼儿诗是专为幼儿量身定做的文学样式，幼儿多读幼儿诗，其性情、思想也会在潜移默化中受影响。如陈念慈的《关不住的爱》：

妈妈的爱
像我家的水龙头
关紧了
它还是流
一滴水，看不见
两滴水，也看不见
水满了
我看见了
我看见了妈妈的爱
妈妈的爱好深哦

每一个妈妈都爱自己的孩子，这浓浓的母爱包围着孩子，能感觉到却看不见。可是通过水龙头的比喻，就把妈妈的爱形象化、具体化。幼儿读着这样的诗，可以调动他们的生活体验，这一滴是香甜的热牛奶、那一滴是温暖的怀抱……在不知不觉中情感会细腻起来，心灵会敏感起来。

又如马雅科夫斯基的幼儿诗《什么叫做好，什么叫做不好》，这是一首带有鲜明教育目的的幼儿诗，好似一位长者，在谆谆教诲孩子们什么是好，什么是不好。作者以明白无误的态度，分别列出善与恶、美与丑的种种表现，概括了社会道德的很多内容，让孩子们从日常生活的具体事件中去分辨好坏，引导孩子们学习基本的做人道理。这种初步而具体的道德教育对于孩子们形成正确的世界观和人生观具有奠基作用。

(二)发展幼儿的想象力

幼儿的想象力遵循一般想象力发展的规律，即从无意想象到有意想象，从再造想

① 陈莉．读诗给儿童补充精神维生素——访著名儿童诗人金波[N]．中国教育报，2005-01-20(6)
.

象到创造想象。大脑中存储的形象信息越多，用于想象的材料就越多。因此，记忆力强、接触作品多的幼儿，想象力也比较丰富。想象具有很大的自由性和表现性，能够借助语言和文字构成新的形象，反映现实生活，这种反映又反过来促进了想象力的发展。难怪有人说：想象是人类的第三只眼睛，藏在心里，它能看见许多奇妙的事物和意想不到的东西。诗人可以借助想象，看到一个神奇的世界。幼儿阅读想象力丰富的诗篇，就能领略想象在诗的世界中的特殊魅力。如郭风的小诗《豆荚》：

小小的豌豆，
睡在绿水晶般的豆荚里。
那豆荚里面，
铺着很柔软的天鹅绒。
它的四围繁饰着许多绿叶。
我们的小豌豆，
不知道睡在那里多久了：
在那奇异的小床里，
我们不知道，
她们做了多少甜蜜的梦了，
以及那位梦的老人，
向她们说了多少故事。

作者将奇妙的想象融入温柔的描绘中，让幼儿和诗人一起陶醉在小豆荚绿色的梦里，感受到一种既轻松又柔软的甜蜜的韵味，在孩子心中播下一颗诗的种子。对开启幼儿的想象力，培养幼儿的形象思维大有裨益。

又如拉·法尔哈季的《小树》，小树在园子里做什么呢？白天的树，大家都看得见，迎着太阳长高长壮。那晚上的小树在干什么呢？睡觉？还是……带着这样的疑问去探秘，原来夜色降临，小树的叶子变成小手，托着星星。读者还有很多很多疑问，读着读着，美妙的想象会带领大家一起寻找答案。优质的幼儿诗就像一把钥匙，帮助幼儿打开奇妙的想象空间。有了想象力的辅助，幼儿的视野会更宽广，思维也会更开阔。

(三)提升幼儿的审美情趣

文学是审美经验、审美意识的物态化，是人类进行审美活动的一个重要领域，其首要的任务正在于为人类提供一个精神家园。高尔基说过：“照天性说来，人都是艺术家，他无论在什么地方，总是希望把美带到他的生活中去。”①幼儿尤其是这样，只要一看见美的东西，就会赞赏它们，很快乐地把它们纳入童稚的心灵作为滋养。优秀的幼儿诗能够培养幼儿健康的审美趣味，牵引着他们去感知美、体验美、鉴赏美，萌生对美的热爱、对美的追求。

如望安的幼儿诗《嘀哩嘀哩》：“春天在哪里？春天在哪里？春天在青翠的山林里。

① [苏]高尔基．论“渺小”的人及其伟大的工作[C]．文学论文选[M]．北京：人民文学出版社，1959.

这里有红花，这里有绿草，还有那会唱歌的小黄鹂。嘀哩嘀哩，嘀哩嘀哩……”这首诗明快的节奏，绚丽的色彩唤起了孩子对春天的美好向往，进入想象中的是充满旺盛生命力的大自然以及人们对它的热爱和感激。嘀哩嘀哩的黄鹂带来伴奏的音乐，谱成曲后更是旋律优美，生机盎然，充满童真，欢乐无比。这个世界色彩斑斓，有美丽的声音、美丽的图画、美好的形象和美好的情感，这都会给幼儿以美的感受和美的启迪。

又如樊发稼的《风阿姨》：“风阿姨啊，那雪白雪白的云彩，是你洗得干干净净的手绢吗？你把天空，擦得那么蓝，那么明亮……”小诗以幼儿的眼光，把洁白的云彩想象成干干净净的手绢，把风阿姨想象成勤劳善良的劳动者，是她把天空装扮得如此美丽、明净、洁白。小读者的思绪也会随着作者的笔触，自然地感受到一个明净的神话般美好的世界，心灵得到净化，情感得到陶冶。刘饶民的小诗《月亮》：

天上月亮圆又圆，
照在海里像玉盘。
一群鱼儿游过来，
玉盘碎成两三片。

鱼儿吓得快逃开，
一直逃到岩石边。
回过头来看一看，
月亮还是圆又圆。

这些新奇美妙的比喻和想象，会在幼儿的心里播下美丽的种子，这些种子会在孩子们心里生根、萌芽，潜移默化地培养他们的美感。当他们拥有这种美感，再去面对生活中司空见惯的事物时，这些事物就不再平庸，而是充满生趣，充满生命的美丽。

(四)促进幼儿学习语言

语言是与思维同步发展的。幼儿语言的敏感期是从出生后 8 个星期至 8 岁，优秀的幼儿诗是幼儿学习语言的最好教材。幼儿诗浅显明白、优美规范的语言，分行分节的语言形式、生动多样的表现手法，可以培养幼儿的倾听能力、口语表达能力、文字欣赏能力，全方位地提高语言能力。如幼儿诗《春天的秘密》：“春天来了，春天来了，春天在哪儿呢？小河里的冰融化了，河水淅沥淅沥地流着，小声地说：‘春天在这儿！春天在这儿！’/春天来了，春天来了，春天在哪儿呢？垂柳换上了嫩绿的新装，在微风中轻轻地飘扬，小声地说：‘春天在这儿！春天在这儿！’/春天来了，春天来了，春天在哪儿呢？桃花红着脸，抿着小嘴，微笑着说：‘春天在这儿！春天在这儿！’/春天来了，春天来了，春天在哪儿呢？燕子飞翔在蔚蓝的天空里，啁啾啁啾地叫着，小声地说：‘春天在这儿！春天在这儿！’……”语言优美，语句反复，有色彩、有声音、有韵律，能给幼儿很好的语言熏陶。

正如美国心理学家詹姆士在《心理学原理》一书中说：“童年背诵的东西，好像用火印烙在大脑上似的，就是完全记不起来，它的痕迹也永远不会消灭。因为构造上的改变一经固定在生长的脑里之后，这个改变就成了常态组织的一部分，营养的代谢作用还照例维持它，因此它像伤后的瘢痕一样，会毕生存在着。”①这就是幼儿诗对幼儿的影响。可以说，幼儿诗歌是孩子步入人生的第一个领路人和启蒙者，在成长的各个时期发挥着独特的作用。

第二节 幼儿诗的分类

幼儿诗按照不同的分类标准就会有不同的类别。根据表达方式的不同，我们把幼儿诗分为幼儿叙事诗和幼儿抒情诗；根据幼儿诗的内容，我们可以分为幼儿抒情诗、幼儿叙事诗、幼儿童话诗、幼儿寓言诗、幼儿题画诗、幼儿散文诗、幼儿讽刺诗、幼儿科学诗。

事实上，这些分类互有交叉。例如，同样是叙事诗，故事的主人公有人和物之别，我们把主人公为“人”的叫幼儿叙事诗或者幼儿故事诗，把那些主人公为“物”的叫幼儿童话诗。同样是幼儿抒情诗，由于感情的触发因素不同，我们可将其分为一般的幼儿抒情诗和幼儿题画诗，因为前者的感情触发缘于社会生活，而后者的感情触发缘于某一幅画。下面我们介绍常见的几种幼儿诗。

一、幼儿抒情诗

幼儿抒情诗用诗的形式表达幼儿的激情和对生活的感受，抒发强烈的思想感情，有浓郁的抒情气氛。例如滕毓旭的《春来了》：

小雨，小雨，
唰唰唰；
小风，小风，
沙沙沙；
小河，小河，
哗哗哗；
小鸟，小鸟，
喳喳喳——
春天，春天，
来到啦！

作者抓住春天的各种声音进行描绘，画出了热闹的春景图，突出了春天的蓬勃生机，抒写了一种热烈欢快的情绪，诗中所写的事物和所运用的语言完全是幼儿口语化的抒情方式。

幼儿抒情诗相对于叙事诗，它没有完整的故事情节，而是注重对某种生活现象的感受或对大自然景物的联想，或直抒胸臆(高洪波的《鹅鹅鹅》)，或借景抒情(徐鲁的

---

① [美]威廉·詹姆斯．心理学原理[M]．田平，译．北京：中国城市出版社，2003：136.

《红色的河谷》)，或托物言志(李昆纯的《绿伞·蓝天》)，总是充满了想象和激情，富有感染力。

二、幼儿叙事诗

幼儿叙事诗是用诗的形式讲故事。它借助典型细节和场面来刻画形象、表达感情，较少直抒胸臆。它具备故事的要素，篇幅稍长，有较完整的情节和鲜明突出的人物形象，情节上有较大的跳跃性，思想内容往往较深，便于对幼儿进行思想品德方面的教育。例如柯岩的《小弟和小猫》:

我家有个小弟弟，
聪明又淘气，
每天爬高又爬低，
满头满脸都是泥。

妈妈叫他来洗脸，
装没听见他就跑;
爸爸拿镜子把他照，
他闭上眼睛格格地笑。

姐姐抱来个小花猫，
拍拍爪子舔舔毛，
两眼一眯“妙，妙，妙，
谁跟我玩，谁把我抱?”

弟弟伸出小黑手，
小猫连忙往后跳，
胡子一撅头一摇，
“不妙不妙！太脏太脏我不要!”

姐姐听见哈哈笑，
爸爸妈妈皱眉毛，
小弟听了真害臊:
“妈！妈！快给我洗个澡!”

用诗歌的形式来叙述生活故事。情节简单但是生动有趣，寥寥几笔就塑造出一个聪明又淘气、可爱却不讲卫生的小弟弟的形象。诗人熟悉、喜爱孩子，懂得幼儿的兴趣爱好，借助孩子喜欢的一种小动物——小花猫，与弟弟形成鲜明的对比，教育主旨明确却避免了说教，让幼儿欣然接受“讲卫生、爱清洁”的道理。这首诗音韵和谐、节奏感强，朗朗上口，很适合幼儿朗读。还有柯岩的《帽子的秘密》《妈妈下班回了家》、任溶溶的《爸爸的老师》、傅天琳的《我是男子汉》等都是脍炙人口的幼儿叙事诗。

一首好的幼儿叙事诗必然有鲜明的人物形象和有趣的情节，而个性化的人物语言、行动和生动的情节是表现人物形象的主要手段。因此欣赏幼儿叙事诗时，不妨在这些方面多做分析。

三、幼儿童话诗

幼儿童话诗用诗的形式写的童话，和童话故事一样具有大胆的幻想和夸张。它有诗歌语言的凝练与鲜明，又有童话中拟人化的角色形象，还有风趣完整的故事情节，是深受幼儿喜爱的一种文学形式。如鲁兵的《小猪奴尼》《小老虎逛马路》《雪狮子》，鲁风的《老鼠嫁女》，普希金的《渔夫和金鱼的故事》《金色的海螺》《狐狸的妙计》，马尔夏克的《笨耗子的故事》等既有迷人的故事，又有浪漫的诗意，极富艺术魅力。在幼儿童话诗的园地里，郭风的作品《童话》广受瞩目：

小野菊坐在篱笆的后面，
侧着头，想：
“我长大了，要有一把蓝色的遮阳伞；
那时候，我会很好看，我要和蜜蜂谈话！”
站在她旁边的蒲公英，插嘴道：
“可是那又有什么好呢？”
小野菊马上问道：
“可是，你会比我好吗？”
“我长大了，会有一顶
旅行用的，黄色的小便帽；
我要带一只白羽毛的毽子，
旅行到很多的地方！”
小野菊沉思地说：“那真的很好，
可是，我不要像你！”

这首童话诗以小野菊和蒲公英的形象展开，故事情节非常简单，它只描写了一个场景，或者说它只是把一个浪漫纯真的童话故事用诗的语言娓娓道来。没有讲究诗歌外在的节奏和韵律，但非常重视内在的意蕴和诗味，意境清新、优美，极富幼儿情趣和感染力，即使成人读来也能唤起童年的美好记忆。

四、幼儿寓言诗

幼儿寓言诗属于诗体寓言，用浅显的语言讲小故事，寄托某些生活经验与教训，告诉孩子们一些道理。大多数幼儿寓言诗里都有着一个鲜活的动物世界或植物世界，在这些动植物身上，诗人们都要表达一定的思想，或讽刺，或劝诫，或歌颂。如林焕彰的《螃蟹和鱼》：“螃蟹喜欢横着走路，/螃蟹对鱼说：/我这样走，/大家都会怕我。/

鱼喜欢游来游去，/鱼与对螃蟹说，/这样不好，/你会没有朋友。”它就是采用幼儿诗的形式写的一则寓言。

该诗深入浅出地向幼儿讲了这样一个道理：做人如果狂妄、霸道，就不会有朋友。再如张秋生创作的《乌龟和兔子的第二次赛跑》也可以视作诗体寓言，它形象地向幼儿讲了这些道理：“不要只看见自己的优点，要把别人的长处学到”“能改正缺点的人才会进步，老抱着错误就会摔跤”……任溶溶的《小孩、小猫和大人的话》、张秋生的《猫和狗的会餐》、高洪波的《小虎问路》等都是经典的诗体寓言。

五、幼儿题画诗

幼儿题画诗是配合美术、摄影作品而作的，有解说意味的诗。诗和画面互相补充，使小读者更好地了解作品的思想内容，获得更完美的艺术效果。例如丁深的《狮》：

狮啊，
你瞧你！
一头乱发，
不梳也不洗。
要不要给你一盆水，
洗一洗，
再给你把梳子，
梳梳整齐？

这首诗的描写角度适合孩子的心理，表现的主题是生活习惯的养成教育。以孩子的眼光观察狮子的形象，一头乱发，不讲卫生，应该批评。配合的画面是一个辫子梳得很光洁的小女孩拿了一把梳子给狮子，而狮子歪着头，好像在等着给它梳头。

幼儿认识世界、感受世界主要靠眼睛和耳朵，幼儿题画诗恰恰是视觉和听觉的完美结合。幼儿欣赏题画诗，通过画面展开想象的翅膀，听着大人们给他们朗诵的有节奏的诗句，得到充分的审美享受。新中国成立以来出版的第一部儿童诗画集是1981年6月出版的《童画诗情集》，这是柯岩为小朋友卜镝的画题写的诗话合集，该书的出版在国内外引起巨大反响。另外，柯岩的《小长颈鹿和妈妈》《海的女儿》《吹泡泡》，金波的《小星星》，周彤的《叽叽叽》等都是优秀的幼儿题画诗。

六、幼儿散文诗

所谓幼儿散文诗，就是用散文的形式写的幼儿诗。幼儿散文诗之所以能被孩子们喜爱和欣赏，则主要在于它形象美好的意境了。所谓“意”，是指作者主观内在的思想感情；所谓“境”，是指作者所描绘的客观外在的事物。作者通过形象化的情景交融、物我结合的艺术描写，把幼儿引导到一个想象空间的优美境界。如圣野的《花圃》：

你是红花，我是蓝花，她是紫花，他是黄花……

你开，我谢；你谢，我开。你补充我，我补充你，春天是这样丰富，春天是这样美丽。

这首诗既有诗的抒情性和内在的韵律，又有散文分段不分行的灵活自由的表达形式，篇幅很短，却能使幼儿脑海里浮现出一个五颜六色、生气勃勃的花园。

七、幼儿讽刺诗

这是一种具有幽默诙谐意味的幼儿诗。主要运用幻想和夸张的手法，对孩子们生活中的不良现象和习惯进行善意的批评和讽刺，使小读者在笑声中受到启发和教育。如滕毓旭的《大喇叭》：

有个娃娃嗓门大，说话像只大喇叭，
十里以外听得见，震得树叶哗啦啦；
小狗以为放鞭炮，吓得躲进门后趴；
小鸡以为打了雷，扑棱翅膀跑回家；
小朋友赶紧捂耳朵，害怕脑袋被吵炸。

这首诗运用夸张的手法，对孩子过分大声说话的不良习惯，进行善意的批评和讽刺，使小读者在笑声中受到启发和教育。

鲁兵的《下巴上的洞洞》、黄修纪的《我最小》、常福生的《气球》、张铁苏的《没耳朵变尖耳朵》、张秋生的《半个喷嚏》、任溶溶《强强穿衣服》、法国诗人吉斯诺斯的《狗鱼旅行家》(韦苇译)等都是广受欢迎的讽刺诗。

八、幼儿科学诗

幼儿科学诗以准确地介绍某种科学知识为基本任务，所涉及的科学知识、科学原理应正确无误，具有高度的科学性。它的特点是把科学知识和诗歌结合起来，用优美凝练的诗句来给孩子介绍一些自然界或生活中浅显的常识，让孩子在念唱中学到知识，得到艺术享受，培养幼儿热爱科学的美好情操。所以，幼儿科学诗也要遵循幼儿诗创作的一般规律，要有浓郁的诗情、优美的意境、精炼的语言，讲求韵律、节奏。如金近的《春姑娘和雪爷爷》：

雪爷爷穿着白棉袄，
头上戴的是白毡帽，
他转动一个大筛子，
筛得雪花往下飘。

远远传来银铃啷啷响，
九只鸽子驮着春姑娘，
穿过白云轻轻地飞，
她带来了鸟叫和花香。

雪爷爷瞧见春姑娘，
放下筛子跟她来商谈，
“春姑娘，您来得这么早？
我的工作还没有做完。

“麦苗经不住北风吹，
还要盖一条厚厚的白被子；
地里的害虫千千万，
也许还没有把它们全冻死。

“请您不要急，不要忙，
再过几天行不行？
我要农民个个都满意，
到了夏天有个好收成。”

春姑娘头上戴满了花，
摘下一朵茶花送给雪爷爷，

“麦苗花草睡得太久了，
南方的燕子写信要回来，

“雪爷爷，您瞧瞧，
您的工作做得多么好，

她说“雪爷爷，您歇歇吧，
这么大的年纪别累坏啦。

蜜蜂蝴蝶心里都着急，
它们也说不能再等待。

可是夏天要有好收成，
我的工作也该做得早。”

雪爷爷想起了孩子们，
他们忙着滑雪又溜冰，
“春姑娘，您可要知道，
孩子们冬天的锻炼也要紧。

“他们要我多下雪，
把高山小河都封住。
春姑娘，请您慢点来，
我再呆个时候就回去。”

春姑娘听到地下有声音，
青蛙醒来在开门，
“雪爷爷，您听听，
冬天的青蛙要起身。

“孩子们的希望我知道，
春游的日子早就安排好，
雪爷爷，请您放心吧，
孩子们的锻炼我也注意到。”

忽然远处轰隆隆响，
一阵春雷震动了天空，
震得雪爷爷心发慌，
这才收拾行李要回北极宫。

春姑娘向天空招招手，
一朵白云飘过来，
她请雪爷爷坐上去，
叫春风用力在后面推。

白云慢慢向北飘，
雪爷爷送给春姑娘一包糕，
亮晶晶的冰块和白白的雪，
春姑娘捧着呵呵笑，一口气吹去全化了。

这是一首意境优美的幼儿科学诗。这首诗用生动形象的语言塑造了活泼热情又不失顽皮的春姑娘和憨厚善良、尽职尽责的雪爷爷的形象，在富有趣味的情节中，告诉了孩子们关于冬春交替的自然常识以及冬雪给人们带来的好处，春风、春雨给大自然带来的无限生机和希望。情、景、理、趣，浑然一体，使小朋友在美好情感的引领下，学到了知识。

在幼儿科学诗的创作领域里，高士其是功绩卓越的开拓者，他的作品《我们的土壤妈妈》《太阳的工作》《菌儿自传》等，已使几代小读者受益。

第三节　幼儿诗的特征

一、幼儿诗的艺术特征

幼儿诗作为诗歌王国的组成部分，具有所有诗歌类作品的共同特点，同时又有自身的特征。幼儿诗表现幼儿的情感、性灵和体验，是以幼儿为本位的，体现幼儿的心理与意识。同时，幼儿诗所透出来的幼儿活泼的天性、不受束缚的幻想和成长过程中的各种情绪，与成人诗复杂、深沉、隐藏、朦胧的特点有着明显的区别。其艺术特征主要表现在以下几方面。

（一）具有内在的节奏韵律

幼儿诗的语言节奏和韵律感强，更适合于幼儿听读和记忆。诗歌是情感流动的产物，它不被整齐的句式或外在的形式束缚和限制。诗人的情感流动恰如河流，有缓有慢，有起有伏，外显在语言上，形成了诗歌的节奏。常用反复手法以及叠音词、象声词等摹声绘色，使语言浅显、生动之外具有回环往复的音乐美。例如寒枫的《轻轻》：

轻轻的云朵，
轻轻的风。
青青的柳条，
轻轻地动。
轻轻的小船，
轻轻地划，
轻轻的桨声响不停。
我轻轻地唱支划船歌，
“轻轻是我，我是轻轻。”

这首轻快甜美的小诗描写的一切都是轻轻的：云朵、风、柳条、小船等事物都是轻轻的，划船是轻轻的，桨声是轻轻的，连同“我”唱的划船歌也是轻轻的。全诗以轻快的语言，为幼儿描绘出一幅优美轻盈的图画。轻快的节奏、和谐的音韵、叠音词的反复使用，形成了小诗独具一格的音乐美，给人轻柔如梦的美感，把孩子们引入美妙绝伦的意境之中。

又如林焕彰的《小猫走路没有声音》，这首诗的节奏和韵律已经全部内化，在音节的自然变化、词语与句式的反复使用、每节诗行的数量乃至首尾的衔接等方面的安排运用匠心独运，节奏和韵律自然天成，大巧若拙。

(二)构思巧妙，形式自由

幼儿诗通过巧妙的构思、细致的描绘，艺术地表现一切美好的事物。巧妙新奇的构思，从其内容和形式的关系来看，总是那么吻合、贴切、自然，例如滕毓旭的《小草》：

小草，小草，
被谁用脚踩倒。
露珠是它的眼泪，
叭嗒叭嗒，碎了。
太阳公公看见，
替它把泪擦掉；
风儿婆婆看见，
轻轻把它扶好。
小草笑了，
摇着嫩嫩的叶片，
吱吱吱吱长高。

这首诗避开了程式化的说理教育，巧妙地抓住了幼儿期孩子的心理特点，用拟人化的手法和幼儿的语言写不被人注意的路边小草，把太阳和风儿人格化，写出轻风日照下小草的可爱，象征人间的温情。幼儿的思维方式以形象思维为主，“眼泪”“叭嗒叭嗒”等有较强的可视性，能给幼儿亲临其境之感。

优秀的幼儿诗总是以多样化的艺术手法和精巧的构思，真切、艺术地表现幼儿独特的内心世界和他们天真、热情、活泼、灵活及任性的行为，以乐观积极的笔调托起童心和童趣。如台湾诗人谢武彰的《梳子》：“妈妈用梳子，梳着我的头发；我也用梳子，梳着妈妈的头发；风是树的梳子，梳着树的头发；船是海的梳子，梳着海的头发。”这首诗从平常的生活写起，然后出人意料地远远展开，写树、写海，而用梳子串起来的就是孩子的眼睛、心灵和有限的生活体验。

(三)想象丰富，意境优美

想象是一切艺术的翅膀，没有想象，艺术将失去生命和灵性，幼儿诗更离不开天真奇妙的想象。想象是对头脑中已有的表象进行加工改造建立新形象的过程。在幼儿诗中，绝大多数取材于幼儿园、家庭和孩子们接触到的大自然。如王宜振的《天上的梨园》：

天上的梨园一定很大很大，
走一圈，准把你的鞋儿磨破；
不然，为什么昨夜一场大风，
竟把那样多的花瓣儿摇落？
天上的梨园和我们地上的不同，
它们的花，总是在冬天凋零；
我们多想到那个梨园里参观，
还想瞧瞧那位看管梨园的老爷爷。
天上也许有好多小朋友，
每天，都帮老爷爷干活；
不然，那样大的梨园怎样经管？
光一个大人，也会感到寂寞……

这首诗对天上的梨园展开了幼儿式的深远的想象，真是天真而又奇妙。作者把雪片比作梨花的花瓣，漫天飞舞纷纷扬扬的雪花就像梨花在飘落；人间梨园有老爷爷看管，天上的梨园也有老爷爷看管；天上的梨园要比人间的梨园大得多，光老爷爷一个人看管不了，所以，天上的梨园不会只有老爷爷一个人……这是幼儿特有的想象，它主要以再造想象为主，带有鲜明的夸张性、幼稚性和虚幻性。

幼儿诗要表现幼儿情趣，这是幼儿文学的美学特质，也是幼儿文学的灵魂，所以幼儿诗的意境也有别于其他诗的意境，幼儿诗的意境是优美的、清新的。幼儿的奇特想象、孩子气的疑问、真诚而稚气的语言、笨拙或过于成熟的举止行为或所思与所作的矛盾等都可以体现出幼儿情趣。例如江日的《没长大的妈妈》：

照片上有一个没长大的妈妈，
扎着蝴蝶结，
戴着小绒花。

妈妈要是长不大，
那该多好啊！
手拉手去上学，
我俩都做乖娃娃。

这首诗中的“我”的想法充满稚气。有的幼儿诗即使写了孩子们比较生疏的事物，也会用熟悉的生活场景来引导孩子通过联想、比喻等艺术手段使孩子们很好地理解和接受。如黎焕颐的《春妈妈》是这样写的：“春，是花的妈妈。红的花，蓝的花，张开小小的嘴巴，春妈妈用雨点喂她……”诗人抓住了妈妈哺育孩子这一意向，集中表达了对春天的感受，童趣盎然，意境清雅。在孩子心中，自己吸吮母亲的乳汁一天天长大，那红的花、蓝的花也同样是吃着春妈妈的“乳汁”长大的。诗人正是熟悉幼儿富于想象的心理特征，才给他的作品带来迷人的童话般的色彩。由于幼儿诗的语言十分凝练，意象的跨度很大，在阅读欣赏时，要充分感受诗歌的意境，才能在欣赏诗歌中获得美的享受。

(四)情感饱满，语言凝练

诗作为一种文学样式，注重自我内心世界的展示和表现，传达对社会、自然及人生的心灵感受，而抒情性又是诗区别于其他文学样式的基本特征。幼儿诗抒发的是幼儿自然率真的情感。但由于幼儿的思维能力和语言水平不足，很难达到诗歌语言的要求，所以，幼儿诗大都是成人站在幼儿的立场上创作的。作者往往让幼儿作为诗中的抒情主体，抒发幼儿的情感。如高洪波的幼儿诗《鹅鹅鹅》《我喜欢你，狐狸》，都道出了幼儿欲言而不能言的内心感受。前者展现了幼儿真切而丰富的内心世界，唱出了幼儿的心声；后者表现了幼儿强烈的个性色彩，自然率真。又如陈官煊的《花和叶》：

花儿，叶儿，
你们是好朋友吗？
你们一起跳舞：哗哗，哗哗，
你们一起唱歌：沙沙，沙沙。
你们的颜色不同，
个儿也不一般大，
为啥你们在一起，
总是亲亲热热，从不吵架？

这首诗写出了幼儿内心的真实感受，为花和叶的和睦、友好感到惊讶，在日常生活中，人与人之间总免不了争吵、打骂甚至发生战争。这首诗从人与自然对话的角度，流露出对人与人之间友好亲善的渴望。

幼儿诗需要反复有感情地朗诵，这是体会意蕴、声韵、节奏的最好方法，也是深入感受幼儿诗情感的有效途径。如林良的《荷花池》：“一个个绿色盘子，托着一个个红红的大寿桃。”如果我们用一般的语言描写荷花池，会写到水面上圆圆的荷叶，粉红的荷花花蕾，但是作者把荷花盛开说成“庆祝生日”。这个意象一出，画面突然就鲜明、热闹起来，读者仿佛能亲耳听到欢庆的音乐、亲眼看见绿叶托着红色的寿桃鱼贯而入的庆贺场景，语言凝练而鲜明，情感饱满而生动。

二、幼儿诗与儿歌的区别

幼儿诗和儿歌都是幼儿文学领域中的重要体裁，是人生最早接触的文学作品，在对幼儿进行美育和语言训练方面都起到了重要的作用。儿歌是“歌”，“歌咏言”；幼儿诗是“诗”，“诗言志”。从某种意义上讲，幼儿诗是儿歌的发展和解放，它是随着社会生活的发展而诞生的新诗体。但由于阅读对象的年龄不同或创作方法和侧重点不同，形成了两者的差异，表现在以下几个方面。

(一)发展时间：儿歌来自民间口传文学，据文献记载已有三千多年的历史了。古老的童谣为儿歌的艺术风格奠定了基础，为儿歌的创作提供了丰富的经验。幼儿诗源于20世纪的“五四”新文化运动，它是随着“幼儿”的被发现和新诗的引进而产生的。

(二)思想内容：儿歌适合念唱、嬉戏，有娱乐的特性，选材更贴近婴幼儿生活。幼儿诗适合吟诵欣赏，有审美和陶冶情感的作用，思想内容往往比儿歌含蓄深广，感情更浓烈细腻，适合年龄稍大的幼儿。

(三)篇幅结构：儿歌篇幅短小，主题浅显单一。幼儿诗篇幅可长可短，在情节结构和人物形象方面的要求高于儿歌。

(四)音韵节奏：儿歌在流传的过程中形成了固定的形式，强调韵律和节奏，注重合辙押韵，有人把它称作“半格律诗”。幼儿诗形式上较自由灵活，在格式上和语言的韵律节奏方面，没有儿歌的要求严格，人称“自由体”。注重诗歌的内在节奏，即诗人的情感波动决定了诗的节奏和韵律。

(五)遣词用语：儿歌语言讲求口语化，自然淳朴，易记易唱。主要以叙述、白描、说明等方式描述事物现象，用以对幼儿进行最基本的语言、语音刺激，帮助幼儿掌握最基本的词汇，学习最简单的句式，学习最基本的生活常识，有“俗味”。幼儿诗最突出的特点是抒情性，更强调语言和意境的优美，具有一定的书面语色彩。重视语言的凝练和意象的选择，通过形象的语言营造意境，在听赏和诵读中引发幼儿想象的空间，有“雅趣”。

下面我们就以相同题材的两篇作品，来比较一下儿歌和幼儿诗的差异。

《蒲公英》

张秋生

一棵蒲公英，
一群小伞兵，
风儿吹，飘啊飘，
一落落在青草坪。
阳光照，雨水淋，
长出一片蒲公英。

《蒲公英》

白　冰

你打着一把小伞，要飞向哪座山冈？
要为娇嫩的小草，遮住发烫的阳光？
还是要在雨天，撑在小蚂蚁头上？
你悄悄告诉我吧，我不会和别人去讲。

比较这两篇作品，第一首由五言和三三七言句式组成的，结尾的“英”“兵”“飘”“坪”“淋”“英”主要押“ing”韵。主题很浅显，它只是客观地描绘了蒲公英生长传播的情况，告诉了孩子关于蒲公英种子的知识。内容中有规律地出现一定数量的音节，形成节拍，节奏感很强，语言通俗、浅显、口语化强，读起来朗朗上口、趣味横生，符合儿歌的特点。第二首《蒲公英》主题就深刻含蓄些，语言具有一定的书面色彩，比儿歌内敛、细腻。通过幼儿对蒲公英的发问写出了孩子天真幼稚充满爱心的品质，语言比较舒缓自由，整首诗歌弥漫着童真的情绪，诗歌的节奏随情绪的流动而产生。

当然，幼儿诗与儿歌的区别是相对的，在划分时不能过于刻板。比如刘饶民的《春雨》，可视之为儿歌，也可以视之为幼儿诗。但幼儿诗与儿歌在总体上的区别是明显的。

第四节　幼儿诗的创作

幼儿诗对于培养幼儿的审美情感，提升幼儿的社会情感起着至关重要的作用。作为未来的幼儿教师，理应善于利用古今中外的幼儿诗对幼儿进行“诗教”，最好也要亲身实践，为孩子们创作出有益于他们身心和谐发展的幼儿诗。

一、从模仿入手，领会诗歌创作规律

对于不知如何创作的初学者来说，模仿是最好的学习。可以先从更换个别字、词、句开始，然后慢慢地仿照幼儿诗原有的句式结构、节奏特点进行仿写，当灵感来临时，模仿获得的语感、手感和自身积淀的幼儿素材结合，一定可以帮助我们完成一首优秀的幼儿诗创作。

(一)仿字词结构

如《绿色的世界》(朱伯琏译)：

绿色的天空，
绿色的小猫，
绿色的甜糕，
绿色的手套。
这儿，一片绿，
那儿，一片绿，
到处都是绿、绿、绿。
当我把绿色的眼镜拿掉，
绿色的世界忽然不见了。

这是一首清新优美的小诗。作者用别出心裁的构思，创造了一个儿童想象的境界，涌动着孩子纯真好奇的情感波澜。作者创造的绿色世界，根本点在于绿色的眼镜。戴上绿色的眼镜去看世界，世界忽然变得如此美妙。隐藏在绿色眼镜后面的，是幼儿天真的眼镜和好奇的心。这首小诗在向幼儿展示绿色世界画面的同时，给了孩子拓宽视

野和启迪想象的鼓励。

我们可以尝试替换诗中字词，根据个人的经验，想象仿编出新的诗歌。如将“蓝”替代原有诗歌中的“绿”：蓝色的云朵，蓝色的马路，蓝色的小鸟，蓝色的墙壁。这儿，一片蓝，那儿，一片蓝，到处都是蓝、蓝、蓝。当我把蓝色的眼镜拿掉，蓝色的世界忽然不见了。

(二)改换画面中的具体形象

如高洪波的《我想》：

我想把小手，/安在桃树枝上。/带着一串花苞，/牵着万缕阳光，/悠啊，悠——/悠出声声春的歌唱。

我想把脚丫，/接在柳树根上。/伸进湿软的土地，/汲取甜美的营养，/长啊，长——/长成一座绿色的蓬帐。

我想把眼睛，/装在风筝上。/看白云多柔软，/瞧太阳多明亮，/望啊，望——/蓝天是我的课堂。

我想把我自己，/种在春天的土地上。/变小草，绿得生辉，/变小花，开得漂亮。/成为柳絮和蒲公英，/更是我最大的愿望。/我会飞啊，飞——/飞到遥远的地方。/不过，飞向遥远的地方，/要和爸爸妈妈商量商量……

这首诗句式结构基本相同，模仿的方向较广。在仿编过程中，可将自己的所见纳入到诗歌中去。如可仿写为：

我想把鼻子/安在蜜蜂身上/闻茉莉清香/嗅荔枝甜蜜/采啊采，采——/采来一个斑斓的希望。

我想把耳朵/贴近高高的山峰/聆听和平的旋律/感受大地的歌唱/听啊，听——/听出一个鸟语花香的和谐世界。

……

幼儿的审美标准常常依据为是否真实和熟悉，他们喜欢那些司空见惯却又想象奇特的人和事，喜欢听动作性强，情节语言循环反复，结局完美的作品。在繁忙的学习之余，作为未来的幼儿教师的我们也要勇于模仿创新，从模仿中探究写作规律，理解、掌握其中的写作原理、写作方法，最终迁移到自己的创作实践中来。

二、抒发真挚的幼儿情感

(一)创作对象有针对性

幼儿是幼儿诗的主要接受对象，所以在创作时要关注幼儿的自身特点，兼顾幼儿审美心理和接受能力。这就必须掌握幼儿心理、幼儿教育、幼儿文学等方面的专业知识，了解他们的生活、游戏、思维、发展、成长等变化规律与文学表现之间的关系，依据幼儿的年龄和生理、心理特点决定幼儿诗的主题，将自己的审美认识、人生经验、社会经验和成长经验浓缩成幼儿喜闻乐见的艺术形象，作为宝贵的精神食粮促进幼儿健康成长。

如同样写“雪花”的内容，通过作品却可以明显地反映出不同年龄阶段孩子的特点和情趣。

雪花

——望安

雪花，
你有几个小花瓣？

我用手心接住你，这般神秘
让我数数看：
一、二、三、四、五、六。

咦，
刚数完，
雪花怎么不见了？
只留下一个圆圆的小水点。

雪花

——王宜振

纷纷扬扬的文字
是写给谁的呢
这般美丽

麦苗读懂了
做了一个金色的梦
梦见一个金灿灿
沉甸甸的夏天

果树读懂了
做了一个彩色的梦
梦见一个色彩缤纷的
果实累累的秋天

原来，它看来像是深奥的
却又是浅显的，通俗的

这两首《雪花》都属于儿童文学作品。第一首《雪花》显然是为幼儿创作的，诗歌语言简单、浅白，就像一个年幼的孩子在日常生活中的自言自语，除了简洁的白描之外，诗歌并没有运用太多复杂的修辞手法。第二首《雪花》的目标读者则是较高年龄段的儿童，“这般”“神秘”“深奥”“通俗”等诗意和抽象词语的使用，以及与“梦”“夏天”和“秋天”有关的深层隐喻手法的运用，显然无法在幼儿读者身上引发阅读的共鸣，只有那些已经累积了相当的识字量和文学阅读经验的儿童读者，才能读出其中的意义，读懂其中的意味。可以说，这两首诗在表现手法、语言面貌、语体风格等方面的差异，几乎不亚于许多儿童文学作品与成人文学作品之间的差异。

高尔基说：“每一个进入儿童文学的作者都应考虑读者年龄的一切特点。否则他的书就成为没有用的书，儿童不需要，成人也不需要。”虽然创作无定法，但只有眼中有“幼儿”，才能创作出幼儿喜爱的文学作品。

(二)深入生活

写幼儿诗，要抒写幼儿真挚的情感，作者就得深入幼儿生活，细心观察、体会幼儿情感的真挚、纯洁、美好以及表达方式的特别等。这是创作的不二法门。如佚名的《傻莎莎》：

红红说
方桌是方的
东东说
长城是长的
莎莎说
幼儿园是圆的
妈妈说
莎莎是傻的

诗人只是把几个孩子说的话记录下来，就成了诗。任溶溶的幼儿诗《你们说我爸爸是干什么的》直接把孩子们聚在一起夸耀爸爸职业的情景如实记录下来创作成诗；詹冰的《游戏》，整首诗全用人物的语言写成，忠实记录了做游戏前分配角色的情景；傅天琳的《大口罩》则是把一个孩子对他眼里的护士阿姨的看法记录下来构造诗篇，我们要学会在平凡的生活中寻找诗意，用眼睛去看，用耳朵去听，用心灵去感受。比如孩子把颠倒放置的两只鞋子摆整齐，说“他们头并着头好讲话”；把分散的玩具收拾进玩具箱，说“他们要回家过年”……在幼儿生活中随处可见诗意化的想象和语言，这正是幼儿诗性的思维方式，稍加整理，就显得有情有意，有理有趣。

三、创造鲜明生动的意象

由于幼儿期的孩子是以形象思维为主要思维方式，在幼儿生活中往往是具体的事物引发幼儿的联想、想象和幻想，或者是要将抽象的情感观念转化为通俗直观的意象，因而在创作幼儿诗时就应创造鲜明生动的意象，引导幼儿自然而然地进入到他们所能认同的诗的意境中去。

(一)选择具体可感的事物

如张继楼的《洒水车》：

洒水车过来了，
车头上长着雪白的胡子。
洒水车过去了，
马路像发亮的镜子。

首尾两节表现了洒水车由远及近又由近及远的全过程。抓住城市里的孩子们看到洒水车在工作时所引起的联想和想象进行创作，把洒水车喷出来的水柱比喻为“雪白的胡子”，洒过水的马路像“发亮的镜子”，这都是孩子的想象和感受，读起来自然而生动。我们初学创作时最好选择具体易感的事物，如“贪玩的白云”“忙碌的小动物”“害羞的太阳”等。在完整、直观地感受形象的基础上，明确要表达的内容，是活泼有趣，有教育意义，还是富于哲理，自此发掘作品的艺术性，并尝试写作。

(二)借用合理的想象和动人的情节

现代诗人艾青认为：“诗人最重要的才能是运用想象。”创作就应捕捉孩子们那些闪光的想象，用我们这颗童心驰骋想象，然后把它们艺术地表现出来写成诗篇。如管用和的《夕阳》：

太阳公公走了一天，
累得面红耳赤，
他跳到清净的湖水中，
把一天的疲劳浴洗。

哎呀，他不见了，
是不是沉进湖底？
不，他扎了一个猛子，
第二天又从湖东岸冒起。

作者从幼儿的生活经验出发，运用拟人化的手法，把太阳西下，第二天又从东方升起的自然现象赋予人性，解释为跳到湖中洗澡、扎猛子，这正是符合孩子天真丰富的幻想、大胆而奇特的想象特点。孩子的科学知识和生活经验有限，不理解地球围绕着太阳自转的自然现象，往往只从自己的直观感觉和已有的经验去推想和解释未认识的事物和现象，而不管它是否符合实际。我们也可以借助想象和幻想创造幼儿能理解的意境。

同时，创作幼儿诗需要用动人的情节引起孩子的注意和情感上的震动。单纯的抒情如同堆砌的华丽词句，是引不起孩子的共鸣的。比如描写大海，多少诗人在慷慨激昂的歌颂海的深沉，赞美海的宽广，幼儿却欣赏不了此中韵味，唯独金近的《大海跑得快》收到了独特的艺术效果。

大海没有腿，
跑起来可真快。
我在海滩上玩，
只听到："喂！让开！"
回头一看，不得了！
这是一千条腿的大海。
他蹦，我跳。
我逃，他追。
大海吐着唾沫。
一个劲儿扑过来。
他说："你到岸上去"，
我有礼物一大堆，
轰的一下，
只见他送来鱼虾，
还有鲜活的大蟹。

这里的海丰富多彩，有汹涌澎湃的潮涨潮落，有席卷鱼、虾、蟹的来去匆匆，还能和孩子一起嬉戏，创作的都是幼儿能接受的形象，幼儿在这样动人的情节中认识了大海，受到艺术熏陶。又如胡顺猷的《妈妈》：

妈妈是家里的太阳，每天都是她最先起床！
妈妈是家里的月亮，每天晚上她都很忙！
妈妈是家里的星星，她的眼睛总是那么明亮！
妈妈是家里的春天，有了她，家中总是暖洋洋！

这首小诗的语言凝练又浅近，诗中运用比喻手法，分别把妈妈比作“太阳、月亮、星星、春天”，生动地塑造了一位勤劳、善良、慈爱而又贤惠的妈妈形象，抒发了孩子对妈妈眷恋和爱。

(三)运用音乐效果和美术色彩

为了直观地打动幼儿，给孩子形象生动的立体感，调动他们的听觉、视觉同时进入审美境界，在创作时用叠音、叠韵、拟声词、反复、排比等修辞手法来增强音响、节奏的效果。比如，英国杰·里弗茨的《巴喳—巴喳》中有这样一些句子：

“吱吱”一下窜上了松树，
“蹦蹦”一下钻进了密林。
“叽叽”嘟一下飞进绿叶中，
“沙沙”哧一下溜进了黑洞。

这里的“吱吱”“蹦蹦”“叽叽”“沙沙”分别是什么呢？这些拟声的叠音词在唇齿间造成停顿，不仅能感应诗的节奏，而且在想象中融进自己的理解和体验，有独到的情趣和美感。

同时，注意迎合幼儿对艳丽色彩的偏爱。如江全章的《雨停了》：“天，更蓝了；山，更青了；花，更红了；草，更绿了……”；胡木仁的《绿色的孩子》：“树儿，绿色的扫帚，把天空，扫得湛蓝湛蓝。树儿，绿色的掸子，把云朵，掸得洁白洁白。树儿，绿色的抹布，把星星，擦得闪亮闪亮……”绚丽的色彩产生了图画般具体形象的效果。

四、活用表现手法，提升诗歌意境

诗歌常用的表现手法是赋、比、兴，幼儿诗虽然不追求“空灵”“朦胧”之美，但也会用到大量的表现手法来提升诗歌的意境。

(一)拟人法

由于泛灵论的影响，幼儿常常赋予无生命的物体以生命和意志，诗歌中常常用写人的词语来描写物或直接把物人格化，让它具有人的思想感情，这就是拟人法。拟人手法的运用恰好符合幼儿的心理特点。如台湾诗人林焕彰的《日出》：

早晨，
太阳是一个娃娃，
一睡醒就不停地踢着蓝被子，
很久很久

才慢慢慢慢地
露出一个圆圆胖胖的脸儿。

诗歌把太阳拟人化，使日出的景象显得更具情趣，更富有内涵。

(二)比喻法

比喻法，即用幼儿熟悉的事物去说明他们未知的事物，或用具体的、形象的事物去描绘比较抽象的事物。如姜华的《抚摸》：

像风儿轻轻地抚摸着洁白的云朵，
像朝露轻轻地抚摸鲜花粉嘟嘟的脸庞，
像阳光轻轻地滑落草尖，
像小溪轻轻地从山涧流过。
老师抚摸着我的双手，
是轻风，
是朝露，
是阳光，
是一条小溪从我的心田里流过。

这首幼儿散文诗连用两串比喻、排比，表达了孩子在接受老师爱抚时的心灵感受。篇幅短小但情真意切，语言、韵律、意境都很美。

(三)假设法

这也是写作幼儿诗常用的方法。这种方法便于表达孩子美好的愿望，易于唤起儿童的情感共鸣。它常以“假如……”“如果……”“要是……”“我多想……”“我愿……”等为起句，顺着假设的情景或愿望直接表达意愿，抒发感情。如杜虹的《我只能是一个小孩子吗》：

妈妈，我只能是一个小孩子吗？
我要是一只小鸟，
就从海面上飞到雪山，
捧一朵浪花送给你，
捧一片雪花送给你。

我要是一棵小树，
就呼呼呼地长到天上，
摘一缕彩霞送给你，
摘一颗星星送给你。

我要是一朵金盏菊，
就一年四季开在你的书桌，
留一束阳光送给你，

留一个春天送给你。

可是，我只能是一个小孩子呀，
我只能每天对你说：
妈妈我爱你。

这首诗用了假设法直抒胸臆，感情纯真细腻，想象新颖自然，表达了一个孩子对妈妈爱的无奈，产生了打动人心的艺术力量。

(四)疑问法

疑问法是故意设问来表现幼儿情趣的构思方法，包括了设问、反问和一般的疑问三种情况。它能吸引幼儿的注意力，增加诗的趣味性。孩子周围的世界是一个未知的神奇世界，他们渴望了解这个世界，因此，在孩子们的大脑里存在各种疑问、困惑是很自然的事。所以幼儿诗常用疑问的方法来写作。如薛为民的《头发和胡子》：

小孩的嘴巴光光
小孩的胡子哪儿去了？
小孩把胡子
都长到了脑瓜上。
爷爷的脑袋光光的，
爷爷的头发哪儿去了？
爷爷把头发
都长到了嘴巴上。

这首幼儿抒情诗采用设问和对比的手法抒写了幼儿的思考和发现，趣味性非常强，充满了想象和童真。

(五)反复法

反复法主要有两种形式：一是每行的句式都相同；一是诗的结构上的反复。反复法的运用，能使所描绘的画面更有层次，能使所表达的情感更强烈，能使诗的节奏更明快，也使诗歌产生回环往复的音韵美。例如张茹的《午睡》：

眼睛睡了
嘴巴睡了
胳膊睡了
腿睡了
手睡了
脚睡了
全身都睡了
只有小鼻子在值班
呼——呼——
呼——呼——

这首诗运用的是句式的反复法，强调了孩子睡得又香又沉又甜，也使得诗的节奏显得轻快；而汤素兰的《声音》运用的是结构的反复：

你听，风儿在吹动树叶，
沙沙，沙沙；
你听，鸟儿在高声鸣叫，

啾啾，啾啾；
你听，泉水在欢快跳跃，
叮咚，叮咚；
你听，海浪在轻拍沙滩，
哗啦，哗啦……
世界上有千万种声音，
最妙的，
还是妈妈的叮咛。

这首诗采用反复手法拓展了诗歌的意境，用对比手法抒写了妈妈的叮咛是世界上最美妙的声音，抒发孩子对妈妈的爱，歌颂了神圣伟大的母爱。

(六)对比法

对比包括颜色对比、形状对比、动作对比、事件对比、人物对比、空间对比等，通过对比凸显内容、性质。如圣野的《雷公公与啄木鸟》：

我装雷公公，
轰轰轰！
去敲奶奶门，
敲了老半天，
敲得越是响呀，
里面越没有声音。

我做啄木鸟，
笃笃笃！
请奶奶给我开开门，
奶奶奔出来，
像闪电一样，
欢欢喜喜接小孙。

奶奶，奶奶，
雷公公声音大，
为什么听不见？

啄木鸟声音小，
为啥倒听得见？

奶奶告诉我，
当我像小强盗的时候，
她的耳朵就聋了；

当我像小客人的时候，
她的耳朵就不聋。

诗人运用对比的手法，借助雷公公、啄木鸟、小强盗、小客人这一系列生动的形象，将“讲文明、懂礼貌”的主题蕴含其中，既通俗易懂又含蓄深刻。

诗的意境构成涉及多方面的知识，初学者不可能一步到位，但我们可以尝试从凸显意象的特征和丰富表现形式的角度去创作，积累创作知识和经验，慢慢提高创作水平。

五、反复修改，磨练成章

初次学写作，往往以为写得越多越细就越好，对写好的内容总是舍不得删除，结果越写越长，越改越啰嗦。要想幼儿读得明，听得懂，必须多用“孩子的话”。适合幼儿的接受方式，每句最好五六个字，不超过十五个字，如果不小心写了长句和复句，也要把它变成简单句。比如“它的歌不但唤醒了绿色的树芽，而且叫醒了红色的花苞”。这不是幼儿语言，改成“它的歌，唤醒了绿的树芽，红的花苞”就更适合幼儿吟诵了。幼儿也特别喜欢动态变化多、动作节奏快的语句，有时候为了达到特有的动感效果，可以巧妙地利用汉语里动词本身的形象性，将其重叠或重复使用。例如高恩道的《小金鱼》原稿是这样的：

小金鱼，
最贪玩，
一会儿撞荷叶，
一会儿摇莲秆，
玩得忘了写字，
玩得忘了吃饭。
妈妈来考它：
“几加几，等于三？”
它把嘴一张，
吐出一串“大鸭蛋”。

经过作者的精心修改，变成：

小金鱼，
最贪玩，
一会儿撞撞荷叶，
一会儿摇摇莲秆，
玩得忘了写字，
玩得忘了吃饭。
妈妈考考它：
“几加几，等于三？”
它把嘴一张，

吐出几个圆蛋蛋。

几个叠词的改动，使整个幼儿诗活跃起来。“撞撞荷叶”“摇摇莲秆”比“撞荷叶”“摇莲秆”显得更调皮。“妈妈考考他”比“妈妈来考他”又多了几分亲切、慈爱。最后一句“大鸭蛋”改成“圆蛋蛋”，文字更优美含蓄，多了几分诗意。所以，我们在修改幼儿诗的过程中，应注意观察是否考虑到幼儿的特殊性，是否提取了幼儿的生活信息中合理的成分，语言是否符合幼儿的理解水平或语感能力等，只有不断锤炼、修改，作品才会更加完美。

虽然幼儿诗创作仍面临诸多问题，如受关注度不够、诗人创作类型化、题材局限、没能充分利用语言的特点彰显汉语魅力等，但是也应该看到，在诗坛上，我们有一股积极向上的丰流正在为幼儿诗的发展壮大作着有益的尝试，相信在不久的将来，幼儿诗会迎来它新的春天。

本章小结

通过幼儿诗这个章节的学习，我们初步掌握了幼儿诗的基本知识、鉴赏和创编的方法，但要深入研究和阐释幼儿诗的相关内容，仍需要我们阅读大量的经典幼儿诗，不断地吸收新的研究理论和研究成果，丰富自己的生活和创作经验，为幼儿诗的本土化发展尽微薄之力。

练习与实践

1. 什么是幼儿诗？幼儿诗的特征有哪些？

2. 幼儿诗可以分为哪几类？请结合你最喜欢的两首作品，分析幼儿诗的特征。

3. 对比下面同题的儿歌和幼儿诗的异同。

萤火虫

萤火虫，夜夜红，
飞到西，飞到东，
一闪一闪像只手电筒。
“你拿电筒去照啥?”
“隔壁纺织娘，
半夜回娘家，
我去送送她。”

萤火虫

夜里，静静的原野，
萤火虫在草丛
提着灯笼捉迷藏，
天上的星星，
低头一看，
诧异地说：
“我们的同伴什么时候掉下去了?”

4. 选取一首感兴趣的儿歌，把它改成幼儿诗。

5. 围绕一个主题(如母爱、大自然等)，自选幼儿诗5～8首，在班上进行“组诗”朗诵表演。

6. 认真阅读《春天》，仿照其格式写一首幼儿诗。

春天是一本彩色的书——
黄的迎春花，

红的桃花，
绿的柳叶，
白的梨花……

春天是一本会笑的书——
小池塘笑了，
酒窝圆又大；
小朋友笑了，
咧开小嘴巴……

春天是一本会唱的书——
春雷轰隆隆，
春雨滴滴答，
燕子唧唧唧，
青蛙呱呱呱……

作品作家链接

1. 鞋(抒情诗)

◇林武宪

我回家，把鞋脱下
姊姊回家，把鞋脱下
哥哥、爸爸回家
也都要把鞋脱下

大大小小的鞋
是一家人
依偎在一起
说着一天的见闻

大大小小的鞋
就像大大小小的船
回到安静的港湾
享受家的温暖

作家简介

林武宪，号黄山。生于1944年，台湾彰化人。长期从事教师工作并致力于儿童诗歌创作，对台湾儿童文学发展，有莫大贡献，是台湾儿童文学界代表人物之一，已经出版四十本编著作，跟儿童诗有关的占十本。儿童诗作品《小树》《瀑布》《鞋》《安安回家》《性急的农夫》《我听见鲸鱼唱歌》《分身术》《全自动功课机》《钓鱼》《砂子》《北风里的树》《有一天》《种树》《时间是什么》《把握今天》《如果我是鱼》《告诉我》被编入台湾国语实验教材，还有部分作品被编入美洲华语课本，被谱曲广为流传。儿童诗《小树》《秋天的信》《鞋》于1977年荣获“洪建全儿童文学奖”诗歌类第一名。

作品导读

《鞋》是一首构思独特，非常富于生活情趣的幼儿诗。本诗没有直接写一家人相亲相爱的幸福温暖，而从每个人都极熟悉的“鞋”落笔：第一节排列出一家人回家脱鞋的生活化场景，为后面别具一格的比喻、想象、抒情作足了铺垫。从“鞋”切入表现一家人的相亲相爱，传递着一种温馨的家庭生活气氛，给人以另辟蹊径的新异感。“回到安静的港湾，享受家的温暖”则是作者的生花妙笔，以贴切的比喻来结束全诗，使作品意境大开。它是一种点拨，使小读者从他们熟悉的现象中领悟到更深的意义；它也是一种提升，提升了审美能力，给孩子美好感情的陶冶。这种读之有趣、品之有味的幼儿诗，不仅能取悦于孩子们，同时也会受到家长、教师的欢迎。

2. 帽子的秘密(叙事诗)

◇柯　岩

我的哥哥可不是普通的人，
他是一个三年级生，
他一连考了那么些个五分，
妈妈送他一顶帽子当奖品。

这顶帽子的颜色可真蓝，
漆黑的帽檐亮闪闪，
别说把它戴在头上，
就是看看心里也喜欢。

可是这顶帽子有点奇怪，
它的帽檐老是掉下来，
妈妈把它缝了又缝，
不知为什么它总是坏。

妈妈叫我跟哥一块儿，
好看看帽檐怎么会掉下来，
可是哥哥只要一见我，
马上就把我赶开。

今天我偷偷地到了他的学校。

这事儿一下子就弄明白，
他们七八个三年级生，
一出校门就把帽檐扯下来。

他们在空地上来回地跑，
又喊“靠岸”又喊“抛锚”……
哥哥拿着个远望镜——木头的，
四面八方到处瞧。

我还没决定躲不躲，
望远镜已经瞄准了我；
忽然背后一声喊，
我叫人抓住怎么也挣不脱。

两个水兵向哥哥敬礼，
报告抓到了什么“奸细”，
哥哥看也不看我一眼，
就下命令把我枪毙。

我生气地说：“我不是什么奸细，
我是你的弟弟！”
可是哥哥皱着眉说：
“是奸细就不是弟弟！”

这么欺负人还能行？
我就又踢又打吵个不停。
两个水兵只好安慰我，
说枪毙是假的一点不疼。

我说：“反正我不能叫你们枪毙，
不管它疼还是不疼，
我长大了要当解放军，
随便说我是奸细就不成！”

水兵们都哈哈大笑，
哥哥也只得把命令取消。
大伙说：“这可不是个胆小鬼，
欢迎他参加我们‘海军部队’。”

晚上我回家见了妈妈，
我向她谈了船舱又谈甲板，
我告诉她什么叫做舰队，
还说天下最勇敢的就是海员。

至于哥哥的帽子嘛……
我说："这是秘密您最好别管。"
妈妈摸着我的头发笑了：
"那好吧，亲爱的海员！"

我奇怪妈妈怎么知道，
她说："这也是个秘密。"
她说她还有几句话，
托我给所有的小水兵捎去：

"真正的海员坚强英勇，
热爱祖国热爱劳动，
你们能不能学习英雄，
不看帽子要看行动！"

作家简介

柯岩，本名冯恺，满族，是我国当代著名的儿童文学作家、诗人、报告文学家。她原籍广东南海，1929 年生于河南一个铁路职工家庭。1956 年到中国儿童艺术剧院从事专业创作，并担任艺术委员会委员。柯岩的儿童文学作品独具一格，善于通过新颖的构思、优美的语言来展示少年儿童的内心世界。曾任《诗刊》副主编，中国作家协会理事、书记处书记，中国人民保卫儿童委员会全委，中国文联全委，中国报告文学学会副会长，北京关心青少年教育协会副会长等职，并被聘为中国青年政治学院、山东大学等多所高等学院的教授。创作量多质高，出版过《最美的画册》《相亲记》《"小迷糊"阿姨》《周总理，你在哪里？》《奇异的书简》《癌症≠死亡》《寻找回来的世界》《春的消息》《柯岩作品选》《柯岩儿童诗选》等 30 部作品。

作品导读

《帽子的秘密》选自荣获全国第二次少儿文艺创作一等奖的诗集《"小兵"的故事》，是一首广为流传的儿童叙事诗。作品取材于儿童的日常游戏，以第一人称的口吻，叙述了"我"发现"哥哥"和其他三年级小学生们扯下帽檐模拟水兵的秘密，后来又因其勇敢而被"水兵"们接纳的故事，于真真假假，虚虚实实中生动地表现了儿童们对当"海军”的向往。

诗的开头道出了哥哥这顶帽子的由来，诗句透露出一种自豪感，很切合幼童的心理。在一个学龄前幼童看来，有这样一个成绩优秀的“三年级生”的哥哥，是很了不起的。这里也很自然地把下面的故事从这顶帽子引发开去。帽檐为什么老掉下来？这是一个悬念。在我的“跟踪”下，发现了帽檐老掉下来的“秘密”。极为意外的是，警惕的“水兵”们将“我”抓住了，被误作奸细要执行枪决，我又踢又打吵个不停。“我长大了要当解放军。随便说我是奸细就不成！”弟弟那种倔强的神气跃然纸上。最后，哥哥只好把“枪毙”的命令取消，鉴于弟弟勇敢不屈的表现，大伙还欢迎他参加他们的“海军部队”。

3. 笨耗子的故事(童话诗)

◇[俄罗斯]马尔夏克

耗子妈妈哄她宝宝：
“吱吱吱吱，快快睡觉！
给你面包皮儿咬，
给你蜡烛头儿嚼。”

可小耗子回答她道：
“你的嗓子过分细小。
我说妈妈你别叫，
给我去把保姆找！”

耗子妈妈到处跑，
去求一只鸭子道：
“鸭子大婶，请上我家，
把我孩子给摇摇。”

鸭子对小耗子唱道：
“嘎嘎嘎嘎，睡吧宝宝！
下过雨我园里找找，
给你小虫找一条。”

可笨耗子老没睡着，
迷迷糊糊对她说道：
“你的嗓子不大好，
声音大得不得了！”

耗子妈妈到处跑，

去求一只青蛙道：
“青蛙大婶，请上我家，
把我孩子给摇摇。”

青蛙一本正经唱道：
“呱呱呱呱，哭多不好！
睡吧睡到大清早，
给你蚊子吃个饱。”

可笨耗子老没睡着，
迷迷糊糊对她说道：
“你的嗓子不大好，
唱的歌儿太单调！”

耗子妈妈到处跑，
去求一匹母马道：
“母马大婶，请上我家，
把我孩子给摇摇。”

母马对小耗子唱道：
“伊呵呵呵，乖乖睡觉！
身子朝里睡睡好，
麦子给你一大包！”

可笨耗子老没睡着，
迷迷糊糊对她说道：
“你的嗓子不大好，
我给吓得卜卜跳！”

耗子妈妈到处跑，
去求一只母猪道：
“母猪大婶，请上我家，
把我孩子给摇摇。”

母猪哑着嗓子直叫，
哄那不听话的宝宝：
“儿儿儿儿，快睡觉！
胡萝卜你要不要？”

可笨耗子老没睡着，
迷迷糊糊对她说道：
“你的嗓子不大好，
声音凶得不得了！”

耗子妈妈心想道：
只好去把母鸡找。
“母鸡大婶，请上我家，
把我孩子给摇摇。”

母鸡对小耗子唱道：
“咕咕咕咕，别怕，宝宝。
我用翅膀把你抱，
这儿暖和静悄悄。”

可笨耗子老没睡着，
迷迷糊糊对她说道：
“你的嗓子不大好，
叫人简直睡不着！”

耗子妈妈到处跑，
去求一条梭鱼道：
“梭鱼大婶，请上我家，
把我孩子给摇摇。”

梭鱼对小耗子唱道——
可是声音全听不到，
鱼嘴动得真热闹，
唱什么却不知道。

可笨耗子老没睡着，
迷迷糊糊对她说道：
“你的嗓子不大好，
实在轻得听不到！”

耗子妈妈到处跑，
最后去求一只猫：

"猫大婶啊，请上我家，
把我孩子给摇摇。"

猫对这小耗子唱道：
"喵喵喵喵，睡吧宝宝！
喵喵，上床快睡好，
喵喵，好好睡一觉。"

那笨耗子快要睡着，
迷迷糊糊对她说道：
"你的嗓子真正好，
声音甜得不得了！"

耗子妈妈回家来，
往小床上瞧了瞧，
可笨耗子不见了，
到处找也找不着。

作家简介

马尔夏克(1887—1964)，俄罗斯著名儿童文学作家、诗人。1912 年曾就读于伦敦大学，1914 年回国后即致力于儿童文化事业。1920 年起不断为儿童剧院创作剧本，为孩子们翻译儿童文学作品，1923 年出版了《动物园里的娃娃们》《笨耗子的故事》等为低龄儿童诵读的诗册。

作品导读

《笨耗子的故事》全诗突出一个"笨"字，着重描写耗子妈妈和小耗子的愚蠢无知。故事围绕耗子妈妈为小耗子到处寻找保姆展开。耗子妈妈自己不会哄她的宝宝睡觉，先后请来鸭子、青蛙、母马、母猪、母鸡、梭鱼当保姆，这些保姆各自唱自己的摇篮歌，而通过这些摇篮歌，巧妙地突出了她们的特性，给孩子们上了一堂生动的动物知识课。任性无知的小耗子对六个保姆都不满意，愚蠢的耗子妈妈又找来了猫，笨耗子满意了，可他却被填进了猫肚子。这种喜剧性讽刺手法使得诗句充满幽默色彩，在趣味中不露痕迹地寓含了深刻的哲理。这些都充分反映了马尔夏克幼儿诗歌注重对孩子们进行品德教育和知识教育的内容特点，以及形象生动、充满趣味的艺术特点。

4. 小虎问路(寓言诗)

◇高洪波

有一只骄傲的小老虎，

在大森林里迷了路。
向谁去问个清楚呢?
她找到蒙头大睡的野猪:
"喂，快停止你那难听的呼噜，
指给我一条回家的路途。"
野猪生气地眨眨眼，
转给小老虎半个屁股。
小老虎讨个没趣儿，
又去问忙碌的松鼠:
"嘿!如果你告诉我的住处，
我让妈妈给你最好的食物!"
松鼠好像压根儿没听见，
照样晾晒它的大蘑菇。
小老虎勃然大怒，
冲向一只戴眼镜的老白兔:
"哼!花了眼的兔老头，
快给我指一条回家的路!
我的腿已经走得发软，
我的肚子已经饿得打鼓!"
白兔慢慢吞吞地抬起头:
"森林里的路大家都熟，
可像你这样不懂礼貌，
哪怕踩着路，
你也问不出……"

作家简介

高洪波，笔名向川，诗人，散文家。1951 年 12 月生于内蒙古，1971 年开始发表作品，1984 年加入中国作家协会。曾任《文艺报》新闻部副主任，中国作家协会办公厅副主任，《中国作家》副主编，《诗刊》主编，中国作家协会创联部主任、书记处书记，中国作家协会全国委员会委员，中国作协副主席。先后出版过儿童诗集《大象法官》《鹅鹅鹅》《吃石头的鳄鱼》《喊泉的秘密》《我喜欢你，狐狸》《种葡萄的狐狸》《少女和泡泡糖》《飞龙与神鸽》，散文集《波斯猫》《文坛走笔》《高洪波军旅散文选》《司马台的砖》《人生趣谈》《为二十一世纪祈祷》《柳桃花》《避斋走笔》《高洪波散文选》，评论集《鹅背驮着的童话——中外儿童文学管窥》《说给缪斯的情话》等。幼儿诗《我想》获全国第一届儿童文学优秀作品奖，散文集《悄悄话》获全国第三届儿童文学优秀作品奖。

作品导读

这首幼儿寓言诗讲了一个骄傲的小老虎问路的故事，塑造了一个骄傲自大、盛气凌人、不懂礼貌的小老虎形象，对小老虎问路的方式和态度进行了讽刺批评：不懂得最起码的礼貌，用粗鲁的语言和强硬的态度来问路，最终是问不出结果的。诗歌对“野猪生气地眨眨眼，转给小老虎半个屁股”；“松鼠好像压根儿没听见，照样晾晒它的大蘑菇”；“白兔慢慢吞吞地抬起头”等动物的语言和动作描写特别形象，欣赏时要关注这些富有特征性的描写，仔细体会作者的用意和情感，从而领悟诗歌的主题。

5. 蒲公英(题画诗)

◇黎焕颐

你有翅膀吗？
告诉我，蒲公英。
你飞得很高——
天上的道路，
是云彩铺成；
我要跟着你，
去看神秘的星星。
你飞得很远——
远方的风景，
一定很迷人；
我要跟着你，
去作快活的旅行。

作家简介

黎焕颐，贵州遵义人。1930年2月30日生，1949年参军，历任部队文化教员，西北军政委员会农林部《西北农林》杂志编辑，青海日报社记者、编辑，上海少年儿童出版社编辑，上海文学报社副刊主编，副编审。1953年开始发表作品。1984年加入中国作家协会。著有专集《迟来的爱情》《春天的对话》《起飞》《午夜的风》《在历史的风雪线上》《爱在荒原》《秋夜·星空·祖国》《西出阳关》《男子汉的情怀》《同题三色抒情诗》《黎焕颐抒情诗选集》《黎焕颐自选集》《黎焕颐诗选》，随笔《我爱·我恨·我歌》等。

作品导读

这是作者为《小朋友》杂志封里的摄影图片所写的一首题画诗。这首题画诗不是对摄影作品的客观解说，而是根据画面上的蒲公英，联想到它的种子成熟后会被风吹起、飘飞，并以此为切入点展开想象，把对大自然的向往表现得分外优美动人，把天上的道路、远方的风景描绘得多姿多彩，把孩子急于认识自然、探索自然的心理写得细微逼真。诗的节奏自然舒缓，便于小读者听赏。

6. 小鹿(散文诗)

◇金波

花的影、树的叶，
给你披一件
斑斓的彩衣。
你站在那儿，
和无边的森林
融合在一起。
然而你还像一株飞跑的树，
高昂着你枝枝丫丫的角，
闪进密密的大森林里。
一会儿和这棵树，
一会儿和那棵树，
交谈着春天的信息。

作家简介

金波，原名王金波，祖籍河北省冀县。1935 年 7 月生于北京，是中国当代著名诗人、儿童文学家。出版过《回声》《绿色的太阳》《我的雪人》《在我和你之间》《林中月夜》《风中的树》《带雨的花》《我们去看海——金波儿童十四行诗》等十余部幼儿文学作品以及《金海螺小屋》《苹果小人儿的奇遇》《眼睛树》《影子人》《白城堡》《追踪小绿人》等二十多部诗集，此外还出版有散文集《等待好朋友》《等你敲门》《感谢往事》，童话集《小树叶童话》，评论集《追寻小精灵》等。作品多次获得国家图书奖、“五个一工程”奖、中国作家协会全国优秀儿童文学奖、宋庆龄儿童文学奖、冰心图书奖等，多篇作品被收入中小学语文和音乐课本。

作品导读

这首诗语言简洁平实，但描绘出来的是一幅集声、光、色、影为一体的活动场面，营造出一种儿童诗特有的天然情趣。它首先从外形上对斑斓的小鹿进行了描绘，用“花的影、树的叶”来比喻小鹿身上的花纹，给人一种新奇的感觉，这一意象使小鹿具有了树的特点。接着对这一意向进行延伸性的描绘：小鹿的角，像一株飞跑的树，闪进密密的大森林里，和无边的森林融合在一起，并且调皮地“一会儿和这棵树，一会儿和那棵树，交谈着春天的信息”。动词“闪”“交谈”将小鹿轻盈的外形、优美的姿态以及活泼的性格凸显出来。小鹿作为个体既是森林的一个组成部分，又是森林里最活跃的因素，它那变化不定的姿态正是儿童特有的想象和激情的展现。这一动态的画面既构成节奏的舒缓变化，又表现了孩子对未知世界特有的幻想和对自由成长的渴望。这首诗在韵律上也有独到之处，首先是每一小节诗内部的音节平仄有致，读起来抑扬顿挫，起伏间有自然的音乐感，每一小节最后一个字押“i”韵，使全诗有了回环往复的音乐旋律，念唱时会产生细腻温柔的效果。

7. 强强穿衣裳(讽刺诗)

◇任溶溶

早晨七点多钟，
强强起了床，
看了半天的书，
他才穿衣裳。

穿上一个袖子，
他就去洗脸，
再穿一个袖子，
他去吃早点。

扣上两颗扣子，
他去玩邮票，
再扣两颗扣子，
午饭时间到。

穿上一条裤腿，
他去踢球玩，
再穿一条裤腿，
已经吃晚饭。

穿上一只袜子，
他听无线电，
等无线电听完，
都快闭上眼。

他再拿只袜子，
刚刚要穿上，
可是妈妈说到：
“脱掉衣裳快上床！

作家简介

任溶溶，本名任以奇，广东鹤山人，1923 年生于上海。著名儿童文学翻译家、作家。1949 年后历任上海少儿社编辑部副主任，上海译文出版社副总编辑。他翻译了大量俄英意日等多种文字的外国儿童文学名著，同时从事儿童文学创作。译著《安徒生童话全集》《彼得·潘》《小飞人》等，著有童话集《“没头脑”和“不高兴”》、儿童诗集《小孩子懂大事情》等。获陈伯吹儿童文学奖杰出贡献奖、宋庆龄儿童文学奖特殊贡献奖、宋庆龄樟树奖、国际儿童读物联盟翻译奖等奖项。

作品导读

这是一首风趣幽默的幼儿诗。作品取材于孩子的现实生活，讲述了主人公强强从早上七点多起床穿衣，直到晚饭后还没穿好衣服的故事，通过极度的夸张，让孩子在笑声中明白做事不要磨蹭拖拉的道理。诗的语言浅近、简练，适合幼儿听赏诵读。

8. 小雨点旅行(科学诗)

◇丁曲

颗颗小雨点，
落在江河里。
太阳晒江河，
水能变成汽。
水汽飞上天，
聚集在一起。
渐渐变成云，
云又变成雨。
小雨点，忙旅行，
来来去去好欢喜。

作品导读

作者用绘声绘色的语言把小雨点的来历描述成“小雨点旅行”，生动形象地讲明了是水变成了汽，汽聚集在一起成了云、云又变成了雨的科学道理，满足了孩子的好奇心，同时也使孩子们从小就对科学知识充满了向往。

9. 黄叶(抒情诗)

◇郑春华

一片黄叶，
离开了大树妈妈。
飞哟，飞哟，

飘落在窗下。

小佳拾起黄叶，
看呀，看呀……
“小佳佳，
你在看啥?”

“在看一封信。
你知道吗?
秋天来了，
该给布娃娃添衣服啦!”

作家简介

郑春华，女，1959年生，浙江淳安人，曾任托儿所保育员、上海少年儿童出版社编辑。1979年走上文学创作道路，主要从事幼儿文学创作，作品有诗集《小豆芽芽》《甜甜的托儿所》《圆圆和圈圈》，中篇小说集《紫罗兰幼儿园》《贝加的樱桃班》，儿童故事《大头儿子和小头爸爸》等。

郑春华的幼儿文学作品，无论是儿歌、儿童诗还是童话、故事，都从真实的幼儿生活取材，自然真切，充满幼儿情趣。她善于捕捉那些最能表现幼儿性格特征的细节和生活场景，表现出幼儿的天真与稚气，使作品具有天然的童真美。

作品导读

金波评论说：“孩子们听了这首诗，也许能马上告诉你：叶子变黄了，叶子飘落了，这是秋天来了。这是大多数孩子一读就能理解到的。但止于此，是远远不够的。这首诗的主旨，绝不仅仅是介绍一点生活常识，它给孩子启迪的是通过孩子式的想象(把黄叶当作秋天的来信)抒发了对布娃娃的爱。”(《儿童文学十八讲》第296—297页)实际上，这首诗的审美内涵是相当丰富的，有对自然变化的天真奇想，有对别人冷暖的主动关心，有悦耳动听的旋律，有爱护玩具的稚童真情……这样的文学作品有效地培养幼儿的审美情感，潜移默化地提高幼儿欣赏文学精品的审美能力。幼儿被诗意盎然的文学精品感染打动，这是启蒙性的收效，必定终生受益。

10. 滑滑梯

◇张光昌

滑滑梯，
真有趣，
一级级，
爬上去，

——我是登山运动员！
滑滑梯，
真有趣，
呼一下，
飞到底，
——我是滑雪运动员！

作品导读

诗歌“分行排列”的结构形式是由诗歌的抒情性、音乐性和意境创造等需要决定的。自由诗的产生，给诗歌外形的多样化提供了便利，其不拘一格的抒情方式，使句式长短可随意变化，外形更加丰富多彩。在这个基础上，诗人再按照一定的美的规律——比例、匀齐、对称、和谐等来构造诗的外形，使诗具有一种独特的形体美。闻一多说：“诗的实力不独包括音乐的美(音节)，绘画的美(词藻)，并且还有建筑的美(节的匀称和句的均齐)。”①这“三美”在幼儿诗歌中表现得特别突出。音乐美是幼儿诗的显性特征，绘画美自不必说，幼儿的思维决定了所有的幼儿文学作品都要求语言具有生动形象的绘画效果，形式美是诗人刻意创造出来吸引幼儿注意力的。幼儿诗的这种特殊形式，即诗歌的外形排列与所表现事物有相似之处。比如《滑滑梯》这首诗里，特意将诗句按阶梯状排列起来，就像充满快乐和动感的滑滑梯。错落有致的排列与诗歌的情感抒发节奏互相呼应，有趣而生动。

参考文献

[1] 人民教育出版社中学语文室．幼儿文学[M]．北京：人民教育出版社，2005：95.

[2] 蒋风主编．幼儿文学概论[M]．太原：希望出版社，2005：254.

[3] 华东七省市、四川省幼儿园教师进修教材协作编写委员会．幼儿文学[M]．上海：上海教育出版社，1987：90.

[4] 高格禔，舒平主编．幼儿文学实用教程[M]．北京：高等教育出版社，2011：27.

[5] 张雨童．当代儿童诗创作的有益实践[J]．青年作家(下半月中外文艺版)，2011(1).

[6] 林彤．小学高年级儿童诗的创作教学[J]．新课程导学，2011(16).

① 闻一多．诗的格律[C]．杨匡汉等编．中国现代诗论(上)[M]．广州：广州花城出版社，1985.

第四章　幼儿童话和寓言

导言

童话是儿童文学中最古老、最有代表性的文学样式之一，是幼儿文学中最重要的文体。它一直伴随着人类的成长，给我们永恒的启示。童话的幻想、夸张、拟人等手法，以及丰富多彩的内容、形象生动的人物、奇异的情节深深吸引着充满好奇心的幼儿。寓言和童话有很多相似之处，其篇幅短小，形象生动，也很适合幼儿。本章从概念、起源与分类、特征等方面介绍了童话和寓言的一些基本理论知识，以及童话创编的基本要求和方法。

学习目标

了解幼儿童话的概念、发展和分类；理解幼儿童话的特征；掌握幼儿童话创作的基本方法及改编的要求；掌握寓言的概念、特征和改编的方法。

第一节　幼儿童话概说

一、幼儿童话的概念

童话是一种具有浓厚幻想色彩的虚构故事，它是儿童文学中最基本、最重要的题材之一，是儿童最乐于接受的文学样式。

幼儿童话，就是那些适合幼儿听赏的，内容浅显、情节单纯的童话。它那独特的艺术形式与幼儿的心理、生理特点相适应，丰富的幻想有助于发展他们的思维能力和想象能力；同时积极的思想内容又有助于他们陶冶情操、增长知识。幼儿童话在幼儿文学中数量最多，也是最受欢迎的一种文体。

二、童话的起源与发展

(一)童话的起源

童话是一种很古老的文学样式，历史源远流长。它起源于民间，最初与神话、传说几乎处于同生共体的状态。

神话是生产力和知识水平低下的原始时期，原始人类创造的反映人与自然的关系以及社会形态的具有高度幻想性的故事，它是以神为故事的主要形象。如希腊神话中，智慧女神雅典娜给人以灵魂，普罗米修斯用黄土造成血肉之躯等；中国的“女娲补天”“夸父追日”“精卫填海”等都属于神话。

传说则是神话的演进，它是关于历史人物、历史事件、自然风物、社会习俗的具有较强的历史性的故事，它是以人为故事的主要形象。故事也具有浓厚的传奇色彩。最古老的传说在内容与形式上和神话接近，既可称为神话，也可称为传说，如我国的“神医华佗”“大禹治水”等故事。传说主要表现人们对英雄人物的崇拜。从神话到传说反映了人类由对神的敬畏发展为对英雄人物的崇拜，体现了人的自我意识的觉醒。

(二)世界童话的发展概况

童话处于不断发展的进程中。概括起来，它的发展先后经历了民间童话与文学童话两个大的发展阶段。

第一阶段，民间童话(也称传统童话)阶段，是童话的早期发展阶段。

童话最早是作为口头文学形式出现的，由人民群众口头创作、在民间口耳流传。民间童话在各地区、各民族之中世代相传，随着社会现实的变化发展，人们依据自己的理想和需要不断加以补充和改造，有些人还对民间童话进行了有意的搜集、整理或加工。因此，民间童话既包括纯粹在民间产生并流传的童话作品，如在我国民间广为流传的《狼外婆》《田螺姑娘》等；也包括经过作家采录、复述、加工而成的童话作品。如古印度的《五卷书》、阿拉伯民族的《天方夜谭》，都收入了经过搜集整理的民间童话。

17 世纪法国的贝洛是欧洲第一个把民间童话加工成文学童话的作家。1697 年出版的《鹅妈妈的故事或寓有道德教训的往日故事》收入了八篇散文童话，再版时又补充了三篇童话诗。贝洛基本保留了民间口头创作的情节，同时融入了作者自己在生活中观察所得，引进了民间口头创作所欠缺的新的形象和现实生活图景的描写。他曾说：我的这些童话都是有创作宗旨的，它们首先启人诚实，有忍耐心，有远见，要勤恳。贝洛开辟了创编民间童话的道路，尽管贝洛撰写童话的目的并非专为儿童，但由于其故事生动有趣，“令孩子开心”“使孩子迷恋”“让孩子大开眼界”(屠格涅夫语)而大受欢迎。

大量地搜集整理民间童话的是 19 世纪德国的格林兄弟。他们以《儿童和家庭故事集》为名发表的二百多篇童话，是具有世界影响的第一部巨型民间童话集。格林童话在记叙上采用了忠实的笔调，保留了这些民间童话最原始的内容和风格。格林童话在思想内容上体现了民间童话丰富的人民性，表现了劳动人民纯正、健康、优美的思想和品质，包含着劳动人民长期生活经验的总结。格林童话在艺术表现上有着卓越的成就与建树。在题材上有所拓展，他们从现实生活出发，创造了许多普通人的故事，特别是儿童故事，开辟了民间童话许多新的表现领域；在表现形式上，差不多囊括了民间童话所有的类型，如魔法宝物型、哲理型、“灰姑娘”型、特殊小人型、奇人奇事型、“小红帽”型等。其中奇人奇事型的故事主要以夸张手法构成幻想意境，标志了童话表现艺术的新发展。这种夸张的手法到了文学童话发展阶段，得到越来越多的使用。再如“小红帽”型等表现儿童生活、儿童心灵的故事，准确反映了儿童思维的逻辑，完全写出了儿童的幻想，这是对世界童话的一个重大贡献。在结构上，初步形成了三段式的形式，为以后的童话创作提供了借鉴。格林童话多数都写得生动有趣，富有儿童趣味，又浅显易懂，适合儿童的接受能力，这种儿童化的特点为以后的童话搜集与创作指出了方向。

第二阶段，文学童话（又称作创作童话、艺术童话）阶段，是指成人自觉为幼儿创作童话作品的阶段。这类作品往往跨越了纯粹的魔幻世界单一的时空格局，巧妙地将现实的与想象的世界融为一体，表现出更广阔的时代主题、现代意识和多样化高品位的美学追求。民间童话过渡到文学童话的完成是以安徒生童话为标志的，安徒生开创了作家创作童话的新纪元。安徒生是第一个明确为儿童创作的童话作家，是第一个对于童心世界进行深入探索的作家。儿童那充满生命、充满幻想、充满神秘的美妙的内心世界，在安徒生的童话中得到了最集中最精确的表现。他使童话的幻想带上了儿童幻想的特点，他用孩子自己的方式表现孩子们的生活，他的语言具有浓厚的儿童特色。这一切标志着真正属于儿童的童话的诞生。

安徒生第一次勇敢地把现实生活引进了童话创作，他运用作家的理性思考，从现实出发处理民间童话素材，使之翻出新意，同时还创作了一批完全取材于当时社会现实的作品，将普通人平凡的日常生活引进童话。安徒生被誉为文学童话的奠基人。他早期的一些作品也取材于民间童话，在汲取了丰厚的民间童话的营养基础上，逐渐走上了独立创作的道路。《丑小鸭》《卖火柴的小女孩》《海的女儿》等都体现了他的独立创作风格。

19 世纪中叶到 20 世纪，欧洲各国掀起了童话创作的高潮，长篇、中篇以及短篇童话精品层出不穷。英国作家刘易斯·卡罗尔在 1865 年创作了《爱丽丝漫游奇境记》，意大利作家科洛迪长篇童话《木偶奇遇记》，美国作家弗兰克·鲍姆创作的《绿野仙踪》童话故事集，英国作家金斯莱的长篇童话《水孩子》，英国作家米尔恩的《小熊温尼·菩 》，意大利作家罗大里的《假话国历险记》，挪威作家埃格纳的《豆蔻镇的居民和强盗》，捷克作家约瑟夫恰·佩克的中篇童话《小狗小猫的故事》，日本中川李枝子的《不不园》，美国 E. B. 怀特的《夏洛的网》。总之，这个时期世界童话创作进入了空前的繁荣时期。

（三）中国童话的发展概况

童话在中国也是一种很古老的文体，但童话这一名称的使用在中国是近代的事情。“童话”一词为外来词，我国的历史文献中都不曾出现，但中国古代虽无“童话”之名，却有“童话”之实。我国传统的童话作品散落在各种志怪、传奇小说当中。在我国古代文学典籍中，就收录着许多优秀的童话故事。如《诗经》中的《鸱枭》就是一首将动物拟人化的童话诗。晋代的志怪小说集《搜神后记》中的《白衣素女》就是民间流传的“田螺姑娘”故事的原型。而隋朝东阳无疑《齐谐记》中的《董昭之》蚁王托梦的故事，就是一篇完整的童话故事。

我国的创作童话始于“五四”前后，20 世纪初从西方译介进来的童话成了我国创作童话的催生剂。1923 年出版的叶圣陶的童话集《稻草人》是我国第一部创作童话集。这部童话集是以儿童为宗旨的，既给中国的童话开辟了一条自己创作的路，也为我国现代儿童文学发展奠定了基础。叶圣陶童话的题材、主题、人物、结构、语言及其表现手法都是“中国式”的，跳出了近代以来的童话“不写王子，便写公主”，连语言也欧化了的西方模式，显现出鲜明的时代特色与民族风格。在他的童话中，童心童趣的幻想得到了发挥和表现，展示了文学童话的特殊魅力。在 20 世纪 30 年代初，张天翼创作了长篇童话《大林和小林》。1954—1957 年，是新中国成立以来童话发展史上的一个黄金时代。如张天翼的《宝葫芦的秘密》、严文井的《小溪流的歌》、陈伯吹的《一只想飞的猫》、金近的《小鲤鱼跳龙门》、洪汛涛的《神笔马良》等。“文化大革命”之后，童话创作再度繁荣，佳作大量涌现，比较突出的有郑渊洁的《舒克和贝塔》《皮皮鲁和鲁西西》《魔方大厦》，孙幼军的长篇童话《小布头奇遇记》《神秘的大鸟》，中篇童话《神奇的房子》《云里国历险记》，系列童话集《小猪唏哩呼噜》，短篇童话《小贝流浪记》等。

三、童话的分类

从不同角度着眼，童话可以划分为不同的类型。

(一)从童话形成过程划分

可划分为：民间童话和创作童话。

民间童话也称作传统童话，是劳动人民集体口头创作并在民间流传的童话。这类童话的思想内容十分丰富，有表现劳动人民伟大理想及征服自然、反抗强暴的勇敢精神的，有歌颂下层劳动人民的可贵品质和美好、纯真感情的。就表现形式而言，常常采用一定的主题结构，类型化的人物与情节，语言上也有一些习惯用语。现在我们看到的民间童话多是后人搜集、整理、加工而成。比较有代表性的民间童话集有《贝洛童话》《格林童话》，我国民间流传广泛的《狼外婆》等。

创作童话又称文学童话、艺术童话，是成人作家独立创作的童话，具有文学作品的书面色彩，作品中包含了作者的个体意识。大都是从现实生活中取材创作，如《猪爸爸的大烟斗》《没有水的消防车》《神奇的魔语》等。

(二)从童话体裁划分

可划分为：童话故事、童话诗、童话剧和童话小说。

童话故事，简称童话，一般是用叙述体写作的。

如果用韵文来写作，形式上分行排列，那就是童话诗。如《小猪鲁尼》，普希金的《渔夫和金鱼的故事》，柯岩的《小熊拔牙》等，都是优秀的童话诗。

如果写成剧本形式，就是童话剧。如《小熊请客》《小红帽》《小兔乖乖》等。

19 世纪中叶产生了童话小说也称作小说童话，是指那些用小说的形式写的童话，它不仅注重幻想和情节的叙述，也侧重于童话形象的刻画。这类童话在 20 世纪得到长足发展。

(三)从童话内容划分

可划分为：文学童话和知识童话(也称作科学童话)。

文学童话指借助幻想，用各种文学表现手法将现实生活编织成一幅奇异的图景，亦虚亦实、似幻犹真地表现作者思想情感的童话。如《馅饼里包了一块天》《桃树下的小白兔》《小花的妹妹》等。

知识童话是科学文艺的一种形式，是以童话形式向幼儿传授浅显科学知识的童话。它把科学知识融入到深受幼儿喜爱的童话中，是向幼儿普及科学知识的重要途径，亦称作“科学童话”。如《小蝌蚪找妈妈》《整条街最胖的妈妈》《鸡妈妈的蛋》等。

(四)从童话主要形象划分

可划分为：拟人体童话、常人体童话和超人体童话。

拟人体童话在童话当中最为普遍，指童话中的主要形象是拟人化了的“物”的童话。如《小猪照镜子》中“小猪”“小兔子”两个童话人物形象都是被人格化了的“物”，既有它作为“物”的特性，也有“人”的特性。当代作家郑渊洁的《舒克和贝塔》中的小老鼠“舒克”“贝塔”也是这类形象。

常人体童话即童话中的主要人物是以普通人的形象出现的，但在描写人物时用了夸张手法。如《皇帝的新装》中的“皇帝”，作品对他的爱慕虚荣、炫耀、被骗等都作了特别离奇的夸张。《小气奶奶》中“奶奶”的小气特征也是作了极度的夸张。

超人体童话指童话中的主要人物形象具有超人的神奇能力，能创造超自然奇迹的童话。如格林童话《灰姑娘》中神奇的小榛树、我国童话儿童文学作家洪汛涛创作的《神笔马良》中马良的神笔，等等。

第二节　幼儿童话的特征

童话是儿童文学中最具代表性的一种文学形式。有人认为童话的特点是故事情节引人入胜，有人认为童话的特点是有独特的叙事方法，有人认为童话是想象的、神秘的……这些都无法透彻地揭示童话的本质，即童话区别于其他儿童文学和成人文学体裁的根本特征。童话最基本的特征就是幻想。那么幼儿童话又具备哪些特征呢？概括起来有以下几个方面。

一、切合幼儿心理的艺术幻想

幻想是童话的基本特征，也是童话反映生活的一种艺术手段。在童话里，幻想不仅占据主体位置，而且还贯注在各个方面：环境是假设的，人物是虚构的，情节事件也不是现实生活所实有的。不同寻常的环境里活动着的各种神奇人物，会演出不同寻常的故事来，就是常人在童话中也会变得不同凡俗，使童话与正常的现实生活有了明显的分野。

幼儿童话在艺术幻想上具有以下特征。

(一)幼儿童话幻想的独特性

幼儿童话是基于幼儿的心理特点和接受能力创作的文学作品，它所融入的是幼儿心理特征的艺术幻想，这是幼儿童话区别于其他童话的最显著、最基本的特征。

从童话的人物形象上看：幼儿童话的人物可以泛指与环境相称的所有人和物：凶恶的后妈、贪心不足的恶人、美丽善良的小女孩、甚至是一棵树、一株草、一朵花、春姑娘、冬爷爷、风婆婆……在幼儿童话中，人物刻画不突出个性而突出的是共性，身份没有明显的时代特征和个性特征，人物名称大多是泛指的，用粗线条刻画性格，特点单一，但鲜明突出，往往只抓住主要特点，创造出的形象具有很强的象征性。比如“熊”在童话中几乎都是“笨”“憨厚”的典型。“猪”是“懒”“不讲卫生”的典型。“羊”是“善良”“弱小”却“聪明”的典型。“狐狸”是“狡猾”的典型。它们一般具有单纯而类型化的性格特点：或善良、或凶恶、或懒惰、或狡猾、或小气、或急性子等等。如“灰姑娘”成了一个共名：那些处境凄凉，但心地善良，经过重重磨难，终于摆脱厄运，走向光明和幸福的所有女孩都可以说成是“灰姑娘”。

从童话的逻辑上看：童话的逻辑是指幻想和现实结合的规律。所有的童话都是虚构的，但读起来觉得合情合理，原因就在于它符合童话的逻辑。例如《五彩云毯》中，故事主人公采集云朵，编制云毯，到日宫去拜访太阳神，这样的情节离奇而荒诞，然而它符合童话的逻辑，因为主人公是仙女。《白雪公主》中，白雪公主被恶毒的王后毒死之后还依然美丽动人，还能活过来与王子成婚，这样离奇的情节也是符合童话逻辑的，因为白雪公主心地善良，好人有好报。这样的结局是孩子所希望的，他们都能接受。

从童话的幻想程度上看：幼儿童话的幻想应该是最大胆、最强烈的，具有明显的幼稚性和夸张性。例如我国童话作家野军的幼儿童话《会滚的汽车》中那个大木桶既是汽车，又是乐于助人的人。更离奇可笑的是，大木桶压死了狐狸，那些被狐狸吞吃的小动物竟然又一个一个活蹦乱跳地从狐狸的嘴里钻出来了！世界著名童话《小红帽》中那个天真可爱的小姑娘“小红帽”被狼欺骗，狼吃掉了外婆，然后又装扮成外婆把小红帽吃掉了。吃饱后的狼躺在外婆的床上呼呼睡着了，猎人听见了狼的鼾声，走进屋子，捉住了狼，用剪刀剪开狼的肚皮，外婆和小红帽都得救了。这样离奇的故事情节体现了幼儿童话的幼稚性和夸张性。

(二)幻想通过拟人、夸张、象征、变形等艺术手法来表现

为使幻想的一切合情合理、自然可信，幼儿童话在塑造形象、表现幻想方面常采用拟人、夸张、象征和变形等艺术手法。

拟人

拟人又称人格化，是指把非人类的东西加以人格化，赋予它们以人类的思想感情、行动和语言能力。童话中拟人化的范围十分广泛，包括自然现象的日月星辰、风霜雨

雪，大地上的山谷河流，动物、植物以及其他非生物、各种具体和抽象事物、概念、观念、品质等，不论有形无形，都可以赋予它们人的思想、情感、行为、语言。拟人是幼儿童话中使用最多的表现手法。

夸张

夸张是将描写对象的某些特征进行有意识的放大和强调，突出其本质特点以增强艺术效果的一种手法。童话的夸张与一般写实性文学中的夸张有所不同，童话的夸张，它偏重于艺术形象外貌和其他外在形态的夸张，它不是对生活中某一部分简单而适度地放大或缩小，而是极度的夸张，全面的夸张。它出奇、大胆的夸张正是为了表现那种虚构的幻想境界。如《狮子照哈哈镜》讲叙的是一只小猫智斗大狮子的故事。狮子抓住了一只小猫，正想吃掉小猫的时候，小猫问狮子为什么要吃它，狮子说："这还用问？因为我大，你小!"小猫急中生智，想出了一个好办法：说自己比狮子大，狮子一定是眼睛花了。狮子被小猫说得真的糊涂了，不确定到底谁大。小猫带狮子去照哈哈镜，因为哈哈镜在凹进去的一面照就会变成巨人，在鼓起来的一面照就会变成一只小跳蚤。小猫让狮子在鼓起来的那面照，结果狮子看到镜子里的自己像只小老鼠，而小猫自己偷偷地转动了镜子，自己在凹进去的那面照，镜子里的小猫比狮子还大，把狮子吓得撒腿就跑。通过夸张的手法把庞大的狮子变成小老鼠，娇小的小猫变成了比狮子还大的猫。这就是幼儿童话的极度的、虚幻的夸张，从而把哈哈镜的特点形象而夸张地突显出来，让孩子留下深刻的印象，也把小猫的机智的性格特点形象地刻画出来。

象征

象征手法是根据事物之间的某种联系，借助某人、某物的具体形象(象征体)，以表现某种抽象的概念、思想和情感。

象征是童话把幻想和现实结合起来的一种重要方式，也是童话创造典型的一种常用的方法。童话中的人物形象常常是象征性的。童话的象征通常都是具体形象、意象的象征。如"灰姑娘""丑小鸭"象征出身卑微却自信坚毅、甘于忍耐，最终赢得辉煌的成功者形象；"狐狸"象征狡猾、诡计多端的形象；"羊"和"兔子"象征弱小却又不失聪明的形象……

变形

变形实际上也是一种夸张，不过是更极端的夸张。特指在艺术想象中，有意识地改变原有形象的性质、形态、特征等，而以异体形象出现，使之更具有表现力，它是童话幻想中常用的一种表现手法。变形想象与夸张想象所不同之处在于：夸张想象毕竟还留有客观世界原有物的"面目"，而变形想象则连"面目"也丢弃了，完全呈现给读者一个陌生的"编造实体"，是个不同的异类。这种变形又分为"局部变形"和"全部变形"两类：所谓"局部变形"就是将人体或物体的某一部分变形。例如科洛迪的童话《木偶奇遇记》中，匹诺曹说了谎以后鼻子就不可思议地变长了，安徒生的《海的女儿》中小人鱼的鱼尾巴经女巫施法后变成了人腿，用的都是局部变形的手法。而所谓"全部变形"也就是整体形象的变形。比如《格林童话》中的"青蛙王子"是因中了魔法而由王子变为丑陋的青蛙的。安徒生的《野天鹅》中的七只野天鹅也是中了魔法的王子们的变形。采用何种变形主要看童话情节发展的需要而定。

二、充满快乐的游戏精神

幼儿文学是趣味盎然的快乐文学。它以美的形态感化人心，切合幼儿的精神需要，满足孩子强烈的求知欲、好奇心和游戏心理，让他们感到极大的乐趣。在幼儿时期，游戏是主导活动，由于幼儿思维方式的特殊性，在他们的游戏活动中，往往鲜明地体现出童话式的幻想特点，而幼儿童话中的幻想也总是洋溢着幼儿的游戏精神。比如俄罗斯童话《会跑会跳的树》，写因为鸟儿在林子里的树上又唱又跳，小熊便以为树是活的，他就想："我也要做一棵树！"他走到树林的空地上摇摇腿晃晃脚唱着，松鼠问他会不会翻跟斗，他就头朝下，翻了个跟斗。听松鼠说每棵树上都住着鸟儿，小熊请松鼠帮忙找几只鸟儿来："你不要说我是一头小小的熊。你就告诉他们，有这么一棵树……"松鼠找来梅花雀：

"小熊！"松鼠喊，"过来，别摇摇摆摆啦，梅花雀答应到你头上住些日子！"

小熊站好，眯缝起眼睛，接着，梅花雀就停到了他的肩上。

"这回我是真正的树了！"小熊乐滋滋地想。

"呜——溜——溜——溜——溜——！"梅花雀唱着。

"呜——溜——溜——溜——溜——！"小熊唱着，腿不停地跳着摇着。

童话中的小熊、松鼠、梅花雀自然都是好奇、好动的小孩子，他们沉浸在美妙的幻想情境里，活泼地游玩，那快乐的游戏心情让小朋友感同身受。再如童话《拔萝卜》，孩子在听赏时，对作品表达的"团结就是力量"的主题也许并不过多理会，却会把拔萝卜的有趣情节当作是一场游戏而充满兴趣。若让孩子表演这个故事，他们一定会热情很高，倍感愉悦。

第三节　幼儿童话的创作和改编

一、幼儿童话创作的基本思路

童话是通过想象、幻想和夸张来塑造形象，反映生活的。童话来源于现实生活，又超越现实生活，是对现实进行变形反映的。童话也是叙事性文体，只要是叙事就离不开人物、事件、环境这三个基本要素。童话所幻想的一切也都是围绕着这三个方面展开的。

首先，要创造一个虚幻的想象空间。这个空间是童话故事得以诞生的依据，是童话人物活动的环境。这个超现实的艺术环境，既是现实中不可能有的，同时又与现实有着某种相似之处。例如《猪爸爸的大烟斗》中猪爸爸抽烟，猪妈妈嫌弃，猪宝宝想办法，贴标语、网上查戒烟秘方，故事展开的这个环境明显是虚构的，但又打上了现实生活的烙印，具有现实的不可求性与相似性。

其次，要编织一个虚拟的情节事件。符合童话逻辑的离奇荒诞的故事情节，是表现童话主题的重要手段，更能紧紧地吸引幼儿的注意。例如《聪明的乌龟》中的乌龟动作迟缓，狐狸聪明狡猾，乌龟坏了它的好事——让眼看到嘴的青蛙逃脱了，狐狸转而要吃乌龟，让读者为乌龟的命运担心；聪明的乌龟把头、四条腿、尾巴都缩到了硬壳里，小读者为乌龟悬着的心暂时落下；接下来狐狸气急败坏地抓起硬壳就咬，咬不动，又要摔到天上去、摔到火盆里去，故事再起波澜，但危险都被乌龟聪明地对付了；接着狐狸要把乌龟扔进池塘，故事达到高潮，乌龟哇哇大哭起来，拼命求饶，狐狸才不理它，把乌龟扔进了池塘。为乌龟悬着的心这才彻底放下。故事还有一个尾声，脱险的乌龟和青蛙气狐狸："你还想吃我们吗？来呀，来呀。"狐狸气急了，扑了过去，落水淹死了。故事情节一波三折，妙趣横生。

最后，要塑造鲜活的人物形象。童话的形象是整个童话的核心，是童话事件的演绎者。童话的人物非常广泛，不管是哪种类型的形象都应该是有血有肉、真实丰满、具有个性的。《老鼠嫁女》中的鼠爸爸是个老糊涂，《傻熊多多》中的多多憨憨傻傻，《猪八戒吃西瓜》中那个懒而好吃的八戒，都给人留下深刻的印象。

二、幼儿童话创作的艺术手法

童话并不像一般的文学作品一样"类似生活"或"近似生活"，它追求的是"远离生活"的"似幻犹真""似梦非梦"的境界。要达到此目的，就要运用幻想、夸张、拟人、象征、变形等艺术表现手法，这些手法的运用只有在忠实于现实生活、事物特点、运动规律和本质真实的基础上才能恰到好处，获得艺术的真实性。

创作幼儿童话时除了采用多种艺术手法外，还应注意一下艺术方面的处理。

首先，幻想应奇特而新颖。童话幻想的奇特包括人物的不同寻常，环境的奇异，情节的离奇曲折。童话的幻想还要新颖，要反映出一定的时代特征。如《猪爸爸的大烟斗》这个故事的幻想就非常新颖，具有很强的现代生活气息。

其次，拟人要物性人性兼具。拟人是童话使用最多的表现手法。拟人化既涉及物，又跟人有密切关系，因此必须兼顾物性与人性，才能弄假成真，达到童话艺术的真实性。比如写动物就要了解动物的习性和生活状态：猪懒惰、蠢、好吃，狐狸狡猾、花言巧语，羊温驯，牛勤劳，猴子机灵，狼阴险，熊笨拙……这些在童话中虽并不一成不变，也可以任意虚构，但必须要在物性与人性允许的范围内虚构，要考虑被拟事物本身的自然性的制约。即必须拟得合情合理。如《给狗熊奶奶读信》中鸵鸟由于它跑得快，故把它比拟成邮递员去送信；河马嗓音大而粗，给人很不礼貌的感觉；夜莺鸟的嗓音甜润，它给狗熊奶奶读信就让狗熊奶奶倍感舒服。如《小马过河》中如果把小松鼠和老牛说的河水深浅的话反过来虚构，自然就违背了情理。因为小松鼠个子矮小，当然它觉得河水深，老牛个子比松鼠高多了，自然它就说：河水很浅，刚没小腿，能趟过去。

最后，夸张要夸而有节，张而有度。

童话的夸张是从内容到形式的全面夸张，是"夸张的夸张"。它要达到的目的是让人不相信生活中可能存在其物其事，只可能存在于充满幻想的童话中。不过，夸张应该夸而有节、张而有度，符合幻想与生活的张力。童话通过夸张所表现的超自然的生活想象，有的是为突出事物的本质，有的是为了吸引孩子的注意力，它们的真实感往往表现在环境和形貌的主要特点上。比如安徒生的《拇指姑娘》尽管用了夸张的手法，但细节描写还是符合事物主要特点的。如描写那个神奇的温暖国度："那儿太阳比在我们这里照得光耀多了，天空看起来也是加倍的高。田沟里、篱笆上都长满了最美丽的绿色和蓝色的葡萄，树林里到处挂着柠檬和橙子……"光耀的太阳、高远的天空、绿色蓝色的葡萄……这些描写都符合事物的特点，营造了一个阳光、舒适、美好的环境。对人物的动态、举止进行夸张也要符合生活中他们的运动规律，或者符合人的内心感受规律，符合人在特定的情绪、心境、感情支配下对事物的感知。如《小气奶奶》里夸张地描写小气奶奶的"小气"特征："橘子一共有八瓣儿。一个男孩子拿走第一瓣儿，小气奶奶心疼得哆嗦了一下；一个女孩拿走第二瓣儿，小气奶奶的后背有些发热了；第三瓣儿给拿走了，她鼻子尖上微微地沁出了汗珠儿；第四瓣儿给拿走了，她脑门儿也冒汗了……最后，手心里一瓣儿橘子也没有了，小气奶奶差一点晕了过去，汗水把她的衣服全湿透了。当然，伤风感冒立刻就好了。"①这段夸张的描写虽然滑稽可笑，但心疼得"哆嗦""发热""沁汗""湿透""感冒也好了"这一变化过程符合生活的真实。

三、幼儿童话改编的要求

除了专门为幼儿创作的童话外，在适合大龄儿童阅读的童话中，甚至成人文学中也有不少幼儿喜欢听赏的内容。如安徒生的《皇帝的新装》，我国古典小说《西游记》中的关于猪八戒、孙悟空等的故事情节。幼儿喜爱这些作品，主要是被其中精彩的故事情节、生动有趣的人物所吸引，但作品的语言、结构、主题等却往往妨碍幼儿直接听赏，如果加以改造，会大大丰富幼儿童话的内容。事实上，不少流传甚广、脍炙人口的幼儿文学作品，都是改编的。为幼儿改编童话，除遵循幼儿文学创作的基本要求外，还要注意以下几个方面。

（一）主题要单一明确

幼儿童话的主题，应该是儿童能够理解和接受的。被改编的一些作品，由于原来读者对象的知识、理解力都比幼儿丰富，它们的主题或较深刻、含蓄，或多义，或由于其他原因为幼儿难以理解。要改编成幼儿易于接受的童话，就要简化主题，使它单一明确。例如，《猪八戒吃西瓜》就是作家包蕾借助《西游记》中的猪八戒这一形象进行再创作的。作者根据现实生活中某些幼儿的思想行为和心理现象，对猪八戒的形象进行了改写，使之既保留了《西游记》中的这一人物的"贪吃""偷懒"的性格特点，又增添了几分孩子气，深受幼儿喜爱。《列那狐的故事》本是中世纪法国市民阶层的讽刺文学，

---

① 人民教育出版社中学语文室．幼儿文学作品选[M]．北京：人民教育出版社，2000．

它以一只外表文雅其实狡黠的狐狸列那为中心，描写他与其他动物的交往纷争，反映了当时封建社会中市民与贵族、僧侣之间，市民上下层之间的矛盾，以及统治阶级丑恶、腐朽的面目，寓意深刻。而改编后的《狐狸列那怎样偷鱼》《真假狐皮》则舍弃原来的主题和隐喻的社会内容，只突出狐狸列那聪明狡猾的性格，成为一种智慧故事。

(二) 情节线索要清晰单纯

童话是叙事文体，故事性强。幼儿童话是成人为低龄孩子讲述的童话故事，所以情节清晰单纯的发展脉络非常重要。尤其是现代童话，为了体现人物的性格往往有几条线索，因此在改编童话时应注意要减少头绪，突出主线，便于幼儿接受。如《西游记》原作的结构是比较复杂的，将它改成幼儿童话就成了一个一个独立的小故事，如《孙悟空大闹天宫》《三打白骨精》等。包蕾利用《西游记》中猪八戒、孙悟空等形象为大龄儿童创作了系列童话《猪八戒新传》，其中的《猪八戒吃西瓜》在叙写八戒贪馋捧着一块块西瓜大吃时被孙悟空看见，这时穿插了悟空的几段心理活动，既点明八戒不该贪吃忘却师父师兄弟，又突出他的可笑，而改编给幼儿看的《猪八戒吃西瓜》则删去了这些心理描写，将猪八戒边吃边说的动作连到了一起，这样，缩短了篇幅，增强了动作性，突出了重点，主线清晰，幼儿乐于听赏。

做到脉络清晰还要注意作品的结构，要将原作中不适合幼儿的结构方式尽量改得单纯紧凑，对于较长的故事，可以从中选取若干个小故事来改写，也可以将长故事改成系列故事。

此外，改编作品的开头应开门见山，让人物尽快出场，进入正题。例如《白雪公主》原文这样开头：

冬天，雪花像羽毛一样从天上落下来。一个王后坐在乌木框子窗边缝衣服。她一面缝衣服，一面抬头看看雪，缝针就把指头戳破了，流出血来，有三滴血滴到雪白的衬布上，非常美丽。于是她想："我希望有一个孩子，皮肤白里泛红，头发像这乌木框子一样黑，该多好哇。"

不久，她真的生了一个女孩，皮肤像雪那么白净，嘴唇像血那么鲜红，头发像乌木那么黑，她给女孩取了一个名字，叫"白雪公主"。

改写后的《白雪公主》这样开头：

从前有一位王后，生了一个女儿，她的皮肤像雪一样白，王后就给她取了个漂亮的名字叫白雪公主。

原文虽语言优美，但过多的静态描写会使以无意注意为主的幼儿不耐烦，改写后的开头简洁，迅速入题，投合了幼儿的阅读心理。

(三)语言要浅显明白，生动形象

改编童话还有很重要的一个环节就是语言的改变。为幼儿改写的童话应按照浅显、明白、生动形象富有感染力的原则。有的原作在语言运用上和幼儿的接受水平差距较大，这就要在语言的改动上下功夫。

如果原作有不少文言词语，改编时就要更换成明白易懂的语言。《西游记》里的不少故事改编的时候就会有这样的问题要处理。译作安徒生的《皇帝的新装》中有些语句也作了较大的改动，可比较下面两段。

原译文：

许多年以前，有一位皇帝，他非常喜欢好看的新衣服。为了要穿得漂亮，他不惜把他所有的钱都花掉。他既不关心他的军队，也不喜欢去看戏，也不喜欢乘着马车去游公园，除非是为了去炫耀一下他的新衣服。他每一天每一点钟都要换一套衣服。正如人们一提到皇帝时不免要说"他在会议室里"一样，人们提到他的时候总是说："皇上在更衣室里。"

他居住的那个大城市里，生活是轻松愉快的。每天都有许多外国人到来。有一天来了两个骗子。他们自称是织工，说他们能够织出人类所能想到的最美丽的布。这种布不仅色彩和图案都分外地美观，而且缝出来的衣服还有一种奇怪的特性：任何不称职的或者愚蠢得不可救药的人，都看不见这衣服。

改作：

从前，在一座金灿灿的房子里住着一个胖胖的大肚子皇帝，他呀，最喜欢穿好看的新衣服了。一会儿穿这一件，一会儿又穿那一件。他的新衣服多得就像天上的星星，数也数不清。但是，他还嫌不够呢。

有一天，皇帝正在房间里，一面穿新衣服，一面照镜子。忽然听见门外有人在喊："谁要做新衣服，谁要做新衣服啰。"皇帝一听，可高兴了，连忙派人"蹬、蹬、蹬"跑出去，把这两个人叫到屋里。

皇帝问他们："你们会做什么样的新衣服？"

那两个人眨眨眼睛，眼珠子一转，回答说："我们作出来的新衣服是世界上最美丽的衣服。金的丝、银的线、红红的领子白花边。"

皇帝听了，心里乐滋滋的，他想："我如果穿上了世界上最美丽的衣服，我就是世界上最美丽的人了。"

其实，那两个人都是骗子，他们根本不会做什么衣服。

他们还对皇帝说，他们作出来的衣服还有一个优点，如果谁是个大笨蛋，谁就会看不见这衣服。

改编后的作品语言浅近、生动、有趣，适合幼儿听赏。

改编童话其实是一个再创造的过程，它包含了作者的智慧和对儿童的理解。

第四节　寓　言

一、寓言的概念及特征

(一)寓言的概念

寓言和童话有很多相似之处。寓言是一种隐含深刻讽喻意义的短小故事。“寓言”是“寓意于言”的简称，“寓”是“寄托”的意思，“意”是“主题、道理、教训”的意思，“于”是“在”的意思，“言”是“文字、故事”的意思。寓言就是将深刻的道理或教训寓于简短的故事中，让读者从中领悟和体会。俄国寓言家陀逻雪维支称寓言为“穿着外套的真理”。

寓言不是专门为儿童创作的，只是因为其短小、假设性的虚构故事适合儿童的审美趣味而被儿童所接受，后来出现了专门为儿童创作的寓言故事，于是寓言便成为儿童文学中的一员。

寓言由本体和寓体两部分组成。本体是作者要说明的道理或教训，也就是寓言的寓意。寓体是寓言的载体，也就是故事本身。法国寓言家拉·封丹说：“一个寓言可分为身体和灵魂两部分：所述的故事好比是身体，所给予人的教训好比是灵魂。”

寓言的历史悠久，古希腊、印度、中国是世界寓言的三大发源地。

(二)寓言的文学特征

寓言作为一种独立的文学样式具有鲜明的艺术特征。它篇幅小，形象生动，寓意深刻，善用比喻。具体来说，寓言的特点包括以下几个方面。

1. 明显的教训性

总结生活的教训是寓言写作的目的，它的教训性主要指主题思想的哲理性和讽刺性。西方古希腊的寓言多以动物为题材，主题多是歌颂美德，讽刺人们身上存在的恶习。如《伊索寓言》中的《狐狸和葡萄》这个寓言通过饥饿的狐狸在葡萄架下摘不到葡萄却说葡萄酸的故事，讽刺了生活中那些没有力量，不能做成事情，却找出各种借口来做托词的人。劝告人们不能自欺欺人，而应该实事求是，正视现实。中国寓言的主题大多是揭示人们思维的缺陷，包含着深刻的哲理。如《守株待兔》中那个痴心待兔的人，一次遇兔，便天天待兔，以致贻误正事，故事告诫人们一定要正确区别事物的偶然性与必然性。《刻舟求剑》《掩耳盗铃》《揠苗助长》等寓言都是这样。

2. 故事的虚构性

寓言故事只是作者的一个假设，是一个具体的比喻。故事的虚构性很明显，作者追求的是“言之有理”，而不在于故事的真实性。中国寓言中刻舟求剑的人、掩耳盗铃的人、拔苗助长的人都是作者虚构的，但寓言抓住了事物的本质。虽然现实生活中没有按照船上刻的记号去寻找掉落江中的剑的人，但不知道跟着情势的变化而改变办法的人并不少见；生活中没有掩着自己的耳朵去偷铃铛的人，但自欺欺人的人并不少见；生活中也不存在以拔苗的方式帮助禾苗快长的人，但欲速则不达的事例很常见。

3. 高度的概括性

寓言语言精练，内容单一，篇幅短小。它没有曲折的情节，也没有细致的描写。因为它的写作目的在于阐明哲理、揭示教训。故事只是哲理、教训的载体。它是用讲故事、打比方的手段，表达寓意。寓言故事力求用最少的语言去表达深刻的思想，突出了高度的概括性。

二、寓言和童话的联系与区别

童话和寓言都采用虚构的故事，幻想的情节；都可以采用各种有生命或无生命的人或物来充当故事的角色；都通过广泛地运用比喻、拟人、夸张、象征等表现手法去表现。然而，童话和寓言毕竟是两种不同的文学体裁，各有自己的特点。其具体表现为以下几个方面。

(一)主题的重心不同

童话和寓言的作者都是以幻想形式反映社会生活，但各自的主题重心不同。寓意是寓言的中心，故事只是寓言的外壳，是寓意的载体。很多童话也蕴含着一定的人生哲理，但它的寓意是含蓄的、间接的。童话主要以想象性故事的营造来赢得小读者，更注重故事性。

(二)文本构造的不同

寓言的篇幅较之童话更为短小，情节单纯，结构简单，不叙述完整的故事情节，不要求塑造细腻生动的人物形象。童话篇幅较长，结构也较为复杂，情节完整，且稍有曲折，重视童话形象的塑造和刻画，注重细节的描写。

(三)幻想和现实的处理不同

寓言和童话都以幻想反映社会生活，阅读童话和寓言时，读者都必须加入联想和想象，才能很好地理解作品。但他们对幻想的要求和表现又有不同。童话创作要求幻想植根于生活，要尊重童话的逻辑，力求真幻、虚实的自然结合。童话中的人物和事件虽都是幻想的，但童话形象的人性和物性要统一，情节发展要合情合理。而寓言的幻想有较多的变通，只注重寓意和现实的某些相通之处，而不顾及生活本来的逻辑。

(四)表达上的不同

寓言以说明道理为主，而童话以愉悦性情为主。因此，寓言以叙述为主，童话则以描述为主；寓言重理性，童话更具感性；寓言更适合理性思维见长的成人阅读，童话更适合爱幻想的少年儿童，尤其是儿童听赏和阅读。

三、寓言的改编

由于寓言不是专为幼儿创作的，因此将寓言介绍给幼儿时，很多寓言是须要进行改编的。

如何改写寓言呢？

首先，要淡化寓意。

寓言的训诫性强，幼儿故事的故事性强。寓言情节单纯，结构简单，不叙述完整的故事情节。因此将寓言改写成幼儿故事要淡化寓意，增强故事性。发挥想象，扩展有趣的故事情节，增加生动传神的细节描写，也可以根据需要增加人物。

其次，要使故事中的人物更丰满，更形象。

寓言也不要求塑造细腻生动的人物形象，幼儿故事不但要以有趣的情节吸引幼儿，同时也要以生动形象的故事人物吸引幼儿。因此将寓言改写成幼儿故事时要发挥想象，通过富于个性化的语言刻画、惟妙惟肖的肖像描写、传神的神态描写、细腻的心理描写等刻画人物形象，使故事中的人物成为一个个活生生的真人。

最后，语言要浅显明白。

寓言不是专为幼儿创作的，因而语言也有的不适合幼儿听赏，改写时要符合幼儿的理解需求。

寓言改写范例：

刻舟求剑

有个楚国人坐船渡江时，不慎把剑掉入江中，他在船上刻下记号，说："这就是我的剑掉下去的地方。"当船停下时，他才沿着记号跳入江中找剑。船已经开离了他剑掉下去的地方，这样去找剑太糊涂了吧！

改写后：

有一个楚国人要坐船过江去，他身上佩带一把长长的剑。同船人看见了，都羡慕得不得了，连连夸赞道："啊呀！真是一把宝剑！"这个人听了非常高兴，就把宝剑摘下来挥舞着，得意扬扬地说："这可是我家祖传的宝剑，它削起铁来就像削泥巴一样。"

他正在滔滔不绝地夸耀这宝剑多么多么的好时，忽然一个浪头打来，船猛地摇晃起来。船上的人你推我，我推你，乱作一团。"扑通"一声，那把宝剑掉到了水里，一下子就沉了下去。船上的人一见，都惊叫了起来："那把剑！那把剑掉下去了！"大家转头看着那剑的主人，谁知他坐在那儿，神态很悠闲。大家还以为他不知道呢，连忙提醒他："嘿，你的剑掉到水里去了，快下去找呀。"可这个人满不在乎地说："我知道。没关系，不急，不急。"听了这话，大家惊讶极了，这水流得这么急，剑很快就会被冲走的。人们纷纷对他说，再不找就找不到了。可那个人还是不着急。他从从容容地说："怕什么？瞧，我有这个。"说着从怀里掏出一把小刀，盯着船帮比划了半天，然后在上面刻上了一个记号。人们觉得很奇怪，就问："你不赶快去找剑，这是干嘛呀？"那人得意扬扬地说："这不简单吗？我的剑是从这儿掉下去的，我在这做个记号，等船靠了岸，我就从做记号的这个地方跳下去找，还愁找不到吗？"

听了他的话，人们愣住了，半天才明白过来。这时有个人忍不住"噗哧"一声笑了出来，接着大家全都哈哈大笑起来。那个人见大家都在笑，还不知道是怎么回事呢！

本章小结

通过本章的学习，我们初步掌握了童话和寓言的基本理论知识和创作方法。但这还只是初步入门，作为幼教工作者，我们今后还需进一步学习更多的童话和寓言的知识，阅读更多的童话故事，这样才能创作出优秀的童话作品。

练习与实践

1. 幼儿童话的特征体现在哪些方面？

2. 简述童话的分类。

3. 试选择一篇童话，通过讨论、查找资料说说它运用了哪些表现手法，分析它怎样以幻想再现现实生活。

4. 请将下面这首幼儿诗改写成一个500字左右的幼儿童话。

蝴蝶花

一只小小的花蝴蝶，/自由自在地飞翔。/她飞过花园，/有一棵小草哭得很悲伤。/小草说："我没有花朵，日子过得很孤单！"/说着，眼泪掉在了泥土上。

花蝴蝶往草尖上一站，/说："让我来陪伴你，/日夜留在你的身旁！"/人们经过花园，惊奇地说：/"啊，多么美丽的蝴蝶花！"/阳光下，/小草乐得轻轻地唱歌。

作品作家链接

1. 白雪公主

◇[德国]格林兄弟

在遥远的一个国度里，住着一对国王和王后，他们渴望有一个孩子。于是很诚意地向上苍祈祷。"上帝啊！我们都是好国王好王后，请您赐给我们一个孩子吧！"

不久以后，王后果然生下了一个可爱的小公主，这个女孩的皮肤白得像雪一般，双颊红得有如苹果，国王和王后就给她取名为"白雪公主"。

全国的人民都为白雪公主深深祝福。

白雪公主在国王和王后的宠爱之下，逐渐长大了，终于成了一个人见人爱的美少女。白雪公主非常善良、有爱心，她经常和动物一起玩耍。森林的动物，像小鹿、小兔子、松鼠、小鸟都喜欢接近白雪公主，因为白雪公主会给它们吃食物，还会讲故事给它们听。个性善良有如天使般的白雪公主，过着幸福快乐的生活。

可是，好景不长，白雪公主的母亲生病去世了。

国王为了白雪公主就迎娶了一位新王后，可是，这位新王后却是个精通法术的女巫。她虽然很美丽，但是个性很骄傲、暴躁。尤其她最恨别人比她美丽。

“这是你的新母后!”当国王向白雪公主介绍新王后时，她还正为死去的母后感到悲伤呢。

新王后有一面很奇特的镜子，从镜子里可以得到一切你想知道的答案。

所以，王后经常对着镜子问：“魔镜，魔镜，谁是世界上最美丽的女人?”

“全世界最美的女人就是你，王后。”

可是，有一天，当王后再问魔镜同样的问题时，魔镜却回答说：“现在白雪公主比你美丽。”

新王后听了非常生气。

“可恶，怎么可以有人比我更美丽，我一定要把她除去。”

于是，她就命令宫廷的武士说：

“我不想再看到白雪公主了，你找个借口，把她带到森林里偷偷杀掉。杀了以后，把她的心和舌头带回来，作为你杀死她的证据。听到没有？不可以有差错……”

“是的，王后……”

武士听了这话之后，就真的把白雪公主带到森林里去了。当武士抽出刀来杀白雪公主的时候，他看到正在采花的白雪公主，纯洁、善良，有如天使一般，武士不忍心杀她，就向白雪公主说：

“皇后命令我杀掉公主你，可是我实在狠不下心，所以你还是往森林里逃走吧!”

说完武士回皇宫去了。

听到猫头鹰叫声的白雪公主，越走越觉得森林好可怕。

突然，眼前有一栋小木屋，于是便又惊又喜地叫着：

“啊，是小木屋!”

白雪公主急忙向前敲敲门，可是屋子里没有人来开门。

她就自作主张地把门打开。进入小木屋后，里面竟然整齐排列着七张小小的床。白雪公主在森林里跑了一天，觉得非常疲倦，就在那七张小小的床上躺了下来，不知不觉地睡着了。

傍晚，当七个小矮人扛着锄头回来时，发现自己的家有人在，而且是睡在自己的床上，大家都很奇怪的问：“这个漂亮的女孩子是谁啊?”

“她睡得好香哪!”

“这个小姑娘长得真美丽。”

小矮人们纷纷议论的声音吵醒了白雪公主。

小矮人们很生气地说：“你为什么闯进我们的房子呢?”

“各位先生，真是对不起，因为我在森林中迷路了，走了一整天的路，实在是又饿又累，看见这栋小屋，我就走进来休息了。”

白雪公主又把事情的经过，一五一十地告诉小矮人。小矮人们听了非常同情白雪公主的遭遇，就把她留下来。

“你就在这里住下来吧!”

白雪公主听到小矮人愿意留下她，很高兴地说："真是太感谢了，我愿意在这里为你们做饭、铺床、洗衣服、打扫，我什么都愿意为你们做。"

"欢迎你，从此这里就是你的家了。"

白雪公主每天都把这个小木屋打扫得非常整洁。七个小矮人从森林里回来后，就有可口的晚餐等着他们。就这样日复一日，白雪公主和小矮人过着快乐的生活。

新王后以为白雪公主已经死了，有一天她又问魔镜说：

"魔镜、魔镜，谁是世界上最美丽的人呢?"魔镜回答王后说：

"王后，你很美丽，可是白雪公主比你更美丽，她现在在森林中和七个小矮人过着快乐幸福的生活。"

王后听了这个回答之后，才知道白雪公主并没有死，她感到很愤怒。

"真是可恶极了，一定要让白雪公主从世界上消失。"

坏心肠的王后想到了一个办法，她在鲜红的苹果外面，涂上了她调配的毒药，准备去毒死白雪公主。

"嘿！嘿！白雪公主只要吃一口这个有毒的苹果，就一定会死去。到那个时候，我就是世界上最美丽的女人了。"然后，王后就打扮成老太婆的模样，提着一篮苹果到森林里去了。坏王后提着一篮苹果来到了小矮人的小木屋前。

"可爱的小姑娘，你要不要买一个又红又香的苹果呀！我送一个给你吃吧，相信你一定会喜欢的。"

本来就很喜欢吃苹果的白雪公主，看到又红又大的苹果，便高兴地说：

"哇！这红红的苹果多么的可爱呀！一定很好吃的。"

于是白雪公主就伸手接过那个苹果。

结果，白雪公主才咬了一口，就马上倒在地上，昏死过去了。

坏心的王后看到她倒在地上，大笑着说："哈！哈！白雪公主从此以后就从这个世界上消失了。"

小矮人傍晚回家的时后，看到白雪公主躺在地上像死了一样，他们马上把她抬到床上，尽力施救，可是白雪公主仍然没有醒过来。

小矮人们哭哭啼啼地把白雪公主放在一个装满鲜花的玻璃棺材内，准备举行盛大的葬礼。

这时，邻国的王子正好路过森林，看到了玻璃棺材里美丽可爱的公主，还有在旁哀悼的小矮人和小动物们。

王子知道事情的经过之后，含着泪水悲伤地注视着白雪公主说：

"可怜的公主，如果你能复活的话，该有多好呀!"王子向白雪公主献上了花束，含情脉脉的地凝视着她说：

"她的皮肤雪白，脸颊红润，好像睡着一般，根本不像死去的人。"最后，王子情不自禁地俯身吻了她。

突然，白雪公主从口中吐出了吃进去的苹果。原来是王子对公主的爱，使毒苹果失去了效力，公主也逐渐恢复了体温，睁开明亮的双眼。

白雪公主苏醒了过来，好像是从长睡中醒来一般，她的脸颊和唇依旧是那么的红润。

“哇！你们看到了吧！白雪公主活过来了！白雪公主复活了！”

小矮人们都雀跃不已，兴奋地叫着。王子更是满心欢喜地说：

“真是太好了！白雪公主重生了，上帝真的不会让我失望啊！”

连在旁的动物们也吱吱喳喳谈论不休。王子向白雪公主说明了他的来历之后，就握着公主的双手，温柔的说：

“公主，你愿意和我一起回皇宫，做我的王妃吗？”

白雪公主羞怯地点头答应了。

小矮人和森林的动物们，有的手舞足蹈，有的欢声歌唱，为王子和白雪公主歌颂庆贺。

“祝愿王子和公主，永远幸福快乐！”

王子带着白雪公主，骑着白马向小矮人和森林里的动物们告别，他们一直回头向小矮人们挥手说再见：

“小矮人们，感谢你们对我的照顾，我会永远记得你们的。”“祝你们幸福，再见！”

他们离开森林，回到邻国之后，马上受到全国人民的欢迎。在人民的心目中，他们真是天生一对。

坏心的王后自从毒害了白雪公主之后，就以为白雪公主必死无疑，所以非常高兴。

有一天，她满怀自信地的问魔镜：

“魔镜、魔镜，现在世界上最美丽的人应该是我了吧！”

魔镜回答说：

“除了白雪公主以外，你是最美丽的人，但是，在邻国生活的白雪公主比你漂亮千万倍。”

王后听了觉得很奇怪，她想白雪公主不是被她害死了吗？可是又想到白雪公主运气一向很好，

“简直是气死人了，我就不相信不能杀掉白雪公主！”

王后原本就是个女巫，于是她骑着魔扫帚，带着魔剑，飞往邻国，准备去除掉她的眼中钉。当她飞到邻国的上空时，突然一道闪电朝坏王后打来。

“劈！叭！”

一阵响声把女巫王后从扫帚上打下来。

女巫王后终于受到上帝的处罚，结束了作恶多端的生命。

此时，王子的国家却举国欢腾，因为美丽的白雪公主答应了王子的求婚，正在举行盛大的婚礼。

小矮人和森林的动物们也被邀请来参加婚礼，在全国人民的祝福声中，王子和白雪公主将永远快乐地生活在一起。

作家简介

格林兄弟，雅科布·格林(1785—1863)，威廉·格林(1786—1859)

他们都是德国民间文学搜集整编者。出身官员家庭，均曾在马尔堡大学学法律，又同在卡塞尔图书馆工作和任格廷根大学教授，1841年同时成为格林科学院院士。他俩共同编成《儿童与家庭童话集》其中的《灰姑娘》《白雪公主》《小红帽》《勇敢的小裁缝》……等名篇，已成为世界各国儿童喜爱的杰作。此外，格林兄弟从1808年起，开始搜集德国民间传说，出版《德国传说》两卷，共585篇。他们还编写了《德语语法》(1819—1837)、《德国语言史》(1848)及《德语大辞典》(1852)前4卷等学术著作，为日尔曼语言学的发展作出了贡献。

作品导读

《白雪公主》是格林兄弟根据民间流传的故事整理而成的脍炙人口的童话。讲叙了善良的公主遭到狠毒的王后种种陷害，最后死而复生，与王子成亲的故事。热情歌颂了真、善、美，鞭挞了假、丑、恶。历尽磨难的白雪公主终于得到了自己的幸福，狠毒的王后则不得善终，作品表达了人们善恶有报的良好愿望，这也非常符合幼儿的审美心理。作者采用对比、夸张、拟人的手法，善恶是故事主要的对比内容。镜子能像人一样说话。童话中的几个主要形象，写得各具特点，生动鲜明。白雪公主形象美、心灵美和谐统一；七个小矮人形象丑陋，心地善良，可亲可敬；王后形象虽美，但用心歹毒，为世人唾弃；魔镜则具有知晓时间谁最美丽的神奇能力。幻想在作品中也得到了充分的运用：被毒死的白雪公主活过来了，“王后原本就是个女巫，于是她骑着魔扫帚，带着魔剑，飞往邻国，准备去除掉她的眼中钉。当她飞到邻国的上空时，突然一道闪电朝坏王后打来，‘劈！叭！’一阵响声把女巫王后从扫帚上打下来。女巫王后终于受到上帝的处罚，结束了作恶多端的生命。”

2. 猪八戒吃西瓜

◇ 包蕾

唐僧带着三个徒弟——沙和尚、猪八戒、孙悟空到西天去取经。一路走来，到了一个地方，没看见一座房子和一个人。又赶上个大热天，火红的太阳晒在身上，火辣辣的。他们过了中午不只没吃上饭，就连水也没喝上一口，又饿又渴。

唐僧说：“大家都走累了，到哪里歇一歇才好?”好不容易找到一座破庙，就走进去歇息。孙悟空说：“师父不要着急，大家在这里休息休息。我出去找点果子来!”说着就要走。八戒听说要去找果子，口水都要流出来了，心想：“我跟着猴哥一起去，要是找到果子，就可以早点吃到，说不定还可以多吃一些。”他连忙对唐僧说：“师父，我也去!”唐僧说：“好吧，你们早去早回!”

八戒跟着行孙悟空出了门，脚踏在晒热了的土地上，烫得难受。心里后悔起来，真不该跟猴子出来！可是又不好意思不去。走了一程，看见路边有棵白杨树，八戒想：“要是能在这树下睡一会儿多好!”他就假装肚子痛，嘴里“哎呀，哎呀”叫起来。孙悟空问他：“怎么了?”他说：“猴哥啊，我肚子痛，走——走不动了，你自己去吧！我在这里等你，要是找到果子，快点回来，可别自己吃了。”孙悟空知道八戒偷懒，也不去说穿他，就说：“好吧，你就在这里等着，不要走开。等我采了果子回来。”八戒连忙答应：“好的，好的。”孙悟空点点头，一个筋斗翻上天去了。

八戒等他走了，就在大杨树下躺下。一阵清风吹来，十分凉快。他正想睡一会儿，忽然看见山脚下，有个绿油油的东西，阳光照得闪闪发光。八戒连忙起来，走过去一看，原来是个大西瓜。八戒心里高兴极了。他把大西瓜搬到树下，拔出刀来，正想要切又放下了，嘴里说：“师父和沙僧在庙里等着呢，我不能自己一个人吃了这个大西瓜。”他想不吃，可又实在嘴馋，眼睛看着这个绿油油的大西瓜，嘴里直流口水。他忍不住举起刀来，把西瓜切成四块。一边说：“师父！我把这瓜切成四块，我先吃自己的一块，也说得过去。”说着拿起一块，大吃起来。

再说孙悟空一个筋斗十万八千里，来到南海边上。这里到处开满香花，树上结满了果子，桃、杏、梨、枣，什么都有。真是个好地方。他来不及细看，急忙爬上树去，采了些蜜桃、甜枣、玉梨、黄杏……解下围裙，满满地打了个包袱，往身上一背。又一个筋斗，回到原来的地方，正要落下，忽然一想：“慢着，让我先看看八戒在干什么。”就停在半空中，从云缝里往下看，正巧看见八戒捧着一块西瓜在大吃。孙悟空想：“好小子！找到大西瓜，躲在这里一个人吃，把师父和咱们都忘了。”正想下去说话，看见八戒吃完一块，嘴里不知在说些什么，便停住细听。只听见八戒说：“这一块瓜不解渴，我再把猴哥的一块吃了吧！留下两块给师父和沙和尚，也说得过去。”孙悟空听了心想：“难得他还记得师父和沙和尚，就吃了给我的一块，也不去说他了。”只见八戒几口就把那块西瓜啃完了，接着又说了：“可越吃越想吃了，嗨！我就把沙和尚的这一块也吃了吧，给师父留下一块。”说着又捧起一块吃起来。孙悟空看了心想：“这家伙也真贪吃！总算他还记得师父。”这边孙悟空在天空中想，那边八戒又把一块西瓜啃光了。想不到他捧起最后一块西瓜来说：“师父，师父！不是老猪不留给你吃，一来是老猪实在口渴；二来拿回去一块西瓜也不好意思，就让我代你吃了吧。”说着就把西瓜往嘴里送。孙悟空看得又好气又好笑，心里骂着：“馋猪！有了吃的，什么都忘了！”便在空中叫了声：“八戒！”

八戒听见有人叫他，心慌了，捧着西瓜，不知怎么办好。孙悟空又叫了一声：“八戒在哪里?”八戒不敢答应。他想：“要是猴子知道我在吃瓜，多不好意思呀。”想着连忙把手里的西瓜皮，扔得远远的，又急忙捡起地上的三块瓜皮，使劲一丢，丢得看不见了，这才放心。他掀起袍子擦了擦手，轻声问：“是谁叫我呀?”孙悟空在半空中看得明白，慢慢地从空中降落下来。八戒看见赶忙跑过去，说：“猴哥，猴哥您辛苦啦！”孙悟空装作什么都不知道，说：“你这半天在干什么?”八戒说，“没——没干什么，就在树下睡了一会儿。”说着伸出舌头舔舔嘴唇。孙悟空看着笑问：“你做梦吃果子了?”八戒连忙说：“没有，没有，嘴还干着呢。”孙悟空说：“我倒采了些果子，你刚才肚子痛，不敢给你吃了。”八戒才吃了个大西瓜，肚子正胀着，就说：“不急，不急！先带回去送给师父和沙和尚吃，我不着急。”悟空听了好笑，说声：“那就走吧。”八戒就跟着他回去了。

才走几步，只听到“哎哟！”一声，八戒踏上一块西瓜皮，摔了一跤，脸都跌肿了。他连忙爬了起来。八戒站起一看，是自己丢的西瓜皮，不敢出声了。孙悟空倒骂起来：“是哪个懒家伙把西瓜皮乱丢，害得八戒摔了一跤！”一边又对八戒说：“你摔这一跤，就算是给师父磕了个头吧!”八戒忙说:“不要紧,不要紧!没摔痛。”说着赶忙就走。想不到走了十几步,又踏上一块西瓜皮,身子一摇,“吧嗒”一声,八戒又跌倒了。孙悟空把他扶起,叫声:“哎呀,又是哪个懒家伙?偷吃了西瓜,把西瓜皮乱丢。”八戒看了一下西瓜皮,心想:“真倒霉!”孙悟空忙说:“不要生气,这一跤就算给沙和尚行礼吧!”八戒也不敢多嘴,慢慢地向前走去。这回,八戒倒是小心了,眼睛看着地,一步一步走。偏偏猴哥跟他谈起南海地方多么好,到处有果子吃。八戒听了,心里只想到南海去吃果子,忽然脚下一滑,跌倒在猴哥身边。猴哥笑着扶起他,叫声:“八戒!干吗给我磕头呢!”八戒低头细看,又是一块西瓜皮,心里想:“真奇怪!”

好不容易来到庙前,八戒心想:“总算到了,让我老猪进去,好好休息休息,这一路摔得我好苦。”心里一急,脚步加快,一不小心,又摔了一跤。猴哥在旁笑起来说:“真是个好徒弟,没进庙门,就跟师父磕头啦!”猴哥扶着八戒进去。唐僧、沙和尚看见悟空带回大包果子,十分高兴;又看见八戒脸上一块青一块红,肿了一大半,看来更加胖了,忙问:“这是怎么的?”八戒哼着说:“别提了!是我不该一个人吃了个大西瓜,这猴子一路上倒请我吃了四块西瓜皮。”悟空捧着肚子哈哈大笑起来。

（根据包蕾同名故事改写）

作家简介

包蕾(1918—1989),原名倪庆秩,笔名叶超。现代剧作家、童话作家儿童文学家。浙江镇海(今宁波)人。自幼喜爱文学。曾任中国电影家协会第四届理事、少年儿童出版社编辑部主任。

作品导读

《猪八戒吃西瓜》的作者包蕾利用中国古典神话小说《西游记》中大家所熟悉的人物——猪八戒来反映现实生活,批评孩子们中间存在的自私、贪吃的不良习惯,可谓独具匠心,收到了事半功倍的效果。作品中的人物形象鲜明生动,而且丰满,心理活动和行动、语言的刻画惟妙惟肖。刻画出了猪八戒的贪吃、懒做、蠢笨,也刻画出了他的淳朴和天真。作者对这个人物的讽刺是善意的,写来诙谐、有趣。

3. 去年的树

◇[日本]新美南吉　◎孙幼军 译

一只鸟和一棵树是好朋友。鸟坐在树枝上,天天给树唱歌,树呢,天天听着鸟唱歌。日子一天天过去,寒冷的冬天就要来了。鸟儿必须离开树,飞到很远很远的地方去。

树对鸟儿说:“再见了,小鸟!明年请你再回来,还唱歌给我听。”鸟儿说:“好的,我明年一定回来,给你唱歌,你等着我吧。”鸟儿说完,就向南方飞去了。

春天又来了。原野上、森林里的雪都融化了。鸟儿又回到这里,找她的好朋友来了。可是发生了什么事情呢?树不见了,只剩下树根留在那里。

“立在这儿的那棵树，到什么地方去了呢?”鸟儿问树根说。

树根回答：“伐木人用斧子把他砍倒，拉到山谷里去了。”

鸟儿向山谷里飞去。

山谷里有个很大的工厂，锯木头的声音“沙——沙——”地响着。鸟儿落在工厂上。她问大门说：“门先生，我的好朋友——树在哪儿，您知道吗?”

门回答说：“树嘛，在厂子里被切成细条条儿，做成火柴运到那边的村子里卖掉了。”

鸟儿向村子里飞去。

在一盏煤油灯旁，坐着个小女孩。鸟儿问小女孩：“小姑娘，请告诉我：你知道火柴在哪儿吗?”

小女孩回答说：“火柴已经用光了。可是，火柴点燃的火还在灯里亮着。”

鸟儿睁大眼睛，盯着火看了一会儿。接着，她就唱起去年唱过的歌儿给灯火听。唱完了歌儿，鸟儿又对着灯火看了一会儿，就飞走了。

作家简介

新美南吉(1913—1943)，这位被誉为“日本的安徒生”的童话作家，以极富想象力的文字，为读者打开了一扇通往美丽心灵的窗户。他创作了很多儿童文学作品，但大多是在逝世后出版的。主要作品有《毛毯和钵之子》《爷爷和玻璃罩煤油灯》《新美南吉全集》《校定新美南吉全集》等。新美南吉的儿童文学作品，非常强调故事性，起承转合，曲折有致。

作品导读

《去年的树》是新美南吉的一篇名作。作家在极为精短的篇幅内，给我们讲述了一个十分凄楚动人的故事。

冬天要到了，小鸟要飞向暖和的地方。行前答应她的好朋友——树，回来后再唱歌给它听，可回来时，树已被砍伐，运到山谷做了火柴，火柴卖掉了，买主又把它用光了，只剩下了用它点燃的灯火尚未熄灭。小鸟按所询问到的去向，逐一找了几个地方，最后对着灯火唱了去年唱过的歌，就飞走了。

这篇童话叙述得朴素无华，既未评说小鸟如何忠于友谊，也无一丝心理描写，只是以小鸟的追寻的行动表现了她的言而有信以及鸟和树之间存在的深厚的爱意、忠诚的友谊。

《去年的树》虽然写的是一只小鸟和一棵树，实际上表现的是生活中的人，揭示的是人的思想、感情和品德。其中小鸟的那种诚信守诺，以及通过执著的追踪寻找表现出来的她对朋友的笃厚深情，确是十分感人的。

和许多作品不同，这篇童话的故事结局不是“大团圆”，而是由于“树”的不幸遭际和“悲惨”结果，使整个作品蒙上一层凄婉的悲剧色调，从而更能产生一种情感震撼的效果。

4. 果酱小房子

◇佚名

熊哥哥去给熊弟弟送一桶蜂蜜，他知道熊弟弟爱吃蜂蜜。

在路过树林的时候，熊哥哥看到一座红色的小房子，这座小房子散发出很好闻的果酱的香味。“这房子里一定装着好多果酱。”熊哥哥猜想着，一边停下来，用力吸着鼻子。他最喜欢果酱。“多诱人啊，让我走近这座小房子，好好闻一闻这果酱味儿，闻一闻总是可以的吧。”于是熊哥哥走近小房子。果酱味儿越来越浓，越来越诱人了。

熊哥哥走到门口，这才发现：门开着，房子里空空的。果酱在哪儿呢？这儿既没有一个桶，也没有一个罐子。熊哥哥正想把脑袋伸进门去仔细瞧瞧，忽然发觉他那只扶在屋墙上的手掌被粘住了。熊哥哥很惊慌地大叫起来：“小房子的主人，放了我吧！我什么东西都没拿，如果这儿有东西的话，我只不过闻了一点……”他一边叫着，一边拼命挣扎。总算将手掌从屋墙上挣脱下来。熊哥哥觉得这只手掌黏糊糊的。用舌头一舔，咦，甜甜的，是果酱的那种甜味！熊哥哥这才明白：原来果酱都涂在小房子的墙上。怪不得小房子香得厉害，怪不得小房子是红色的。熊哥哥砸咂嘴：真甜呀。他忍不住又在屋墙上舔了一口。这一舔可没完没了啦。熊哥哥把屋子外面涂着的果酱全都舔完了。他太爱吃果酱了。他又走到房子里边，把里面墙上的果酱也舔了个干净。他太爱吃果酱了。

舔完了果酱，熊哥哥感到很快乐。但快乐过后，他又不安起来，他想：“果酱真好吃。但这果酱不是我的，是小房子的主人的。我把人家辛辛苦苦涂上的果酱吃了，把本来红艳艳的小房子弄得那么难看，真不应该啊。”可是，果酱已经吃完了，既不能吐出来，又不能变出来，怎么办呢？熊哥哥发了一会儿愁，忽然看到自己带来的那桶蜂蜜。他笑了：“我真笨，我可以把这桶蜂蜜涂到墙上！”于是熊哥哥就屋里屋外地忙开了。等他离去时，小房子已被涂成漂亮的金黄色，亮光光的，散发着蜂蜜的香甜。

熊哥哥回到家里以后，第二天熊弟弟来看他。熊弟弟说：“哥哥，树林里有座涂着果酱的红房子，你知道吗?”熊哥哥笑着回答：“我知道，不过现在这座房子是黄的了，涂的是蜂蜜。”“不不，”熊弟弟坚持说，“房子确实是红的。”“不，是黄的，说起来我还有点不好意思呢……”熊哥哥要从头解释一下。熊弟弟连忙打断道：“哥哥，哪儿的话！”我说出来才羞死人呢。我本来是带了桶果酱来看你的，可是后来我……我忍不住把涂在小房子上的蜂蜜全都舔掉了，所以……”熊哥哥哈哈大笑：“所以你就又给小房子涂上果酱了。”

作品导读

这是一个拟人体童话故事。人物简单、情节简单，却饶有趣味。熊哥哥给熊弟弟去送蜂蜜，在路上被一座散发出浓浓果酱味儿的房子吸引住，终于忍不住把涂在屋墙上的果酱舔吃完了，把要送给弟弟的蜂蜜涂在了屋墙上；第二天，熊弟弟又去送一桶果酱给熊哥哥，在经过小屋的时候，又把屋墙上的蜂蜜舔吃了，把果酱涂了上去。屋墙由果酱的红色变成蜂蜜的黄色，又由黄色变回了红色。这变化的趣味就能吸引幼儿。故事人物生动形象，也能得到孩子的喜爱，而且真实可信，小孩子自我约束力比较差，抵挡不住诱惑。故事采用循环的结构方式，相似的情节反复出现，加深孩子对故事情节的印象。

5. 猴子的屁股为什么是红的

很久很久以前，猴子和山羊是邻居。山羊是个热心肠的人，很喜欢管闲事，猴子常常责备他说："山羊老弟，与自己无关的事不要多管，懂吗？"

有一天，他们两人一起出去玩，猴子走在山羊前面，山羊跟在猴子后面。走着走着，忽然从一旁飞过来一点火星，烧着了猴子屁股上的毛。这时，山羊对猴子说："猴大哥，与自己无关的事到底要不要管？"猴子答道："那还用说？当然不管喽！"

"好，那就不管。"山羊嘴上说不管，不过心里还是过意不去。于是他就急忙上前扳住猴子的肩头，着急地问："猴大哥，事情跟自己无关，却对别人有害，也不管吗？"

猴子听了不耐烦地说："你呀！你呀！爱管闲事的毛病就是改不了！我早就说过不管，不管！"语音未落，猴子屁股上的火烧大了，疼得他又跳又叫："哎哟，哎哟！山羊老弟，快帮我扑灭屁股上的火！"

这时，山羊故意慢腾腾地说："猴大哥，你不是说与自己无关的事不管吗？"

"要管，要管！"猴子急得跳了起来。

猴子屁股上的火虽然扑灭了，但是留下了巴掌大一块红印记。

（根据视频故事改编）

作品导读

故事围绕猴子屁股红这一特征，虚构了一个形象生动，趣味盎然的人物形象和故事情节：山羊是个热心肠，而猴子常常责备山羊多管闲事，教训他与自己无关的事不要管，结果有一天猴子屁股上着火了，山羊请教猴子：与自己无关却对别人有害的事该不该管？猴子极不耐烦地教训山羊"不管，不管！"。结果自己的屁股烧红了一大块。山羊的热情、猴子的冷漠形成鲜明的对比。

6. 牛蛙牛蛙快快笑

◇美国童话

很久以前，湖里住着一只很大的大牛蛙。

有一次，牛蛙觉得口干，它就张开大嘴不停地喝水，喝呀喝呀，把河里的水喝光了。喝呀喝呀，把湖里的水也喝光了。牛蛙变得大得不得了。它怕水从嘴里喷出来，就紧紧闭着嘴巴一动不动，样子要多怪有多怪。

别的动物口渴了，想喝水，可是河里湖里的水都被牛蛙喝光了。它们口干得好难受啊！袋鼠想出了一个好主意，说："咱们开个逗笑晚会，逗牛蛙笑，它一笑，水就会从嘴里喷出来。"大家都说："这个主意太好了。"

大家把节目排练好以后，就说：快去给牛蛙送请帖，节目很好笑，咱们准成功。晚上，星星和月亮照亮了舞台。大家都在台前坐好，就等着牛蛙来看节目了。这时大地忽然震动起来。噢，这是大肚子装满水的牛蛙走来了，咚咚咚，每走一步，大地就颤一颤。

晚会开始，第一个表演的是大翠鸟。大翠鸟的笑声，咯咯咯，很怪，动物们都被逗乐了。可牛蛙就不笑。第二个节目是小鸵鸟和大袋鼠演的一出滑稽戏，大家都笑弯了腰。可牛蛙还是不笑。

动物们有点失去信心了。大家着急起来。

忽然，一条鳗鱼爬上台来。鳗鱼哑着嗓子说："看我来给大家表演！"

鳗鱼开始跳舞，它软软的身子一会儿圆，一会儿方，一会儿绕成一只大蝴蝶。牛蛙看迷了，入了神，身子不由得开心地摇摆起来，肚子一鼓一鼓的，张开嘴唇，发出大笑声："咕——咕—— 噗——哗！"大水像瀑布一样喷泻出来，流到河里，流到湖里。

动物们又有水喝了！

作品导读

这篇童话最值得我们注意和研究的是整体的艺术夸张。开头先有把所有河水和湖水都一口气喝进庞大的牛蛙肚的夸张，然后有牛蛙走起路来震颤大地、让大地为之摇晃的奇妙夸张，再接着才顺理成章有大水从牛蛙嘴里喷出来像瀑布的夸张。三个夸张构成一条夸张链和因果链。怎么赞赏都不过分的赞赏应该给予这三个夸张中的第一个夸张。它最大限度地排除了艺术对生活的摹仿（仅仅限于对生活的摹仿就等于取消童话和童话艺术），把生活的可能性推到了一个极限，用艺术荒诞把生活的可能进行了最大限度的膨胀，从而收得了最佳的、令人拍案叫绝的艺术效果。普通的一只牛蛙是不可能长久地打动读者的，但是这只能把河水湖水都一口气喝进肚里去的牛蛙，这只世上不存在、却不朽于童话中的牛蛙，则能永久地留在我们的记忆中。而且，在这个具体的故事中，如果不是这只"艺术牛蛙"一上来就把河水湖水统统喝光，就不会造成动物们都没有水喝的结果，因而也就没有下面故事的主干部分。

7. 猪爸爸的大烟斗

猪爸爸爱吸烟，一会吸一根，一天要吸两包烟，弄得屋子里到处都是香烟味。猪爸爸要抱猪宝宝，猪宝宝都捂着鼻子跑，边跑边说："爸爸臭！"猪妈妈生气，猪爸爸为难，猪宝宝发愁。

唉，怎样才能帮助猪爸爸戒烟呢？七个猪宝宝凑到一起商量来商量去，决定贴标语表示抗议，于是，满屋子都贴满了"不准吸烟，吸烟危害健康"的大标语。可猪爸爸却装着看不见，还神气十足地叼着大烟斗。这可怎么办呢？

一天，足智多谋的罗宾兴奋地跑回家，叫来哥哥弟弟，神秘兮兮地说："你们知道吗？这回爸爸准能戒烟啦！"

"哦，有什么好办法？"罗尔赶紧问。

罗宾得意扬扬地回答："我要给爸爸买一个大烟斗！"

"啊？这是帮爸爸戒烟吗？"急性子的罗比又生气又吃惊。

"嘿，别着急呀，听我慢慢说。"罗宾晃了晃手中的纸片，"这是我从网上查来的新消息，有一种特制大烟斗，烟斗里装的不是烟丝而是薄荷片，吸一口清清凉凉，不冒烟也没臭味，而且叼在嘴上又有吸烟的感觉，不会不适应。慢慢地，爸爸就会改掉吸烟的坏毛病了。"

"这可是个好东西!"小猪们省下零用钱，终于为爸爸买了一个戒烟的大烟斗。猪爸爸可高兴了，天天叼着孩子们送的礼物。

现在猪爸爸再也不吸烟了，瞧他笑眯眯地叼着大烟斗，带猪宝宝们逛商场多开心哪！猪宝宝也爱让爸爸抱了，因为猪爸爸一点儿也不臭，还有一股清凉的薄荷味儿。最小的罗罗还钻进了爸爸的大裤子，贴着爸爸软软的肚皮，闻着甜甜的薄荷味，舒服地"呼噜噜，呼噜噜"睡着了。

（作品来自 www.tonghua5.com）

作品导读

童话植根于现实生活。这个童话故事就是在现实生活的基础上，通过幻想，用假想的形象——猪爸爸一家来表现很有时代新意的主题。猪爸爸吸烟，惹猪宝宝嫌臭、猪妈妈生气。他们想办法帮爸爸戒烟：在屋子里贴"不准吸烟，吸烟危害健康"的大标语；在网上查找戒烟新办法。终于帮爸爸改掉了吸烟的坏毛病。故事题材非常新颖，时代气息浓厚。

8. 蓝狐狸

◇[美国]梅雅·雷

森林里曾经住着一只非常狡猾的狐狸。

一天晚上，狐狸饿了，去附近的村子找吃的。村里的狗不喜欢狐狸，他们要把狐狸赶走。狐狸拼命地跑，最后在一间农舍旁边停了下来。他看见不远处摆着一只大瓦罐。

要是藏到里面，他们肯定找不到我。狐狸一边想，一边慌忙地跳进瓦罐里。"扑通!"原来瓦罐里装满了蓝色的颜料。

狐狸只好赶紧从瓦罐里爬出来。狗群追着狐狸来到这儿，正好见到浑身湿透的蓝狐狸，一个个吓得撒腿就跑。

狐狸可高兴了，他得意扬扬地回到森林，趴在河边睡着了。

第二天一早，狐狸醒来，在清澈的河水中照见自己已被染成了蓝颜色。

森林里的动物们见到他，也都怕得要命，他们都以为来了一只奇怪凶狠的怪物。

狮子、老虎、灰狼，所有动物都躲得远远的。狡猾的蓝狐狸顿时心生一计，心想：趁此机会，我要耍耍你们，我来做森林之王！

蓝狐狸叫来所有动物，向大伙宣布："森林女神派我来当森林国王，你们必须要听从我的命令!"

动物们全都相信了狐狸的话。第二天，他们为狐狸举行了盛大的加冕仪式。

狮子当上了蓝狐狸的大臣，老虎做了蓝狐狸的侍卫，而大灰狼的任务是每天去捕猎新鲜的食物，敬献给新国王。

有那么多动物忙前忙后为自己服务，狡猾的狐狸还真过了几天舒服日子。

有一天晚上，月亮高高地挂在夜空。远处的山顶上，其他狐狸在这个月圆之夜，仰头长啸起来。

蓝狐狸听见同伴的叫声，嗓子眼只痒痒，他终于忍不住也嗷嗷地叫起来。

狮子、老虎、大灰狼，还有其他动物听见他的叫声，惊讶地发现他们的国王竟然是一只狐狸！原来大家都被骗了，气愤的动物团结起来，把狐狸赶出了森林。

从此以后，狐狸一直跟着他的同伴，再也没有回到森林。他也明白了一个道理：任何时候都不要妄想去成为别人，而是要做好自己。

作品导读

幼儿童话中的人物性格，往往是一种单纯的类型化性格。这个童话中的主要人物形象狐狸，其性格特征就是狡猾。为了逃过追捕，它跳进一个大瓦罐，心想：他们肯定找不到我。原来瓦罐里装满了蓝色的颜料，狐狸只好赶紧爬出来，狗群追着狐狸来到这儿，正好见到浑身湿透的蓝狐狸，一个个吓得撒腿就跑。

这下狐狸得意了，它要趁机当森林之王，耍耍其他动物。谎称自己是森林女神派来当森林国王的，大家必须要听从它的命令！结果狐狸真还过了几天舒服的森林之王的日子。最后它的叫声暴露了它狐狸的真实面目，被动物们赶出了森里。狐狸狡猾，欺骗森林里的伙伴，最后被识破，赶出森林，这样的结局是符合孩子的审美心理的。

9. 小甲虫的大喇叭

◇佚名

有一只小甲虫，住在一个原始森林里。因为它长得太小了，林中的其他动物要不是走到它的身边，根本就看不见它。它说话的声音就更小了，就是喊破了嗓子，还赶不上蚊子声呢。可是，这只小甲虫野心还不小呢！它想做森林里的大王。它想：老虎为什么能做大王，我为什么不能呢？想来想去它豁然明白了，那是因为老虎的叫声像打雷一样，而自己的声音太小了，要是我的声音比老虎还响，那我就可以当上大王了。于是，它绞尽了脑汁，想出了一个好办法，急忙去找大象爷爷，它让大象爷爷到城里给捎个最大的喇叭。小甲虫见喇叭太大了，就叫小猴子帮它搭了个梯子，它从早晨爬到中午费了九牛二虎之力，终于爬上了喇叭，小甲虫高兴得手舞足蹈。这么个大喇叭，声音一定比老虎的叫声还响。小甲虫晃着脑袋，使足了劲，对着喇叭大叫一声，只听“哇——”这声音比雷声还响，动物们吓得发抖，连老虎也吓了一跳。这下子小甲虫该高兴了吧？它可以做森林之王了吧？谁知道它却被自己的叫声吓昏了，从高高的梯子上摔了下来，跌进了草丛里，大象爷爷戴上老花镜，寻了半天也没找着它。

（故事来自网络中小学教育资源站）

作品导读

这个短小的童话故事最大的特色是幻想奇特新颖，情节离奇曲折，采用对比和夸张，妙趣横生。如此细小的小甲虫居然想当森林里的大王！它想来想去觉得把自己的声音变大了就可以像老虎一样当上森林大王。想利用大喇叭扩大自己说话的声音，结果大喇叭里自己的声音把自己给吓晕了，掉到草丛中不见了，读完令人捧腹大笑。

10. 小溪边

◇［俄罗斯］谢·柯兹洛夫○韦苇 译

小兔坐在小溪边，往水里一看，发现水里也有个小兔在看他。小兔晃晃耳朵点点头，水里的小兔也晃晃耳朵点点头。

小熊走到兔子身边。

“你在做什么，小兔？”他问。

“你没瞧见，”小兔说，“水里也有一个小兔。你没瞧见，他会点头，还会晃耳朵！”

“水里没有另外一只小熊吗？”小熊问。

小兔俯下身去，贴着水面问另外一只小兔：

“喂，听着，那里有没有另外一只小熊呀？”

水里的小兔看看左边，又看看右边，晃晃耳朵，摇摇头。

“没有！”小兔说，“水里没有小熊。你自个儿来瞧瞧吧。”

小熊走到小溪边。但一俯身到水面，就看见水里有个小熊。

“瞧，有的！”小熊大声说着，晃了晃脑袋。水里的小熊也晃了晃脑袋。

于是，兔子和小熊就坐在小溪边，两个又晃脑袋又点头，一直到天黑了，水中的小兔和小熊不见了，他们才回家去……

作品导读

《小溪边》这个短篇童话描绘了小兔、小熊的稚拙可爱。小兔和小熊不知道水里是自己的倒影，以为也有一个和自己一样的小兔和小熊。故事让人感到幼儿那种与大自然最相和谐的品格：质朴、清纯如镜。人物形象简单，但它们都栩栩如生，惟妙惟肖。作者主要通过语言和神态的刻画使人物活灵活现。

11. 狼和小羊

◇《伊索寓言》

狼来到小溪边，看见小羊在那儿喝水。

狼非常想吃小羊，就故意找茬儿，说：“你把我喝的水弄脏了！你安的什么心？”小羊吃了一惊，温和地说：“我怎么会把您的水弄脏呢？您站在上游，水是从您那儿流到我这儿来的，不是从我这儿流到您那儿去。”

狼气冲冲地说：“就算这样吧，你总是个坏家伙！我听说，去年你在背地里说我的坏话！”可怜的小羊喊道：“啊，亲爱的狼先生，那是不可能的，去年我还没有生下来呢！”

狼不想再争辩了，呲着牙，逼近小羊，大声嚷道：“你这个小坏蛋！说我坏话的不是你就是你爸爸，反正都一样。”说着就往小羊身上扑去，吃掉了小羊。

作品导读

《伊索寓言》是一本世界上最古老的寓言集，篇幅短小，形式不拘，浅显的小故事中常常闪耀着智慧的光芒，迸发出机智的火花，蕴含着深刻的寓意。它不仅是向少年儿童灌输善恶美丑观念的启蒙教材，而且是一本生活的教科书，对后世产生了很大的影响。它开创了欧洲寓言发展的先河，并且影响到其后欧洲寓言发展的全过程。《伊索寓言》是古希腊民间流传的讽喻故事，经后人加工，成为现在流传的《伊索寓言》。寓言反映的主要是人们的生活智慧，包括社会活动、生产劳动和日常生活等方面。现传的《伊索寓言》根据各种传世抄本编集而成，包括寓言300多则。《狼和小羊》是脍炙人口的一个寓言故事。它采用虚构和拟人手法，写狼为了要吃掉小羊故意找借口，狼的借口都被小羊驳倒了，但狼还是蛮不讲理地扑上去，吃掉了小羊。创作者的真正目的是要告诉人们狼的本性是凶残的，它是一定要干坏事的，对狼这种坏家伙只讲道理是不行的。

参考文献

[1] 陈正治．童话理论与作品赏析[M]．台北：市立师范学院印行，1988.

[2] 宋文翠．儿童文学概论[M]．济南：山东人民出版社，2010.

[3] 梅子涵，方卫平，朱自强，彭懿，曹文轩等．中国儿童文学五人谈[M]．上海：新蕾出版社，2002.

第五章　幼儿故事

导言

故事是幼儿接触最早、最多的文学样式之一。爱听故事是幼儿的天性，他们大都是天生的故事迷，总是围着大人恳求："给我讲个故事吧！"每一位父母都有被孩子缠着讲故事的经历。那么，什么是幼儿故事，它有什么功能和类型，它有什么基本特征，以及我们该如何欣赏和创编幼儿故事？这些是本章要阐述的主要内容。作为学前教育专业的学生，自觉培养对幼儿故事的阅读、鉴赏和创编能力，是素质教育的应有之义。

学习目标

了解幼儿故事的概念、发展和功能；了解幼儿故事的分类；掌握幼儿生活故事的特征；学习创作和改编幼儿生活故事。

第一节　幼儿故事概说

一、幼儿故事的概念

(一)幼儿故事的含义

故事是一种以叙述事件为主，具有情节，比较适宜口头讲述的文学体裁。传统的故事属民间文学，主要具有口传性、集体性、变异性等特点。现代的故事则属作家文学，主要具有书面性、独创性、固定性等特点，当然，它保留了传统故事的通俗易懂、情节生动的本质特点，以便于讲述。

幼儿故事是故事的一个分支，是指适合幼儿听赏的故事，有广义和狭义之分。广义的泛指一切适合幼儿听赏的带有叙事性质的散文作品，包括神话、传说、童话、寓言、民间故事，等等。狭义的特指适合幼儿听赏的一种篇幅短小，情节生动，写实性较强的叙事体文学体裁。本章所讲的是狭义的幼儿故事。

(二)幼儿故事与其他叙事体儿童文学的区别

幼儿故事与神话、传说的区别是：神话是以神为主要形象，通过幻想的情节，表达人们对自然现象、社会起源和社会生活的原始理解，如《女娲补天》。传说是由神话发展而来的，是以人为主要形象，但具有强烈的传奇色彩，如《孟姜女哭长城》。幼儿故事则是以生活中的凡人为主要形象，以反映幼儿的现实生活为主，如《瓜瓜吃瓜》。

幼儿故事与童话既有联系又有区别。它们同属散文体，都重视情节的构思。事实上，童话作品在我国曾经长期归属在故事名下，两者混用。直到“五四”时期，“童话”一词从国外引入后，文体特征才逐渐明晰，到现在已是专指“带有浓厚幻想色彩”的故事。也就是说，广义的幼儿故事包括童话，狭义的幼儿故事则与童话并列。

幼儿故事与寓言也有异同。寓言是以动物为主要形象，少数也直接写到人，但都事件简明，重在对人生的哲理性讽喻；幼儿故事则以现实的幼儿世界为主要反映对象，也有讲述动物的，十分重视情节的趣味性，起到教育或娱乐目的。

幼儿故事与儿童小说虽然形式近似，但重要的区别在于：儿童小说一般篇幅较长，以塑造人物形象为中心，主题鲜明；幼儿故事则一般篇幅较短，着重的是情节讲述和叙事本身的趣味性。

二、我国幼儿故事的发展概况①

在古代很长时期里，孩子们除了听一些神话、传说、寓言外，常常就是听动物故事或民间生活故事，如猫和老鼠的故事、长工斗地主的故事、巧媳妇的故事，等等，而专门为幼儿创作的故事并不多。后来在一些启蒙读物中，开始专门编入一些叙述古代历史人物的故事，如元代卢韵的《日记故事》和明代萧良友的《蒙养故事》，多篇是讲述儿童聪明智慧的故事，像“曹冲称象”“文彦博灌水浮球”“司马光破缸救小儿”等，其中《日记故事》影响最大。我们现在看到的多是后人增补、修订过的本子，尤其是明代嘉靖时出现的插图本，有将近三百个故事，篇幅都很短，大部分在百字以内，多数是编者自己写的，内容贴近儿童生活。它也是世界上第一本有插图的儿童故事书，制作相当精美，很能引起儿童的阅读兴趣。

1909 年，我国最早的以学龄前儿童为对象的刊物《儿童教育画》创刊。此后，各种比较适合幼儿欣赏的故事陆续刊登在报刊上，如陆费逵的《我小时候的故事》(1922)、陈伯吹的《破帽子》(1930)、叶圣陶的《小蚬回家了》(1934)。

新中国成立后，幼儿故事的创作明显增多，出现了不少佳作。例如，杲向真的《七个太阳》、方轶群的《小碗》、安伟邦的《圈儿圈儿圈儿》等。新时期以来，幼儿故事中直接描写幼儿生活的故事大量涌现，如杨福庆的《谁勇敢》、李其美的《鸟树》、任哥舒的《珍珍唱歌》、马光复的《瓜瓜吃瓜》等。此外，还出现了幼儿系列故事，如任溶溶的《丁丁探案》、郑春华的《大头儿子和小头爸爸》等。

特别值得一提的是，在幼儿故事的创作队伍中，有一支来自幼儿园教师和小学教师的生力军，如胡莲娟、任霞苓、倪冰如、郑春华、谭小乔等。他们活跃在教育一线，熟悉幼儿生活，了解幼儿的心理和需求，创作了一系列深受幼儿喜爱的作品。

① 本小节主要引自人民教育出版社中学语文室．幼儿文学[M]．北京：人民教育出版社，2005.

三、幼儿故事的功能

(一)教育功能——幼儿故事能教给幼儿做人的道理，对幼儿的人格塑造起着示范和启蒙作用

用故事书教育儿童，在西方各国很盛行，我国也古已有之。南宋学者、理学家朱熹在《小学》一书中说："童稚之学，不止记诵。养其良知、良能，当以先人之言为主。日记故事，不拘今古，必先以孝悌忠信、礼义廉耻等事。如黄香扇枕，陆绩怀桔，叔敖阴德，子路负米之类，只如俗说，便晓此道理，久久成熟，德性若自然矣。"大意是倡导教给儿童一些故事，目的在于向孩子们进行道德思想的教育。这里清楚地说明了儿童故事的教育意义和效果。

一般来说，幼儿故事的主题集中而明朗，经过教师或家长的点拨，孩子能读懂其中的道理，能够理解良好的生活习惯和道德品质，并且愿意从故事中学习。例如有的孩子"我"字当先，不愿意帮助别人，可以利用《雷锋叔叔的故事》来启示孩子要想着别人，明白帮助别人可以得到同伴和大人们的喜爱。如果孩子胆小懦弱，可以多讲些英雄勇士的故事，如《草原英雄小姐妹》；对粗暴霸道的孩子，要多讲些谦逊礼让的故事，如《孔融让梨》《小羊过桥》；对遇事没有主见的孩子，可以讲《小马过河》《七个太阳》；对习惯撒谎的孩子可以讲《金斧头》《狼来了》等。又如列夫·托尔斯泰的《谢谢你》：

一个小男孩玩的时候，不小心打碎了一只漂亮的碗儿。谁也没有看见碗儿是他打碎的。

爸爸回来，问道：

"谁打碎的?"

"我。"

爸爸说："谢谢你，因为你说了真话。"

故事写一个小男孩不小心打碎碗并勇于承认的事，主题非常浅显，含义却很深刻：做错了事，只要说真话，就会得到表扬。这个故事对诚实的孩子是积极鼓励，对撒谎的孩子则是一种正面引导。

(二)认识功能——幼儿故事能帮助幼儿丰富人生经验和知识，开阔幼儿的视野

幼儿由于年龄较小，不能理解抽象事理，通常要借助具体实物和故事来思考。幼儿故事常以幼儿的所见所闻和感受体验为题材，内容贴近和适合幼儿的心理，并且以丰富想象和大胆夸张吸引着孩子，能满足幼儿的好奇心和求知欲，从而深得幼儿的喜爱。例如从《司马光砸缸》《曹冲称象》等故事中，幼儿可以习得一些实用的生活知识和技能。通过听赏《十二生肖的故事》，幼儿对十二种动物获得基本认知，同时获得一定程度的传统文化知识。再如罗佳的故事《乡下来的丹丹》，作品不但突出"幼儿园好"这一主题，还是一篇教育幼儿认识新环境、了解幼儿园以及适应集体生活的好教材。

(三)语言功能——幼儿故事能促进幼儿学习语言，提高幼儿的口语水平和思维想象能力

幼儿正处于语言快速发展的时期，幼儿故事在发展幼儿语言方面有极大优势。幼儿故事是散文体叙事文学，使用的是最规范的生活语言，对幼儿学习和使用语言具有范本作用。幼儿虽不能写，却常常能将熟悉的作品语言运用于口头说话中。幼儿故事语言最明显的特征是叙述语言的口语化，即通俗、明快、质朴，句式较短，没有生僻的词语，表现力强，幼儿生活气息浓郁。因此，他们从幼儿故事中既可以获得准确的、清楚的发音，又可以积累丰富的词汇(包括成语、俗语这样生动的词语)，当然，也在潜移默化中能够习得不少句法、语法，有助于形成艺术化的口语。

同时，幼儿故事在结构上条理清楚，线索明晰，把许多语言现象串联起来，能帮助幼儿逐步掌握多样语言知识，练习诵记、叙述、描写、对话等语言技能。例如，在欣赏幼儿故事时，我们可以鼓励孩子对所讲故事进行简单的复述，从而提高他们的口语表达能力。另外，在讲述幼儿故事时，家长或老师可以对故事中的情节或角色适当提问，以提高幼儿对故事情节的理解能力，从而提高幼儿的思维能力；还可以鼓励幼儿展开适当想象，改编故事角色和情节，从而增强他们的创造性和想象力。

(四)愉悦功能——幼儿故事能愉悦幼儿的身心，促进幼儿健康成长

缺少情趣的故事是不能让孩子喜欢的。幼儿故事创作者为了吸引孩子的注意力，往往采用巧妙的结构和诙谐幽默的语言，让幼儿在轻松愉快的听赏中接受。以这样的方式取代简单无趣的说教，非常有利于孩子的成长和身心健康。也只有在这样的基础上，幼儿故事的前面几项功能(目的)才可能得以实现。

第二节　幼儿故事的分类

幼儿故事的种类很多。在所有幼儿文学体裁中，故事的种类或许是最多的。依据不同的角度或标准，可以划分出不同的类型。从故事来源分，有民间故事和创作故事；从表现形式分，有文字故事、图画故事、动画故事、影视故事；从题材内容分，有历史故事、动物故事、生活故事、成语故事、益智故事、愚人故事、科学故事等。其中有一些是与相邻体裁重合的，如《铁杵磨针》既是民间故事，也是历史故事和成语故事，因此无法也不必作绝对的划分。

以下介绍几种较为典型的故事类型。

一、幼儿民间故事

幼儿最早接触的文学形式，除了儿歌，可能就是民间故事了。民间故事属于口头文学，是集体创作、口耳相传的文学，其表现手法有鲜明的民族性，如普遍采用对照法、反复法、三段法等传统手法；常借助宝物、奇遇、仙兽等形象展开情节；故事结构完整，头尾俱全，有尽量圆满的结局——善有善报，恶有恶报；有比较固定的习惯用语，如“从前”“很久很久以前”“七七四十九座山”“九九八十一难”等。

幼儿民间故事，多是将人民群众口头流传的，一些有教育意义和趣味性的故事，根据幼儿的接受层次，进行加工改写而成的，具有朴素的风格、丰富的想象、神奇的色彩，如《鲁班学艺》《三个和尚》《田螺姑娘》《十二生肖的故事》《阿凡提的故事》等，深得幼儿的喜爱。高尔基说：“我听过外祖母和乡下说故事的人说过民间故事，它们在我的精神成长中曾经起了非常良好的作用。”①

二、幼儿历史故事

这类故事是指以一定史料为依据编写的故事。它要求尊重史实，不能随意虚构，但在一定历史资料的基础上，可作必要的适当的提炼加工。此外，它还应当考虑幼儿的特点，尽可能浅显易懂，生动有趣。这些历史故事可以分为两类：一类是历史事件故事，它是以表现事件为主的，故事中的人物不必细致刻画，而是侧重于故事的情节性，内容大多以某一历史时期的军事、政治等事件为主。例如《草船借箭》《一个苹果》《太平天国的故事》等。还有一类是历史人物故事，它是以表现历史人物为核心的，讲述某个历史人物一定时期内的活动，或者历史人物小时候的轶事，让小读者了解和学习历史人物身上的美好品德。例如《岳母刺字》《朱德的扁担》《达·芬奇画鸡蛋》《爱迪生孵小鸡》等。

三、幼儿动物故事

动物故事是以动物为主人公的故事。有些故事可能以植物为主人公，可以称为植物故事，但不管动物也好，植物也好，都是人格化了的，因此不必作严格区分。由于喜欢动物是幼儿的天性(或者说，他们本身就是“小动物”)，在幼儿故事作品中，动物题材占有较大比例。动物故事以其人情和物性兼具的拟人形象和动物习性、动物生活趣闻而使孩子们感到新鲜有趣。

动物故事大多基于人类对一些动物的长期观察与了解，对它们的起源、习性、外部特征等作生动有趣的解释和描绘。有两种类型的动物故事：第一类是给幼儿介绍正确的动物知识，如法国作家黎达的《黎达动物故事集》，就是经过深入观察，并参考有关科学著作写成的，类同于《十万个为什么》和法布尔的《昆虫记》等科普作品。第二类是纯粹用想象来趣解动物的某些特征，如民间动物故事《为什么兔子的尾巴很短》和英国作家吉卜林的《原来如此的故事》。

动物故事也借助动物及其相互关系，间接地反映人类生活，体现人们对真善美与假恶丑的爱憎分明的观点，如《黄鼠狼给鸡拜年》，是借黄鼠狼要吃鸡的习性，以此来象征那些“没安好心”的人。这类动物故事与一些以动物为主人公写的童话、寓言十分

① [苏]高尔基．童年[M]．刘辽逸，译．北京：人民文学出版社，1995.

相像。但童话更注重幻想和夸张的色彩，寓言则重在讽喻说理，而动物故事着重表现的是动物自身原有的特性，比童话要客观现实，比寓言更具有故事性和趣味性。

四、幼儿生活故事

幼儿生活故事是以现实的幼儿为主要人物，以写实手法反映幼儿在家庭、学校、社会各方面的生活与活动的故事。它是幼儿故事体裁中的一个大类，是幼儿故事中的主要形式。现在所说的幼儿故事，通常就是指幼儿生活故事。它在幼儿故事里虽然出现较晚，但数量最多，发展最快，影响也较大。这类故事由于直接反映幼儿现实生活，主人公常常就是幼儿，所以在幼儿看来，故事仿佛是在讲他们自己和身边发生的事情。这自然使幼儿产生一种真实感和亲切感，使故事具有一种天然的亲和力，如《六个孩子七个坑》《佳佳迟到了》《金花学说话》等。幼儿生活故事对幼儿产生的影响和所起的作用是其他幼儿文学样式难以比拟的，它在幼儿教育和幼儿文学中有着十分重要的地位，因此，本章后面两节有关幼儿故事的特征和创编，都主要是就幼儿生活故事来阐述的。

第三节　幼儿生活故事的特征①

幼儿生活故事除具有故事的一般特点以及幼儿文学一般的文体特点、美学特质之外，还具有自己特殊的艺术魅力和艺术特征，概括起来主要有以下几个方面。

一、有很强的现实针对性

在幼儿文学各种样式中，幼儿生活故事最贴近幼儿现实生活，是幼儿在家庭和幼儿园内外生活的真实写照，能够比较直接地引导幼儿对照自己的思想行为，认识和思考自己的生活。不少作品是作者撷取幼儿日常生活中的某些现象、片段和事例编织而成，有的甚至直接运用真人真事进行构思，这就和以虚拟、幻想的场景为主要内容，采用夸张、变形等艺术表现手法的童话有很大不同。此外，生活故事的创作动因和意图，又往往缘于幼儿成长过程中需要解决的问题，例如是与非、诚实与说谎、勇敢与莽撞、自私与大方，以及如何培养正确的思想与行为，养成高尚的品行与情操等。因此，较之童话和其他故事类型，幼儿生活故事的现实针对性就强得多，教育性也要明显得多。

例如胡莲娟的《第一名和最后一名》，作品先写在家里的生活景象：平时，峰峰总是由大人给他穿衣服穿袜子。星期天，爸爸和他比赛看谁先穿好衣服。峰峰一边嚷着“我准第一名”，一边抓起爸爸的眼镜塞到自己的小枕头底下。趁爸爸忙着找眼镜，他

---

① 本节内容主要参考了张美妮、巢扬．幼儿文学概论[M]．重庆：重庆出版社，1996.

连忙穿衣服。眼看爸爸不戴眼镜也穿得挺快，峰峰又抓起爸爸的袜子塞到自己屁股下面，还大声喊叫妈妈来帮他穿衣服。最后，妈妈把他穿反了的毛衣替他重穿，奶奶给他穿裤子，爷爷给他穿好袜子、鞋子，他才把眼镜和袜子还给爸爸，而且笑着叫嚷："我第一名！我第一名！"就是这样，峰峰在家里无论和大人比试什么，他都能得到"第一名"。可是到了幼儿园，峰峰无论是吃饭、穿衣，还是干其他事情，都比别人慢，比别人差，总是"最后一名"。这篇故事情节不多，但通过几个生活场景的描写，一个娇惯、任性、缺乏生活自理能力的娃娃形象已跃然而出。

当然，幼儿生活故事的现实针对性强，教育性明显，并非作者图解幼儿生活，在作品中说教，而是通过设计有趣的情节和刻画生动的人物形象来表现的。还要提及的是，幼儿生活故事也并非完全摒弃想象和幻想，如林玲的《新雨衣》和李其美的《鸟树》那样，也可以在故事中出现拟人化的人物和一些超乎现实的图景。当然，它们只能是整个故事的一个有机环节，不能喧宾夺主，因为生活故事毕竟不是童话。

二、情节单纯而又略有曲折

故事吸引读者，主要靠引人入胜的情节，这是它和以塑造人物性格为核心的小说的最大不同。由于幼儿的注意力容易分散和转移，平淡无味的故事情节很难把他们带进作品的情境中去，因此相对于成人故事，幼儿生活故事一方面要求线索单纯，层次分明，避免头绪纷繁；另一方面又要求有完整的和生动曲折的情节，有悬念，有波澜。这里重点说说悬念的设置和波澜的形成。

(一)设置悬念

所谓悬念，就是在情节发展的开头或是情节展开的过程中，设一个"疑问"或矛盾冲突，不断造成读者一种阅读期待和热烈关切的心情。幼儿好奇心很强，悬念的出现，会立即引起他们的注意和兴趣，就会沿着故事的情节跟寻下去，直至解开悬念。但幼儿的生活经验不多，又急于寻根究底，悬念不宜搁置太久，要使它始终系结在产生悬念的情节线索上才好。例如任霞苓的《一亮一暗的灯》，写的是几个孩子胆小怕黑的一桩趣事。开端是小晴一个人在家等爸爸妈妈回来，天黑了，她心里害怕，想到门口去等。这时却发现小阁楼里的灯一亮一暗的。"幼儿园的小火车，车头上有两盏灯，火车一开，两盏灯就一亮一暗。阁楼上的灯怎么也会一亮一暗呢？"这个悬念的设置，为情节的展开提供了条件，也引发小朋友听讲的兴趣，他们自然也和小晴一样，要"瞧瞧去"。可是小晴刚跨上楼梯，就听到一阵"悉悉沙沙——扑托"的声音，她觉得有个怪东西朝自己扑来，吓得转身就逃。到底是什么呢？悬念进一步加深，更让小朋友急于听下去了。这时，小晴喊来住在对门的兰兰，她俩走到楼梯跟前，又听到那"悉悉沙沙"的声音，而且"扑托"一声，小阁楼里的灯暗了。她俩吓得转身往外逃，又找来男孩虎娃。听小晴和兰兰说"那是个怪东西"，在楼梯上跨了三步的虎娃也害怕起来了。故事情节的发展一步步紧张，听故事的小朋友的好奇心也越来越强烈。最终三个孩子"并排儿，手拉着手”，嘴里数着楼梯级的数一步一步跨上楼梯。这时，悬念解开了：原来是小晴家的小花猫在桌子上玩电灯线。“它咬往电灯的拉线，‘扑托’，跳了一下，灯暗了；‘扑托’，再跳一下，灯又亮了。大家格格笑了起来”。故事到了结局，听讲的孩子也就恍然大悟，放下了紧张的心情。

(二)形成波澜

波澜，就是指情节有起有伏。一般来说，幼儿生活故事都比较短小，常常是一个故事一个悬念，悬念解开，故事也就结束。但也可以用几个悬念连缀成篇，一个悬念解开，一个悬念又产生，从而波澜不断，情节曲折生动。例如查洪燮的《会飞的鞋》，写的是小学一年级的一场皮球比赛：起先，一(1)班的中中带球飞快地冲向对方球门，一脚射去，一(2)班的守门员连忙扑过去接住，可场外的小观众都在喊：“进啦！球进啦!”明明把球扑住了，怎么说进了呢？这是一个悬念，但是悬念很快解开了，守门员低头一看，“抱在怀里的根本不是皮球，是一只球鞋!”原来中中踢球的同时，鞋子也飞出去了，这样就形成了第一个波澜。接着写两个班的小朋友争吵起来，一(2)班的喊：“赖球，赖球！这球不能算!”一(1)班的喊：“好球，好球！怎么不能算?”这个踢进的球到底算不算？这又是一个悬念。结果裁判员王老师“唰”地一下，向中中亮出一块黄牌：“球不算，中中没穿好鞋要批评!”这就形成第二个波澜。再接下去写一(1)班的小朋友都觉得挺奇怪，“中中的鞋怎么会飞的呀?”这是第三个悬念。这个悬念到最后才解开，原来中中不会系鞋带，这里就出现了第三个波澜。三个悬念，三个波澜，环环相扣，故事曲折而生动。

三、有浓郁的幼儿生活情趣

著名儿童文学作家陈伯吹说：“趣味是儿童故事的基础。”①同样是儿童文学作家的任大霖说：“一个好的幼儿生活故事，不仅要有鲜明的主题，生动的人物和情节，还应当有浓郁的儿童情趣，让小朋友听了(或读了)以后，发出亲切的笑声，感到愉快。”②

浓郁的幼儿生活情趣是生活故事赖以存在的基础，是它最本质的特征。例如皮朝晖的《改名记》，讲述一个名叫夏蓝的孩子缠住爸爸给他把名字改一改，因为小朋友把他叫成“烂嘴”。爸爸让他改叫夏洋，他说这会被叫成“洋鬼子”；让他叫夏飞，他又说会被叫作“大飞虫”；改成“夏芬”，他大叫：“只有胆小鬼才吓昏哩!”像夏蓝这样的孩子，生活中并不少见，他们彼此爱戏谑，又极较真，而且反应机敏，可以由某一字词的谐音引发许多笑话、趣话，让人觉得可气可笑。故事的后来，爸爸告诉夏蓝不用改名字，只要他今后少给别人起外号就行了。对爸爸这一语中的的批评，夏蓝先是嘟着

① 陈伯吹．儿童故事的趣味[C]．中国幼儿文学集成·理论卷．重庆：重庆出版社，1991：405.

② 任大霖．幼儿生活故事与儿童情趣[C]．中国幼儿文学集成·理论卷．重庆：重庆出版社，1991：437.

嘴，可又突然笑了，说出一句“爸爸真机灵”便跑了出去。作者就用这一句话，一个动作，把孩子对爸爸的话由不解、不满到顿悟，以及给自己找台阶下的情态表现得活灵活现。通篇语调似揶揄，似戏谑，让小朋友在笑声中有所启悟。

浓郁的生活情趣主要蕴藏在故事情节和对人物的描述里。那天真的思想、纯净的心灵、稚气的情感、朴拙的举止、风趣的语言，无不让幼儿感到兴味盎然。他们看到和听到了同龄小伙伴的身影、声音，亲昵感会油然而生，唤起他们愉快的经验，从而产生共鸣。例如任霞苓的《野猫真的来过了》，讲述妞妞、大力、二毛各自在地里种下一颗葵花籽。种子发芽了，他们高兴之余，又怕野猫会在夜里走来把小芽踏死。商量来商量去，终于决定在地里竖一块牌子，上面画上一只野猫。这样，野猫过来看见了这个画像，便会认为是自己的朋友种的向日葵，就不去伤害小芽了。后来，小芽长成高高的向日葵，牌子则变得很矮很矮，上面画的野猫也显得很小很小了。那么，野猫来过了吗？三位小朋友猜想，那是一定的。这篇作品所写，完全是学龄前儿童的思维和想象，其中妞妞他们种下葵花籽天天去浇水、盼望长出小芽的急切心情；种子发芽后，蹲下身子用指头碰碰、用鼻子闻闻香不香的欢喜劲儿；害怕野猫过来的担心焦虑和为防备野猫所作的种种筹划；以及对于野猫真的来过，看见了牌子，说：“噢，原来是自己朋友种的向日葵呀”，便很小心地绕了过去的天真的想象；三人抢着装野猫，喵喵叫着在地上乱爬的可掬稚态……这一切都是幼儿生活情景的艺术再现，透出动人的稚拙美。

第四节 幼儿生活故事的创作和改编

所谓幼儿生活故事的创作，是指从生活中选取素材，经过作者的艺术化处理，从而写成适合幼儿欣赏的故事作品。所谓幼儿生活故事的改编，是指将包含一些可为幼儿接受的内容的其他作品，根据幼儿文学的原则和规律进行加工、调整、简化、浅化等，使之成为新的幼儿生活故事作品。创作和改编之间并无明显的界限，改编也是一种创作。因此，本节内容是将二者归并阐述，统称为幼儿生活故事的创编。

一、创编幼儿生活故事的基本要求①

幼儿生活故事是故事的一个分支，在创作上必须具有故事创作的一般特点，如注重故事性、讲究情节的连贯性、以叙述为主的表现手法等。这里主要谈谈幼儿生活故事在创编上的一些特殊要求。

(一)题材新

这里有两个含义，一是扩大题材范围，写别人没写过的，人无我有；二是变换写

① 本小节内容主要参考了杨佳利、卜庆亮、周杏坤．幼儿文学教程[M]．郑州：郑州大学出版社，2008：221－223.

作角度，在别人写过题材的基础上，旧事新编。

幼儿生活故事大多直接取材于幼儿生活，表现亲情、友情这些传统主题的较多。作者驻足于长幼、师生、伙伴之间的挚爱与情谊等题材，使不少故事有似曾相识之感。但当今正值商品经济时代和社会转型时期，各种观念、思潮、新鲜事物不断涌现，不可避免会渗入、影响幼儿生活，这就大大拓宽了幼儿生活故事创作题材的领域。比如，《东东西西打电话》写家庭装电话给孩子带来的新鲜感；《放小鸟》涉及动物保护问题；《拉钩钩》揭示父母因打牌输钱而吵架的社会矛盾。又如表现两代人的关系这一题材，不少作品往往写得较为纯净、温馨。然而，生活里的孩子与成人并非时时都处于爱的和谐中，相互之间也会常常产生矛盾和争议。李约拿的《寄信》，写了一个孩子因为不敢向老师说出自己的意见而请妈妈代笔写信表达的故事。其实，文中的卫卫并没有什么过分的要求，他只是午睡时口干，想喝水；排练节目累了，希望坐一坐；还有吃饭不想吃得太饱，仅此而已。如果说，卫卫不敢说出这些愿望是由于胆小，可以理解，而妈妈因为孩子要向老师提意见却提心吊胆，一再提醒卫卫要设法使老师高兴的思想情绪却令人深思，从中可窥见生活中一些微妙的人际关系和不尽如人意的社会现象。当然，作者并未过多地展现那些不愉快的“真实”，故事结尾时老师紧紧搂住卫卫，笑着说“老师记住了，谢谢你”，这积极的立意给了幼儿正确的生活引导。

当然，别人写过的题材，并非就不能再写，旧干上也可发出新枝。例如同是《龟兔赛跑》的题材，可以这样写“乌龟和兔子的第二次赛跑”：兔子由于心有余悸，害怕失败，连乌龟伏在他背上也没有察觉，结果又让乌龟赢了比赛。也可以写“乌龟和兔子的第三次赛跑”，让乌龟凭借“经验主义”，轻视兔子，结果终于输掉了比赛。

(二)构思巧

这是指构思时要多向思维，务求独辟蹊径，标新立异，不落俗套，在“奇”“巧”上下功夫。例如瓦·奥谢叶娃的《三个伙伴》，按一般思路，魏佳丢了点心，三个伙伴分别会用语言表示关心，并分出自己的食物，以表现大家团结友爱。可是作者却让郭良和米沙用惋惜、叮嘱表现同情，而让沃罗佳用行动关心。这样对比式安排便明显丰富了故事内涵，发人深思，耐人寻味。

对于那些常见题材的写作，尤其应该讲究构思，力求令人耳目一新，避免落入窠臼，炒人家剩饭，令人索然寡味。例如，很多作品都写到母子情深，一般都是直接记叙和抒情，而任大霖的《小奇傻不傻》却用两件“傻”事表现；李想的《借生日》更是别出心裁，用把自己生日“借”给妈妈、让妈妈也记住生日来表达，角度巧妙，实属可贵。又如朱丽蓉的《爸爸不在家》。故事主人公是一个叫达达的孩子，爸爸出差去了，屋里静悄悄，他问：“爸爸不在家，我们怎么办?”妈妈回答是：“还有小达达呢，达达不也是个男子汉吗?”这话看似随意的玩笑，但正是这一睿智的引导，使小达达稚嫩的心田萌生出了做一个男子汉的自豪感和责任感：大灰狼来了怎么办?“我是男子汉，我去打”，继之而来的是满溢稚趣捍卫妈妈的行动：小汽车一辆接一辆紧紧顶住房门，小手枪一支连一支围住小床，哒哒响的冲锋枪架在了妈妈的枕头边……这些描摹充满盎然意趣，那坚决保卫妈妈的小小男子汉形象令人动容。

又如程逸汝的《猫围脖》。故事题材颇为习见，写的是孩子对生病的爷爷的关怀，但作者所编织的情节却显新奇。仅仅是标题，就能引发小朋友的好奇心：何为猫围脖？自然急于一探究竟。原来，雪夜寒冷，在室内独自做作业的晋晋感到脖子上像有冷风吹着，恰巧家里的波斯猫小白爬来，跳上他的肩头，那条又软又滑的粗尾巴围住了他的脖子，他刹时感到暖烘烘的。由此，他想到爷爷一个人住在一间小屋里，而且正患咳嗽。于是灵机一动，急忙把小白放到一个纸箱中，用小行李车拉着，冒雪给爷爷送去小猫。用自己的尾巴围绕住小主人的脖子，这是生活中的偶然，而作者却捕捉住这一不寻常的现象，并利用"猫围脖"这件奇异有趣的道具去编织情节，这样，司空见惯的题材便迸出了新奇的火花。

(三)谐趣浓

对幼儿来说，听故事可不是要主动接受思想、事理或教训，而主要是获得愉悦。因此，趣味是基础，创作生活故事应讲求谐趣，多一些戏谑和幽默。

谐趣来源于幼儿生活，来自孩子的天真妙语、稚拙动作。创作者稍加留意，描摹下来，可能就是极好的幽默文字，产生很好的效果。例如安伟邦的《圈儿圈儿圈儿》，故事取材于作者当小学教师时亲眼所见之事，一些孩子把不会听写的字画上"○"。演绎成故事后，老师让大成自己念出来，这就产生了一种幽默、讽刺的喜剧效果，增强了作品的吸引力和感染力。又如德国故事《一件好事》，讲一对小姐妹要做好事，不仅把自己的衣服送给穷人，而且连父母的新皮鞋、新衣服也一股脑地送掉了。爸爸问她们为什么这样做，姐姐却反问道："为什么穷人就该老穿旧的东西呢?"妹妹接着说："对呀，这样他们看上去就更穷了。"这些对话，出自幼童单纯幼稚的思考，却体现了对穷人平等相助的思想情操。爸爸只好深深地叹口气："我真想哭，也真想笑。"作者把孩子不知深浅，使人啼笑皆非的行动描摹得自然、真实，不只产生了幽默感，也深化了作品的内涵。

二、创编幼儿生活故事的几种方法

创编故事，需要解决的主要是两个问题："写什么"和"怎么写"，前者是言之有物，后者是言之成文。从这两个方面出发，以下提供几种创编幼儿生活故事的思路。

(一)因地制宜，顺理成章

指的是抓住生活中基本成型的故事来写。在多姿多彩的幼儿生活世界里，有一些日常小事本身就很有故事性。例如幼儿喜欢某个老师，动不动就是口头禅"××老师说的"，连父母的话都听不进去。这个老师说的每一句话，他都相信并且要去做一做，结果可能很多次做对了，但有时候却做错了。直到老师告诉他大人也有说错做错的时候，他才醒悟，不再机械模仿。又如孩子喜欢小动物，生怕它饿了冷了；可是新鲜了两天，便很快淡忘了，等到记起的时候，小动物也和他生疏了……这些小事基本成型，只要稍加提炼及合理改造，就是一篇有滋有味的生活故事。当然，这样的故事容易写得太实，变成一般的记叙文，甚至记成流水账，应选择好角度。

（二）一点因由，生发开去

所谓“一点”，就是常说的一个生活细节、一个生活片段。它可以是孩子的一个变化，也可以是一个特殊举动，如因刚表演完而饭前不舍得卸妆，平时不做事而某次做饭的时候来凑热闹帮倒忙……这些素材在生活中比比皆是。当然，仅这“一点”顶多是一个笑话，还不足以写成一个故事，但是我们如果继续留意，善于观察，想想“这一点”的前因后果，以点带面，或许就能构思、演绎出一则动人的生活故事来了，就像一粒谷种最后生发出串串稻穗。鲁迅在自述写作经验时说：“所写的事迹，大抵有一点见过或听到过的缘由，但决不全用这事实，只是采取一端，加以改造，或生发开去，到足以几乎完全发表我的意思为止。”①

（三）移花接木，综合虚构

这种方法要求运用逆向思维，和幼儿进行心理位置互换，在幼儿世界和成人世界里跳进跳出。每个人都有难忘的童年，只要创作者搜寻记忆的仓库，注重日常感受与体会，充分调动各种积累，一样能从自己的生活中找到写作的题材。例如，摸鱼捉蟹，养花种菜，做玩具玩游戏，独自走夜路，与伙伴的一场赌气……这种把带有自传色彩的故事附会到作品人物身上，再加上一些虚构成分，同样可以写出绘声绘色，获得幼儿共鸣的故事来。这种方法还可以把许多人身上的特点综合到一个人身上，创造出典型形象来，也正是鲁迅写人物的方法：“人物的模特儿也一样，没有专用过一个人，往往嘴在浙江，脸在北京，衣服在山西，是一个拼凑起来的脚色。”②

（四）写活人物，成就故事

要把幼儿生活故事写得生动活泼、引人入胜，不能只是叙述事件的过程，还要下功夫塑造人物形象，刻画人物性格。没有呼之欲出的人物，故事就会是干巴巴的，不可能打动听讲的幼儿。

写活人物，特别要重视行动描写和语言描写，并选取表现力强，能准确、逼真地突出性格特征的生活细节，成功刻画人物形象。例如杨福庆的《谁勇敢》，并没有对故事环境和人物的肖像、心理进行描写，在开篇之后，就是小松、小勇、钢钢和其他小伙伴的一连串的动态描述，尤其是小勇的勇敢行为，一连用了五个动作：回头一看，急忙跑回去，把钢钢拉到身后，抡起手中的小褂，拼命抽马蜂，构成了一组连贯跃动的画面，从而塑造了小勇这一勇敢者形象。

再看瓦·奥谢叶娃的《蓝色的树叶》：

卡佳有两支绿色的铅笔，可是莲娜一支也没有。莲娜向卡佳请求说：“给我一支绿色的铅笔吧。”

但是卡佳回答说：“我得问一问妈妈。”

---

①② 鲁迅．南腔北调集——我怎么做起小说来[M]．北京：人民文学出版社，2005．

第二天，两个小姑娘都到学校里去了。

莲娜问："妈妈同意了吗?"

卡佳停了一下才说："妈妈倒是同意了，可是我还没有问过哥哥呢。"

莲娜说："没关系，再问问哥哥吧。"

第三天卡佳来的时候，莲娜问道："怎么样，哥哥答应了吗?""哥哥倒是答应了，可是我怕你把铅笔弄断了。"莲娜说："我会小心些用的。"

卡佳说："小心些，不要削，不要太用劲儿使，不要放到嘴里去，不要用得太多啊!"

莲娜说："我只要把那图画纸上的树叶，画成绿颜色的就够了。"

"这可多啦!"卡佳说着，紧紧地皱着眉头，脸上还作出不乐意的样子来。

莲娜看了看她就走开了，也没有拿铅笔。

卡佳奇怪了，跑着去追她。

"喂，你怎么的了? 拿去用吧!"莲娜回答说："不要啦。"

上课的时候，老师问道："莲娜，为什么你的树叶是蓝色的呢?"

"我没有绿颜色的铅笔。"

"那你为什么不跟自己的同伴去借呢?"莲娜默默地不说一句话。

但是卡佳羞红了脸，像只大红虾似的，说道："我给她啦，可是她没拿去。"

老师看了看两个人说："要好好地给别人才肯接受呢!"

这个故事，以语言描写为主，通过两个小姑娘的对话，不仅可以看到她们不同的性格气质，还可以体味到她们的心理活动：卡佳小气、自私，她不情愿借出铅笔，却又不好直说，因而一再找托辞；当不得不借时，又接连向莲娜提了几个"不要……"，充分反映了她实在舍不得借的心态；而当莲娜不拿铅笔走开时，她意识到自己不对，因而又追上去要莲娜"拿去用"；最后老师问起莲娜的树叶为什么是蓝色的，卡佳虽然嘴头还硬，说自己已给莲娜了，脸却红得像一只大虾，说明她已为自己的行为感到害羞。莲娜是个文静内向的女孩，因为有求于人，她一再忍让，但她又自尊、倔强。当自尊心受到严重伤害时，她走开了，宁可让树叶涂成蓝色，也不要卡佳的铅笔。这篇不足五百字的故事，却把两个人物刻画得栩栩如生，很值得借鉴。

(五)及时成文，反复修改

幼儿生活故事创作时，一旦有了一个好题材或者好构思，就可及时捕捉"灵感"，动手作文，而不要企图等候一切完善的时候再来做。一个好作品并非一蹴而就，常常需要从成人和幼儿两个角度审视修改，反复打磨，一切都是为了符合幼儿的情趣和接受能力。我们应该像鲁迅先生那样："我做完之后，总要看两遍，自己觉得拗口的，就增删几个字，一定要它读得顺口。"①文学巨匠列夫·托尔斯泰曾经为创作那些用来编成启蒙课本的幼儿故事耗费了大量时间和精力，他说："每则幼儿故事我都加工、修改、润色多达十来次。"当然，修改并非永无限度，世上没有完美的作品，我们也要懂得适

① 鲁迅. 南腔北调集——我怎么做起小说来[M]. 北京：人民文学出版社，2005.

可而止。

文学创作是一种创造。为孩子们提供精美的精神食粮是每一个幼儿教师的愿望。我们应当相信自己，只要有扎实的幼儿故事知识，有做一个幼儿教师的责任感，有对幼儿心理和知识水平的了解，就一定会写出比较好的幼儿生活故事。李其美、胡莲娟、任霞苓、郑春华、谭小乔等一批有幼儿教师经历的儿童文学作家就是我们的榜样。

本章小结

通过本章学习，我们了解了幼儿故事的概念、发展、功能和分类，尤其是掌握了幼儿生活故事的基本特征，并对创编幼儿生活故事的基本要求和常用方法有了初步了解。实践出真知，我们更应注重平时对幼儿故事作品的阅读，提高自己的鉴赏能力，并尝试创编幼儿生活故事。

练习与实践

一、结合例子说一说，什么是幼儿故事？它与其他叙事体儿童文学有什么区别？它在幼儿教育中有什么作用？

二、以自己读过的一篇作品为例，简述幼儿生活故事的特征。

三、参考“作家作品链接”中部分作品导读，自选一则幼儿生活故事，写一篇200字左右的简评。

四、阅读柯岩的叙事诗《帽子的秘密》，将之改编成一则幼儿生活故事，600字左右。

五、阅读“作品作家链接”中的幼儿故事《听鱼说话》，然后以《听蚯蚓说话》为题，进行续写创作，600字左右。

作品作家链接

1. 谁勇敢

◇杨福庆

枣树上有个马蜂窝。小松指着马蜂窝说：“谁敢把它捅下来，就算谁勇敢！”

小松问小勇：“你敢吗？”

小勇摇摇头说：“别捅，别捅，马蜂蜇人可疼啦！”

小松指着小勇的鼻子说：“得啦，胆小鬼！看我的。”

小松找来一根长竹竿，使劲一捅。“啪！”马蜂窝掉下来了，马蜂一下子炸了窝！

小松丢下竹竿，捂着脑瓜就逃，大家也吓得跑开了。

钢钢年纪最小，跑得最慢，眼看马蜂扑过来，他“哇”的一声吓哭了。

小勇回头一看，急忙跑回去，把钢钢拉到身后，抡起手中的小褂，拼命抽马蜂。

马蜂赶跑了，小勇却被马蜂蜇了一下，半边脸肿起老高，疼得他直掉眼泪。

小勇哭了，可是大家都夸他最勇敢。

小松捅马蜂窝，谁也没说他勇敢。

（选自《幼儿教育》1986 年第 1 期）

作家简介

杨福庆，北京人，肄业于电大中文系，1959 年参加工作，历任北京朝阳区少年宫辅导员，中国少年儿童出版社文学室副编审等，1988 年加入中国作家协会。作品《一扇敞开的窗》获 1981 年《儿童文学》优秀作品奖，《甜丝丝的雪花》获 1982 年《红领巾》小小说征文一等奖，《你爹·我爹·他爹》(合作)获 1996 年全国少儿电视剧本征文三等奖。

作品导读

对英雄的崇拜是人从幼儿阶段就萌生的一种心理，而勇敢更是幼儿向往的一种美德。打针不怕疼，摔跤不哭，是孩子容易理解的勇敢。小朋友谁不希望做勇敢的孩子？看，这个故事的题目就叫《谁勇敢》，它一下子就把孩子们吸引住了。它也提出了一个引人深思的问题。

谁勇敢？比比看。小朋友是喜欢比的。这个故事用的正是对比的表现手法：有横的对比，纵的对比。对比是在两个小主人公小松和小勇之间进行的。先看语言：总共四句话，小松占了三句，句句显示自己勇敢，敢捅马蜂窝。小勇只有一句话，他不敢捅，还说马蜂蜇人疼，看上去确实是个胆小鬼。但结果呢，敢捅马蜂窝的小松在马蜂炸窝后狼狈而逃，不敢捅的小勇却在紧急关头保护钢钢而被马蜂蜇肿了脸，痛得哭了。两相对比，作品鲜明地划分出什么是莽撞，什么是真正的勇敢，现实针对性很强。而像小松那样既好强逞能、处处显示自己，惹祸之后又只顾自己、溜之大吉的孩子，在生活中并不少见。故事结尾大家对两个孩子的评判，巧妙地体现了作品的教育导向。

作者用短小的篇幅，简单而新奇的情节，抑扬交错的手法，将两个具有不同个性特征的孩子栩栩如生地勾画在我们面前，显示了这则幼儿故事的独特魅力。

2. 我是哥哥

◇任溶溶

你别看我小，我可是个哥哥。不管什么事情，妹妹都学我。

早晨我叠被，她也叠被。我扫地，她给我拿畚箕。

打针吃药她不哭，阿姨说她不错。妹妹回答说：“我都学我哥哥。”

这一天我上学，她缠着我讲故事。我一急，拉了她的小辫子。

我想想不对，回家对她说：“拉你的小辫子是我不好，不过我有事情的时候你可别缠我。”

妹妹转身就跑，去找比她小的小三子：“刚才我打你的头是我不好，不过你别扔小石子。”

妹妹样样学我，我万一做不好的事，她一定也跟我学。

到那时候人家批评了她，她就说："我哥哥就是那样的，我是学的我哥哥！"

作家简介

任溶溶，男，广东鹤山人，1923 年生于上海，著名儿童文学翻译家、作家。1945 年毕业于上海大学中国文学系。1949 年后历任上海少年儿童出版社编辑部副主任，上海译文出版社副总编辑。译著有《安徒生童话全集》《彼得·潘》《小飞人》等；著有童话集《"没头脑"和"不高兴"》、儿童诗集《小孩子懂大事情》等。获陈伯吹儿童文学奖杰出贡献奖、宋庆龄儿童文学奖特殊贡献奖、国际儿童读物联盟翻译奖等。

作品导读

爱模仿是幼儿的天性，小学大是孩子生活中的普遍现象。本文就叙写了一个小女孩跟哥哥有样学样的故事，并暗示小朋友要处处学好，为比自己更小的孩子树立好榜样。

这篇作品采用横式结构，把几个前后并无直接联系的场景或情节罗列在一起，没有贯穿始终的情节线索，但是所叙事例却不乏幼儿情趣。如妹妹打针吃药不哭的情景，缠哥哥讲故事、看到哥哥向她道歉就跑去向小三子道歉的经过，以及学做不好的事时受批评说的话，特别是"缠""拉""转身跑"等几个动作，符合幼儿好动的特点，朴素真实，很有童趣，是幼儿生活场景的再现。

事实说明，这种从不同侧面不同角度选择材料、共同表现主题的模式安排的故事，只要注意设置一两个来自幼儿生活的生动细节，同样具有故事性，同样能够吸引幼儿，并打动和感染他们。

3. 东东西西打电话

◇梅子涵

东东和西西同时从家里跑出来。东东是去找西西的，西西是去找东东的，他们在路上碰见了。

东东说："西西，我告诉你，我家装电话了。"

西西说："东东，我也告诉你，我家也装电话了。"

"我现在就给你打电话。"

"好！我也给你打电话。"

东东和西西跑回家，同时拿起了电话。

咳！忘记问电话号码了！他们就奔出来，又在路上碰到了，你问我，我问你，"你家的电话号码是多少?"然后，又记着号码往家里奔去。

东东念叨着西西的号码，按着电话钮，听见的是"嘟——嘟——嘟"的声音，没有听见西西问："喂，你是东东吗?"

西西也一样，听见的只是"嘟——嘟——嘟"的声音，没有听见东东问："喂，你是西西吗?"

他们打了好久，全是“嘟——嘟——嘟”。东东想：他家的电话怎么一直是嘟嘟嘟的？西西想：他家的电话怎么一直是嘟嘟嘟的？忽然，他们都明白了，这是忙音。

“西西在打给我，所以，我打过去要嘟嘟嘟了。”东东心里说。

“东东在打给我，所以，我打过去要嘟嘟嘟了。”西西心里说。

于是，他们又都聪明起来，谁也不先打了。东东想：让西西先打过来吧；西西想：让东东先打过来吧。他们就这样趴在桌子上等着……

作家简介

梅子涵，男，1949年生，安徽旌德人，儿童文学作家，上海师范大学教授，20世纪70年代末期开始发表文学作品。作为儿童文学家，他为儿童写了几十部书集，如《女儿的故事》《戴小桥和他的哥们儿》等；作为儿童文学的研究者，他写作、主编了多部理论著作，如《儿童小说叙事式论》等。

作品导读

这篇作品叙述了两个小朋友因家里新装了电话而产生的一个故事：以约定打电话开始，在等待之中结束，不仅从一个侧面反映出我国家庭生活的变化，更是刻画了两个幼稚、快乐、想急切感受新生活的孩子形象，散发着浓郁的生活气息，幼儿情趣盎然。

作品得益于运用“巧合法”“误会法”。围绕打电话这条线索，作者巧妙设置情节，把两个孩子的心理和行动同步安排，使之不谋而合，制造出一连串喜剧效果。故事在带给幼儿游戏般的轻松愉快的同时，也让他们品尝因家庭生活变化所带来的温馨与甜蜜。结尾用误会造成等待，形成一种期盼，既在意料之外，又在情理之中，让人回味无穷。

4. 小碗

◇方轶群

小朋友去洗手的时候，活动室里只有两个值日生在那里分小碗。

小朋友们把手洗干净了，都轻轻地走进活动室，在小桌子旁边坐好。阿姨端来一口大锅，里面盛着香喷喷的枣子糖粥。一闻到香味，就可以知道糖粥是很甜很甜的。

国强轻轻地问旁边的蓉蓉：“你喜欢吃糖粥吗？”

可是蓉蓉却低着头，噘着嘴，眼光盯着面前的小桌子上，挺不高兴的样子。她进幼儿园才几天，是小姑娘中间最小的一个。国强又问：“你为什么不高兴呀？”蓉蓉还是不响。可是国强马上看出来了：蓉蓉面前没有小碗，值日生分小碗的时候，把她给漏了。

国强想：“怎么办呢，去告诉孙老师吗？”

孙老师在屋子的那一头，她正好转过身子，跟别的小朋友谈话。

国强想：我做值日生的时候，一定不漏掉一个人，一个人也不漏掉。

他一声不响地把自己的小碗，推到蓉蓉面前。

可是蓉蓉又把小碗推回给国强。就这样，这只小碗就在桌上推来推去。

旁边的小朋友看见蓉蓉没有碗，也都把自己的小碗放在蓉蓉面前。蓉蓉面前一下子就放着5只小碗，孙老师走过来，看见12只小碗都放在蓉蓉面前，就问："这是怎么回事?"

国强说："老师，蓉蓉没有碗!"

两个值日生，一个从这边，一个从那边，都急急忙忙拿了小碗跑过来，把小碗放在蓉蓉面前。孙老师说：

"蓉蓉有碗了。小朋友拿回自己的碗吧。"

蓉蓉面前留下了两只小碗，一只边上画着绿色小方块，另一只边上画着红颜色的小花。

蓉蓉微微地笑了笑。她选了那只有小红花的小碗，把另一只推到小桌子的中间去。

孙老师在小碗里舀了糖粥，蓉蓉就高高兴兴地和小朋友们一起吃香喷喷、甜蜜蜜的枣子糖粥了。

作家简介

方轶群，1914年生，苏州人。1946年写作童话，在《新少年报》《现代儿童》《小朋友》等报刊发表作品。1949年进中华书局做编辑工作，后调入少年儿童出版社。1980年加入中国作家协会。主要作品有：故事集《桥的故事》，童话集《月亮婆婆》，科学童话集《小鸡住大楼》《谁谋害了小燕子》，诗歌集《我要发明》。幼儿文学作品《萝卜回来了》被译成多种外文，并获第二届全国少年儿童文艺创作评奖一等奖。

作品导读

这篇作品记述了幼儿园里发生的一件小事：因为值日生疏忽，蓉蓉没有吃粥的小碗。国强和其他小朋友纷纷把自己小碗给她，她又表现了谦让。故事采用了小中见大、平中见奇的方法，通过生动的心理描写和行动描写，展现了幼儿的天性纯真和小朋友之间的友爱。最后小朋友们所吃的那香喷喷、甜蜜蜜的糖粥，不也正是听赏这篇故事的幼儿们的精神食粮吗?

5. 圈儿圈儿圈儿

◇安伟邦

大成爱看书，可是不爱写字。老师教他写字，他说："我只要能念就行了。"

一天，上语文课，老师要大家听写，大成一听着慌了，他拿着笔，手有点发抖，只听老师念道：

"啄木鸟，嘴儿硬，张翅膀，捉小虫，大家叫他树医生。"

大成写不出来。他又听老师说："把不会写的字画个圈儿。"大成红着脸在纸上写道：

“〇木鸟，〇〇〇，张〇〇，〇小虫，大家叫它〇医生。”

他写完，交了上去。

第二天，老师请他把自己写的照样念一念。他只好念道：“圈儿木鸟，圈儿圈儿圈儿，张圈儿圈儿，圈儿小虫，大家叫它圈儿医生。”

念着念着，同学们哗地一声笑了。大成也很难为情。

老师说：“大成，你自己写的字，自己都看不懂。别人怎么能看得懂呢？”

大成想：“老师说得对呀！我应该好好学习写字。要是别人都把字画上圈儿，我到哪里找书看呢？”

（选自《小朋友》2002 年第 4 期）

作家简介

安伟邦，山东烟台人，1952 年高中毕业。历任北京按院胡同小学教师，北京教育局《教育通讯》编辑，北京槐树岭中学教师，中国少年儿童出版社《中国儿童》编辑，河北少年儿童出版社社长。1947 年开始发表作品，1984 年加入中国作家协会。著有低幼故事《书包》《4 比 0》《芳芳的手帕》，译著童话集《大盗贼》《动物岛冒险记》，小说《鼹鼠原野的小伙伴》等。低幼故事《圈儿圈儿圈儿》获全国第二届少年儿童文艺创作三等奖。

作品导读

这个故事的教育意义很明显，要让小朋友认识到写好字的重要性。这更是一个风趣幽默、充满儿童情趣的故事，非常适合幼儿追求快乐的天性。故事中大成念自己写的字，引出同学哗哗的笑声，也会逗得听这个故事的孩子们哈哈大笑。故事语言朴素自然，具有幽默感，不愧为一篇幼儿故事佳作。

6. 小奇傻不傻

◇任大霖

小奇是个聪明的孩子，功课也挺好，可是，有时候又有点傻乎乎的。

有一次，邻居阿婆送给小奇一块冰砖，嘱咐他：“快吃，孩子。”小奇把冰砖放在碗里，用小调羹尝了一口，啊，真好吃！这么好吃的东西，他舍不得吃掉，最好等妈妈回来，跟妈妈一起吃，你一口，我一口，多么开心！

小奇把冰砖放进柜里，坐在门口等妈妈。过了很久，妈妈才回来。小奇高兴地叫着：“妈妈，快吃冰砖，是邻居阿婆给我的。”他把冰砖拿来一看，愣住了。哪里还有什么冰砖！碗里只有小半碗牛奶哩！

妈妈过来一看，笑着说：“啊，冰砖早化了。傻孩子，你干吗不自己吃呢？”

小奇抓着头皮说：“我光想着跟妈妈一起吃，忘了冰砖会化的。”

有一次，妈妈快下班的时候，天下起雨来。小奇正跟小朋友打羽毛球，他赶紧放下球拍，说：“我给妈妈送雨伞去。”

小奇拿了一把伞，跑到公共汽车站那儿，等妈妈回来。等了一辆又一辆，妈妈还没回来。

风，大起来了。

雨，密起来了。

小奇动也不动，等着等着，每来一辆车，就睁大眼睛瞧着车门。

等到第七辆，车门开了，妈妈从车上跳了下来。

“妈妈！”小奇跳起来，高声叫着：“雨伞，给你！”

妈妈接过伞，高兴地笑了。她打起伞，拉过小奇来，说：“好孩子，快回家。”

这时，妈妈忽然发现小奇的头发和身上都有点湿，而雨伞却是干的。她奇怪地问：“刚才，你为什么不打伞？”

小奇说：“伞是给你的。”

妈妈说：“你不能打着伞等我？傻孩子！”

小奇又抓着头皮说：“我光想着给妈妈送伞，忘了自己被雨淋了。”

小朋友，你说小奇傻不傻呢？

（选自《中国当代幼儿故事精选》，农村读物出版社，2002年版）

作家简介

任大霖(1929—1995)，浙江萧山人。1947年考入浙江省立杭州师范，开始业余从事儿童文学创作。1953年调入上海少年儿童出版社工作，担任过编辑室主任和《少年文艺》主编等职。一生创作了几百万字的作品，出版了数十本儿童文学作品。《蟋蟀》获第二届全国少年儿童文学艺术奖一等奖；《儿童小说创作论》获全国优秀少儿图书奖和全国儿童文学理论奖。

作品导读

这个故事通过两件事表现主人公的品质：邻居阿婆给了一块冰砖，小奇舍不得吃，等妈妈回家一起吃，结果冰砖化了；下雨天，小奇带着伞去接妈妈，妈妈接到了，可小奇衣服湿了，他等妈妈的时候自己忘了打伞。每件小事都如闪光的珍珠，通过一个孩子的“傻”行为串联了起来。小朋友最后可以深切地感受到，小奇的“傻”其实是对妈妈的爱。

7. 金花学说话

◇马光复

妈妈问金花：“金花，你能把这个包给李阿姨送去吗？她住在10号红漆的大门。”金花说：“好的，我走啦！”就扭头走了。

金花顺着大街向前走，看到一个红漆大门，她向一个正从门里走出来的大哥哥喊：“喂，喂！我问你……”可是还没说完，那个大哥哥瞪她一眼，跑掉了。金花想：他怎么不理人呀！只好又向前走。

前面又有一个红漆大门，门口站着一位老爷爷，金花问：“喂，这里有个李阿姨吗?”老爷爷很不高兴地说:“没有!”就转身进门去了,金花委屈地想:“人家干嘛都不爱理我呀?”

这时,妈妈来找金花。金花哭着把刚才的事情告诉了妈妈,妈妈对她说:“你还没有学会说话呢,你应该叫人家大哥哥,老爷爷,怎么能对着人家喂、喂地喊呢?人家帮助了你,你应该谢谢人家,懂吗?”金花点点头。

这次,金花让妈妈跟在后面,看她做得对不对。她们又来到一个红漆大门前,正巧一位老奶奶走出来,金花上前问道:“老奶奶,有位李阿姨住在这里吗?”

老奶奶说:“有,我带你去。”金花说:“谢谢老奶奶。”老奶奶很高兴,夸她是个有礼貌的好孩子。

从李阿姨家出来,金花高兴地奔到妈妈身边说:“今天我学会说话啦!”

作家简介

马光复(1937—),河南巩县人。毕业于南开大学中文系,曾任北京市第55中学教师,团中央《辅导员》杂志编辑室主任,中国儿童中心出版部主任,北京儿童文学创作委员会副主任,1990年加入中国作家协会。著有科普童话集《蛤蟆王子奇遇记》《小蚂蚁和他的朋友们》,以及低幼文学《瓜瓜吃瓜》《雪花飘》等。长篇小说《手拉手》获团中央精神文明建设“五个一工程”奖、国家优秀少儿图书奖、冰心图书奖。

作品导读

这个故事在人物设置和情节安排上颇似《小马过河》。结构上采用传统的“三段式”,通过金花上门问话、金花请教妈妈、金花再上门问话这三个连串情景,尤其是前后两次问话的对照,生动展现了小姑娘懂事明理的过程。她的学说话并非牙牙学语,而是指学做人——她学到的是做人的礼貌和心智的成熟。作品艺术地塑造了金花这个淳朴而又聪明的幼童形象。

8. 三个伙伴

◇[俄罗斯]瓦·奥谢叶娃 ◎任溶溶 译

魏佳把点心丢了。上午休息的时候,小朋友们都去吃早点了,只有魏佳站在一旁。

郭良问她:“你怎么不吃呢?”

“我把点心丢了……”

“真糟糕!”郭良一边吃一大块白面包,一边说:“到吃午饭还有好长时间呢!”

米沙问:“你把点心丢在哪儿了?”

“我不知道。”魏佳小声地说,把脸转了过去。

米沙说:“你大概放在口袋里,不小心丢的。往后得放在书包里。”

可是沃罗佳什么也没有问,他走到魏佳跟前,把一块抹着奶油的面包掰成两半,拉着这个伙伴说:“你拿着吃吧。”

(选自《幼儿文学》,上海教育出版社1987年版)

作家简介

瓦·奥谢叶娃(1902—1969)，俄罗斯(苏联)儿童文学作家。出生于一个建筑师家庭，母亲创办有收容流浪儿童的劳动公社。奥谢叶娃曾就读基辅戏剧学院表演系，后从事教师工作十七年。她对儿童有深入的了解，也因此成为一位优秀的作家。出版《蓝色的树叶》等儿童文学作品多部，1952 年被授予国家文学奖。

作品导读

作品叙写儿童校园生活中的一件小事：一个同伴丢了点心，没有吃的，引来三个伙伴不同方式的关心。故事篇幅短小，情节单纯，内容浅显，却能让幼儿思考：什么是真正的伙伴？怎样才是真正关心同伴？

作品用对比方法结构故事和显现主题。面对魏佳的尴尬，前两个伙伴只限于口头关心，不解决问题，沃罗佳分面包的行为最切合实际。两相比较，怎样做才对，幼儿一琢磨就会明白。此外，白描手法写人简洁生动，个性鲜明。作品用对话和行动推动情节，没有一点儿说教，没有一点儿多余的枝节，行文非常简洁。所用语言多为名词动词，几乎没有形容词，十分朴实，而且一两个词就刻画出人物个性。如郭良边“吃”边“说”，魏佳“转”脸，沃罗佳“走”“掰”“拉”等，都给幼儿留下鲜明印象。

幼儿生活故事写到如此程度，可以说是炉火纯青。

9. 听鱼说话

◇[美国]海·格里费什 ○韦苇 译

琼儿的外公是个非常有趣的人。他爱钓鱼。

琼儿看外公把蚯蚓挂上钩钩，就说：“蚯蚓不疼吗？”

“我来问问它。”外公把蚯蚓拿到面前，对它说：“你挂在钩上，受得了吗？”

接着，外公把蚯蚓搁到耳朵边听了听，然后对外孙女说：“它说，没事儿，它说它最喜欢钓鱼了。”

琼儿不相信外公说的，非要自己亲耳听一听。她把蚯蚓放到耳朵边听了听，说：“蚯蚓什么也没说呀。”

“它跟你还不熟呢。蚯蚓的心思我知道，它是急着要下水去钓鱼了。”外公说着就把钓钩往前一抛，蚯蚓立刻沉到水里去了。不一会儿，外公钓上来一条鱼。接着，外公把钓钩给外孙女，让她也碰碰运气。

琼儿学着外公的样子，把钓钩抛进了水里。没多久，她也钓到了一条鱼，是一条小鱼。小鱼躺在岸边草地上，小嘴一张一张的。琼儿看着有些不忍心了。

“小鱼好像在说什么。”琼儿说。

“是的，鱼儿真的像是在说话哩。”外公说着，拿到耳边听了听，说：“小鱼说，拿我做汤，一定很鲜的。”

“我要自己来听。”琼儿说。

“你能听懂鱼话吗?”外公问。

“试试看吧。”琼儿说着，把鱼搁到耳边听了一下，说：“小鱼说‘我还小呢，放我回水里去吧！’”

外公又惊又喜，说：“你说的是真话吗?”

“一点儿不假。”琼儿说。

“那好，你就把它放回去吧。”外公说。

琼儿把小鱼轻轻放回了水里，看着它尾巴一摇一摇地游远了。

外公又把钓钩抛进了水里，又钓起鱼来。他边钓边说：“我还从来没见过，学听鱼话竟有像你学得这么快的。一学就会了。”

“下一回，我要学听蚯蚓说话，准也能一听就会。”琼儿说。

（选自“世界经典幽默儿童文学丛书”之《听鱼说话》，海燕出版社，2011年12月版）

作品导读

这是一篇充满了浓郁的幼儿情趣的故事，为孩子们谱写了一曲关爱动物、同情弱小的生命之歌。祖孙两人钓鱼，还一本正经地“听鱼说话”，可谓心有灵犀。作品写得既清新优雅，又风趣幽默，充满童真童趣。其中，琼儿对蚯蚓挂上鱼钩的担忧、对小鱼躺在地上的不忍心，无不流露出善良、质朴、纯真。她模仿外公言行，“听”小鱼声音，更是勾画出她的机灵与爱心。外公呢，和孙女一样可爱，乐观豁达，默契，善解人意。这一切都是那么让人心动！正因为如此，鱼儿才重新获得了生命。故事在看似简单的语言中却蕴含了深刻的生命哲理，深入浅出，让幼儿在听赏的体验中得到温馨的启示。

作者拓展了幼儿生活故事的创作领域，十分值得学习。

10. 外国趣味故事二则

绿色的史蒂文

从前，有个小男孩叫史蒂文，他一日三餐不吃别的，专门吃绿的果冻。即使妈妈做了鸡、鱼、蛋糕之类的好东西，他也丝毫不感兴趣，反而坚持要吃更多的绿果冻。妈妈又着急又没有办法，只好由着他的性子让他吃下去。

一天，当史蒂文走进洗澡间时，妈妈吃惊地喊起来：“史蒂文，快看看，你的身体怎么啦?”史蒂文走近镜子一看，惊呆了。原来，他从头到脚全都变成绿色了，就像一个绿色的大果冻。

史蒂文吓得哭了。妈妈急忙为他请来医生。医生经过询问和检查，决定采取饮食疗法。要求史蒂文每天必须吃一些像西红柿、鸡、鱼、肉、蛋、牛奶、土豆等食物，绝对禁止单吃绿果冻，也不允许只吃一种任何别的食物。

一个星期以后，史蒂文的颜色恢复了正常。从此，他再也不敢像以前那样只吃一种食品了。

小朋友，如果你不想和史蒂文过去那样，那就最好什么食物都吃一点儿。

猜迷藏

“妈妈，您猜猜我到哪儿去了?”查尔斯站在门口的台阶上问妈妈。妈妈说：“我看出来了，你的靴子上沾满了沙子，裤子上沾满土，你的夹克衫上还有水泥呢，你一定是去建筑工地了。”

几天以后，查尔斯又让妈妈猜他到哪儿去了。“这次呀，你一定是去树林了。看你头上的松针和手上的泥土。”妈妈又毫不费劲儿地猜了出来。查尔斯真不服气。

他决定好好地骗骗妈妈，让她猜不出来。他先偷偷地溜出房子，又返身按响了门铃，问：“妈妈，您猜猜这次我到哪儿去了?”

还没等他说完，妈妈就扑哧一声笑了：“小调皮，还用猜吗? 你刚刚从厨房出来，根本就没到别的地方去。还是你自己去照照镜子吧。”

镜子里的查尔斯，嘴边上沾满了奶油。

(选自《孩子们的天方夜谭——世界儿童趣味故事精选》，海洋出版社，1989年版)

作品导读

这是一组以“趣”见长的生活故事。

《绿色的史蒂文》在有意思的情节中给人以启迪，它反映了幼儿生活中比较普遍的一种现象——偏食。作品采用夸张变形的手法。史蒂文专吃绿果冻，使他从头到脚都变成了绿衣人，成了一个绿色大果冻，仅此一笔，就形成了一个大特写，让孩子自然而然地领悟到了偏食的危害，省却了通常妈妈那喋喋不休的大道理。

《猜迷藏》纯以童趣取胜，查尔斯一而再，再而三地要妈妈猜猜他上哪儿去了。妈妈也不厌其烦，而且每次都猜出了查尔斯的秘密。原因何在? 看完故事，你一定会因查尔斯那种天真稚拙而发出笑声。再到生活中找一找，你又不得不佩服作者捕捉生活情趣的敏锐眼光。

参考文献

[1] 张美妮，巢扬．幼儿文学概论[M]．重庆：重庆出版社，1996.

[2] 蒋风．幼儿文学教程[M]．南京：东南大学出版社，1999.

[3] 人民教育出版社中学语文室．幼儿文学[M]．北京：人民教育出版社，2005.

[4] 杨佳利，卜庆亮，周杏坤．幼儿文学教程[M]．郑州：郑州大学出版社，2008.

[5] 李莹，肖育林．学前儿童文学[M]．2版．上海：复旦大学出版社，2011.

第六章　幼儿图画书

导　言

图画书，又名绘本，与带插图的书有本质的区别，它是幼儿“人生的第一本书”，对幼儿的发展具有独特的价值。20世纪90年代图画书才逐步走进国人的视野，并以不可阻挡的势头迅猛发展。本章吸纳了近年来国内外图画书的研究成果，以经典幼儿图画书为例子，从概念、发展、分类、功能和特征的角度让学生对幼儿图画书有一个全面的了解，从鉴赏和讲述的角度提高学生对幼儿图画书的驾驭能力。

学习目标

理解幼儿图画书的概念，了解幼儿图画书的发展、分类和功能；掌握幼儿图画书的特征，并懂得如何鉴赏和讲述幼儿图画书。

第一节　幼儿图画书概说

一、幼儿图画书的概念

图画书作为一种重要的儿童文学样式，它在英文中叫“Picture Books”，在日本和我国台湾地区被称为“绘本”。有不少人常把它跟有插图的故事书混为一谈，其实它们两者之间最本质的区别就是图画在书中的作用。有插图的故事中的图画只是文字的附庸，它的存在是为了使儿童更好地理解文字、理解故事，而图画书中的图画则不同。

日本绘本之父松居直常用以下公式来描述绘本与一般有插图的书的区别：

文＋画＝带插图的书

文×画＝图画书

加拿大学者培利·诺德曼认为，一本图画书至少包括三种故事：文字讲述的故事、图画暗示的故事以及两者结合后产生的故事。

可见，图画在图画书中起着举足轻重的作用。图画书中的图画有叙述的功能，读者即使不看文字，也可以读懂绘本，享受绘本中的快乐。

那究竟什么是图画书呢？

我国著名图画书研究专家彭懿教授认为“图画书是用图画与文字共同叙述一个完整

的故事，是图文的合奏。说得抽象一点，它是透过图画与文字这两种媒介在两个不同的层面上交织、互动来讲述故事的一门艺术”。①而幼儿图画书是图画书中供幼儿阅读或成人与幼儿共读的一种幼儿文学样式。

二、幼儿图画书的发展

(一)世界幼儿图画书的发展

关于图画书的起源，目前研究界普遍认为，捷克教育家扬·阿姆司·夸美纽斯(1592－1670)于1658年出版的《世界绘图》是欧洲最早的带插图的儿童书。至今已三百多年了，此后很长一段时间图画书的发展极为缓慢。

18世纪，英国的出版商和儿童图书推广人约翰·牛博锐(1713—1767)创建了“圣经与太阳社”。这个出版社出版了大量插图优美、价格低廉的儿童读物。图画书的诞生，要归功于19世纪彩色印刷技术的发明和英国画家、出版家爱德蒙·埃文斯的开拓。他不仅仅致力于将彩色印刷提升到艺术品水准，还造就了三位图画书的先驱者。这三个人分别是图画书作者沃尔特·克雷恩、伦道夫·凯迪克、凯特·格林纳威。随后，女画家比阿特丽克斯·波特因为创作《兔子彼得的故事》系列而成为了欧美儿童最喜欢的图画书作家。1902年出版的《兔子彼得的故事》，这本小开本的图画书，是世界上公认的图文结合得最出色的第一本图画书，是一部里程碑之作，阿特丽克斯·波特也因此被认为是“现代图画书之母”。

由于两次世界大战的爆发，很多图画书作家从欧美流向美国，美国的图画书得到了飞速的发展，1928年从德国移居美国的旺达·盖格(1893—1964)创作出版了《一百万只猫》一举成名，这本图画书被出版界认为是美国第一本真正意义的图画书。除此之外，还涌现了许多著名的图画书作家，如创作了《玛德琳系列》的路德威格·比梅尔曼斯，创作了《逃家小兔》《月亮，晚安》的玛格莉特·怀兹·布朗，以及创作了《野兽国》《厨房之夜狂想曲》《在那遥远的地方》的莫里斯·桑达克等。第二次世界大战结束后，欧美图画书的发展日新月异，图画书迎来了它的黄金时代。

20世纪中期，欧美图画书被译介到日本，经过以松居直为代表的图书推广人和图画书作家的不断努力，日本图画书迅速发展起来，图画书出版很快走出了全部译介的阶段，出现了一大批优秀的本土图画书作者，图画书创作达到世界一流水平。其中赤宇未吉、安野光雅先后获得国际安徒生奖中的“图画书奖”。

(二)中国幼儿图画书的发展

在中国图画书的发展比西方晚了一百多年。20世纪20年代，郑振铎创办《儿童世界》杂志，十分重视美术视觉，在上面发表图画故事，其中有四十几篇文字故事出自他自己之手。这种与连环画相似的图画故事形式，一直延续在以后的儿童图画杂志中，

① 彭懿．图画书阅读与经典(缩印本)[M]．南昌：二十一世纪出版社，2006：10.

它与独立成册的图画书还是存在着区别的。赵景深在 1934 年写过一篇名为《儿童图画故事论》的文章，但是通篇只介绍故事，并未论及图画，这显示着在那个时代，即使像赵景深这样的儿童文学专家，对图画书概念的理解也是模糊的。

20 世纪 50 年代和 80 年代以来，图画故事书被大量出版，但是，这些作品中绝大多数的创作理念与本文论述的图画书概念尚有很大距离。

中国图画书的革命性转型，复演着中国儿童文学整体发展的轨迹，即受西方(包括日本)启蒙——理念先行——西方的图画书翻译开路——自己的原创跟上。发展中国的原创图画书，必须将这一特殊规律置于意识之中。

20 世纪八九十年代，受到欧美和日本图画书市场的影响，中国台湾地区的图画书创作也开始发展起来。台湾图画书的发展也是从译介优秀外国图画书开始的，其后由于出版社的推动和奖励机制的建立，台湾也出现了一批比较优秀的图画书作家，如方素珍、严淑女、张又然等。

1996 年出版的张美妮、巢扬著《幼儿文学概论》是较早与世界图画书理念接轨的著作。在幼儿文学概论式著作中，张美妮、巢扬并不是第一个将图画书列为专章来讨论的人，但是，巢扬所执笔的“图画故事”一章不仅借鉴西方的“真正的图画书”理念阐述问题，而且也有相当数量的世界经典图画书进入研究视野。尤为难能可贵的是，巢扬指出了“我国的图画故事的创作与欧美、日本的不同之处是文字和美术分离创作，这种方法不利于创作质量的提高”。

1997 年出版朱自强著的《儿童文学的本质》，在探讨幼儿的审美能力时，所选用的文本是一批世界级的经典图画书。

2001 年出版的《中国儿童文学五人谈》共展开了 12 个主题的讨论，其中第二个主题，就是继“关于经典”之后的“关于图画书”。日本有学者在评论这本书时，特别赞赏了“五人谈”重视、鼓吹图画书这一意识。朱自强教授认为图画故事书肯定是中国文学在 21 世纪一个非常大的生长点。

2006 年出版的彭懿编著的《图画书：阅读与经典》是一本重要而及时的著作。该书用精确的图画书知识和大量经典作品的介绍，开启了对图画书的认识处于懵懂状态的很多人的视野，对普及、推广图画书理念起到了重要作用。

2008 年 5 月，中国作家协会儿童文学委员会重视近年来我国图画书翻译、创作的新动向，以年会的形式在济南召开了“中国原创图画书发展论坛”。论坛上的专题讲演有《我国图画书的发展历史》(周翔)、《我所理解的绘本》(曹文轩)、《图画书图画的隐喻功能》(朱自强)、《谈原创图画书的艺术可能》(方卫平)、《作家的语言，画家的语言》(彭懿)、《去西方化》(熊磊)、《绘本时代的文字作者》(萧袤)。可以说，这次论坛是中国前所未有的对图画书艺术规律的深度研讨。

2008 年 7 月，丰子恺儿童图画书奖筹备委员会主办“儿童图画书国际论坛暨第一届丰子恺儿童图画书奖发布会”在香港召开。丰子恺的女儿丰一吟女士以及来自美国、中国两岸三地的近 20 位图画书作家和研究者应邀出席会议。会议最为重要的信息是陈一心家族基金会发起及成立“丰子恺儿童图画书奖筹备委员会”，设立儿童图画书奖，鼓励作家、画家和出版社创作、出版优质的华文原创儿童图画书。这一奖项的运作将对华文原创图画书的进步产生推动作用。

在推动中国图画书观念演进的过程中，西方图画书的引进和翻译发挥着感性启蒙的重要作用。可以说，近年来西方图画书的翻译、引进已经形成了一浪接一浪的浪潮，与图画书的理论研究相比，翻译进来的优秀图画书对中国的原创图画书作者具有更为直接、深入的影响。

和英出版社2005年出版熊亮撰文绘图的《小石狮》，值得关注的是，它是由中国台湾地区的出版社出版的，从台湾的出版社近年已经建立起与世界经典图画书接轨的、具有相当水准的图画书艺术标准这一点来看，优秀的图画书作品《小石狮》在和英出版社的出版，是大陆原创图画书在艺术性上的一次突破和提升。《东方娃娃》于2005年以绘本版形式推出了张秋生撰文、俞理绘图的《鸟窝》，2008年以绘本版形式出版了根据民间故事改编、黄缨绘图的《漏》。二十一世纪出版社2006年推出周翔撰文绘图的《荷花镇的早市》，2007年出版西顿原作、朱成梁编绘的《火焰》。明天出版社2008年出版了余丽琼撰文、朱成梁绘图的《团圆》，萧袤撰文、周一清绘图的《驿马》，周翔编自北方童谣并绘图的《一园青菜成了精》，心怡改编、蔡皋绘图的《宝儿》。

随着中国经济的发展和人民生活水平的提高，人们对于幼儿教育越来越关注，而中国的图画书也将会有更大的发展。

三、幼儿图画书的分类

近些年来，图画书作为一种特殊的文学种类受到越来越多人的重视。随着图画书的创作和出版的增多，人们也开始对图画书进行较为详细的分类。根据文字的有无，可以分为无字图画书和有字图画书。

(一)无字图画书

无字图画书是最能表现图画书功能的图画书，无疑可以被列入尤里·舒尔维兹所说的“真正的图画书”之列。一般来说，故事的存在往往是无字图画书创作的基础，所以，无字图画书有故意舍弃文字语言的倾向。要明确的是，没有文字语言并不等于无字图画书没有“语言”，它通过省略文字语言，最大程度地发挥图画所拥有的“语言”的表现力。贝尼·蒙特索尔说：“对我而言，图画书就是通过形象来讲述内容的书……用图来叙述的故事拥有它自身的语言，那就是视觉语言。”这句话用在无字图画书的创作上更为恰当。

明天出版社在2003年出版了世界著名插画大师莫妮克·弗里克斯的一套以小老鼠为主角的无字图画书，分别是《颜色》《字母》《大风》《反正》《房子》《小船》《飞机》《数字》《字母》。例如《颜色》一书，莫妮克教孩子们认识了三原色，并且学会了怎样利用三原色来创造出其他的颜色。而书中的那只好奇又顽皮的小老鼠，难道不是孩子们自身的写照吗？他们喜欢尝试，充满好奇心，喜欢探索未知的世界。他们往往会把父母辛苦布置得整洁干净的环境搞得面目全非，其实这并非是他们的本意。莫妮克不愧是懂得孩子们的心理，又将其传神表达的大师。

无字图画书中也有不讲故事的作品。安野光雅的《奇异的画》就是一例，它并不讲述故事，只是利用二次元世界的错觉，使图画阅读充满惊异和乐趣。

(二)有字图画书

顾名思义，有字图画书就是既有文字，又有图画，形成一个不可分割的整体。它们相互配合补充来讲述故事的图画书。这类图画书占图画书的绝大部分。如果细分这类图画书还可分为以下两类。

1. 以图为主，只配有少量文字，用来提示故事发展的脉络。如佩特·哈群斯的《母鸡萝丝去散步》。如果只看文字也许你会觉得是一个平淡无奇的故事，甚至会感到情节都连贯不起来。但如果你与画面一起欣赏，就会使你笑得前仰后倒。作者巧妙的构思主要落在画面上：一只悠然自得地在散步的母鸡，身后一直有一只凶狠馋嘴的狐狸。每当它张牙舞爪想对母鸡下手时，它都落得一个可悲的下场：不是被钉耙砸在头上，就是一头栽进池塘，或被埋在面粉堆里，或被蜜蜂追得抱头鼠窜……文字只写了母鸡的行动，一次都没提到这只狐狸，但读者每时每刻都感觉到它的存在，并因它而发出笑声。这就是文字与图画结合而发出的魅力。

2. 图文并茂，文字比较丰富。如英国作家兼画家比阿特丽克斯·波特的《彼得兔的故事》，这套图画书故事情节虽然简单，但也起伏跌宕，故事叙述中有不少的细节描述，且语言略带俏皮幽默，更令读者着迷的是作品的图画，其表现力和叙事能力丝毫不逊色于文字，作品显示出作者高超的文字运用能力和卓越的艺术才华。

四、幼儿图画书独特的功能

图画书具有多种多样的功能。它像其他的儿童文学文种一样，具有帮助儿童成长，发展儿童的语言、思维、情感以及想象力等作用。同时，它还具有自己的独特功能。

(一)培养良好的“图像”读者

图画是图画书的重要元素，一方面它是激活幼儿语言潜能的良好媒介，是幼儿通向语言世界的桥梁；另一方面图画本身也需要阅读，所以图画书也在培养着幼儿的图像阅读能力。

幼儿的阅读是从图画的图像开始的。对幼儿来说，图像没有文字语言的障碍，但是真正要读懂那些图画，也是要经过学习，不断获得经验的积累才能够做到的。

如果一个人年幼时期没有阅读图画书，就会成为台湾图画书作家郝广才先生所批评的“图盲”。所谓图盲就是没有能力阅读图画，不能了解、欣赏创作者画这幅图的用意以及图画的美好。

良好的图像读者是不能依靠影视图像来培养的。与图画书有引申意味的深度图像阅读相比，影视图像的阅读是平面化的没有深度的阅读。

学会阅读图画书的图画的读者，会对影视作品的图像具有一种判断力。他们会很喜欢地去阅读(观看)影视作品的图像，但是他们不会依赖、沉迷于影视的图像，因为他们知道还有另一种充满魅力、富有魔力的图像——图画书的图画，而且他们还会体验到了文字语言所构筑的文学世界的奇妙。对这样的读者，我们似乎可以少一点担心，担心他们因为沉迷于电视图像而造成的语言能力、思维能力、判断力和想象力的退化。

(二)给幼儿以身体阅读的乐趣

图画书不仅需要用眼睛进行身体阅读，而且有些给幼儿的书，还要运用身体的其他器官来进行阅读。例如《拍拍小兔子》里小兔子的绒毛、花朵的香味、小镜子、爸爸粗糙的胡须、书、戒指，都是可以用身体器官去抚摸、嗅闻、翻动、佩戴的。又如艾瑞·卡尔的《安静的蟋蟀》翻读到故事的最后，你会听到田野里的蟋蟀发出的悦耳鸣叫。有些立体的图画书，需要用手去劳作，才能形成阅读。比如，艾瑞·卡尔的《好饿的毛毛虫》是利用剪切、挖洞设置"机关"的图画书，这一方法十分有效地表现了好饿的毛毛虫咬穿食物的习性。唐肯·伯明罕的《M是镜子的第一个字母》在每一幅图画里都隐藏了另一幅图画，要找到它，读者需要利用附在书中的长条镜子，把镜子摆在正确的位置上。

图画书的这种身体参与的阅读，对于儿童成长具有特殊的、重大的意义。这种阅读向儿童暗示着，身体的行动能够使一个新的世界向自己敞开。

(三)搭建心灵沟通的桥梁

日本绘本之父松居直在《幸福的种子》中谈道："图画书的内容可以不断激发对话。在对话中进行心灵沟通，正是让幼儿接触图画书的最重要的目的。换句话说，以图画书为媒介，帮助大人与幼儿心灵相通，才是给幼儿看图画书的意义所在，所以图画书可以说是大人与幼儿进行心灵沟通的场所。"①可见，图画书能激发读者间的对话，让他们在互动中进行交流。

例如《逃家小兔》，作品通过小兔与兔妈妈的对话展现了母爱的伟大，很多幼儿都曾在游戏中幻想过像小兔子一样离开家，用这种方式来考验妈妈对自己的爱，当小兔子突然对兔妈妈宣布"我要跑了！"兔妈妈机智地回答"你跑吧，我来追你！因为你是我的小宝贝呀！"……幼儿也会情不自禁地流露这样的情绪，如果我像小兔一样跑了，你会怎样呢？母爱是相通的，当幼儿偎依在母亲的怀抱中，聆听着《逃家小兔》，也会获得一种安详宁静的愉快、一种妙不可言的安全感。

由于图画书是一种能与读者对话互动、能使读者间沟通交流的书，所以在图画书的阅读上，最能够看出儿童读者对文学的积极的、能动的创造性反应。

第二节　幼儿图画书的特征

幼儿图画书隶属于图画书，它具有一般图画书的特征，但它又是幼儿的图画书，

---

① [日]松居直．幸福的种子[M]．刘涤昭，译．济南：明天出版社，2007：13.

从内容到形式都要考虑到幼儿的心理接受特点和教育上的要求，因此幼儿图画书又有它独具的特点。我们可以从共同性和独特性两个层面来理解它的特点。

一、图画书的特征

幼儿图画书是图画书，它具有图画书的共同特征。除了无字的图画书，图画书都有图画和文字语言，但是这两种媒介搭配在一起后的艺术效果和阅读感觉实在是千差万别。下面我们从图文关系、图画和文字三方面探讨幼儿图画书的特征。

（一）图文关系

朱自强教授在《亲近图画书》中介绍了日本图画书研究者在图文关系上的三个观点，在这里转介如下。

鸟越信归纳出图文关系的三种类型：文章先导型、绘画先导型、同时进行型。他指出："以现在的大多数人的想法来看，同时进行型才是理想的图画书创作方式。事实上，文图都是一个人完成的图画书作家和固定成一个不变搭档的作家、画家创作的图画书产生了很多优秀之作。"鸟越信所说的这种情况，在日本是有事实来证明的。日本的三个国际级图画书作家五味太郎、安野光雅、长新太都是一个人创作文图的作家（安野光雅、长新太有时也会和特定的文字作者搭档）。固定的创作搭档有创作《古利和古拉》系列的中川李枝子（文）、大村百合子（图），创作《可爱的鼠小弟》系列的中江嘉男（文）、上野纪子（图）。

笹本纯的观点与鸟越信相似："图画书所包含的图和文字语言的关系分成两种类型。一种是先有故事和其他语言的表现，之后用图将文字语言表现的内容如在眼前一样地画出来。另一种是最初就将图和语言作为同等表现手段来运用，以表现特定的内容，而不是将图附加在既成的语言表现上。"笹本纯也指出了还存在着图画先行，然后在图画上附上文字语言这一类型，不过，笹本纯认为，这样的作品往往变成了画集，无法完成图画书的艺术表现。

松居直用乘法关系的数学算式说明图画书的图文关系的观点，他说："把图画只是作为对文章的补充和说明，或是为了加上图画让孩子看了高兴，这类的书，都不能称之为图画书。什么叫图画书？图画书是文章说话，图画也说话，文章和图画用不同的方法都在说话，来表现同一个主题。""假如用数学式来写图画书表现特征的话，那么可以这样写：文＋画＝有插画的书，文×画＝图画书。"他的这一独特而精炼的阐释，揭示了"真正的图画书"图文关系的普遍规律。①

（二）图画的特征

1. 图画的叙述性

图画书用图画来讲述故事。图画的叙述功能要得以实现，就要使图画之间产生接

① 朱自强．亲近图画书[M]．济南：明天出版社，2011：15－25.

续性。接续性的产生一方面需要语言来帮助铺路；另一方面在画面与画面之间也要有设置。一般来说，这样的设置大体有两种情形：一是这两幅画同处于一个翻开的页面；二是需要翻页才能看到下一个画面。

竹内雄寒在《图画书的表现》一书中，归纳出连接前后的图的四种方式：类似“事物”的照应、类似“色彩”的照应、类似“事件”的照应、类似“情绪”的照应。竹内认为，要形成前后画面的接续，“只要包含横跨两面页的相似的‘事物’，或者相似的‘色彩’‘事件’‘情绪’这些信息就可以了。有了这些照应，读者就会感受到画面是接续的。”①

比如，《打瞌睡的房子》(见图 6-1、图 6-2、图 6-3)，作品的图画以“类似‘事物’的照应”的方式连接，作品的第二张图画让图画书中即将出现的人和动物——老奶奶、小男孩、小狗、小猫、小老鼠、跳蚤——全部登场，但他们要不就是侧着身，要不就是背向读者，给读者一种悬念。第三张图画：老奶奶转过身来，她睡在床上；小男孩站起，向床的方向走去。第四张图画：小男孩睡在老奶奶身上，小狗伸着懒腰……

图 6-1

图 6-2

图 6-3

2. 图画的动作性

图画书的图画其实与卡通电影、卡通书的同属一族，它们最大的相同点是动作性。图画书的图要能够讲述。讲述什么？以故事为主线。什么样的图最能讲述故事？是表现动作的图。台湾图画书作家、研究者郝广才就认为，“我们要用图说故事，图就要能传达够多的讯息，让读者在我们的安排下，把讯息组织起来，构成完整的故事。图要画什么才能明显地传达讯息？动作。人的目光容易被什么吸引？就是在动的东西”。②很多图画书的图画通过线条或人物的动作、表情等来体现动作性，也有一些图画书的图画通过运镜制造更多的动感。

比如，《疯狂的星期二》(见图 6-4、图 6-5)作者运用许多电影的语言，不断变换镜头的角度，时而拉近，时而拉远，时而俯瞰，时而仰视……让读者的视觉也随之起伏变化，增强阅读的趣味。

---

① [日]竹内雄寒．图画书的表现(日文版)[M]．东京：久山社，2002：67—68，80—82.

② 郝广才．好绘本如何好[M]．南昌：二十一世纪出版社，2006：68.

图 6-4

图 6-5

3. 图画的视觉效果

图画书是一种视觉艺术，作为视觉艺术，图画书中的图画的色彩是一种丰富的语言。优秀的图画书作家总是精心选择图画所使用的色彩，以表现自己想诉说的东西。

比如，《逃家小兔》(见图 6-6、图 6-7)的图画是通过两张黑白的钢笔画和一张合二为一的全景彩色画不断穿插组成的，这种黑白与彩色的穿插不仅一次又一次把故事推向高潮，而且通过视觉，把孩子们的想象力拓展到了一个无限的空间。

图 6-6

图 6-7

同时，图画书也会在媒材方面增强视觉效果。杰克・季兹的《下雪天》是获 1963 年凯迪克图画书大奖的作品。这本书采用拼贴画和油画组合的手法，在鲜艳的色彩中，生动地表现了雪中嬉戏的男孩的惊奇和喜悦。蓝天、白雪、红色的斗篷、褐色的皮肤，这些鲜明的配色给读者以愉悦的审美感受。

(三)文字的特征

1. 连接性

日本学者竹内雄寒曾经做过一个实验，将五个本没有关联的图加上说明文字，结果就成了一个有模有样的图画故事。他用这个实验证明："将图画书画面与画面连接起来的最有黏结力的黏结剂是语言。"①

有些图画书，假如没有文字语言，画面就似乎连接不起来。比如，李欧・李奥尼

① [日]竹内雄寒．图画书的表现(日文版)[M]．东京：久山社，2002：67—68，80—82.

的《小蓝和小黄》(见图 6-8、图 6-9、图 6-10、图 6-11)，如果没有文字，给人的感觉就是一群五颜六色的色块在 30 多页白纸上滚来滚去，既抽象又晦涩。看了作品的文字，不仅拍案叫绝，这是一个温馨的故事，这是一个关于友情的故事。作品的文字是这样的，“这是小蓝”“小蓝家里，还有蓝爸爸和蓝妈妈”“小蓝有好多朋友”“可是他最好的朋友是小黄”……

图 6-8

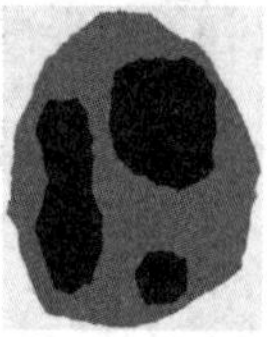

图 6-9

图 6-10

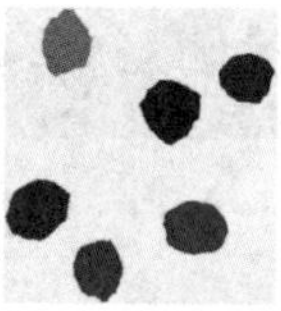

图 6-11

2. 简洁性

松居直曾说，图画只是对文章进行补充和说明的书，不能称为图画书。其实，也可以反过来说，文字语言只是对图画进行补充和说明的书，也不能称为图画书。

图画书的文字语言应该尽量避免对图画内容的重复，尽管适当的重复也是需要。由于不想重复的缘故，改编的文字故事和专为图画书创作的文字故事，其语言都有被少量化的普遍规律。少量化就是省略掉图画所能表达的那部分内容。不仅文字语言的整体内容被省略，而且句子里的内容也会被省略，所以，一般来说，图画书的句子比较简短。

图 6-12

比如，图画书《不，大卫！》(见图 6-12)几乎通篇都充斥这种类似的语句“不可以，大卫”。第一张图画写着“大卫，不可以”，如果是纯文字的语言故事，恐怕就要写，妈妈看到大卫站在椅子上，踮起脚尖，努力地伸长手，想勾住橱柜里的瓷小熊，连忙厉声喝道：“大卫，不可以。”

3. 拓展性

文字语言在图画书中发挥着重要的作用。它一方面表现图画难以表现的内容，如时间、对话、惊叹词、拟声词、心理描写等。《我的爸爸叫焦尼》(见图 6-13)是一个令人心酸的故事。小男孩狄姆的父母离异，他和妈妈住在一起。这一天，爸爸从另一个城市来看他，并且可以和他度过一天的时光。爸爸带狄姆做了很多狄姆喜欢的事情。买热狗时，狄姆对热狗店的阿姨说：“这是我爸爸，他叫焦尼。”去看动画片时，狄姆告诉检票的伯伯：“这是我爸爸，他叫焦尼。”……狄姆说的这些话，图画无法表示。这些话的背后，是一个男孩对父爱的强烈渴望和有爸爸陪伴的巨大喜悦。狄姆与爸爸临别前心里想：“现在几点了呢？要是时间能停下来就好了。火车要是不开就好了。”这种心理活动是非用文字来表现不可的。

图 6-13

另一方面也拓宽了图画的内涵。例如《古利和古拉》的第一页，画的是两只小老鼠提着篮子走在树林中，而文字是："田鼠古利和古拉提着大篮子，往林子深处走去。'我们的名字叫古利叫古拉，在这世界上最最喜欢啥？做好吃的，吃好吃的，古利，古拉，古利古拉。'"很显然，古利和古拉很高兴，所以一边走一边唱着歌。古利和古拉所唱歌曲的内容，无法通过画面表现。可这一内容很重要，它不仅仅是对图画的补充和说明，而是对故事内涵的拓宽。歌词"最最喜欢""吃好吃的"这是田鼠也是幼儿的天性，而"最最喜欢""做好吃的"就不仅是天性，还有文化在其中。故事发展到后来，古利和古拉为做好吃的而想办法、克服困难，与其他的动物分享好吃的行为，从"吃"的自然属性层面，上升到了社会、文化的层面。这些丰富的内涵充分蕴含在歌曲的内容中。

二、幼儿图画书的特征

幼儿图画书是幼儿的图画书，它具有一般图画书没有的独特性。

（一）形式的多样

3～6岁的孩子借助形状、颜色、大小、声音来直接认知，他们靠观察和探究来推进图画书的阅读，不断构成系统的心理机制，所以幼儿图画书的形式多样。有目前比较流行的是16开（杂志型）的开本，看起来比较美观大方，使消费者觉得物有所值的图画书；也有小开本适合幼儿双手紧握的图画书，如英国比阿特丽克斯·波特创作的《彼得兔的故事》；还有不同质地、形状的书，如布艺的"撕不坏"书，互动的手偶书，配置了发音玩具以增强趣味的书……另外还有手工立体图画书，如在美国有"立体书大王"之誉的罗布特·萨布达设计的《爱丽丝漫游奇境记》的立体书、英国普莱格尔制作的《找朋友》系列立体书，可谓惟妙惟肖，巧夺天工。

（二）童趣盎然

康长运在《幼儿图画故事书阅读过程研究》一书中指出幼儿选择一本书，往往是由于其"好玩""有趣"。西方图画书善于发动读者想象来完成一次幽默体验。例如，《母鸡萝丝去散步》（佩特·哈群斯）的叙述重点是隐藏在文字背后的事实，几乎所有的评论者都注意到由14个画面、32个单词、7次陷阱组成的文本与画面间的想象空间，文本是母鸡萝丝饭前散步的云淡风轻，画面是狐狸追踪猎物的惊心动魄。相对而言，日本幼儿绘本更多从幼儿生活场景中收获意外的惊喜。譬如角野荣子、佐佐木洋子合作的《淘气宝宝》系列绘本，其中的主题如"猪爸爸的屁""小鼹鼠尿尿""小象的大便""小猫的嗝"……均是这个年龄段的孩子比较感兴趣的话题。

第三节 幼儿图画书的鉴赏

一、独特的阅读方式

图画书的研究者认为幼儿图画书的阅读是从封面开始的，环衬、扉页和封底也是不容错过的必读环节。

（一）封面

佩里·诺德曼在《儿童文学的乐趣》一书中认为："封面是影响读者期待的最重要因素。封面或护封上的图画通常涵盖了故事中最关键的要素。"①封面的图画往往会使读者产生悬念，激发读者阅读的兴趣。例如，大卫·麦基的《花格子大象艾玛》（见图 6-14）的封面上是一只花格子大象。生活中的大象不都是灰色的吗？怎么会有彩色的大象呢？这只彩色的大象犹如一块磁铁，一下子抓住幼儿的好奇心。

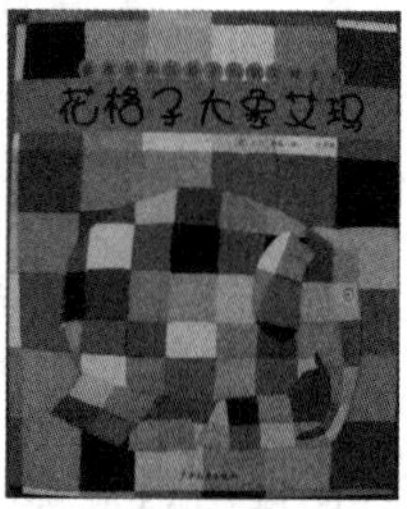

图 6-14

多数图画书的封面都是取自于正文里的一幅图画，但也有的是书中并未出现过的场景。像这样的封面，需要读完整本书后回过头来再看一遍。例如，约翰·伯宁罕的《外公》，日文版的封面上一个小女孩紧紧地偎依在外公身后，两个人驾着一辆车子顺坡而下，后面还有一条狗紧追不舍。这是一个书中并没有出现过的场景，但读完这个让人泪水沾衣的故事之后，谁都会想象得出这是外公生前与女孩游戏的一个场面了。像这样的封面，需要你读完整本书后回过头来再看一遍。

（二）环衬

环衬是一本图画书里最容易被漏看的一页，图画书的环衬绝对不是多余的，它与正文的故事息息相关。前后环衬遥相呼应，有时还会提升主题，甚至说出故事之外的另外一个结尾。

许多图画书的环衬虽然仅仅是白纸或是色纸，但都是大有讲究的，它们的颜色往往与讲述的故事十分吻合，是经过精心挑选的。例如《苏菲生气了》的环衬是红色，它象征着愤怒的情绪，因为故事的主人翁一生气，就像一座快要喷发的火山。

环衬印上图案的图画书也不在少数，而它们起的不仅仅是装饰作用。阅读时别放过它们，也许看完全书就会恍然大悟。例如，《我妈妈》（见图 6-15）的环衬则是"我妈妈"身上那件缀满五颜六色小花的睡衣的一个小小的局部。

偶尔，画家还会在环衬上与孩子们开一个小小的玩笑，考考孩子的眼力。例如，《小房子》（见图 6-16）的环衬上，就埋伏了一个小人——小房子伫立在山丘上，它面前

① [加]佩里·诺德曼，梅维丝·雷默．儿童文学的乐趣[M]．陈中美，译．上海：少年儿童出版社，2008：458.

不断掠过的是象征时代变迁的交通工具。先是骑马的人，然后是马车、独轮车、自行车、汽车、有轨电车……注意看，第二行最右边有一辆汽车停在了那里，一个人挥着帽子正在那里跺脚大叫呢！

图 6-15

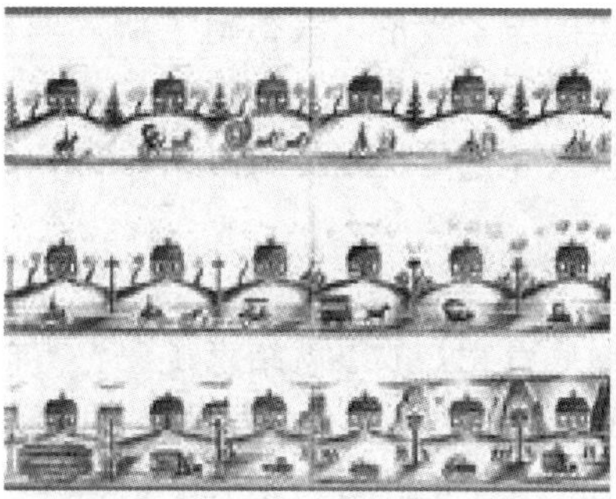

图 6-16

(三)扉页

扉页又叫主书名页，就是环衬之后、正文之前的一页，上面一般写着图画书的书名、著作责任者(作者和译者等)以及出版社的名称。除了上述文字信息外，图画书往往从扉页开始就有图画，这些图画的作用不容小觑。

扉页不仅仅只是通向正文故事的一扇门，不仅仅告诉读者谁是故事的主人公，有时它会讲故事，有时它又是一个引子，作者会故意在这里埋下一个悬念，吊起读者的胃口。例如，《三个强盗》(见图 6-17)的环衬出现了作品中的三个主角，三个头戴黑色高帽、身披黑色斗篷的强盗，他们只露出白色的眼睛，像三个可怕的鬼影一样从黑夜里冒了出来，他们身后蓝得异常。这样的黑夜，三个黑衣强盗会干出什么样的罪恶勾当呢？

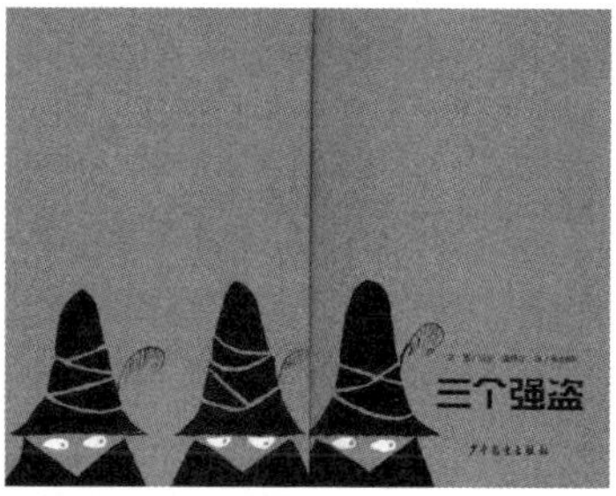

图 6-17

还有的扉页，可以带来第二次阅读的乐趣。头一次看时还看不出什么名堂，但读完整个故事回过头来再看时，就会明白作者的良苦用心了。例如，《母鸡萝丝去散步》(见图 6-18)的扉页就是母鸡萝丝的一张散步图，对照地图，我们可以回想起狐狸一次次倒霉的情形。

图 6-18

(四)正文

正文是图画书的主体，应以什么姿态来阅读它。是由大人读给孩子去听，还是放手让认识了几个字的孩子自己去读？

日本绘本之父松居直几十年来他一直坚持一个观点，就是图画书不是让孩子自己读的书，而是大人读给孩子听的书。他认为，当父母或是朗读者把图画书所表现的最好的语言用自己的声音、用自己的感受来讲述时，这种快乐、喜悦和美感才会淋漓尽致地发挥出来，图画书的体验才会永远地留在听者的一生当中。

美国学者爱伦·汉德勒·斯皮茨也赞同亲子共读，他认为出声地朗读图画书，不论是对于大人还是幼儿，都是一种非常有益的行为。在亲密相偎一起阅读图画书的同时，大人和孩子一起迈入想象的空间。

(五)封底

封底看完，故事就结束了吗？有时是这样的。然而，也有时不是这样。例如，《不，大卫!》(见图 6-19)这部图画书，作者的灵感来自于童年的往事：他五岁时画了一本图画书，画的全是妈妈不允许的事情，每幅画上都写着“No”和“David”，因为他当时只会拼写这两个单词，故事是在“大卫，我爱你”中结束，妈妈一个拥抱，把大卫的满肚子委屈消解了。不过，作品的封底跟一般图画书的封底不一样，封底上写满了“No”，一看就知道那是出自天天让妈妈生气的大卫之笔。可以说，作者一直把这个故事讲到了封底上。

图 6-19

还有些图画书的封底，它与封面连在一起构成了一幅图画，这就需要把封面与封底同时翻开来看了。例如，《拔萝卜》(见图 6-20)。

图 6-20

二、常见的关键词

(一)文字的排列

在绝大多数的图画书里，文字仅仅是一个叙述者，在排列上并没有什么出格的地方。但在有的图画书里，一行行排列得好好的文字会像脱缰的野马，突然挣脱束缚，变得又大、又粗、又黑，甚至歪七扭八……这时的文字就不仅仅是文字了，它还是图画，是情绪，这样的文字排列可以给我们带来视觉上的冲击。

1. 循规蹈矩的文字排列

尤金．特里维查斯(Eugene Trivizas)文、海伦·奥克森伯里(Helen Oxenbury)图的《三只小狼和大坏猪》(*The Three Little Wolves and the Big Bad Pig*，1993)，虽然故事离经叛道，大胆地篡改了一回人们早就熟知的英国民间故事“三只小猪”——三只小猪变成了三只小狼，穷凶极恶的狼变成了猪。但它的文字并没有像故事一样离谱，而是安分守己，穿插在让人匪夷所思的画面之间。

2.“图形化”的文字排列

英国作家夏洛特·米德尔顿的《一颗超级顽固的牙》(见图 6-21)叙说了一个温馨而风趣的故事：塔比莎的一颗牙齿松了。她想方设法要让它掉下来，“塔比莎来到公园，在蹦床上蹦得高高的。她希望牙齿能蹦出来……可是，牙齿连动都没动!”作者通过把这几句文字斜竖排列来表达塔比莎想弄掉那颗牙齿的决心。

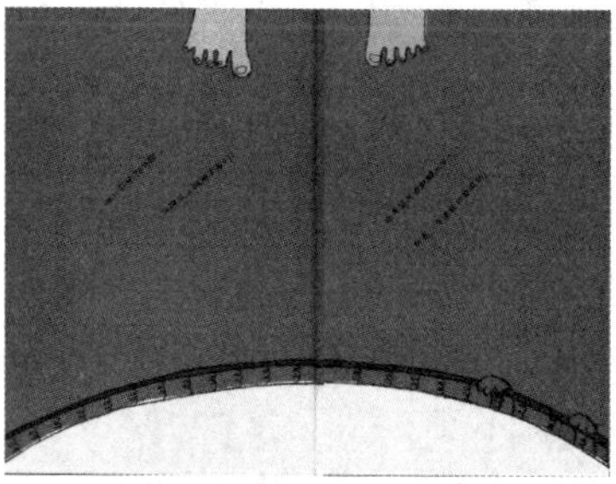
图 6-21

(二)色彩

莫莉·班在《图画·话图》一书中说道：“我们对各种颜色的反应是来自这些颜色与某些自然物的联想……也就是说，我们将红色与血，白色与光，雪与骨头联想在一起；黑色与暗、黄色与太阳、蓝色与海及天空联想在一起。”其实，我们不仅可以将现实生活中常见的颜色与实际的事物联系起来，还可以将颜色与很多很多抽象的感觉联系在一起。如我们常常说火红的青春、蓝色的忧郁、紫色的高贵、黑色的神秘……

荷兰画家迪克·布鲁纳笔下的《米菲系列》(见图 6-22、图 6-23)基本上只用六种鲜亮的颜色，即黄、红、蓝、黑、白和绿，从不用灰暗的中间色。他曾说过这样的一段话：“蓝是一种冷淡的颜色，冷冷的，离你远去的颜色。与此相反，红和绿是一种朝你走来的温暖的颜色。”

图 6-22

图 6-23

同一本书中，还会有黑色和彩色的切换，如玛格丽特怀兹·布朗撰文，克雷门·赫德绘图的《逃家小兔》和安东尼·布朗创作的《走进森林》两本书。在《逃家小兔》一书中，小兔子逃离家庭，离开妈妈时的图画均是黑白色的；但是当妈妈找到它的时候就会使用彩色的跨页。这种黑白与彩色的穿插，形成了鲜明的节奏感，并一步步将故事推向高潮。

(三)媒材

正如彭懿在《图画书：阅读与经典》中所说："凭借不同的媒材，图画书有太多的表现技法，除了铅笔画、蘸水笔画、版画、水彩画、油画、压克力颜料画，还有照片、拼贴以及电脑制作等等。正是这种多样化，才让图画书拥有了迷人的外貌。"

由中江嘉男撰文、上野纪子绘图创作的《可爱的鼠小弟》系列就是用铅笔进行创作的图画书。这一系列图画书的画风简洁、人物形象细腻传神，在一系列螺旋式上升的故事情节之后，往往有一个出人意料的结尾。如《打破杯子的鼠小弟》这本书，讲述了鼠小弟失手打破了杯子，他担心妈妈会责备他，就在心里不停地盘算，该找什么借口嫁祸给他的朋友，好为自己开脱。但当他还没拿定主意的时候，正好被朋友们撞见。他一个心虚把托盘里的杯子又摔到了地上。没有办法的鼠小弟只好向妈妈承认错误，结果妈妈反而表扬他是个诚实的孩子。本书的绘者细腻地画出了鼠小弟从打破杯子的沮丧到想到鬼点子的得意扬扬，再到被朋友们识破的心虚，最后到等待妈妈批评时的忐忑不安。

水彩画的风格是透明的、亮丽的、让人感觉饱满而流畅，例如，女画家霍莉·霍比的《嘟嘟和巴豆》(见图 6-24)；油画的覆盖性、重量感使它非常适合表现那些凝重、严肃而又深刻的主题，例如，《爷爷有没有穿西装?》(见图 6-25)；拼贴画这种技法更贴近孩子天真烂漫的天性，许多大师级的画家都对它偏爱有加，例如，《好饿的毛毛虫》(见图 6-26)。

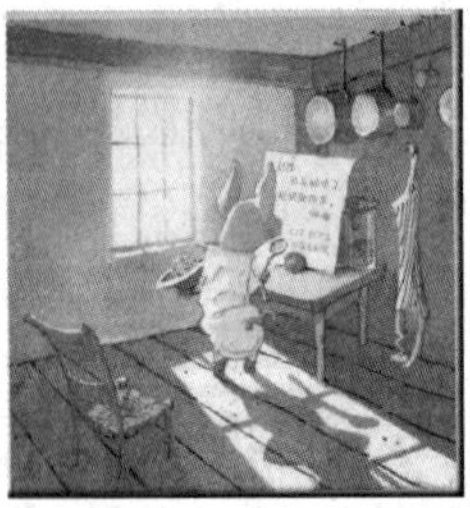

图 6-24

图 6-25

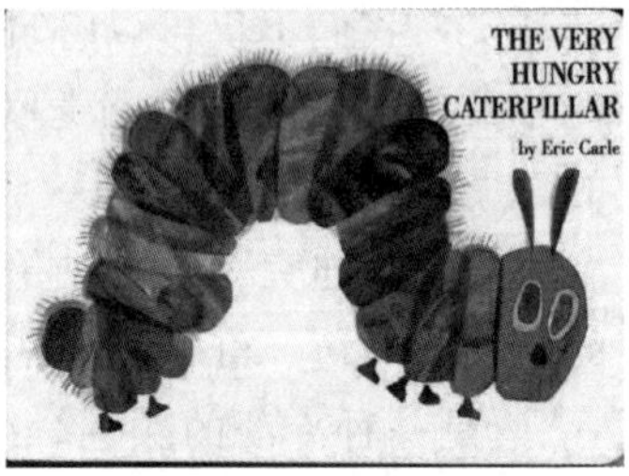

图 6-26

(四)题材与主题

图画书的题材拥有着无限的可能性。图画书的题材非常广泛，有民间故事，如《漏》；有童话故事，如《白雪公主和七个小矮人》；有幻想故事，如《卡夫卡变虫记》；有成长故事，如《威斯利王国》；有幽默故事，如《我的妈妈真麻烦》。

图 6-27

此外，还有相当多作品的主题，涉及战争、单亲家庭以及死亡等，过去都被认为不适合给年幼的孩子看的，现在这些主题已用图画书的形式进入幼儿的视野。如《妈妈的红沙发》(见图 6-27)，讲的是一个缺少了父亲的家庭的艰辛与酸楚。如今，父母离异早就成为一个不可回避的社会现象了，如何去面对，如何在一种残缺的逆境中成长，恐怕是作者最想告诉小读者的了。

三、特殊的表现手法

(一)细节

在一本图画书中，往往隐藏着许多作者在经意或不经意间留下的细节。它们有的与作品的主题无关，只不过是增加一点小噱头或是出自于作者个人的癖好。但也有的与主题息息相关，甚至可以说，缺少了这样一个细节，整个作品就缺少了一种发人深省的力量。

例如，《森林大熊》(见图 6-28、图 6-29)，一只大熊从冬眠中醒来，发现森林不见了，而自己却在一间工厂里，管理员安排大熊上班，大熊向人事主任、副厂长和厂长一再解释自己只是一只熊，在大熊解释的图画中出现了这些细节：人事主任官比较小，副厂长官比较大，厂长官更大，所以画面的安排随之放大。副厂长只有一个秘书，厂长有两个秘书。副厂长的秘书是老太婆，厂长的秘书是年轻美女，发色还一黑一金。副厂长接电话，厂长看报纸。老太婆埋头打字，两个美女嬉笑聊天。灯具、窗景……都各不相同。图画中每个细节都透露了生命的本质。

图 6-28

图 6-29

在画面上某个不那么引人注目的地方，留下一个或几个类似插科打诨的人物，制造一点笑料，早就是画家们的传统了。读者看第一遍时，容易忽略这些细节，可是当再看一遍时，就会有新的发现。这可以使一本书值得读者再三阅读。

(二)留白与空白

留白和空白是图画书常用的表现方式。

留白是说画面，是绘画技巧，留白可以改变视觉印象，或是表现悠远意境、空间距离、心理距离。例如，《我最讨厌你了》(见图 6-30、图 6-31)的作者就是通过留白来表现孩子们的心理距离。詹姆士和约翰是两个如胶似漆的好朋友，可有一天，两个人闹别扭了。你看，两个背对互不理睬的男孩被一大片留白隔开了，分别站在画面的一边。你能说这是空间上的距离吗？这是心理上的距离，两个男孩心中的怒火有多大，这距离就有多远。

图 6-30

图 6-31

空白是说页面，是设计手段，有些空白页甚至会达到撼人心魄的效果。它们都为读者提供了想象的空间，具有无中生有和无中胜有的效果。例如，《当风吹来的时候》(见图 6-32、图 6-33)的作者为了描述原子弹给人类带来的灭顶之灾，足足用了整整两页撼人心魄的空白页。一个平凡的日子，一颗原子弹落到了一对平凡的老夫妇的头上。在前面一页的最后一幅图上，我们看到老夫妇钻到了桌子底下，但翻过来一看，却是整整两页的空白页——也不是全白，四边还隐隐约约地透出了一点红色，这或许是象征着原子弹爆炸时发出的火光吧——什么都没有了，炫目的强光、蘑菇云，甚至是死亡……一切都留给人们的想象。这两页空白页太震撼人心了，此处无声胜有声，还有什么比得上空白页更能表现原子弹爆炸那一瞬间的可怕呢？

图 6-32

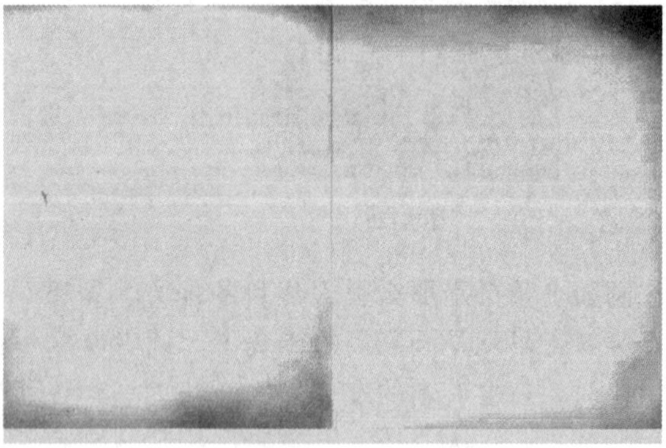

图 6-33

第四节　幼儿图画书的讲述

一、幼儿图画书讲述的意义

幼儿图画书色彩鲜艳、做工精美，深受孩子们的欢迎。目前越来越多幼儿园在教学中使用图画书，借助图画书训练孩子的观察力、想象力、语言表达能力、思维能力等等。

幼师生是未来的幼儿园老师，要在将来幼儿园的教学工作中得心应手，灵活驾驭幼儿图画书的能力是必不可少的。要驾驭它，除了掌握幼儿图画书的概念、特征和鉴赏方法外，还得懂得讲述幼儿图画书的方法。

图画书是用语言与绘画巧妙结合的艺术形式来进行叙事抒情，表情达意的一种特殊的儿童文学样式。从图画书图文结合的情况来看，有些图画书的文字只是概括了图画中某部分的内容，如绘画先导型的图画书《爷爷一定有办法》等；还有一些图画书一个字也没有，如无字图画书《雪人》《小船》等。如果从个人鉴赏的层面来看，把图画书中的图画或图文读懂，也能从中获得阅读的乐趣。但是作为一位未来的幼儿园老师，我们还需要把从图画中体会到的所感所悟转化为语言文字传达给孩子，这就需要我们具备讲述的能力。从多元解读的角度来看，俗话说，一千个读者就有一千个哈姆雷特，不同的读者阅读图画书，其感受也会不同。因此，在合理解读图画书的情况下，对作品进行二次创作，创造性地讲述图画书对幼师生大有裨益，这既拓宽他们的思维面，也能提高他们的鉴赏能力、表达能力，还能有效地提升他们的综合能力。

二、幼儿图画书讲述的方法

(一)解读图画，挖掘童趣

图画书是图文的合奏，我们对幼儿图画书的讲述主要是针对幼儿图画书的文字内容。对文字内容的讲述首先要把图画读懂，把图画中最具有能吸引幼儿的地方——童趣——挖掘出来。

譬如，《母鸡萝丝去散步》(见图 6-34)，图画书中只有 8 句话，文字的内容主要讲述母鸡散步的故事；这部图画书的鉴赏重点是在图画中，图画中有一只上蹿下跳的狐狸，孩子读到狐狸倒霉的时候会特别开心，这符合他们认知的特点，满足他们善良的愿望，这就是作品童趣所在的地方。

图 6-34

(二)把图画转化为语言

把图画转化为语言，并不是把图画中的所有信息都转化成语言，而是把图画中最有童趣的地方转化成语言。常见的讲述方式有以下两种。

1. 补充式讲述

所谓补充式，就是把图画书中文字里没有的，但图画中有的或隐藏在图画中的元素，尤其是精彩之处补充到文字里。

譬如，《爷爷一定有办法》(见图 6-35)，图画书中的文字仅仅是描述了地面上约瑟一家的故事，但图画的下方还有一个老鼠一家的故事，图画书的文字中只字不提。我们在对这部图画书进行讲述时可以把老鼠一家的故事补充进去。

图 6-35

图 6-36

图 6-37

又如，《母鸡萝丝去散步》(见图 6-36、图 6-37)，图画书中显示“她走过院子”五个字时，图画中出现狐狸腾空扑向母鸡，狐狸不仅扑了一个空，反而还踩到钉耙，钉耙一个反弹打到狐狸脸上的一系列的动作，图画中给我们看到的是狐狸的动作、表情，可隐藏在图画中的有狐狸的语言、心理活动、钉耙打到狐狸脸上的声音等，我们对图画书进行讲述，就是要把隐藏在图画中的精彩之处补充进去。

2. 表演式讲述

所谓表演式讲述，就是根据图画书图画内容的风格特点运用丰富的肢体语言进行讲述。譬如，《猜猜我有多爱你》(见图 6-38)，图画书通过大栗色兔子和小栗色兔子的对话、动作表达人类最复杂，也是最伟大的情感——爱。我们在讲述这本图画书时也可以如书中的兔子一样，运用张臂、跳等丰富的肢体语言进行讲述。

图 6-38

(三)把图画动态化

图画书的图画具有叙述的功能，读者哪怕光是读图，也能把图画书读懂。我们对图画书文字内容进行讲述，不能走入“以文字取代图画”的误区，对文字内容进行讲述是为了使图画活起来，使其动态化，增加图画书的魅力。要把图画动态化，关键在于动词、拟声词的运用，这与幼儿的思维特点不无关系，只有“动”的东西才能吸引孩子。

譬如，《母鸡萝丝去散步》(见图 6-39)，在“母鸡萝丝出门去散步”这一句所在的图中可以看到，一只狐狸躲在鸡舍下面，狐狸在图画中是静止的，如果想让这幅图画活起来，可这样讲述：“一只狐狸静悄悄地躲在她后面，肚子里饿得咕咕叫，口水啪嗒啪嗒往外流，他直勾勾地盯着母鸡。心里想：‘这只鸡真肥啊！我一定要抓住她。’”上述的讲述通过动词躲、饿、流、盯、想，拟声词咕咕叫、啪嗒啪嗒的运用，使图画书的图画动起来，让图画内容更为丰富。

图 6-39

本章小结

通过本章的学习，我们初步掌握了幼儿图画书的基本知识、鉴赏方法和讲述的方法，但要深入研究幼儿图画书图文的特点，还需要我们阅读大量的经典幼儿图画书，不断地吸收新的研究成果。

练习与实践

1. 名词解释

幼儿图画书

2. 填空题

(1)________是欧洲最早的带插图的儿童书，________是世界上公认的图文结合得最出色的第一本图画书，是一部里程碑之作。

(2)根据文字的有无，可以分为________和________。

(3)加拿大学者培利·诺德曼认为，一本图画书至少包括三种故事：________、________、________。

3. 简答题

(1)举例简述幼儿图画书的功能。

(2)简述幼儿图画书的特征。

4. 鉴赏《鳄鱼怕怕，牙医怕怕》，并对其进行创造性讲述。

作品作家链接

1. 母鸡萝丝去散步

[英国]佩特·哈群斯/文·图

作品简介

这天，母鸡萝丝走出鸡舍去散步。它没有发现，一只狐狸从后面悄悄跟了上来。

萝丝穿过农家院子，身后的狐狸扑上来。可狐狸一脚踩到了钉耙，钉耙一个反弹，狠狠地打到了自己的脸上。

萝丝绕过池塘，狐狸扑了上来，可它扑了一个空，栽到了池塘里。

萝丝翻过干草垛，狐狸扑了上来，可它一头扎了进去。

萝丝经过磨面房时脚钩住了一根线，狐狸扑上来时，上头的一袋面粉正好浇了下来。

萝丝钻过栅栏，狐狸扑了上来，可它跌到了栅栏这边的手推车里。

萝丝从蜂箱下面走了过去，可那辆手推车载着狐狸撞翻了蜂箱，狐狸被蜜蜂追得抱头鼠窜。

萝丝按时回到家吃晚饭。

作家简介

佩特·哈群斯到了纽约之后一直想从事插画工作。在麦克米兰出版公司一位编辑的建议下，她创作了《母鸡萝丝去散步》，这本1968年出版的处女作让她一举成名。她的作品色彩明媚，故事幽默、简单流畅，总是以贴近孩子们的角度认真面对他们的问题，深受全世界儿童的喜爱。她的主要作品还有获英国凯特·格林纳威奖的《风吹起来》(*The Wind Blew*，1974)、《千变万化》(*Changes* ，*Changes*，1971)、《一个猎人》(*One Hunter*，1983)以及《最坏最坏的妖兽》(*The Very Worst Monster*，1985)等三十多部。

1968年哈群斯夫妇又搬回到了英国，一直住在伦敦。她曾说儿子摩根和山姆是她取之不尽的创作源泉。现在她有了一个名叫哈里·巴斯特的孙子，这个小孙子又给她带来了新的灵感，2005年春她又有新作问世。

作品导读

这是一本绝对会让幼儿笑得前仰后合的图画书。

许多人喜欢这本书的色彩。《纽约时报》的一篇书评说这是一出洒满阳光的喜剧。是的，是夕阳光，谁头一次看到谁都会被它那暖如夕阳的颜色迷住。橘黄、橄榄绿以及朱红，都被完美和谐地统一在一种偏黄的暖色调之中了，佩特·哈群斯自己也曾经说过，她最喜欢的颜色是黄色。

几乎所有的评论家都注意到了，就是在这本图画书正文的十四个画面里，只有三十二个英文单词："across the yard""around the pond"……而且这些文字只是说明萝丝穿过院子、绕过池塘……一句话，只是对于萝丝散步的一种描述。至于那只跟在萝丝身后上蹿下跳的狐狸，只字未提。所以有人说这本《母鸡萝丝去散步》实际上包括了两个故事，一个是用文字讲述萝丝散步的平淡无奇的故事，还有一个是用图画讲述狐狸追逐猎物的跌宕起伏的故事。所以约翰·洛威·汤森在《英语儿童文学史纲》里才会说：经典之作《母鸡萝丝去散步》叙述的重点是隐藏在文字背后的事实。这是一本纯粹用图画来讲故事的成功范例。

虽然没有几个字，而且字又是隔上一页才出现，但佩特·哈群斯是一个真正吃透了幼儿心理的人，她把这个无声的故事变成了一个笑声不断的故事，她甚至还给孩子们设计好了笑的时间，一共有七次！不信你看，当钉耙砸扁狐狸的鼻子时，你会笑！

当狐狸一头栽进池塘里时，你会笑！当狐狸扎进干草垛里时，你会笑！当狐狸被面粉埋住时，你会笑！当狐狸摔到手推车里时，你会笑！当手推车载着狐狸撞翻蜂箱、狐狸被蜜蜂追得抱头鼠窜时，你更会笑了，而且一笑就是两次！

2. 好饿的毛毛虫

[美国]艾瑞克·卡尔/文·图

作品简介

月光下，叶子上躺着一颗小小的蛋。

星期天早上，太阳升起来。“砰！”从蛋里爬出来一条又小又饿的毛毛虫。

他开始去找吃的。星期一吃了一个苹果，可还是好饿。星期二吃了四个草莓，可还是好饿。星期三吃了三个李子，可还是好饿。星期六，他吃了一块巧克力蛋糕、一个冰淇淋、一根黄瓜、一块乳酪、一条火腿、一根棒棒糖、一个樱桃派、一根香肠、一个杯子蛋糕和一片西瓜。那天晚上，毛毛虫肚子痛了。

第二天又是星期天。毛毛虫吃了绿叶子，肚子好多了。

现在，他不饿了，不是一条小毛毛虫了，是一条又肥又大的毛毛虫了。他造了一个小房子，叫茧，把自己包在了里面。他在里面待了两个多星期，咬了一个小洞挤了出来。

毛毛虫变成了一只漂亮的蝴蝶。

作家简介

艾瑞克·卡尔，1929 年 6 月 25 日出生于美国纽约州的锡拉丘兹。他年近四十岁才开始创作图画书，迄今为止，已经创作了《棕色的熊，棕色的熊，你在看什么？》(*Brown Bear*，*Brown Bear*，*What Do You See*？1967)、《1，2，3，去动物园》(1，2，3 *To The Zoo*，1968)、《好饿的毛毛虫》等七十多本色彩缤纷的拼贴画风格的图画书，被翻译成了三十多种语言，小读者遍布世界各地。2002 年 12 月，他的个人美术馆——艾瑞克·卡尔图画书美术馆在马萨诸塞州开馆，这也是美国的第一个图画书美术馆。

作品导读

这是一本充满了诗情与创意的图画书。

说诗意，你看，绿叶、大地、蝴蝶、五彩缤纷的果实、清辉四射的月亮、炽热似火的太阳……作者如同一个激情洋溢的诗人，用奔放不羁而又浓烈绚丽的颜色，为孩子们唱出了一首生命的礼赞。还有什么能比得上毛毛虫蜕变成一只蝴蝶更让人感觉生命的美丽、生命的不可思议呢？说创意，是应为他在这本书中不仅采取了拼贴的手法作画，还将其中的四页(如果反面也算进来，应该是八页了)分别裁成五分之一宽、五分之二宽、五分之三及五分之四宽，以梯次编队，具体地说起来，就是五分之一宽那一页上是一个苹果，接下来是两个梨子、三个李子、四个草莓，然后就是一整页五个橘子！最叫人拍案叫绝的，是每一个水果上都挖了一个小圆洞，从正面看还没什么，可翻过来一看，哈，一只不停叫饿的毛毛虫正在从这个小圆洞里爬出来！毛毛虫就这样透过书页上的小圆洞一直吃个不停，吃到最后，变成了一条巨大无比的毛毛虫，变成了一只五颜六色的蝴蝶。

对了，说到这本让他家喻户晓的《好饿的毛毛虫》，总让人想起一个著名的错误：书里的蝴蝶不是出自于蛹，而是出自于茧。有人开玩笑地说，有一个著名的错误“爬”进了书里。

对此，艾瑞克·卡尔解释说：我请教过昆虫学家了，确实，在大多数的情况下，蝴蝶是出自于蛹，但不是全部，有一种非常稀有的帕纳塞斯(Parnassian)绢蝶，就是出自于茧中。不过他还有另外一个解释，他说我还有一个我的不科学的解释，我的蝴蝶是独一无二的，就像你所知道的那样，毛毛虫不吃棒棒糖和冰淇淋，你在任何地方都找不到我的毛毛虫！我记得当我还是小男孩的时候，我的父亲总是对我说，“艾瑞克，从你的茧钻出来！”他的意思是我应该开放自己，被周围的世界所接受。对我来说，“从你的蛹里出来！”听上去就不恰当。所以，诗一般的感觉胜过科学。

3. 三个强盗

[法国]汤米·温格尔/文·图

作品简介

从前有三个强盗，披着黑斗篷，戴着黑帽子。晚上天黑了，他们就带着喇叭枪、撒胡椒粉的喷壶，扛着一把巨大的红斧头，出门拦路抢劫。

在一个黑夜里，三个强盗从马车上抢来一个名叫芬妮的孤儿，把她抱回藏宝的山洞。芬妮醒来看见身边都是闪闪发亮的财宝，就问他们：“这些是做什么用的？”三个强盗一下结巴了，他们从来没有想到用这些财宝。

于是，他们用这些财宝把走丢的小孩、不快乐的小孩和没人要的小孩都找来了，还买了一座美丽的城堡让孩子们住。

孩子们长大以后，在城堡四周建起了自己的村子，为了纪念好心的养父，他们还给三个强盗建了三座高塔。

作家简介

汤米·温格尔，1931年11月生于法国的史特拉斯堡。1957年，在疾病与贫困中，他出版了第一本图画书《梅隆斯去飞翔》，获得了《纽约先驱论坛报》的春季童书节荣誉奖，其后又接连推出了《三个强盗》《季拉妲的巨妖》《月亮先生》《魔法一点灵》《帽子》《辛爷爷的怪兽》《不要妈妈的吻》等七十多部图画书。

1988年，国际安徒生奖终于向他伸出了橄榄枝，他获得了这一年的国际安徒生奖画家奖。评审团对他的赞誉是：“是儿童图画书创作世界的大巨人，风格大胆、鲜艳、创新、叛逆又独特。他颠覆幽默，总是喜欢嘲笑自以为是又缺乏想象力的大人们。四十年来，他的作品创造出一种‘温格尔式’的国际性标志。”也是这一年，他获得了意大利博洛尼亚国际儿童图书展特设的“伟大的艺术家复归”奖。

作品导读

汤米·温格尔说《三个强盗》是献给女儿 Phoebe 的。

汤米·温格尔借用了民间故事的躯壳进行创作。他在传记《汤米：纳粹下的童年》中就曾经说过，自己是在母亲所讲述的那些德国和法国的民间故事中长大的。在《三个强盗》中，我们可以找出太多民间故事的痕迹。

透过民间故事这种最古老的文学形式，汤米·温格尔是想向孩子们传递这样一种现代的思想：坏人的恶，不是与生俱来的；好人的善，也不是与生俱来的。一个坏人可以变成一个好人，同样，一个好人也可以变成一个坏人。

《三个强盗》具有“温格尔式”的讽刺与幽默。故事的开头还有点吓人，但读着读着，作者的那颗“游戏心”就渐渐地浮现出来了——昏过去的淑女、吓得一大群男男女女瑟瑟发抖的喇叭枪、孤儿们的高帽子、三座和三个强盗的高帽子一样形状的高塔，都会让孩子发出一阵阵会心的微笑。

4. 小蓝和小黄

[美国]李欧·李奥尼/文·图

作品简介

小蓝和小黄是一对好朋友，一起游戏，一起上课。

一天，小蓝趁妈妈出门的时候，溜出去找小黄。从家里找到外面，才在一个角落里找到了小黄。小蓝和小黄惊喜地拥抱在一起，越抱越紧，结果融合在一起变成了“绿”。“绿”去了公园，钻隧道，爬山，后来累了，就回家了。

可回到小蓝家，小蓝的爸爸妈妈认不出来了：“哎呀，这个‘绿’不是我们家的小蓝呀！”回到小黄家，小黄的爸爸妈妈也认不出来了：“哎呀，这个‘绿’不是我们家的小黄呀！”

“绿”很伤心，留下了蓝色和黄色的眼泪，哭呀哭呀，最后全部变成了蓝色和黄色的眼泪，蓝眼泪聚拢到一起变成了小蓝，黄眼泪聚拢到一起变成了小黄，两个人高兴了：“这回爸爸妈妈不会认不出来了！”

直到这时，爸爸妈妈才总算明白是怎么一回事了。于是他们一起去小黄家报告这个好消息，两家的父母高兴地拥抱在一起，也变成了“绿”。而小黄和小蓝，则在外面和好朋友一直玩到吃晚饭。

作家简介

李欧·李奥尼，1910 年 5 月出生于荷兰阿姆斯特丹一个比利时犹太商人的家庭。李欧·李奥尼的图画书获奖无数，其中，《一步一步》(*Inch by Inch*，1960)、《小黑鱼》(*Swimmy*，1963)、《田鼠阿佛》(*Frederick*，1967)、《亚历山大和发条鼠》(*Alexander and the Wind—Up Mouse*，1969)分别于1961年、1967年、1968年及1970年四次荣获凯迪克银奖。此外，他还先后获得过德国儿童图画书奖、德国政府最佳图画书奖、布拉迪斯国际插画双年展金苹果奖。

作品导读

《小蓝和小黄》完全是出自于一次偶然的灵感。1959年的一天，他带着五岁的孙子和三岁的孙女从曼哈顿坐郊区火车去康涅狄格，因为两个调皮鬼一刻也不肯安宁，他就顺手拿了一本《生活》杂志说："我给你们讲一个故事吧。"他把广告那一页撕成蓝色、黄色和绿色的圆圆的碎片，铺到膝盖上的公文包上，即兴讲起了小蓝和小黄的故事。据他的自传透露，这个故事不但让两个孩子着迷，连邻座的大人都给吸引过来了。

这是一本抽象的图画书。

如果追究到技法，它实际上是用手把色纸撕成小小的碎圆片，然后再贴到白纸上做成的。说到底，还是一种被称为"collage"的立体派粘贴画。

要说这本书最大的一个亮点，就是小蓝与小黄重叠融合成了绿色。仅仅是凭着这一个构思，有人就把李欧·李奥尼说成"绿色的魔术师"！

5. 鳄鱼怕怕，牙医怕怕

［日本］五味太郎/文·图

作品简介

一条鳄鱼患了蛀牙，去看牙医：我真的不想看到他，但是我非看不可。而诊所里的牙医也在想：我真的不想看到他，但是我非看不可。

鳄鱼看到牙医吓得叫出了声：啊！牙医看到鳄鱼吓得叫出了声：啊！鳄鱼看着椅子：我一定得去吗？牙医看着鳄鱼：我一定得去吗？鳄鱼坐到了椅子上：我好害怕。牙医拿起了牙钻：我好害怕。鳄鱼对自己说：我一定要勇敢。牙医对自己说：我一定要勇敢。鳄鱼张大了嘴巴：我做好了最坏的打算了。牙医把手伸进了鳄鱼的嘴巴：我做好了最坏的打算了。鳄鱼被牙钻钻痛了：哎哟！牙医的手被鳄鱼的嘴咬痛了：哎哟！鳄鱼捂着嘴巴：这是一件多么可怕的事。牙医捂着手腕：这是一件多么可怕的事。鳄鱼又张大了嘴巴：不用太久……牙医又把手伸进了鳄鱼的嘴巴：不用太久……

总算是补好了，鳄鱼"哟"了一声，牙医"哟"了一声。

鳄鱼给牙医行了个礼：多谢您啦！明年再见。牙医给鳄鱼还了个礼：多谢您啦！明年再见。可走出诊所的鳄鱼却在想：我明年真的不想再见到他……牙医在窗口看着鳄鱼也在想：我明年真的不想再见到他……

鳄鱼说：所以我一定不要忘记刷牙。牙医说：所以你一定不要忘记刷牙。

作家简介

五味太郎，1945年出生于日本东京。27岁时开始创作图画书，至今已出版了三百多本创意独特的图画书。他的图画书已有几十本被译成外文，是日本在海外知名度最高的图画书作家。

作品导读

这本《鳄鱼怕怕，牙医怕怕》虽然没有得过什么大奖，但却集中体现了五味太郎的个人风格，难怪有读者说一看就知道是五味太郎的作品。

他首先让一条鳄鱼登场，他让它捂着大嘴来看人的牙医，还自言自语地说："我真的不想看他，但是我非看不可。"接下来人的牙医亮相了，这是一个留着小胡子、秃顶、只剩下后脑勺还有一圈头发的引人发笑的小老头。可让人意想不到的是，当他瞥见窗外鳄鱼的影子时，嘴里竟然也会冒出一句"我真的不想看到他，但是我非看不可"来。这时我们不禁发出了会心的微笑：原来鳄鱼害怕牙医，牙医也害怕鳄鱼！在后面的十二个跨页里，鳄鱼与牙医展开了一场心理上的较量，他们的台词完全一样——"我好害怕""我好害怕"；"我一定要勇敢""我一定要勇敢"；"这是一件多么可怕的事""这是一件多么可怕的事"……你一句我一句，相同的场景、相同的句子却表达了害怕牙医的鳄鱼与害怕鳄鱼的牙医截然相反的心理。这样看来，说它是一本幽默的心理图画书并不过头，出版这本书的偕成社一句话概括了它的精髓：这是一本以巧妙的手法，描绘了患者鳄鱼与人的牙医之间每时每刻所发生的微妙心理落差与变化的让人捧腹大笑的图画书。

6. 小威向前冲

[英国]尼古拉斯·艾伦/文·图

作品简介

小威是一个小精子，他和三亿个朋友一起住在布朗先生的身体里。游泳大赛的日子一天天地近了，小威每天都在努力地练习……

他知道他必须要游得非常快，才能赢得奖品——一个美丽的卵子。比赛结束时，发生了一件又神奇、又美妙的事！小威最后去了哪儿呢？赶快翻开这本有趣、温馨、可爱的图画书，一起来看看吧……

作品导读

这本图画书可不仅仅是一堂生理卫生课的儿童读本，在图与文的互动中，它除了讲述一个小精子变成小宝宝的过程，还有更多更多值得共同分享的东西：

分享不放弃的力量

小威只是三亿个小精子中的一个，但只有他以最快的速度坚持到了终点。请别忘记告诉孩子："相信你是最棒的！因为曾经也有一个最棒的小精子一直在努力，坚持不放弃，战胜了三亿也许更多的小精子，最后他变成了现在的你。"

分享不完美的秘密

小威是最棒的，却也有自己的弱项。为什么小娜和小威一样数学不好呢？秘密就在于小威身上的那个号码牌，那里藏有一串记录着布朗先生不完美的密码。你是否也觉得孩子有某些不完美的地方？只要仔细想想，就会找到自己和孩子相通的那串密码，正是因为有那串记录着不完美的密码，才造就出眼前这个活生生的属于自己的宝贝。可以把父母和孩子一样有不完美的秘密分享给孩子，然后告诉他："你就是我们的宝贝，最爱的宝贝！"

分享浓浓的爱意

"那天晚上，布朗先生和布朗太太亲密地在一起……"于是小精子就获得了出发的讯号。因为他们会亲热地在一起，后来才有了小宝宝的诞生，这是一段爱意浓浓的旅程。所以不要吝啬，在孩子面前给你的另一半一个自然的拥抱或一个大方的亲吻，让孩子知道爸爸妈妈的相亲相爱，让孩子分享爸爸妈妈的相亲相爱。

分享浅浅的幽默

这个故事里没有很搞笑的词句，却有很多小细节让人从心底泛出浅浅的笑意。布朗先生和布朗太太裸露却简单的身体让人想笑，小威和小布努力又认真的表情引人发笑，当射精变成游泳大赛，卵子变成冠军的奖品，更是让人不得不笑。什么是幽默？这就是幽默。孩子不会懂，大人都能懂，别忘了要和你的另一半共读这本图画书，分享这份浅浅的幽默，回忆那段暖暖的幸福。

最后一同分享孩子的思维方式

孩子长到三四岁以后，不论自然、社会，还是动物、人类，上至天文、下至地理……他们总要问个为什么。很多时候百科全书能帮上大忙，但有些答案百科全书里没有，或虽然有却无法用孩子能听懂的语言来说明。当孩子开始对什么都好奇的童年意识初期，他们需要的答案并不是百科全书那般精准的论述，他们需要的只是能够被儿童思维形象化的解释，随着年龄的增长他们会主动去探究更加具体的内容。《小威向前冲》就是用儿童思维来解决儿童问题的上选之作，读这本书不只能帮助大人解决一个最难以启齿的问题，更加能帮助大人寻找到一种用孩子的思维来回应孩子好奇心的方式。

7. 米菲在海边

［荷兰］ 迪克·布鲁纳/文·图

作品简介

一天，兔爸爸说："今天去有沙丘和贝壳的大海啊，谁想去？"

"我，我去！"米菲说，"啊，太好了。我要带上水桶去海边捡贝壳。"

"好吧。那就上车，爸爸拉你去。这样，你不会累，又能很快看到大海。"

翻过沙丘。"沙丘好大呀。""是呀，好大呀，米菲。你看那边，是海边。"

一到海边的帐篷，米菲就下了车，说："啊，又快又轻松。爸爸像马一样有劲儿。"

接着，米菲脱下衣服，穿上游泳裤。爸爸吓了一跳，说："你自己穿上的？"

"来，米菲，这是你的锹和水桶。你能堆一个爸爸踩上去也不会塌的大沙丘吗？"

米菲使劲地挖呀、堆呀。看，沙丘变大了，只能看见米菲的脑袋。堆完沙丘，米菲拎着水桶，在岸边捡起贝壳来。然后，米菲和爸爸下到海里，玩起来。哗哗地泼着水，两个人全身都湿透了。等他们的身上一干，爸爸对米菲说：

“还想多玩一会儿，可必须回家了。”

“可我一点也不累。再玩一会儿吧！”可是，还没到家，米菲就困了。

作家简介

迪克·布鲁纳，1927 年出生于荷兰中部的一个小城。他出版了自己的图画书处女作《苹果》(*De Apple*)。1955 年，出版了代表作《米菲》(*Nijntje*)。1970 年，他创立了自己的出版社，五年后辞去出版社的工作，专心从事创作。曾经获得过荷兰金画笔奖、银画笔奖，1993 年，因为他对图画书的杰出贡献，被荷兰女王授勋为骑士。

作品导读

“米菲”系列到现在已经出版了二十四本，我为什么单单挑了这一本呢？这是因为《米菲在海边》被公认为一本“单纯化到了极限”的图画书。

可就是这么一本简单至极的图画书，让画过三百多本图画书的日本知名图画书画家五味太郎感慨万分，他说这是他一生读得最长久的一本图画书。

布鲁纳的画基本上只用六种鲜亮的颜色，即黄、红、蓝、黑、白和绿，从不用灰暗的中间色。他曾经说过这样一段话“蓝是一种冷淡的颜色，冷冷的、离你远去的颜色。与此相反，红和绿是一种朝你走来的温暖的颜色”。

不要以为布鲁纳的图画书一般只有十二幅画，主人公的形状又是那么简单、着色也就那么几种，可为了这十二幅图，他往往会画上几百幅图，颜色也是挑了又挑。1997 年，日本的图画书杂志 MOE 曾专程赴荷兰对布鲁纳做过一次采访，他说创作一本图画书大概需要两个月的时间，而在这两个月里他不让任何人看他的未完成之作。连第一个读者、最挑剔的批评家妻子也不行。

8. 猜猜我有多爱你

[英国]山姆·麦克布雷尼/文　[英国]安妮塔·婕朗/图

作品简介

小栗色兔子该上床睡觉了，可是他紧紧抓住大栗色兔子的长耳朵不放。他要大兔子好好地听他说。“猜猜我有多爱你？”他说。

大兔子说。“喔，这我可猜不出来。”

“这么多。”小兔子说，把手臂张开，开得不能再开。

大兔子的手臂要长得多，“我爱你有这么多。”他说。

嗯，这真是很多，小兔子想。

“我的手举得有多高我就有多爱你。”小兔子说。

“我的手举得有多高我就有多爱你。”大兔子说。

这可真高，小兔子想。我要是有那么长的手臂就好了。

小兔子又有了一个好主意。他倒立起来，把脚顶在树干上。“我爱你一直到我的脚趾头。”他说。

大兔子把小兔子抱起来，甩过了自己的头顶。“我爱你一直到你的脚趾头。”

“我跳得多高，就有多爱你！”小兔子笑着跳上跳下。

“我跳得多高，就有多爱你。”大兔子也笑着跳起来，他跳得这么高，耳朵都碰到树枝了。

这真是跳得太棒了，小兔子想，我要是能跳得这么高就好了。

“我爱你，像这条小路伸到小河那么远。”小兔子喊起来。

“我爱你，远到跨过小河，再翻过山丘。”大兔子说。

这可真远，小兔子想。

他太困了，想不出更多的东西来了。他望着灌木丛那边的夜空，没有什么比黑沉沉的天空更远了。

“我爱你一直到月亮那里。”说完，小兔子闭上了眼睛。

“哦，这真是很远，”大兔子说，“非常非常的远。”

大兔子把小兔子放到用叶子铺成的床上，他低下头来，亲了亲小兔子，对它说晚安。然后，他躺在小兔子的旁边，微笑着轻声地说：“我爱你一直到月亮那里，再从月亮上回到这里来。”

作家简介

山姆·麦克布雷尼 1945 年出生于爱尔兰的贝尔法斯特。他在爱尔兰的著名学府都柏林主日学院求学多年，原本只是位教师，却在为患有阅读障碍的学生创作故事的同时，喜爱上了故事里丰富的想象力，进而陆续创作了数十本童书，包括 *JUST ONE*！和《你们都是我的最爱》以及全球销售超过 1500 万本的《猜猜我有多爱你》。

安妮塔·婕朗出生于英国朴次茅斯。在曼彻斯特工艺专科学校学习过美术，当她还是一个学生的时候，就为孩子们出版了第一本书。主要作品有《亲亲晚安》(*Kiss Good Night*)、《塞姆，你觉得不舒服吗?》(*Don't You Feel Well*，*Sam*?)、《小兔，我的甜心》(*Bunny*，*My Honey*)。

作品导读

《猜猜我有多爱你》是世界性的经典图画书，全球销量高达 1500 万册以上，美国图书馆协会年度最佳童书，美国《出版者周刊》年度最佳图书，美国全国教育协会推荐的 100 本最佳童书(100 Best Books for Children NEA)，美国全国教育协会“教师们推荐的 100 本书”(Teachers' Top 100 Books NEA)，美国全国教育协会“孩子们推荐的 100 本书”(Kids' Top 100 Books NEA)。

孩子总喜欢和别人比较，在《猜猜我有多爱你》这本图画书中的小兔子就是个典型的例子。小兔子认真地告诉大兔子“我好爱你”，而大兔子回应小兔子说：“我更爱你！”如此一来，不仅确定大兔子很爱自己，更希望自己的爱能胜过大兔子的爱。它想尽办法用各种身体动作、看得见的景物来描述自己的爱意，直到它累得在大兔子的怀中睡着了。

这本图画书里有一只像孩子的小兔子和一只像爸爸的大兔子。小兔子像所有的孩子一样爱比较。它们俩在比赛谁的爱更多一些。大兔子用智慧赢得了和小兔子稍微少一点的爱，可小兔子用它的天真和想象赢得了大兔子多出一倍的爱。两只兔子都获胜了。整个作品充溢着爱的气氛和快乐的童趣，小兔子亲切可爱的形象、两只兔子相互较劲的故事构架以及形象、新奇的细节设置都对孩子有着极大的吸引力。作者山姆·麦克布雷尼，爱尔兰人，绘图者安妮塔·婕朗，英国人。这本《猜猜我有多爱你》是他们的经典作品，在全球销量超过 1500 万册。

9. 漏

梁　川

作品简介

山里住着一对老夫妇，他们养了一头小胖驴。山上的老虎一心想吃这头小胖驴，山下的小偷也惦着偷来这头小胖驴卖个好价钱。老虎和小偷在一个漆黑的夜晚不约而同地来到小胖驴住的地方，结果听到："管他贼哩，管他虎哩，我什么都不怕，就怕漏!"于是，故事进入高潮，可怕的漏一直如影随形。最后一句"唉，怕漏，还是漏了……"

作家简介

梁川，生于广西梧州。毕业于南京艺术学院中国画专业，他的国画作品曾参加 2002 年江苏美术馆"状态"艺术展，2003 年上海国画院作品展。

作品导读

《漏》是一个根据民间故事改编的绘本故事，内容诙谐生动，故事情节生动有趣，角色的对话重复而稍有改变，能吸引幼儿的眼球，适合孩子欣赏、翻阅并尝试讲述。这本绘本的色彩本身具有国画的元素，体现了浓浓的中国特色。

10. 小猪闹闹

［法国］汉斯·比尔/文·图

作品简介

《小猪闹闹》中的闹闹是一只顽皮的小猪，每当兄弟姐妹们午睡的时候，他却总是四处探险：跟着兔子钻洞、学小鸭子跳水、和小马赛跑、跳到树上摘梨吃——小猪闹闹一刻也闲不住，从早到晚都不能安静一会儿。

引起了一连串令人啼笑皆非的"灾难"后，他仍然期待着新的一天快快到来！这是因为明天还会有新的冒险、新的奇遇和新的发现。

作家简介

汉斯·比尔作品所获奖项：波隆那国际书展最佳选书，布拉迪斯双年展(BIB)金徽奖，荷兰羽毛奖，荷兰温布旗奖，法国巴达博克奖，法国八角美术奖，法国八角荣誉奖，德国瑟堡城市奖，日本猫头鹰奖，法国儿童诚实选书奖。

作品导读

这是一册充满了儿童游戏精神、洋溢着轻松的雅谑与幽默风格的绘本故事。绘本大师汉斯·比尔举重若轻，在我们面前展开了一个放松和恣意的童年。一组组妙趣横生的图画，记录着一个天性未泯的成年人，一个童心怡然的绘本作家，对那些顽皮好动的小孩子的早期成长的观察、发现、纠正与呵护。清亮的和散文化的浅语，简单的和生动有趣的对话，偶尔会出现一点幽默与夸张，增加了叙述上的喜剧效果。期待着所有为人父母者，还有我们每一个成年人，都能从小猪闹闹的放松而恣意的童年生活里，重新获得对“好的童年”“好的家长”“健康的个性”“快乐的成长”这些命题的新的理解、新的感悟。

参考文献

[1] 郝广才．好绘本　如何好[M]．南昌：二十一世纪出版社，2009.

[2] [日]松居直．幸福的种子[M]．刘涤昭，译．济南：明天出版社，2007.

[3] 彭懿．世界图画书阅读与经典[M]．南昌：接力出版社，2006.

[4] 朱自强．亲近图画书[M]．济南：明天出版社，2011.

[5] [加]诺德曼，雷默．儿童文学的乐趣[M]．陈中美，译．上海：少年儿童出版社，2008.

第七章　幼儿散文

导　言

幼儿散文，作为幼儿文学中的一朵奇葩，对幼儿的发展具有不可替代的独特价值。本章以优秀的幼儿散文为例，力求让学生从概念、发展、分类、功能和特征等角度对幼儿散文有一个较为全面的了解；探讨鉴赏方法，以提高学生对幼儿散文的品读能力。

学习目标

理解幼儿散文的概念；了解幼儿散文的发展、分类和功能；掌握幼儿散文的特征；懂得如何鉴赏幼儿散文。

第一节　幼儿散文概说

一、什么是幼儿散文

散文是与韵文相对的一种古老的文体。按中国古典文论的界定，散文是指诗、词、曲、赋等韵文之外的一切文学样式。经过漫长的演进，散文的概念不断发展、变化。当代的散文概念，具有广义和狭义之分。广义的散文是指与诗歌、戏剧、小说等并列的一种文学样式，包括抒情散文、随笔、杂文、游记、传记、见闻录、回忆录、报告文学等。近年来，由于传记、报告文学、杂文等已发展为独具特色的文体，所以人们又趋于把散文的范围缩小。狭义的散文，即抒情散文，或称艺术散文，注重叙事、抒情和议论的“三体并包”，是一种长于观照写作者的内心世界、抒发主体情思的内向性文体。

本书中的幼儿散文属于狭义散文范畴，是指以幼儿为接受主体，传达幼儿生活情趣及心灵感受，适合幼儿审美需求和欣赏水平，提升幼儿文学素养、语言能力的散文样式。也可以这样理解，幼儿散文是指那些适于幼儿阅读的，用凝练、生动、优美的文学语言写成的叙事、记人、状物或写景的作品。幼儿散文可以通过某些片断的生活事件来表达一定的所思所感，一人、一事、一草、一木均可成为幼儿散文的题材。幼儿散文的欣赏对象主要是幼儿园中大班的处于四岁至六岁的幼儿。

二、中国幼儿散文发展概况

我国散文的历史悠久，但幼儿散文在我国起步较晚。“五四”新文化运动时期，冰心为《晨报副镌》写的系列散文《寄小读者》开儿童散文之先河。这期间，不少作家也主动投笔幼儿散文，以幼儿的眼睛和心灵去观察和体悟生活、描绘世界，注重“童真”“童趣”的表现，对当时乃至后来的幼儿散文创作都产生了良好影响。冰心的《一只小鸟——偶记前天在庭树下看见的一件事》(1920)、刘半农的《雨》(1920)、郑振铎的《纸船》(1922)、路衣言的《太阳出来了》(1926)等是当时幼儿散文的优秀代表。在其后20多年间，由于社会动荡、经济衰退、文化教育落后，幼儿散文的创作停滞不前。为幼儿写过散文的作家有严文井、贺宜、陈伯吹、郭风等。解放以后，由于多种原因，幼儿散文就像儿童文学里一叶寂寞的孤舟，发展仍然很缓慢。

直到20世纪80年代，伴随着改革开放的春风，幼儿散文才得以真正崛起。海外大量优秀的幼儿散文作品被译介过来，大陆的幼儿文学作家从中深受启发：用灵活、自由的散文样式表现幼儿生活及其心灵感受，不是也能够带给幼儿欢愉和美感吗？于是，幼儿散文作品也如雨后春笋般出现在全国低幼报刊上。幼儿散文作家队伍迅速壮大，除老一辈的作家冰心、郭风、方轶群、黄衣青、张继楼等外，更多的作家加入了这一行列，如金波、望安、嵇鸿、胡木仁、吴然、夏辇生、佟希仁、张秋生、郑春华等，他们的散文创作既继承了老一辈幼儿散文作家的优良传统，又赋予幼儿散文新的时代气息和生活趣味，作品深受大人和孩子的喜爱。在以后的20年间，幼儿散文发展迅速，不仅作品数量超过以往五六十年的总和，而且题材广泛，形式多样，表现手法和语言表达更多地顾及了幼儿心理、幼儿情趣以及幼儿的欣赏水平。全国陆续出版了一大批幼儿散文专辑，比较有影响的有《中国幼儿文学集成》中的《诗·散文编》(1991)、《中国当代幼儿散文精品》(1997)、《中国新时期幼儿文学大系·散文卷》(1998)、《中国幼儿文学作家散文丛书》(2000)。

新时期以来，虽然幼儿散文的发展仍不及幼儿童话、幼儿故事、幼儿图画书，但幼儿散文的艺术成就一点都不低。作家们怀着童心，倾注热情，为孩子们创作了不同样式的幼儿散文。

值得一提的是，幼儿散文在大陆发展的同时，我国香港和台湾地区也涌现出不少幼儿散文作家、作品。港台地区的儿童出版物数量激增，种类繁多，覆盖了儿童文学的各个门类，出版品多元化、风格化、国际化、专门化，在两岸合作交流和绘本制作等方面走出了一条全新的道路。其中就有不少图文并茂、文情并茂的散文精品集，如桂文亚的《美丽眼睛看世界》和《大外套的秘密》、林良的《小太阳》、林方萍的《屋檐下的秘密》等，无论在港台或是大陆都拥有广泛的读者，极大地促进了两岸地区的幼儿散文创作。

三、幼儿散文的功能

幼儿散文是别有风味的，“它也许没有童话的超拔幻想，没有故事的完整情节，但散文有精短的篇幅，有规范的语言，它所描绘的意境如诗如画，可以在孩子面前展现一幅幅文字的图画，一首首语言的歌曲”，① 它在幼儿成长过程中的功能是不容忽视的。

(一)陶冶幼儿性情

优秀的幼儿散文往往具有优美的情感，能陶冶幼儿性情、气质和感情，让他们摒弃顽劣和粗野，变得文明而高尚。正如桂文亚所言：“好的儿童散文，更有一种积极的力量，提升我们的性灵，引导我们在人生的途中向上、向善。”例如望安的《松竹梅》用拟人的手法，向幼儿描述了松、竹、梅在风雪严寒中经受考验的情境，不仅介绍了自然界的松、竹、梅耐寒的品性，同时也鼓励孩子们学习松、竹、梅的坚强品格。金波的《我不哭》写一个孩子又哭了，可谁也没理他，他哭到觉得“真没意思”，便不哭了，却“引来了全家人的笑”，于是他懂得了“笑多么好啊”。作品用生动浅显的语言，带给孩子对生活的发现和思考，潜移默化地感染幼儿保持情绪上的平衡与和谐。

(二)丰富幼儿语言

根据脑生理、心理学家的研究，发现儿童的语言发展经过几个明显的质变：2 岁以内是学习本国语言的关键期；2～3 岁是口语发展的质变期；4～5 岁是口语发展的第二个质变期，也是书面语言发展的关键期；5～6 岁是掌握词汇能力的关键期。② 幼儿散文的语言既生活化、口语化，又有不少生动形象、规范优美的书面语，表现手法灵活，可供幼儿学习叙事、记人、状物或者写景，正适应了处在这两个“质为变期”的幼儿发展语言的需要。因此，给幼儿欣赏散文，让幼儿在欣赏散文的快乐体验中情不自禁地记诵，回味文中的优美词句，可以使幼儿在学习口语的同时，初步感受书面语言的丰富多彩和神奇魅力。这就有利于幼儿从学习口语过渡到学习书面语，有利于“幼小”衔接。

(三)开拓幼儿眼界

与幼儿文学其他体裁相比，幼儿散文的题材是最广泛的，反映的生活面宽，内容丰富，日月星辰、花鸟虫鱼，无所不包。它既有表现幼儿生活和情感的篇章，如郑春华的《很大很大的爸爸》、唐珊的《妈妈的梦》等，又有知识性、趣味性很强的短文，如李昆纯的《怕痒树》、金波的《会飞的枯叶》等；更有描写大自然风光的游记体散文，如嵇鸿的《庐山的云》、乐美勤的《布鲁塞尔的铜像》等。幼儿散文为幼儿打开了一扇又一扇通向生活、通向世界的窗口，将大大开拓幼儿的眼界，增长他们的知识，丰富他们的生活经验。

(四)促进幼儿思维发展

语言是思维的表达方式，思维是语言所表达的内容。幼儿散文中展现的生动形象、

---

① 金波．会走路的雪人·文学启蒙，影响孩子的一生(代序)[M]．北京：教育科学出版社，2011：3.

② 刘爱云．幼儿语言表达能力的培养[J]．安阳师范学院学报，2004(6).

丰富色彩、悦耳声响，可以帮助幼儿在头脑中形成鲜活的意象，促进其形象性思维的发展。例如吴珹的《梅花鹿》，由“鹿角”联想到“树丫”，再由“树丫”想到梅花鹿不喜欢春天，因为它身上开满了梅花；再由“梅花”想到“鹿角”，想到“树丫”，想到梅花鹿的妈妈“也许就是一棵会跑的梅树”。作品想象奇特，给幼儿提供了形象性思维的摹本。幼儿散文往往将生活和人生中的诸多哲理贯穿于单纯、生动、饶有趣味的叙事与抒情之中，从而使文章具有超越生活的理趣，带给幼儿以形象生动、浅显易明的教益，有助于幼儿理性思维的培养。例如向民胜的《小草的眼睛》，小草上挂着亮晶晶的小露珠，引起了娃娃天真的问话：“妈妈，是小草在哭吗?”妈妈说：“小草不哭，小露珠是它的眼睛。”娃娃通过观察发现阳光下“小草的眼睛真美”，小草却说：“那是因为你的眼睛美”。作品的境界一下子提高到哲学的高度：“只有爱美的眼睛才能发现美，只有美的眼睛才能看见美。”

(五)培养幼儿审美能力

幼儿散文用美的文字，再现美的生活，营造美的意境，表现美好的人情、人性和人格，是真正的“美文”。听、读幼儿散文，可以培养幼儿的审美能力，同时使他们受到美的熏陶，提高他们的思想境界。例如苏霍姆林斯基的《蜜蜂的音乐声》，作者把蜜蜂从早到晚“嗡嗡”的忙碌声想象成蜜蜂拨动琴弦演奏的音乐声，将蜜蜂的劳作艺术化，流泻出对蜜蜂勤劳品格的赞美之情。蜜蜂劳作的声音是美的，回荡着蜜蜂音乐声的世界到处洋溢着生命的歌唱，也是美的，因为它们都奏响着蓬勃的生命旋律。想想看，纤细的琴弦在鲜花中，太阳把琴弦拧紧在花瓣之间，“蜜蜂飞到花上，坐在花瓣中间，用自己小小的脚掌拨动那些细细的琴弦”。这是多么优美又富有童趣的意境啊！“闭上眼睛听”，作品告诉幼儿除了用眼睛看之外，还有一种发现美的方式，那就是用耳朵倾听。

第二节　幼儿散文的分类

幼儿散文可以根据内容的侧重点和表达方式、表现手法的不同进行分类。当然，各类散文之间有交叉现象，界限不是绝对的。

一、幼儿叙事散文

幼儿叙事散文侧重描述幼儿生活中发生的事。它可以完整地叙述一件事，也可以只写一件事的片段，不一定要有事件的全过程。幼儿散文毕竟是散文，不是小说，所以在必要的时候，叙事必须简化淡化情节，使情节为抒情服务。幼儿叙事散文所涉及的内容很广，可以是与幼儿生活相关的幼儿园、家庭、社区、乡村、都市，也可以是学习、娱乐、旅游、玩伴等各方面的事情及所见所闻所思，因而幼儿叙事散文往往充满现场感和生活气息，能从不同侧面表现生活的美好，启发幼儿热爱生活，关心周围的人和事。例如望安的《小太阳》写的是一个小孩子陪刚刚病愈的姥姥晒太阳并分吃一个橘子的事，写的只是一个生活片断，却展现了一幅祖孙情深的温馨动人的生活图景。

又如滕毓旭的《一朵会说会笑的山菊花》，记叙的是孩子和妈妈在树林里捉迷藏的事情：

孩子和妈妈在树林里捉迷藏。

两只粉红色的蝴蝶从妈妈身边飞走，追着扑楞楞的小辫儿，飘进花丛里不见了。

“妈妈，你找呀，看我藏在哪?”

妈妈故意不往花丛那边看，却向一棵大树走去。树儿轻轻摇，发出哗啦啦、哗啦啦的响声，一簇簇小蘑菇，擎着伞儿站树下。

“妈妈，别到大树后面找，那里有小鸟，别吓飞了它!”

妈妈停住了，还是不往花丛那边望，却故意用手拨开草棵。一只大肚蝈蝈被惊动了，一个高儿蹦到草尖上，悠悠打起了秋千。

“妈妈，别到草稞里找，那里有小兔，别吓跑了它!”

这时，妈妈踮起脚尖儿，一步步向花丛走去。孩子闭着眼，咯咯笑着。突然，妈妈一下把孩子抱住了。

孩子仰着脸儿，不明白地问：“妈妈，你怎么知道我藏在花里呀?”

妈妈甜甜地说：“我的小妞妞，是朵会说会笑的山菊花!”

作品中就有一些情节描写，特别是对妈妈两次故意装作没看见和孩子两次对妈妈的提醒，写得特别传神，将孩子的天真、稚拙、可爱表现得淋漓尽致，将妈妈的亲切、幽默、童心未泯、满怀爱心写得入木三分。其中的对话，更是充满情趣，荡漾着浓郁的幼儿生活气息。这一对母女情纯真、自然、和谐，令人向往。

二、幼儿抒情散文

幼儿抒情散文重在抒发幼儿对生活中的人、事、景、物的纯真美好的感情。它常以幼儿为抒情主体，表现幼儿随时随地随物而引发的点滴情感。它可以直接抒情，也可以间接抒情，或融情于景，或借景抒情。但无论哪一种抒情方式，都重在将幼儿隐约感知到的自然美、生活美、情感美显现出来，让幼儿受到美感熏陶，以引起他们对大自然和生活的热爱。例如张秋生的《妈妈睡了》：

妈妈睡了。

妈妈在哄我午睡的时候，她自己先睡着了，睡得好熟、好熟。

像我睡着时，妈妈常爱在边上看我一样，我也看着妈妈睡觉……

睡梦中的妈妈真美丽。

妈妈明亮的眼睛闭上了，紧紧地闭着。她弯弯的眉毛也在睡觉，睡在妈妈红润的脸上。

妈妈的嘴巴微微张开着，好像还在给我唱着催眠的歌谣……

睡梦中的妈妈好慈祥。

妈妈微微地笑着。是的，她在微微地笑着，她的嘴巴、眼角都挂着笑意。好像在睡梦中，妈妈又想好了一个故事，等会儿讲给我听……

睡梦中的妈妈好累。

妈妈的呼吸是那么深沉。她细软的头发黏在微微渗出汗珠的额上。窗外，小鸟儿在唱着歌，风在树叶间散步，发出沙沙的响声，可是妈妈全听不到。她干了好多活，累了，乏了，她想甜甜地睡一觉。

妈妈睡了。

作品写一个孩子端详睡着了的妈妈，通过妈妈睡着时的眼睛、嘴巴、笑容、呼吸、头发，他细腻地感受到妈妈的美丽、慈祥、辛劳。作者以第一人称的口吻深情地抒发了孩子对妈妈的体谅、理解和挚爱。读者很容易被文中的孩子感动，为文中的妈妈而欣慰、自豪。

三、幼儿写景散文

幼儿写景散文侧重描绘优美的自然风景、四季变化及其季节特征。它可以写一山一水的某一特点，也可以写某一处的景物。不管写什么景，它都注重挖掘景物的诗情画意，呈现幼儿隐约感知到的自然美，让幼儿受到美感熏陶。如夏辇生的《项链》：

大海，蓝蓝的，又宽又远。沙滩，黄黄的，又长又软。雪白雪白的浪花，哗哗笑着，涌向沙滩，悄悄撒下小小的海螺和贝壳。

小娃娃嘻嘻笑着，迎上去，捡起小小的海螺和贝壳，串成彩色的项链，挂在自己的胸前。快活的脚印落在沙滩，串成金色的项链，挂在大海的胸前。

这篇散文犹如一段优美的海边风光短片，色彩明丽，动感十足。作者巧妙地采用变焦镜头，先从大海远景切入，然后慢慢推至近景，逐一展现沙滩、浪花、海螺和贝壳、小娃娃和项链，最后又拉为脚印、沙滩和大海的远景。这些镜头能引起幼儿无限的遐想，从而感受大海沙滩的美。文中最精妙的一笔在篇末，把娃娃留在沙滩的“快活脚印”比作挂在大海胸前的“金色项链”，想象奇特、贴切、生动。它与前文中挂在娃娃脖颈的用“海螺和贝壳”串成的“彩色项链”相映成趣，让幼儿于现实的快乐、想象的诗意中沉淀对自然和生活的热爱。

幼儿写景散文中，还有一种着重描述中外名胜风光、山水人情和幼儿在旅途中的见闻感受的游记散文。它一般不像成人游记那样在视角结构上追求多变，而且穿插复杂情节和典故，让人浮想翩翩，而是将目光对准某旅游胜地的一个小景，线索单纯地向孩子介绍景点的主要布局或特色，且通常以孩子的口吻来叙述和描写。幼儿游记散文可以让幼儿感知到世界的辽阔、美好，例如望安的《大卧佛》、嵇鸿的《猴子岛》、张继楼的《忠实的旅伴》等。

四、幼儿童话散文

幼儿童话散文是童话与散文的有机结合，它往往借助童话的意境与情节、童话的想象与幻想，用散文的形式来描写拟人化了的童话形象，表现幼儿的日常生活。它有情节，但比童话里的情节要简单些、平淡些；它也有矛盾冲突，但其矛盾冲突相对于童话中的人物关系要简单得多。它的语言新鲜活泼，形象亲切可爱，能让幼儿感到新奇，进而品尝到生活的甜美。例如彭万洲的《荷叶》：

荷叶儿伸出水面，顶着一片蓝蓝的天。

蜻蜓飞来了，高兴地说："这是我的机场。"

青蛙跳上去，高兴地说："这是我的唱片。"

鱼儿游过来，高兴地说："这是我的雨伞。"

滴滴答答，真的下雨了，我把荷叶当斗笠，顶着雨跑回家了。

奶奶取下荷叶，高兴地说："多香的叶儿啊！"

一会儿，奶奶让我吃叶儿粑，那粑粑就是用荷叶包的，清香绵软，真好吃！

哇，打嗝都有一股荷叶味儿……

作家以"荷叶"为审美对象，凭借着孩子般神奇的想象，将蜻蜓、青蛙、鱼儿拟人化，赋予大自然之物以人性美的魅力；把"荷叶"比作"机场、唱片、雨伞"既夸张到极致，又贴切到自然；而"我"的聪明、顽皮，"奶奶"的慈爱，"叶儿粑"的清香，更是演绎出一幅人与自然和谐相处的动人故事，营造了一个清新、脱俗、美妙的童话世界。

五、幼儿知识散文

幼儿知识散文以向幼儿介绍知识为宗旨，是一种寓知识于形象描写之中的幼儿散文。它不同于科学小品文，也不同于生活常识的介绍文。它从幼儿视角立意，篇幅短小，写法灵活，常以新奇有趣的构思、生动活泼的语言和颇有抒情气息的笔调来传达一些知识，开阔幼儿眼界，丰富幼儿对大自然对生活的认识。例如金波的《小麻雀洗澡》：

就像我们常常洗澡一样，有的小鸟也常常洗澡。

绿头鸭、鸳鸯会游泳，常常在水中洗澡，洗净羽毛和皮肤，然后游到岸上，抖掉身上的水珠，开始用嘴梳理着羽毛。

小麻雀不会游泳，不能到水里洗澡，怎么办？它就卧在小小的沙坑里，抖动着翅膀，把沙土一次一次地扬到身上，然后抖掉，反反复复，一次一次，就这样，用沙土把藏在羽毛里的脏东西、小虫子都洗掉了，飞起来就轻松多了。

聪明的小麻雀！

作者运用拟人的手法，以生动有趣的笔调将绿头鸭、鸳鸯、小麻雀保持自身干净的方式写得平易近人，也潜移默化地传递了常洗澡、讲卫生的生活观念。作品采用明白易懂、真实具体的语句，清新活泼，富有节奏感。一句"聪明的小麻雀"的赞叹作结，充盈着多么纯真的情感啊！

给幼儿讲知识，最忌平板的介绍说明，他们消化不了知识硬块。因此，幼儿知识散文往往会增添童话色彩来吸引幼儿，生动有趣地传播知识。例如薛卫民的《月亮渴了》：

天空渴了，月亮和那些小星星渴了。

太阳说："我给你们舀些水来喝吧。"

太阳从大地上、河里、江里、大海里，蒸起无数的小水珠儿；小水珠儿成帮成伙地升到天空，就这样，天空喝到了水，月亮和小星星喝到了水，它们不渴了。

喝剩下的水，月亮和小星星又还给大地，还给江河和大海，它们泼呀，泼呀——

亮晶晶的雨丝从天上飘下来了，小朋友们看见了，他们拍着手喊："下雨喽！下雨喽！"

作者把水遇热变成水蒸气升上天空，形成雨以后再降下来这个自然现象的物理知识，融入带有童话色彩的散文里，既形象生动，又新颖有趣，很容易为幼儿理解和接受。

必须说明的是，不能把用"问答""自述"形式向幼儿介绍知识的读物混同于知识散文；在各种幼儿散文里，也大都渗透了一些简明知识，但它们也并非知识读物。此外，幼儿散文常以散文诗的形式出现。它兼有幼儿散文和幼儿诗歌的特点，即不一定押韵，写法同散文一样，只是更注重语言节奏，内容富于诗意。

第三节　幼儿散文的特征

同成人散文一样，幼儿散文以记叙真人真事、真情实景为内容，题材广博丰富，构思立意新颖独特，结构形式形散神聚、灵活多样，情感真挚，意境优美。但是，幼儿散文又因读者对象的特殊性而具备一些自身的特点，表现出"散文化"与"幼儿化"的特征。"幼儿化"使幼儿散文区别于其他年龄段的散文，要求幼儿散文富于幼儿情趣，符合幼儿的年龄特征，用幼儿的思维去考察世界。"散文化"则使幼儿散文区别于其他体裁的幼儿文学，它既可以像诗歌那样抒情写意，而不必讲究音律节奏；又可以像童话、故事那样记人叙事，而不必拘泥于情节结构的完整。

幼儿散文具体表现出如下审美特征。

一、题材广阔，童趣盎然

幼儿散文的题材包括了世间一切，天文地理、声光雷电、阴晴风雨、风光景物、人文历史、中外奇闻、科学技术、社会生活、道德情感、风土人情、花鸟虫鱼……凡是有助于幼儿提高思想认识、开拓眼界、丰富知识、启迪智慧、陶冶性情、培养美感的题材和内容，都可以进入幼儿散文的题材范围。

虽然题材广阔，但并不是任何一种内容都可以进入幼儿散文写作的视野，幼儿散文表现的一定是充满幼儿情趣的生活。以纯真的童心表现童趣，借物象的描述融贯情感和理趣，是幼儿散文的鲜明特色。童心童趣，既包括幼儿的天真活泼，还包括幼儿特有的正义感、深厚的同情心、奇妙的想象力、对天地的好奇心、对英雄名人的崇拜和水晶般的诚挚坦率、无私善良。就幼儿情趣的表现来看，幼儿散文常常将幼儿稚气拙朴的语言、行为、心理与具体的情境、时间结合起来，用幼儿视角来观察人、事、物、景，表现幼儿纯真美好的心灵世界，以此营造盎然的幼儿情趣，给读者以无尽的回味和快乐。例如管用和的《星星》：

“妈妈，我在黑夜里行走，你能不能看见我呢?”

“月亮还没有出来哩，稍远一点我就什么也看不清了。”

我将一个萤火虫粘在自己的额头上，在场上轻手轻脚地走着。

“妈妈，现在你能看到我吗？你看我像个什么?”

“哟！我看到我的小秧儿了，是一个小小的萤火虫哩。”

“不！妈妈，你再仔细看看。”

“哦，看清楚了，是一盏小小的灯!”

“不！妈妈，你睁大眼睛看看。”

“嘿！这一回我可看明白了，是一颗亮闪闪的夜明珠啊!”

“不！不！妈妈，你老是猜不着——我是地下的一颗星星!”

作品中孩子所提出的问题，是童年哲学思考的开始。关于“我是地下的一颗星星”的想法，既包含着童年的天真，也表达了属于童年的生命感觉，是童年诗性思维的一种天然流露。

幼儿散文在描绘幼儿眼中的世界时，常常将一些简单的事理和哲理融于其间，留下了思想和智慧的感光，传达出一份悠远慈爱的人性关怀。例如金波的《小小的希望》：

我有一个小小的希望：

我真希望能有那么一天，

小鸟能听懂我的话，我也能学会讲小鸟的话。

到那时候，我就可以告诉小鸟：

不要往那边树林里飞，那边有个举着猎枪的人；也不要到这里来，这儿，张着捉鸟的网。

我要和小鸟一起飞到另一片树林里。我躺在林中的草地上，望着头顶上绿叶间的小鸟，我们用彼此都能听懂的话，交谈着春天、树林、花朵，还有越来越多的花园。

一个孩子，盼望着能和小鸟交谈，好告诉它树林里埋伏着的危险。一个孩子小小的希望，抵抗着林子里举起的猎枪和张开的捕鸟网。这样一种力量和情感的对比，让我们同时看到了悲哀和希望，看到了欢乐和忧伤，看到了人与自然的割裂以及它们实现在孩子身上的和谐。

二、短小真实，意象生动

散文是“真”的艺术，不仅要写真人真事，更要抒发真情实感，表达真知灼见。真实是散文的生命，真实也是幼儿散文的生命。幼儿散文不论写什么、怎么写，都要求内容真实、描写真切、情感真挚、文字真诚，即便是将现实生活中不存在的童话类想象和幻想放到表现范围里，使幼儿散文穿上迷人的外衣，其实本质还是现实生活的重现。例如金波的《夏夜》写的是妈妈摇蒲扇陪孩子在炎热夏天入睡的经过；方铁群的《冬爷爷的图画》借用孩子们的想象，写冬天窗玻璃上结上小冰花的景象，给小读者的感觉都是发生在自己身边的真事。郭风的童话散文《初次的拜访》，写一群花的孩子和土蜂去拜访野菊，受到热情接待。无论是青草丛中的小屋、穿绿色短衫的野菊，还是小屋的摆设以及花儿和土蜂的玩耍游戏，无不散发出质朴、浓郁的幼儿生活气息。作家怀着晶莹剔透的童心，借助幻想，将孩子们的世界化为花朵们和昆虫们的世界，把幼儿生活童话化、艺术化了。

传统的散文理论强调“形散而神不散”“心游万仞，思接千载”，所以写起来常是洋洋洒洒。幼儿散文显然不能这样，其读者对象的年龄、阅读心理决定了它的篇幅必须是短小的。例如鲁兵的《春娃》、望安的《夏天》、王勤的《我的洗脸盆》、吴珹的《梅花鹿》等，都是两百字以内的散文精品。

由于篇幅短小，幼儿散文的内容集中单纯，不必对事件的来龙去脉交代得十分清楚，只要抓住最富有特征的人、景、事、物来描述，也不必铺陈开去，围绕一个中心反复叙写。这就使它和幼儿诗一样，也要借助意象来传达感情、暗示思想。但幼儿散文的意象是“再现”和“表现”同时具备的写实性意象，具体生动。例如吴然的《鸟树》：

我们村前有棵大榕树。圆弧形的树冠，绿光闪闪，投下很大一片树阴。

我们喜欢到树阴下来玩耍。

这时候，我们听到许多鸟儿在树上鸣唱，看到许多鸟儿在枝叶间跳跃。有羽毛鲜艳、体形很小的太阳鸟；有戴着花冠、穿着花裙子的布谷鸟；还有周身黑得发亮、嘴角淡黄的八哥……它们嘈杂一片，唱着，吵闹着。

最有趣的是傍晚，没有风，晚霞染红了天边。一群一群的鹭鸶从霞光里飞来了。它们在水田里捉了一天鱼，现在飞回来了。它们的窠搭在榕树顶上。它们盘旋着，声音尖细地叫着，落在树梢上。整个树冠一片雪白，颤颤悠悠地摇晃起来。

我们村前的大榕树，变成了一棵多么美丽的“鸟树”呵！

村前的大榕树是鸟的天堂，因而成了“鸟树”。散文在描绘“鸟树”这一意象时，仅仅抓住了孩子眼中两个富有生命力和诗情的瞬间：一是无数鸟儿在树上鸣唱时的热闹景象；二是傍晚鹭鸶在树梢上盘旋、栖落的美丽景象。借助孩子与“鸟树”的心灵交流，抒发了孩子对自然美的由衷赞叹，体现了人与自然和谐相处的美好。

三、灵动自由，想象丰富

自由自在是儿童的天性，而无拘无束是散文这一内向性文体的特质。散文，尤其是幼儿散文十分注重情感表现的率真、坦荡，充分彰显自由精神。因为题材广阔，幼儿散文在结构、选材、写法上非常自由和灵活，可以在朴实的叙述中显出真情和感悟，也可以灵活地调动记人、叙事、抒情、咏物、讽刺、幽默等各种手法，创造色彩斑斓、意蕴深远的散文情境和意旨；还可以从各种不同角度、不同层次、不同侧面展示主体生命的体验和思考。总之，只要幼儿能接受的艺术手法都可以使用。这种自由和随意，有效地拉近了生活和文学的距离，使幼儿散文和成人散文一样，拥有很大的读者群。例如樊发稼的《放学路上》《我最喜欢春天》，圣野的《午睡》《三点半》，金波的《尖尖的草帽》《小河》，郑春华的《出来玩》《很轻很轻》等都是优美的幼儿散文。

幼儿散文的灵动自由还体现在洋溢着幼儿情趣的丰富想象中。幼儿散文的想象虽然不像童话那样任意驰骋，但与成人散文相比，总是明显地带有天真浪漫、稚拙优美的特点。例如东达的《雨》，平凡的雨景勾起好奇孩子无尽的美妙想象："蓝色的、细长的雨丝，是用数不清的珍珠串起来的"，是"美丽的长裙子"，"雨"在此变成了美丽的小姑娘；屋檐下叮咚作响、敲打荷叶的雨声是"脚步声"和"说话声"，"雨"变成一个调皮好奇的孩子，睁着好奇的眼睛到处奔跑、到处发问，还把那么多的问题抛进沟渠和水潭。"那么多数不清的圈圈和问号"是"你提出的许许多多问题，让我们回答吗?"透过"我们"对雨的天真又丰富的联想、想象和思考，一种特别的童趣流泻其间，让人回味无穷。

又如普里什文的《树和树说悄悄话》，作者借助鲜明生动的"树"之意象，呈现大自然的美丽可爱，营造春夜温暖静谧的意境，抒发对春天的喜爱赞美之情。文中最具独创性的要数对树们夜晚细声说话的想象："一株小白桦树在那边儿叫着，另一株小白桦树在那边儿应着；一棵小白杨树，绿油油蜡烛似的，在林中空地上生长出来，它摇摆着细嫩的树枝儿，招呼另一棵同它一样的小白杨树，让它到自己这边儿来；李子树和李子树会互相伸出细细嫩嫩的枝条，像小朋友和小朋友一样把它们的手牵在一起。"原来"我们说话用声音，而树们说话，用的是各自的香味儿"。这种充满幼儿情趣的想象，会带给读者别样的审美体验。

四、情景交融，意境优美

散文是美文，它美在浓郁的感情和优美的意境水乳交融，呈现虚实相生的悠远意蕴。意境是作者将思想感情化入语言的形象描写中所表现出来的一种情景交融、物我交融的艺术境界。幼儿散文追求童话般优美的意境，无论抒情还是叙事，状物还是写景，都要着"幼儿之色"，将幼儿的"情"和幼儿眼中的"景"交融在作家精心构造的散文氛围之中，"物我"两忘，营造出一份看似浅显明朗，实则悠远深厚的诗意。以浓郁的幼儿情趣美化诗的意境，以优美的意境展示童稚童真的情趣，是幼儿散文的魅力所在。幼儿散文的优美意境，是作者根据幼儿心理特点和思想感情，通过细心观察和体验，在孩子熟悉的平凡生活中寻找蕴藏着的美的结果。例如傅永健的《上学一路歌》：

春天上学，走一路，采一路花。黄色的是蒲公英，紫色的是车前子花，绿色的是打破碗花……走一路，采一路，采得满手香，满身香，到后来，满教室香。

夏天上学，走一路，蹚一路水。小溪从山上流下，我们随着它跳跃山石，随着它绕弯曲行，伴着叮叮咚咚的水声唱歌。末了，教室的地上，满是各种花纹的湿脚印。

秋天上学，走一路，吃一路。砸吃落在地上的青皮核桃，砸得手指像黑炭条，洗也洗不掉；摘酸枣吃，哪棵树上的红，摘哪棵树上的；今天不红，明天就红了，不必带饭，肚子饱饱的。

冬天上学，小溪变成了长长的大滑梯。我们或站、或坐，在冰上一冲，要么让伙伴帮忙一推，便从自家一直滑到学校。一路哒哒哒哒，哒哒哒哒，睁开眼，像在坐汽车；闭上眼，似在坐飞机。"到了！"伙伴们互相提醒着，以免坐过"站"，大伙又都怪学校太近太近。

作者为孩子们营造了一个诗化的意境，把“寒窗苦读”变成了充满童趣的游戏：春天五彩斑斓的野花使上学的孩子们身上和手上余香袅袅；夏天走一路水，蹚一路水，让教室的地上满是各种花纹的湿脚印；秋天酸甜清香的野果喂饱了孩子们的肚子；而冬天更是一个童话般的季节，一路溜冰就到了学校。相信每个孩子都会喜欢这种充满诗意的求学路。

五、语言朴实，明丽清纯

散文是抒情性的美文，其景美、物美、意也美，而最能给人以直观美感的，首先是语言的美。写给幼儿的散文，语言是必须讲究的，既不能单纯地模仿使用幼儿的语言即所谓“娃娃腔”，又不能完全照成人的语言写。幼儿散文的语言应是幼儿语言与散文语言的融合，它浅显朴实，明丽清纯，渗透着幼儿的情调和趣味，这是幼儿的理解力和欣赏趣味所决定的。如果幼儿散文的语言明显难懂或过于沉郁顿挫，就会让幼儿难以接受。所以优秀的幼儿散文，其语言犹如明净的雪域天空或清澈的山间小溪，明朗而不晦暗，流畅而不梗塞，并处处跳动着稚拙的童心。幼儿散文的意境美和幼儿情趣，都是通过语言来表现的。例如夏辇生的《抬轿子》：

男孩子，搭轿子，女孩子，坐轿子，一颠一颠出村子。女孩戴着野花环，活像一个新娘子。

“去哪儿呀？”男孩子问。

“找新郎！”女孩子说。

“新郎在哪呀？”男孩子瞪大眼睛找。

“太阳里！月亮上！”女孩子咯咯笑弯了腰。

轿子掉转头，“嗵嗵”往回抬。任女孩子捶，任女孩子嚷，抬轿子的都成了哑巴样。

回到大树下，“叭！”轿子散了，新娘摔了。“哑巴”扯开嗓门大声嚷：

“新娘子送上太阳、送上月亮，谁跟我们抬轿、斗嘴、过家家？”

作品描写乡村孩子玩抬“新娘”出嫁的游戏情境，表现孩子们天真无邪、两小无猜的纯真情谊。作者选取朴实、明丽、清纯的语言，将孩子们“一颠一颠”和“瞪大眼睛找”的稚趣、“戴着野花环”和“咯咯笑弯了腰”的乐趣、“任女孩捶，任女孩嚷”和“谁跟我们抬轿子、斗嘴、过家家”的痴趣，表露得活灵活现，入木三分。尤其是“找”“笑”“捶”“嚷”“散”“摔”等动词的使用，惟妙惟肖地勾画出游戏的情境，渗透了浓浓的幼儿情趣。

第四节　幼儿散文的鉴赏

幼儿散文文本的构成从语言、意象到意蕴，是多层面的；其内涵组合从思想情感、认识价值到艺术审美，又是多侧面的、全信息的。不同类型的文本，从形式到内涵，又都各有侧重，其审美要求也会不同。比如鉴赏叙事散文时，不能停留在人物、事件的表面，把它仅仅当作故事来解读，而是要求随事赋形，品味意趣，忽略了对情趣、意趣的体察，无异于买椟还珠。鉴赏写景散文时，要抓住作品中的形、声、色、味、状态、神韵，通过联想和想象，深切感受画面、物境所包含的情韵，寻找到平常的山川风物、花鸟鱼虫所寄寓的深层意蕴。鉴赏抒情散文时，要把握好两种不同的情韵：一种是直抒胸臆，用充满激情的话语将情感直接表露出来；另一种是间接抒情，依附于叙事、写人、写景来抒写情怀。对于前者，要求鉴赏者具有直觉的感悟能力，能迅速激发自己的情感投注到文本中，达到与作者产生共鸣的情感状态；对于后者，寻找人物、事件感人心魄的地方，才能把握文本的情意核心。

初学鉴赏，可先从幼儿散文的几个重要组成部分逐一进行体悟。

一、领悟文题

相当多的幼儿散文作者很讲究散文题目的拟制，题目中隐含了作者的良苦用心，这是打开作者情思大门的钥匙。阅读欣赏时要细心地领悟文题，看看题目有没有特色，有什么样的特色，一旦体会到作者的用心，便能很快地进一步探索、鉴赏文章的内容。比如王勤的《我的洗脸盆》，文题就十分有特色。洗脸盆是幼儿最为熟悉的物品，每天都要用到，很容易引起幼儿的兴趣，可这个洗脸盆却不一般，不但大，有鱼、有虾、有船……而且水总是碧清碧清的，多神奇啊！原来我的“洗脸盆”是“太湖”，我的家在太湖的渔船上。我与“洗脸盆”的亲密关系，我对家乡太湖的喜欢、赞美之情都融入了字里行间。朴实亲切的文题与童真奇趣的内容巧妙融合，浑然天成，能对幼儿起到“润物细无声”的效果。如果把文题改为“太湖”或者“我的家乡太湖”“我爱家乡太湖”会怎样？想想这个问题，读者就能明白作者在文题上所费的巧思。

二、捕捉立意

所谓立意，就是作者在说明问题、发表见解、提出主张或反映生活现象时，通过文本的全部内容所表现出来的基本思想和写作意图。成熟的散文作家往往将写作旨意蕴含在字里行间，读者需反复回味，才能捕捉到。有的作者会将作品的立意在篇首“开宗明义”，此时，读者赏析时可顺着这个旨意分析全文是如何表现、丰满其主旨的；有的作者将散文的立意在篇末“卒章显志”，赏析时就要注意分析作者是如何谋篇，使立意在篇末“水到渠成”显旨的；有的作者将立意在作品的展开中点出，读者就要判断作者构思的技巧以及表现主旨的成败得失，体悟文章的艺术魅力。

以郑春华的《很大很大的爸爸》为例。这篇表现孩子和爸爸之间的融洽亲昵感情，暗示孩子应该尊敬和爱戴自己父母与长辈的作品，角度新颖，构思精巧。作品用孩子的眼光，孩子的心理，孩子的想象，极力凸显了爸爸的“大”：爸爸站着的时候，“就像一座楼：脚是第一层；手是第二层；肩是第三层。我要使出爬山的劲，才能爬上爸爸这座楼”；躺着的时候，“就像一条船：脚是船尾；头是驾驶台；身体是又宽又大的甲板。无论我在甲板上翻跟头、跑步、跳高，爸爸这艘船总是稳稳的。要是我一摁他的鼻子，他还会发出和大轮船一样的汽笛声：呜呜——”“爸爸真的很大很大，大到下雨出门去，我可以躲进他的口袋里。”“高大”又慈爱的父亲形象跃然纸上，孩子对爸爸的敬仰之情自然流露，作者的立意水到渠成。

三、体会情感

一般说，偏于记事的散文，其外在结构表现为“情随物走”，或“情随事走”。作者的抒情方式也是情随物走，随物而起，随物延伸，随物而升华的。此时要弄清事情发展变化过程中人物情感的变化。散文是袒露主体心灵的文体，不管是偏于记事写人的散文，还是偏于议论抒情的散文，都是以情渗透全篇，以情贯穿始终的。抓住作者的抒情线索后，再捕捉外在的结构特色就比较容易了。例如林颂英的《等妈妈》：

我趴在阳台的栏杆上，等妈妈下班回家。

天上“沙沙”地下着小雨。大街上出现了好多好多彩色的大“蘑菇”，有火红的，有天蓝的，有翠绿的，有紫色的……多么美丽的大“蘑菇”呀！那一朵朵彩色的大“蘑菇”在大街上流动。

啊，我看到妈妈了！那白底蓝花的大“蘑菇”，就是我妈妈撑的雨伞呀！不一会儿，我听到妈妈上楼的脚步声，噔、噔、噔……我赶紧躲在阳台的门背后，跟妈妈藏猫猫。我等到了妈妈，真高兴。但是，如果妈妈看不到我，会不会着急呀？……

作品描述的是孩子等妈妈的事情。孩子等妈妈回来时的迫切心情，孩子对妈妈的爱，从大街上那一朵熟悉的伞花里，从妈妈上楼梯的脚步声里，也从孩子把自己藏起来时的矛盾心理中，自然而又生动地流露了出来。

四、赏析意境

诗歌通过夸张、象征等艺术手法将实景化为虚景，熔铸情感于其中；而散文在客观景象的描绘和渲染中创造的是客观真切的实景，追求的是真切实有、客观存在的美。散文意境贵在让读者直接看到客观事物的本相，具有鲜明的具象感和直观性。但是它又并非自然主义的拍摄生活，取舍是经过作者的情感洗礼的，它比实际生活更真切、更生动、更形象，是一种“有我之境”。因此鉴赏散文的意境必须从“身临其境”的特征出发，着力于它所展示的实境的具体剖析，来揭示意境营构的特点和规律，而不必像诗歌那样在“虚境”(无我之境)上下功夫。

具体而言，鉴赏幼儿散文的意境，一般可从三个角度去思考：一是作者的内心孕育着怎样的一种思想感情；二是作者是选择了怎样的生活画面来表现这种思想感情；三是这两者的结合自然巧妙的程度如何。例如望安的《春天》：

小绵羊吃青草，我在河边坐。

河边，一排垂柳。

河对面，一片绿油油的麦苗迎着春风摆动，和垂柳互相问好。

咦？什么时候飘下了小雨，像绿丝线，从地上牵起麦苗。麦苗长啦，高啦！

“咩——咩!”我的小绵羊高兴地叫，一定是挂满雨珠的小草更嫩了。

雨，湿了我的头发，湿了小绵羊的毛，可我们舍不得回去。我们慢慢地走，见那星星点点的花骨朵全开啦，路旁的花丛，像天边飘来的彩霞。啊！小花正吸着小雨呢！我想：这雨一定是甜的，便忍不住仰起头，用舌尖去接那雨滴。小绵羊却先尝到了甜味，它叫着：“咩——咩!”好像在说：

“蜜——蜜!”

作品向幼儿描绘了一幅欣欣向荣、无限美好的大自然的春景图。小河、垂柳、麦苗、绿丝线似的细雨、“咩咩”叫的小绵羊、彩霞般的花丛……构成了一个温馨、清新、具有立体感和动态美的、诗一样的意境，并从中流泻出对生活、对春天、对大自然的一片挚爱之情。

五、品味语言

幼儿散文也是作者书写个性、心灵和情感的“情文”，虽然外化在读者眼前的是谈话似的“大白话”，但它们都蕴含了“言外之意”，充满了韵味与情致。读者应透过“大白话”的语义表层，深入去体悟语言的内在含义。

(一)对语言的弹性和松散性进行鉴赏

任何文学语言都具有弹性和松散性的特点。语词的“意义”在词典中的解释是明确的，但其“含义”无法印刷在任何词典中，因为它不是由语词的意义自然而然派生出来的，而是在具体文学作品中，由作家的整体艺术构思和情感凝聚物化后结晶出来的，具有“言外之意”的效应。因此，具体的语境压力构成的“含义”是不同的，其艺术魅力和艺术价值也是不同的。所以，欣赏幼儿散文时，要引导孩子仔细诵读，让他们通过对词语的色彩、声韵、动态以及情感表达的效果反复赏玩，对“言外之意”有初步的感悟，从直观上感受语言文字载负的丰富内涵。比如欣赏刘丙钧的《走进大草原》：

走出城市，走进大草原。

草原的天好高好蓝，草原的风带着淡淡的草味儿，又香又甜。

像小马驹一样地奔跑，心情也像小马驹一样欢畅。

像小鸟一样地歌唱，歌声也随鸟儿一起飞翔。

在大草原的怀抱中入睡，有满天亮亮的星星做伴。在梦中一棵草，一朵花。

草原上的梦，又香又甜。

浅层次的收获是通过诵读，让孩子感受广阔无边的大草原上的欢畅生活，体会语言的生动形象。过了这一关之后，还要往深处探求：作者为什么如此写大草原？为何要强调在大草原“心情也像小马驹一样欢畅”“歌声也随鸟儿一起飞翔”，就连做的梦也是“又香又甜”的呢？如果忽略了语词背后的深层次情感，就不算把握了意象的象征意味，也就没有理解作者的情意寄托，对意境的体会也不会深刻。由作者对景色的表面描写联想到写作时的情怀、理想以及与之有关的种种因素，这才算是走近了文本的深层意蕴，才算是参与了文本的再创造。从作者充满喜爱之情的文字里，可以看出他心中洋溢着对大自然深深的热爱之情，对自由自在生活的向往之情。

(二)对语言音乐美的鉴赏

散文语言的音乐美是指语言的声音、节奏富有音乐的美感。幼儿散文的音乐美，主要依托象声词、叠音词的使用、节奏的安排、反复手法的运用等表现手法来实现。例如马及时的《林中雨》，文中用象声词“扑，扑，扑……”“叮叮当当”直接描摹雨声，又用叠音词“一串串”“千千万万”“灰蒙蒙”“晶晶亮”“青青”“默默”，以及“风轻轻地吹着，风轻轻地吹着”的反复，形成语言的节奏感和音韵感，念着上口，听着优美。

鉴赏散文语言的音乐美，还应把握好整篇语言的节奏。每篇散文根据内容的不同，都应有与之相称的节奏，或舒缓纡徐，或急促繁密，或疏密相间，张弛有致，其段落的安排及联系都应服从并统一于整篇文章节奏的要求。例如韦苇的《小松鼠，告诉我》，以一个孩子的口吻抒发了对被人套上铁圈、系上长链、带到城市、失去自由的小松鼠的担忧之情。作者先用轻快跳动的语言节奏极力突出了小松鼠活泼可爱的形象，再把自己看到小松鼠失去自由的关爱和焦虑心绪传达在急促的旋律之中，从而使作品在整体上呈现出浑圆和谐而又委婉动人的音乐美。

此外，还要留意句式的长短变化、整散交替。不同的句式会形成不同的语言节奏。长句表意严密、精细，节奏沉稳；短句表意简洁，节奏明快有力。整句整齐，音节匀称，可使文气酣畅淋漓；散句参差，自由洒脱，能让句式错综变化，多彩多姿。长句和短句的配合，能带来节奏的参差变化，增加情感的表现力和语言的艺术魅力；整句和散句的结合，既能防止行文呆板，又能形成波澜起伏、优美变化的节奏。让孩子在反复诵读中感受散文语言的音乐美，更容易使他们感悟散文的意蕴情致。

(三)对语言色彩美的鉴赏

幼儿散文是富于色彩美的文学样式，这与孩子对色彩的敏锐感知相吻合。鉴赏时，留意散文语言的色彩美，能让读者领略视觉盛宴，从而加深对作品意境的理解，把握作者丰富多变的情感和瞬间感受。以冈本良雄的《大海那边》为例。作者以字作画，调动语言的七色板描绘美丽的海滩景象，抒写了三只小螃蟹对“海那边”的浪漫想象。早晨，蓝色大海对面的天空有玫瑰色的朝霞和金色的太阳，美不胜收，一只小螃蟹说：“海那边是太阳的故乡。”中午，白色的轮船鸣着汽笛飞快地朝蓝色大海的对面开去，另一只小螃蟹说：“海那边是美国。”而宁静的夜晚，月亮的神秘光芒不仅映照无边无际的大海，更是在“波浪上仿佛架起了一座银光闪闪的桥，一直从海那边通到海滩上”，第三只小螃蟹说：“海那边是月亮的故乡。”小螃蟹们的想象是多么美妙啊！文章并未停留于此，最后一句“真的，大海那边到底是什么呢?”这样的追问不但能引发幼儿读者的好奇、幻想和思考，更传递出人类对未知、未来永远追寻的精神。成人在引导幼儿赏析语言的色彩美时，可以设计“画一画”的环节，让孩子用画笔去还原他们对散文文本的理解。

本章小结

通过本章的学习，我们理解了幼儿散文的概念，认识到了幼儿散文的多种功能，在掌握幼儿散文特点的基础上，初步探索了幼儿散文的鉴赏方法，获得了开启幼儿散文奇妙世界大门的钥匙。要想进一步领略幼儿散文的魅力，提升自身的幼儿散文鉴赏能力，甚至尝试创作幼儿散文，我们还需多多阅读幼儿散文精品和相关的理论书籍，在学习和借鉴中不断进步。

练习与实践

一、名词解释

（一）幼儿散文

（二）幼儿知识散文

二、填空题

（一）“五四”新文化运动时期，冰心为《晨报副镌》写的系列散文________开儿童散文之先河。

（二）幼儿散文《尖尖的草帽》《小河》《小小的希望》的作者是________。

三、简答题

（一）举例简述幼儿散文的功能。

（二）幼儿散文可以分为哪几类？

（三）幼儿散文的特征有哪些？

四、自选一篇幼儿散文，写一篇200字左右的赏析文章。

作品作家链接

1. 一只小鸟

——偶记前天在庭树下看见的一件事

◇冰心

有一只小鸟，它的窝搭在最高的树枝上，它的毛羽还未曾丰满，不能远飞；每天只在窝里啁啾着，和两只老鸟说着话儿，它们都觉得非常的快乐。

这一天早晨，它醒了。那两只老鸟都觅食去了。它探出头来一望，看见那灿烂的阳光，葱绿的树木，大地上一片的好景致；它的小脑子里忽然充满了新意，抖刷抖刷翎毛，飞到枝子上，放出那赞美“自然”的歌声来。它的声音里满含着轻——清——和——美，唱的时候，好像“自然”也含笑着倾听一般。

树下有许多的小孩子，听见了那歌声，都抬起头来望着——

这小鸟天天出来歌唱，小孩子们也天天来听它，最后他们便想捉住它。

它又出来了！它正要发声，忽然“嗤”的一声，一个弹子从下面射来，它一翻身从树上跌下去。

斜刺里两只老鸟箭也似地飞来，接住了它，衔上巢去。它的血从树隙里一滴一滴地落到地上来。

从此那歌声便消歇了。

那些孩子想要仰望着它，听它的歌声，却不能了。

作家简介

冰心(1900—1999)，原名谢婉莹，福建长乐人，20世纪著名诗人、作家、翻译家、儿童文学家，崇尚“爱的哲学”。代表作品有诗集《繁星》《春水》，通信集《寄小读者》《再寄小读者》，小说散文集《超人》《小桔灯》等。她的散文，语言清丽典雅，行文自然不拘，文言与白话融为一体，浑然天成，形成明快凝练的抒情风格，给人纯真温婉的美感，创造了中国文学史上盛行一时的“冰心体”。以她名字命名的“冰心奖”是我国唯一的国际华人儿童文学艺术大奖。

作品导读

一只天真的小鸟天天在树上唱那赞美“自然”的歌，声音里满含着轻——清——和——美，不但让“自然”含笑倾听，更吸引小孩子们天天来听。出于喜爱，小孩子们想捉住它。于是惨剧发生了，小鸟被弹子射中从树上跌下去，两只老鸟虽奋力营救，从斜刺里“箭也似的飞来，接住了它，衔上巢去”，但为时已晚，小鸟的血“从树隙里一滴一滴的落到地上来”。从此歌声便消歇了，“那些孩子想要仰望着它，听它的歌声，却不能了”。

作者没有直抒胸臆，而在冷静、客观的叙述中浸透着自己的善良与爱心，从侧面循循善诱地提醒幼儿：珍爱“自然”，珍惜一切美好的事物，为爱找到恰当的方式，不要伤害幼小无辜的生命，小鸟也有爸爸妈妈，也有家。这种不用说教、不做雕饰，让幼儿自己去认识事物、辨别是非的写法，往往能触动幼儿的思想，引起他们心灵的震颤。

2. 金色的草地

◇[俄罗斯]普里什文　茹香雪 译

蒲公英成熟的时候，这是我和我的哥哥最开心的日子。常常是这样，我们随便到什么地方去狩猎——他在前面，我跟在他后面。

“谢廖沙！”——我一本正经地喊他，等他回过头来，我便把蒲公英的绒毛吹到他脸上。于是他也开始偷偷看我，假装打呵欠似的也把蒲公英的绒毛朝我脸上吹。就这样，我们总是为了寻开心，揪掉这些不引人注目的小花。但是有一次，我有了一个新发现。

我们住在乡下，窗前就是一片草地。许许多多的蒲公英正在开放，这片草地就变成金黄色的了。可真是美！大家都说：“金色的草地，太美了！”有一天，我起得很早去钓鱼，发现草地并不是金色的，而是绿色的。快到中午的时候，我返回家来，整个草地又都变成了金色。我开始注意观察，傍晚时草地又变绿了。我便来到草地，找到一朵蒲公英。原来它的花瓣都合拢了，就像我们的手，手掌张开时它是黄颜色的，要是攥成拳头，黄色就包住了。清晨，太阳升上来，我看到蒲公英张开了自己的手掌，因此，草地也就变成金色的了。

从那时起，蒲公英成了我们最喜爱的花中的一种。因为它和我们孩子们一起睡觉，也和我们一起起床。

作家简介

普里什文(1873—1954)，20 世纪俄罗斯文学史上极具特色的人物。世纪之初，他是作为怀有强烈宇宙感的诗人，具有倾听鸟兽之语、草虫之音异能的学者步入俄罗斯文坛的。在长达半个世纪的文学创作中，他始终保持了个性化的艺术追求。其作品主要以“人与自然”为题材，倡导人与自然的和谐、平等、统一，具有超前的生态思想。他是“俄罗斯大自然的歌者”，他笔下的大自然生机勃勃，充满诗意和理智，每一种生灵都有各自的鲜明个性。这种创作艺术风格在俄罗斯文坛产生了巨大影响，也为他赢得了世界声誉。代表作有《飞鸟不惊的地方》《大自然的日历》《大地的眼睛》等。

作品导读

这篇散文叙述的是发生在兄弟俩与蒲公英之间的有趣事情。“我”和哥哥感情深厚，常常在一起自由自在、无拘无束地尽情玩耍。“我们”爱做的游戏就是趁对方不备，将蒲公英的绒毛吹到对方的脸上。这种带有调皮和玩笑性质的游戏虽然简单，却充满了童真童趣，使“我们”真切地感受到了大自然带给“我们”的快乐。一个偶然的机会，“我”发现蒲公英早晚是合拢的，只有中午才张开黄色的花，草地也因此变成了金色。自然是有生命的。从那时起，“我们”喜爱上了这种花，意识到草地、植物也是有生命的。

普里什文用充满爱意与诗情的平实语言，勾勒出淳朴欢愉的乡间孩童生活图景，将来自平凡生活的独特发现——“金色的草地”的秘密娓娓道来，抒发了对蒲公英的喜爱之情，对自然、生命的尊重、热爱之情。他说过：“要知道我笔下写的是大自然，而我心中想的却是人。”认真品读文中的这些句子：“它的花瓣都合拢了，就像我们的手，手掌张开时它是黄颜色的，要是攥成拳头，黄色就包住了。”“因为它和我们孩子们一起睡觉，也和我们一起起床。”你就会明白普里什文所描写的自然美和人性美，总能启发读者反思人性的丑陋残酷，净化心灵。

3. 圆圆的春天

◇胡木仁

小蜻蜓，尾巴尖，弯弯尾巴点点水……

小蜻蜓，做什么？

我给春天灌唱片！

青蛙唱“呱呱”，雨点敲“叮咚”，活泼可爱的鱼娃娃，跳起水上芭蕾舞……灌呀灌，灌好了：圆圆的池塘，圆圆的唱片，圆圆的春天。

作家简介

胡木仁，1940年生，湖南省作协会员。已发表千余篇作品，出版有童话、故事、散文、诗歌等多种集子，曾获陈伯吹儿童文学奖、儿童文学园丁奖、上海幼儿文学奖等多种奖项。部分作品入选国内外教科书，被称为“小朋友心中的优秀作家”。代表作品有《胡木仁童话》《太阳的颜色》《小兔开店》《小镜子的秘密》等。

作品导读

这是一篇短小精悍、构思新颖、形象生动、意境清新优美的散文。人们常用“百花齐放”“生机勃勃”“充满希望”等语汇来抒写春之感受，而胡木仁却另辟蹊径，用“圆圆”颠覆了我们对春天的惯有思维，让我们发现原来春天也有“圆圆”的美感。

作者抓住了春天池塘中孩子感兴趣的意象：蜻蜓、青蛙、雨点、鱼娃娃，把它们的动态写得逼真鲜活，触手可及，使抽象的春天形象化具体化为孩子熟悉的圆形。将点水的蜻蜓在塘面留下涟漪想象成给春天录制唱片，是多么富有诗意啊！蜻蜓犹如一名杰出的音乐制作人，将青蛙的歌唱、雨点的奏乐、鱼儿的舞蹈融成一首春之交响曲，池塘的和谐、美好也在动态中尽显。

显然，这是孩子眼中的春天景象，孩子心中的春天感受。作品虽不足百字，却描写真切，是孩子观感的再现。通过联想，孩子们会沉浸在大大小小的圆圈组成的美妙世界中，享受“圆圆的春天”带来的优美乐趣。

4. 珍珠雨

◇吴然

“下雨了！下雨了！”

小鸟扇着潮湿的风，飞过河去，向朋友们报告下雨的喜讯。

淡蓝色的、温暖的夏雨呵，紧跟着小鸟的飞翔，笼罩了河面和水塘，笼罩了田野，笼罩了我们的山村和村后的树林。

一片雨的歌唱。万物都在倾听……

“雨停了！雨停了！”

小鸟扇着雨后的阳光，从一道彩虹里飞出来。

天多明净，遍地阳光。珍珠般的雨点儿，一颗一颗挂在草叶上，挂在花瓣上，挂在柳条上，挂在一匹刚从雨里撒欢回来的小红马身上，挂在房檐口上……哦，下了一场太阳雨，下了一场珍珠雨呵！

蜜蜂说，金盏花、牛眼菊、山玉兰们更香了。

小马驹、小牛犊和小山羊说，奶浆草、狗尾巴草、三叶草们更嫩了。

草莓说：“还有我，更甜了！”

作家简介

吴然，原名吴兴然，云南宣威人。1973年开始发表作品。1985年加入中国作家协会。著有散文集《歌溪》《一碗水》《走月亮》《火把花》《学校旁边一条河》《小鸟和守林人》及评论集《儿童文学札记》《幻想之美》等20余部。散文集《小鸟在歌唱》《小霞客西南游》分获中国作协第二、五届全国优秀儿童文学奖，《天使的花房》获第六届宋庆龄儿童文学奖等。《新年礼物》被选入日本"公文式"中文教材、韩国小学中韩文对照读本，《珍珠泉》《我们的民族小学》《我和乌丽娜》等40余篇(次)选入包括中国台湾、中国香港等不同地区、不同版本的小学语文教科书。

作品导读

一场"淡蓝色的、温暖的"夏雨紧跟着鸟儿的飞翔渐次笼罩整个山村，这充满诗意的想象，形象地写出了这场雨的雨势，也从侧面烘托出雨天的温婉。雨停了，仍然是小鸟"扇着雨后的阳光，从一道彩虹里飞出来"，一个"飞"字，把阳光从雨后的碧空中忽地倾泻而出的感觉，十分传神地表达了出来。散文的题目叫"珍珠雨"，真正写雨的句子却并不多，作者似乎把更多的笔墨用在了雨后景致的抒写上。但仔细读来，这些景致又无一不和刚刚过去的这场夏雨交织在一起：挂着珍珠般雨点的草叶、花瓣、柳条、小红马、房檐口……闪动着洁净明亮的光泽；因为珍珠雨的浸润，蜜蜂发现金盏花、牛眼菊、山玉兰们更香了，小马驹、小牛犊和小山羊发现奶浆草、狗尾巴草、三叶草们更嫩了，草莓发现自己更甜了。正是随着雨事而生的这些美丽景象，让这场绵绵的夏雨盛满了童话般的诗情画意。

作者以孩子梦幻式的眼光欣赏世界，用孩子水晶般的心灵感受生活，从平凡的世界中挖掘出真切而脱俗的美丽。

5. 冬娃

◇鲁兵

一个娃娃，抱着树枝儿摇呀，摇呀……

树叶儿，一片，一片，落下，落下……

大树说："别摇，别摇！娃娃。树叶儿全掉了，光秃秃的多难看呀。"

娃娃抱着树枝儿，还是摇呀，摇呀……

"不行，不行！大树。像去年一样，你得快让树叶儿落下。天冷了，雨少了，地干了，你有那么多水给树叶儿喝吗？"

大树摇摇头，不说话。

娃娃接着说："大树，大树，别发愁啦。明年春天，你又会发芽。"

大树点点头，说："你真聪明，娃娃。请你告诉我，你叫啥？"

娃娃扑哧一笑："咱们每年见一次面，你怎么把我忘了？我的名字叫——冬娃。"

作家简介

鲁兵(1924—2006)，本名严光化，浙江金华人，我国著名的儿童文学作家、诗人，首届韬奋奖获得者。历任中国人民解放军某部宣传干事，上海少儿出版社编辑、编辑室主任、编审。他编辑过《中国儿童时报》、《童话连篇》、《小朋友》、《365夜》(故事)、《365夜儿歌》、《365夜谜语》、《中国幼儿文学集成》等儿童读物，创作过《唱的是山歌》《小猪奴尼》《老虎外婆》等。

作品导读

这是一篇融合了树木新陈代谢知识的童话散文。作者将冬天比拟成一个顽皮而又可爱的娃娃，通过它和大树简短而富有趣味的对话，将树木秋天叶落、春天再发芽的故事讲述得天真可爱。“抱着树枝儿摇呀，摇呀”“不行，不行”“扑哧一笑”……冬娃一连串的稚拙动作和顽皮语言使作品充满童趣。

作品生动浅显、极具音乐美的语言也令人印象深刻。全文以带有“a”的相近韵母来结构语言，读起来富有声韵上的美感；利用对比来形成鲜明的节奏变化：冬娃的动作和话语活泼、利落，大树的动作和话语舒缓、沉重；使用长短相间的句式，于缓急有致中显出一种特别的韵味。

6. 很轻很轻

◇郑春华

妈妈走路的时候，很轻很轻；

妈妈说话的时候，很轻很轻；

妈妈笑起来的时候，也是很轻很轻。

晚上，我和妈妈睡在一起，妈妈讲的故事就像一片云，轻轻地、轻轻地盖在我的身上，我很快就睡着了。

有时候半夜里刮大风，打响雷，妈妈的声音更轻更轻，轻得好像让风声雷声也变轻了，变远了，我就不再害怕。

雷公公东看看，西瞧瞧，以为我家没人呢，就去找那些吓哭了的孩子和那些大声骂孩子的妈妈。

而我，在妈妈很轻很轻的歌声里又睡着了，还做了一个梦，梦见妈妈变成一朵雪花在空中轻轻地飘……

作家简介

郑春华，女，1959年生，浙江淳安人，回族，我国著名儿童文学作家，中国作家协会会员，主要从事幼儿文学创作。著有诗集《甜甜的托儿所》《圆圆和圈圈》《小豆芽芽》《郑春华儿歌》，故事集《大头儿子和小头爸爸》《贝加的樱桃班》，儿童小说《紫罗兰幼儿园》《非常小子马鸣加》，童话集《郑春华童话》《宝宝开心果》等。《圆圆和圈圈》获上海市第一届儿童文学园丁奖大奖，《贝加的樱桃班》获亚洲地区首届小松鼠奖，《紫罗兰幼儿园》《大头儿子和小头爸爸》《大头儿子和隔壁大大叔》《非常小子马鸣加精选本》分获中国作协第一、三、四、八届全国优秀儿童文学奖。

作品导读

郑春华的幼儿文学作品，无论是儿歌、幼儿诗还是童话、故事，都从真实的幼儿生活取材，自然真切，充满幼儿情趣。她善于捕捉那些最能表现幼儿性格特征的细节和生活场景，抒写幼儿的天真与稚气，使作品具有天然的童真美。郑春华的幼儿散文清秀淡雅，意蕴悠长，凸现了她以母性的生命体验为底色的艺术特色。《很轻很轻》就是其中的代表。

全文以“很轻很轻”为线索，塑造了一位慈爱的妈妈形象。妈妈走路时很轻很轻，说话时很轻很轻，笑起来也很轻很轻；讲故事时的声音轻得像朵云，让“我”很快入眠；雷雨夜里的安慰声更轻更轻，减弱了风声雷声，让“我”不再害怕；唱催眠曲时的声音也很轻很轻，“我”在甜美的睡梦中见到妈妈变成一朵轻盈飘飞的雪花……全文洋溢着一种特别的温馨感，情真意切，意境优美，生活气息浓郁，完全是源自孩子视角的童真体验。尤其是“雷公公东看看，西瞧瞧，以为我家没人呢，就去找那些吓哭了的孩子和那些大声骂孩子的妈妈”这句话，更反衬出“我”妈妈的柔情与智慧，既诙谐幽默，又童趣盎然。

此外，文章的语言清丽、朴实，富有音乐感。“很轻很轻”“轻轻地”构成这篇散文的主旋律：舒缓、宁静。那朵“在空中轻轻地飘”的“雪花”将温馨的意境悄然烘托出来，似乎还伴着舒缓优美的乐曲。在妈妈爱的旋律中，孩子懂得了如何去爱。

7. 花的沐浴

◇郭风

草地上有百里香、铺地锦、野菊和蒲公英。

有一天，天下雨了。小雨点敲打着野外的树木，在繁密的树叶上敲出声音来了，好像我们学校里摇铃一样：叮当！叮当！

于是，一群小野花走出来了，百里香、野菊、铺地锦和蒲公英们，一听见这雨声，都走出来了。她们好像在幼稚园里做唱游一样，排成小队，走出树林，到这草地上，站在雨中……

她们要在那里沐浴——

小雨点为她们从头淋下，她们口里轻声地唱着歌。有时抖抖身子，让水点落下去。

小雨点为她们从头淋下，她们口里轻声地唱着歌。她们摇摆着身子，用绿色的浴巾洗擦自己的头发和身手……

接着雨停止了。她们的沐浴也停止了。这时，阳光照在草地上，草地上一片光明。那些小野花们显得多么美丽！她们沐浴过了，全身发出香味。

作家简介

郭风，原名郭嘉桂，回族，祖籍福建莆田。1944 年毕业于福建师大中文系。1959 年他的《叶笛集》出版，在全国产生了广泛的影响，冰心著文称“又发现了一个诗人的喜悦”。他把自己毕生的精力献给了散文、散文诗和儿童文学的创作事业，迄今已结集出版童话诗集《木偶戏》、散文诗集《蒲公英和虹》、散文集《你是普通的花》等作品 50 多部。他获奖无数，童话集《红菇们的旅行》获全国第二次少儿文艺创作二等奖，《孙悟空在我们村里》获中国作协儿童文学奖一等奖，《郭风散文选集》获全国第五届少数民族文学骏马奖、首届鲁迅文学奖和第八届中国图书奖，散文集《汗颜斋文札》获全国第六届少数民族文学骏马奖，《黄巷集》获 1995 年台湾金鼎奖。

作品导读

这是一篇描写真切、明丽清纯、意境优美的幼儿写景散文。作者运用拟人手法，在充满幼儿情趣的想象中，为孩子们展示出绚烂清新、自在畅快的野花世界：各种小野花像一群孩子，听到叮当的雨点声，来到草地上，唱着歌游玩；然后站在雨中，怡然自得地沐浴，用绿色浴巾擦洗头发和身手。雨停了，天晴了，沐浴也停止，阳光照耀大地，草地一片光明。小野花五彩缤纷，鲜亮夺目，散发出阵阵清香……

多么美丽的小野花，多么美丽的大自然！作者用诗意和想象拓展艺术创造的空间，把平凡的自然景物同幼儿的生活联系在一起，用孩子的想象使散文充满了诗的韵律，又在诗一般的文学表现中显示着散文的自由灵动，创造出色彩绚丽、令人神往的优美境界。

8. 春雨的色彩

◇楼飞甫

春雨，像春姑娘纺出的线，没完没了地下到地上，沙沙沙，沙沙沙……

一群小鸟在屋檐下躲雨，他们在争论一个有趣的问题：春雨到底是什么颜色的？

小白鸽说：“春雨是无色的。你们伸手接几滴瞧瞧吧。”

小燕子说：“不对，春雨是绿色的。你们瞧！春雨落到草地上，草地绿了！春雨淋在柳树上，柳枝儿绿了……”

麻雀说：“不不！春雨是红色的。你们瞧！春雨洒在桃树上，桃花红了！春雨滴在杏树上，杏花儿红了……”

小黄莺说：“不对，不对，春雨是黄色的。不是吗？它落在油菜地里，油菜花黄了；它落在蒲公英上，蒲公英的花儿也黄了……”

春雨听了大家的争论，下得更欢了，沙沙沙，沙沙沙……它好像在说：亲爱的小鸟们，你们的话都对，但都没说全面。我本身是无色的，但能给春天的大地带来万紫千红……

作家简介

楼飞甫，生于1941年，浙江浦江人。毕业于杭州大学中文系，做过中学教师、县文化馆干部，后在浙江师范大学儿童文学研究所从事教学和研究工作。

作品导读

春意盎然，要怎样来描写这姹紫嫣红的春天呢？楼飞甫的《春雨的色彩》写得颇有个性，通过一群小鸟对春雨颜色的争论，为孩子呈现了一个万物复苏、草木吐绿、百花争艳的春天。

文章一开篇就绘形拟声，让人置身于柔和的雨雾中。春雨的形状优美，“像春姑娘纺出的线”；春雨的声响连绵不绝，“沙沙沙，沙沙沙……”此时，最热闹的要数屋檐下的小鸟们了，他们正在争论有趣的问题：“春雨到底是什么颜色的?”有的说春雨染绿了草和树，是绿色；有的说春雨染红了桃花杏花，是红色；有的说春雨染黄了油菜花和蒲公英的花朵，是黄色；而春雨自己说：“……我本身是无色的，但能给春天的大地带来万紫千红……”小鸟们从各自的角度谈了对春雨颜色的认识，虽然说得不够全面，却能启发孩子们认识春雨和各种植物的关系，感受春天的美，感恩春雨对万物的滋润。

全文用词准确，色彩鲜艳，寓知识教育和艺术熏陶于象征性的绘声绘色的景物描写之中，能引发孩子们丰富的想象，产生浓烈的兴趣。

参考文献

[1] 人民教育出版社中学语文室[M]. 幼儿文学. 北京：人民教育出版社，2005.
[2] 方卫平. 大轮船睡着了[M]. 杭州：浙江少年儿童出版社，2011.
[3] 方卫平. 天空的翅膀[M]. 杭州：浙江少年儿童出版社，2011.
[4] 金波. 会走路的雪人[M]. 北京：教育科学出版社，2011.
[5] 张秋生. 小巴掌童话[M]. 武汉：湖北少年儿童出版社，2006.
[6] 刘爱云. 幼儿语言表达能力的培养[J]. 安阳：安阳师范学院学报，2004，6(78).

第八章　幼儿戏剧与幼儿影视文学

导　言

幼儿戏剧是儿童戏剧中的一部分，它采取舞台表演的形式为幼儿创造了一个需要幼儿用心灵去感受的艺术环境，使幼儿身临其境，获得独特的艺术享受，也成为幼儿园中培养幼儿创造力的一种独特形式。随着影视的普及，幼儿接触影视媒介的时间越来越多。影视传媒对幼儿的影响，不只停留在发展视觉艺术感知能力，丰富业余文化生活的层面，还深深地影响着幼儿的知识结构、行为方式、价值观念等。本章从概念、分类和特征等方面让幼师生对幼儿戏剧和幼儿影视文学有一个大致的了解，并以经典作品为典范，提高学生的鉴赏能力和创编能力。

学习目标

了解并掌握幼儿戏剧和幼儿影视文学的基本理论；掌握幼儿戏剧改编和排演的基本方法。

第一节　幼儿戏剧概说

一、幼儿戏剧的概念

戏剧是一门综合性的艺术，它以舞台表演为中心，融汇了文学、音乐、美术、舞蹈等多种艺术成分。从接受与观看戏剧的观众年龄上来看，戏剧大致可分为成人戏剧和儿童戏剧。幼儿戏剧是儿童戏剧的一个组成部分，它是以幼儿为对象，适合于幼儿的接受能力和欣赏趣味的戏剧。戏剧排演用的剧本又叫脚本，是戏剧中的文学成分，即戏剧文学。戏剧文学是戏剧的基本组成部分，它为舞台提供脚本，同时也是一种可供阅读的文学体裁。

二、中国幼儿戏剧发展概况

我国古代戏曲具有悠久的历史，但儿童戏剧十分缺乏，更谈不上有专供幼儿欣赏的戏剧。但这并不是说，先前古代戏剧中就没有一些贴近儿童心理、适宜儿童看的剧目。古代的歌舞戏、傀儡戏和皮影戏等剧目，因为它所具有的民间性和儿童性的特点，是很受当时的孩子们欢迎的。20 世纪初，西方资产阶级教育思想传入我国，许多知识分子在改革学校教育的同时，也引进了欧美学校设置的体育、音乐、美术等课程，并且提倡儿童戏剧，把它作为学校开展课外活动的重要内容。与此同时，一些文化先驱大量译介西方艺术作品，话剧、歌剧等戏剧的大量引进为中国戏剧的多元化发展提供了借鉴。

在这种良好的氛围下，关注和支持儿童戏剧发展的人越来越多。郭沫若于 1919 年 11 月在《上海时报·学灯》上发表儿童诗剧《黎明》。1922 年 1 月，郑振铎在上海创办的儿童刊物《儿童世界》上刊载了 20 多个儿童剧，如《牧童与狼》《两个洞》《三个问题》等剧目，积极倡导儿童剧的创作与传播。更为难能可贵的是，该刊还向儿童征稿，发表了《唱山歌》《寄信》《告状》等孩子们自己创作的短剧。黎锦晖是我国儿童歌舞剧的创始者、倡导者。1922 年，他在《小朋友》杂志上发表了儿童歌舞剧《麻雀与小孩》，这是我国最早出现的幼儿戏剧。以后，又陆续创作了十余部歌舞剧，如《葡萄仙子》《月明之夜》《三蝴蝶》《小小画家》《苹果醒了》等，都是可供幼儿观赏的童话歌舞剧。这种载歌载舞的戏剧，主题新颖、语言自然、活泼有趣，深受孩子的喜爱。

抗日战争和解放战争期间，中国戏剧出现了“自有戏剧以来没有对国家民族起过这么伟大的显著作用”，主要体现在宣传抗日、启发觉悟、成为对敌斗争的武器。一批左翼戏剧作家投身到儿童戏剧创作中，直指黑暗现实中儿童的悲惨命运。例如叶圣陶在 1920 年曾为孩子们写过《风浪》《蜜蜂》两部儿童歌剧，均由何明斋设计舞台动作并配曲。在这两部作品中，发出呐喊：“我们不是奴才，外来侮辱要抵抗，同胞相呼，来来来来!”(《蜜蜂》)“我们的力量合存一块了，胜利就在我们的手里了!”(《风浪》)，鲜明的现实针对性与强烈的时代气息，使叶圣陶的作品成了 20 世纪 30 年代勃起的抗战儿童剧的先声，其历史意义是不可低估的。戏剧教育家、剧作家熊佛西，在此期间也写了四十多部抗战题材的儿童剧，如《小英雄》。宋庆龄为了加强戏剧在教育中的重要作用，于 1947 年 4 月积极创办了中国福利基金会儿童剧团，这是我国历史上第一个专门为儿童演戏的职业剧团。

新中国成立后，儿童戏剧事业迅速发展，作家们热情为孩子写戏，出现了不少脍炙人口的作品。例如张天翼的《大灰狼》，取材于民间广为流传、家喻户晓的“狼外婆”故事。素来在创作上善于创新的张天翼将这一民间故事进行了大胆翻新，其语言风趣幽默、剧情生动活泼，可谓幼儿童话剧的典范之作。乔羽的《果园姐妹》《森林的宴会》，老舍的《宝船》，包蕾的《小熊请客》，金近的童话歌舞剧《兔妈妈种萝卜》和沈慕垠的木偶剧《老公公种红薯》，幼儿特点都十分突出。至于柯岩把诗歌、戏剧、游戏融于一体的《打电话》《照镜子》《红灯绿灯和警察叔叔》，更是直接进入幼儿园中，是小朋友十分乐于扮演的节目。

新时期以来，一些幼教工作者参与幼儿戏剧创作活动，他们的作品贴近幼儿生活，丰富了幼儿戏剧园地。但是，幼儿戏剧至今未能像幼儿诗歌、童话、故事那样繁荣，从事幼儿戏剧创作的作家较少。因此，如何繁荣幼儿戏剧，仍需要大家的关心和努力。

第二节 幼儿戏剧的分类

我国的戏剧，源远流长，种类繁多，可以从许多不同角度去划分。例如从作品的内容、性质和美学意义上来分为幼儿悲剧、幼儿喜剧和幼儿正剧；从容量的大小上来分为独幕剧、多幕剧；从题材范围上来分为幼儿历史剧、幼儿现代剧、童话剧、神话剧和科普剧等。根据孩子们的喜好和兴趣，幼儿戏剧宜采取综合分类的办法。

一、幼儿话剧

中国木偶剧团 《三只老虎》

幼儿话剧是一种以人物的对话、表情和动作等为主要表现手段的幼儿戏剧形式，它的对话要求简明、浅显、生动、口语化，具有幼儿语言特色。幼儿话剧中较多以拟人的动物形象为角色，通常又叫童话剧。例如中国木偶剧团的《三只小老虎》通过皮皮虎、迷迷虎、娇娇虎成长过程中展示其可爱性格。三只小老虎就像邻家孩子，看上去丝毫没有距离感，从剧中传递给人们温暖、真诚与感动，在人们感受欢乐、诙谐的同时，那些浅显易懂的道理也深入到孩子们内心。剧中大量的互动环节，更是把小观众完全融入到剧情之中，小观众一起跟着喊，与三只老虎跟着叫，一起经历担心和焦急，一起感受温暖和喜悦。

二、幼儿音乐剧

音乐剧(英语：Musical theater，简称 Musicals)，又称歌舞剧，是音乐、歌曲、舞蹈、戏剧、魔术、杂要、特技和综艺结合的一种音乐表演。于20世纪末成为世界最重要的表演艺术形式之一。音乐剧的特色除了在演出中有歌舞穿插的效果之外，还有魔术、杂要、特技等各种表演元素融入其中，不仅强化了演出效果，其歌曲的旋律和舞蹈的节奏也能深化幼儿对于剧中人物印象。音乐剧中的歌词通常以韵文格式编写且浅显易懂，朗朗上口，幼儿易于接受并深受孩子欢迎。例如台湾如果儿童剧团的《狗狗Lucky历险记》，华丽的舞蹈、炫目的舞台、灯光，加上演员现场演唱，临场感十足、更具震撼力。以歌舞剧为基质的台湾苹果儿童剧团，在每一部作品中都以和谐的方式加入各式各样风格的歌曲及舞蹈，并添入豪华布景、生动道具与绚丽服装，以及配合各种特效、声光、影音及多媒体，使得观众在心灵与视觉听觉都得到同等丰富的收获。该剧团的《动物森林狂想曲》讲述了一只森林狮子宝宝小狮王为了拯救部落，为了搭救爸爸大狮王，改变自己调皮捣蛋的性子，用勇敢和聪明赶走魔龙湖的可怕毒龙，获得大家的承认。该剧的特点在音乐和歌舞，以及一支有特色的打击小乐队，活泼的形式，绚丽的舞台吸引孩子的眼球。

台湾如果儿童剧团　《狗狗 Lucky 历险记》

台湾苹果儿童剧团　《动物森林狂想曲》

三、默剧

法国现代默剧(Modern Mime)大师 Etienne Decroux 定义默剧为“静默的艺术”(the Art of Silent)。默剧是介乎舞蹈与戏剧之间的一种表演艺术。演出者基本不用文字语言，只以自己身体的形体动作，表现出不同的情绪、情节与故事，是较高难度的表演方式。20 世纪 70 年代开始，后现代默剧(Post-Modern Mime)在表演时大多加入说唱、道具、电脑投影等。默剧因其夸张的肢体动作和丰富的面部表情很受孩子的喜爱，但目前以纯默剧呈现的方式很少见，一般是作为片段穿插在一般戏剧中。

四、幼儿木偶剧

幼儿木偶剧是用无生命的木偶来表现有生命的人和物的一种戏剧艺术。表演时，演员在幕后一边操纵木偶，一边演唱，并配以音乐。木偶戏的木偶可分为提线木偶(傀儡戏)、指头木偶(布袋戏)、杖头木偶等。幼儿园演出的木偶戏多数是指头木偶。这种木偶容易制作，而且幼儿自己也能学会使用。木偶戏可广泛利用各种剧本，只要适合木偶演出。有时木偶还可以和人同台演戏，如《一只小黑猫》中的老爷爷可以是人扮演的，而小黑猫和老鼠可以是木偶。在演出中木偶可以表演人在舞台上所做不到的或难以做到的动作，如飞跑、钻地、腾越等。近年来，木偶戏有所创新。例如台湾偶偶偶

台湾偶偶偶剧团《纸要和你在一起》

台湾偶偶偶剧团《布！可思意的世界》

剧团的《布！可思意的世界》，世界首创用“布”进行演出，演员精湛的操作技巧，瞬间幻化成各种形象的角色，随着“布”一起上山下海，穿越时空探索“布”的异想世界，将“布”的特性发挥到极致，带给观众耳目一新的感受。再如该剧团的《纸要和你在一起》所有的“偶”都是用日常生活中的纸做成的，透过巧妙的双手和丰富的声音表情，原先简单雪白的纸片变得生动活泼。

五、幼儿皮影戏

幼儿皮影戏是我国别具一格的一种戏剧形式，它用羊皮、牛皮、驴皮等材料，经过绘画和雕刻，制作成生、旦、净、末、丑等皮影人物，用来表演各种戏剧故事，它的动作与唱腔配合，构成一种独特的戏剧艺术。例如取材《梁山伯与祝英台》《大战红孩儿》等一系列幼儿皮影戏。

六、传统戏剧

传统戏剧指针对幼儿所设计的剧本，以传统戏剧(京剧、豫剧、相声等)表演形式为主进行的演出。例如济南儿童艺术剧院的《三个和尚》，以民间皮影的典型动作，夸张搞笑的肢体语言，融入了舞蹈、戏曲武打和时尚因素。运用了民乐、名曲和京剧打击乐等，表演和造型也借鉴了武丑的形式，活泼可爱耳目一新。台湾豫剧团的《钱要搬家啦》该剧采用舞台动画剧和人物表演的形式，将豫剧和儿童动画结合，激发了小朋友对豫剧的爱好。该剧团目前定期推出儿童传统戏剧作品。

济南儿童艺术剧院 《三个和尚》

台湾豫剧团 《钱要搬家啦》

第三节 幼儿戏剧的特征

幼儿阶段是一生中可塑性最大、学习能力最强的时期。因此，每一项属于幼儿的活动都要强调它的多元价值。幼儿文学的教育不是直截了当的说教，而是寓于作品的形式之中，使其对幼儿产生潜移默化的影响。幼儿戏剧也不例外，幼儿在参与戏剧性的活动或者观赏戏剧表演，可以从中学到增进沟通与表达的技能，促进逻辑概念构思的养成，进而培养想象与创造能力，建立自我概念及舒缓情绪等，而这一切跟幼儿戏剧的特征息息相关。

一、教育性

在幼儿阶段尚没有阅读文字的能力，对于外界一切视听感官的信息都会是一种教育资讯的来源。幼儿戏剧不仅仅是为了让幼儿了解戏剧，学会演戏；而是通过戏剧的角色扮演培养幼儿的创造力和想象力和协调合作能力，在面对冲突时帮助幼儿学会批判性思考，并能借此舒缓成长过程中的压力，完成其人格的发展，满足幼儿的生理和心理与社会发展的需要。例如北京动动鞋子儿童剧团的儿童剧《老鼠招亲记》通过民俗故事里鼠爹为女儿找女婿的故事，讲述了一个“相信自己，战胜强敌”的道理，表达了“自信、勇敢”的主题。

北京动动鞋子儿童剧团　《老鼠招亲记》

二、游戏性

幼儿戏剧的演出，实际上就是一种经过组织的、具有戏剧艺术特征的高级的幼儿游戏。整个表演就像一场庄重的预设的游戏活动，其实就是幼儿对社会生活的模仿。游戏中的模拟动作和驰骋想象能给幼儿极大的快乐。因此幼儿戏剧如果能接近于他们的游戏，他们更感兴趣。幼儿喜欢当积极的参与者而非消极的旁观者，如果戏剧中的游戏能让小观众一起参加，那就会使台上、台下、演员、观众打成一片。这时，小观众在看戏，也是在游戏，气氛极好，孩子从中能得到极大的快乐和满足。济南儿童艺术剧院的《三个和尚》剧中的小老鼠、小和尚、胖和尚与台下小朋友一起互动、游戏，传统的故事与时尚审美结合，娱乐性强，趣味搞笑，老少皆宜。

三、幻想性

幻想性是幼儿戏剧中最重要的特质。因为想象的空间扩大了，生命中的可能性便增大了，同时也补偿了现实生活狭隘的残缺。幼儿戏剧的幻想融进了幼儿的特殊心理、特殊情感和思维方式。他们的想象力很发达，想象的内容丰富而美妙，且洋溢着强烈的幼儿游戏精神。孩子的游戏精神很多是从这些不可能发生的事物中启发，他们也因此深深着迷于这些无法理解的内容。所谓的幻想并不是漫无目标或毫无根据的空想，而是在一种假设的条件下所产生出来的推演过程。这种假设的条件表现在创作中，便是拟人化、寓言式等手法。例如江苏常熟锡剧团的《快乐木马》讲述了一匹快乐的木马和太阳山的小动物们一起打败暴戾贪婪的八爪魔的故事：在太阳山的动物狂欢节上，大杨树为了要成为一只能和动物们一起唱歌、跳舞的快乐木马而流下了伤心的眼泪，在动物们的真诚呼唤下，大杨树梦想成真。岂料，沉睡千年的八爪魔被欢笑声吵醒，占领了太阳山。动物们在木马哥的鼓励下重拾信心，重返太阳山。

江苏常熟锡剧团　《快乐木马》

四、矛盾冲突性

戏剧是冲突的艺术，没有冲突就没有戏剧。在戏剧文学中，剧作者往往通过戏剧冲突来展开故事情节、塑造戏剧人物、组织戏剧结构。幼儿戏剧由于其接受对象是幼儿，所以它必须适应幼儿的年龄特征、审美心理。因此幼儿戏剧必须抓住主要矛盾，通过尖锐、激烈的矛盾冲突来表现人物性格。它提出矛盾、激化矛盾、解决矛盾的进程，必须在一两个小时甚至更短的时间内完成。例如日本戏剧《回声》中，小男孩大郎不懂礼貌而又要求别人礼貌待他，自身外在的言行与内心需要形成矛盾冲突，他的这种矛盾的个性特点通过一场对大山的呼喊，与大山对话获得回声的反馈，让他重新审视自我，在妈妈的教育帮助下认识了自身的缺点。《小蝌蚪找妈妈》一剧的戏剧冲突是由于小蝌蚪们不认识妈妈而产生的。在寻找妈妈的过程中，一连串误会促使他们最终认识了自己的妈妈，同时也增添了戏剧的效果。

第四节　幼儿戏剧的改编

在日常教育、节假日活动或大型庆典活动中，教师常常要为孩子们编排一些节目，而现成的幼儿戏剧剧本很少，如果能学会把故事性较强的幼儿诗、图画书、神话与传说、童话、幼儿故事、动画片等改编成幼儿戏剧，就可以解决这一矛盾。

一、幼儿喜欢的剧本题材

(一)童话故事

童话故事能借助幻想，将许多常见的人、事、物或者现象编织成一幅幅奇异的图像，呈现出一个超现实的世界。以童话故事为题材的戏剧作品，适合于年龄层较低或初次接触儿童剧的幼儿观众。它的题材奇特、新颖、亲切；内容幽默、滑稽；人物夸张、变形、拟人；它的情节神奇、荒诞；主题直接、鲜明。一旦把这些充满幻想的童话故事搬上舞台，幻想在现实生活中得以实现的美妙感便不言而喻。例如中国儿童艺术剧院把童话《长袜子皮皮》改编成了音乐剧《皮皮·长袜子》，当中典型的音乐剧元素，好听的朗朗上口的音乐歌词、充满色彩感的演员造型和舞台结构、趣味性极强的跌宕起伏的情节，这一切都让孩子们深深着迷。《白雪公主》是经久不衰的经典童话故事。台湾如果儿童剧团将童话故事中的人物、情节和结局改编成《你不知道的白雪公主》。该剧用希腊歌剧队的形式 A Cappella 纯人声伴奏模式，熟悉的公主、王子、七矮人和坏后母，再加上一个偷偷加入的平凡人物，让老故事发出新光芒，变成一个动人的故事并告诉你：人不因平凡而渺小，人因为有爱而伟大！

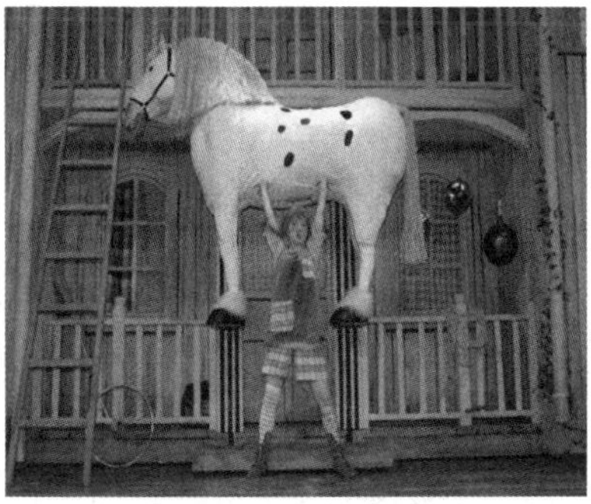

中国儿童艺术剧院　《皮皮·长袜子》

台湾如果儿童剧团《你不知道的白雪公主》

(二)神话与传说

神话和传说是一个民族和国家的宝贵精神财富，在文学史上有着很重要的地位。它的题材内容和各种神话人物对后世文学的发展起着重要作用，特别是它丰富奔放、瑰奇多彩的想象和对自然事物的拟人夸张的叙述手法，是幼儿戏剧故事题材中最自然的资料来源。如十二生肖的传说由中国儿童艺术剧院改编成童话剧《十二生肖》。剧中的主人公是一个孩子，代表着全世界的孩子，同十二生肖在一起，去追寻那纯净的希望。该剧运用中国传统文化元素，烘托一个全球关注的主题——水资源的保护。水资源缺失不仅仅是中国也是全球关注的话题，孩子和水是两个最为宝贵的资源，水是一切生命之源，它滋润了世间万物并赋予它们生命，我们的下一代所带给我们的是希望。又如中国儿童艺术剧院根据中国古典文学四大名著之一的《西游记》改编的“神话舞台连续剧”《西游记》，将三部相对独立又浑然一体的儿童剧分年次搬上中国儿童戏剧舞台，开创了中国乃至世界的儿童戏剧创作先河。表现形式集音乐、舞蹈、功夫、台词为一体，可谓“唱念做打”俱全，在舞台上创造出梦幻般奇特意境的新型神话剧，不仅适合少儿观众观看，也会满足带着孩子来看戏的家长的审美需求。再如神话传说为主题的著作《云豹森林》描述了一个现代都市孩子，走进山

中国儿童艺术剧院　《十二生肖》

中神奇的传说故事中，幻化成传奇的小猎人，云豹的传奇又再度活起来。

中国儿童艺术剧院 《西游记》

台湾如果儿童剧团 《云豹森林》

（三）图画书

图画书是幼儿文学中的璀璨明珠，透过奇妙鲜活的图像，生动有趣的语言，呈现世界万物的潜在美质，开启孩子的心灵之眼。例如图画故事书《我选我自己》，题材切合现实，结合“选举”这一项活动，让大家明白不论做什么事情不要只顾着自己，还要为大家想一想。在个人利益和集体利益面前，要以集体为重。同时也告诉我们每个人的想法都不一样，都从自己的角度考虑问题有些欠妥，给我们提供了对于“选举活动”再一次思考的空间，具有较强的教育意义。再如日本顶级绘本大师宫西达的《你看起来很好吃》被北京儿童艺术剧院改编。台湾九歌剧团的《小纸箱》也是根据图画故事书《小纸箱》而改编的。

贵阳幼师话剧社 《我选我自己》

北京儿童艺术剧院 《你看起来很好吃》

台湾九歌剧团 《小纸箱》

二、改编剧本的架构

把幼儿文学作品改编为幼儿戏剧剧本时必须根据幼儿的特殊心理特点、剧本改编要求和舞台演出需要做必要改动。剧本改编最重要的是逻辑性的发展，为能有效地完成作品的改编，需依照剧本架构要项来进行改编。其架构内容大致包含下列几项。

(一)角色

幼儿戏剧中的角色安排最重要的是个性化，这种个性化是独一无二的。主要体现在：音色的处理、标志性的肢体动作或者口头禅、外貌特征、颜色表征、鲜明的个性特征等。例如《皮皮·长袜子》中的皮皮火红的头发，向两边翘起的两根辫子，小土豆鼻子，满脸可爱的雀斑，过人的大力气……一下子吸引住了孩子的眼球。在这个剧里，其他角色也毫不逊色：不管是两个笨贼，还是两个呆警察，或是假装优雅的布鲁斯太太，或是马戏团的演员们，每一个人都有极其鲜明的特征。

(二)故事

改编时既可以忠于原作的故事，也可以将故事中的人物、情节和结局稍作变化或延伸，但创编者必须致力于透过剧情紧紧抓住观众的注意力，并朝向一个满意的结局前进。

创编者要在已建立的背景中进行摸索，使角色置身其中再开始进行情节的拓展，这时需处理好：故事发展的主脉朝结局的发展脉络；主角如何进行探索达到剧本的主题；故事发展中的伏笔如何处理；剧中人物关系如何安排能更好地服务主题；剧中矛盾冲突怎样结合幼儿心理特征；剧中人物是否有一个梦想……①如台湾九歌儿童剧团的《爱上白雪公主的小矮人》，以最小的小矮人半月奋不顾身的展开为白雪公主寻找解药的艰难历程展开。透过小矮人与白雪公主的互动，一段寻求“爱的真谛”的过程，让小朋友了解纯真又无私的爱的意义，传达一股真爱的清流。例如《皇帝的新装》，在改编时淡化皇帝出丑的环节，突出表演了皇帝和大臣害怕、焦虑的情节，力图让幼儿理解皇帝和大臣们并不是坏人，他们只是因为爱慕虚荣才上了当。

台湾九歌儿童剧团　《爱上白雪公主的小矮人》

总之，幼儿戏剧的结局应该是圆满的，无论角色曾经遇到任何苦难，观众都愿意分担困难，分享快乐。

(三)结构

可以用一张大纸，试着将事情从开始到结束的发展顺序列出，其实这就是故事的雏形。接下来就是在这个中规中矩的雏形上制造意外，这时需思考好运歹运的转变或者极度快乐时突然变成危险的紧张关头。需要找出不同的气氛、紧张的时刻、高潮迭起的时刻，特别是前半场结束前留下的伏笔。试着从实际面想象如何制造危机，或事

① [英]大卫·伍兹．儿童戏剧：写作、改编、导演及表演手册[M]．陈晞如，译．台北：华腾文化股份有限公司，2009.

件逆转不可或缺的原因。只有清楚地思考了这些问题才能有助于剧情的铺陈和剧本结构的架构。①

（四）动作

在剧本创编时设计好有特征的戏剧动作，使人物形象更加鲜明，以增强感染力，达到良好的表演效果。检验在舞台上动作设计是否到位，可以闭着眼睛试想成视觉画面。如果动作过多，整个舞台显得杂乱主题不够突出，这时可以用台词来替换或者精简动作，把多余的一系列动作设计成典型的个性化动作。如果动作表现的机会不多，可以用追逐的技巧来代替，或利用道具增加动作的数量，或利用慢动作，或采用默剧代替。总之舞台上的动作设计要紧紧抓住幼儿的心理特征让舞台保持流动性，并且找到惊奇点，使观众保持乐趣并时时处于警觉状态，渴望知道下一步会发生什么。

（五）语言

如果原作中没有叙述人语言，改编时应尽量提炼、概括原作的叙述内容，并把它转化为人物台词或舞台提示。例如环境描写改为舞台布景，人物的身份介绍、行动路线(含上下场)、表情动作、感情交流通过剧中的舞台提示说明，有的则可写进台词里。在设计每一个角色的语言时，同样需注重个性化。例如有一些角色说方言，那另一些则说普通话；角色语言要紧扣性别年龄段；动物角色的语言要模拟动物声音的典型特征；设计“口头禅”；说话方式紧扣角色性格特征呈现多元化：油腔滑调的、低声优雅的、结结巴巴的、粗声粗气的、贼眉贼眼的、大声坦率的……也可设计一些无意义的声音，如机器人大单一音节的声音说话等。

（六）剧场元素

剧场元素就是剧场技术的运用。改编时应考虑到灯光、音效、布景、服装等元素。在进行改编时要对剧场的设备资源进行了解，才能使剧场的功能得到有效发挥，而不至于纸上谈兵。

最后要仔细推敲全剧，确定剧情的发展是否逻辑性强且张弛有度，人物个性是否鲜明形象，剧场元素是否运用恰当等。

三、掌握剧本的书写格式

剧本文面是指剧本呈现的样式，它是由语言符号组合成的。在改编的时候，了解剧本语言的构成，掌握其书写的要求，写出的剧本才会得体、规范。

剧本语言分舞台提示和台词两部分。舞台提示一般包括人物提示、场景提示和角色提示。人物提示简要介绍角色姓名 、性别、年龄、身份、个性特点等，放在标题下

---

① [英]大卫·伍兹．儿童戏剧：写作、改编、导演及表演手册[M]．陈晞如，译．台北：华腾文化股份有限公司，2009.

面。场景提示是时间、地点、布景、角色上下场的说明，它们是剧本情节的有机组成部分，常用[　]标示。角色提示是对人物对话、演唱、道白时的表情动作、内心状态的具体提示，常用( )标示，放在对话、唱词、道白前面，也可放中间或后面，它与人物台词密切配合，是刻画人物的必要手段。舞台提示语言要求准确、简介、清楚，用极少语言表达丰富内容，能给演员揣摩、想象的余地。台词包括对白、独白、旁白，歌舞剧中还包括对唱、独唱、旁唱。除对白外，独白、旁白前用(独)或(旁)提示。此外，角色称呼与台词之间不用加冒号，用空格标示即可；台词也不用加引号。①

第五节　幼儿戏剧的排演

幼儿戏剧活动是由成人引导让幼儿亲身参与过程的戏剧行为游戏或者是直接由成人表演的戏剧行为。遗憾的是在幼儿园的幼儿戏剧排练更多的是“六一节模式”，是一种典型的“时间短，见效快，又有秩序”的戏剧活动。因为这类活动的目标就是在短时间里要拿出一台像样的戏，老师的价值取向是演出的结果很重要，所以必然的不可能给孩子很多时间充分发表、交流自己的意见，也不能给他们很多机会尝试自己的想法，在这种情况里更多的是对老师的意见的无条件的贯彻，这是一种被动的促成，甚至都不是一个学习的过程。在这里主要介绍幼儿亲身参与的戏剧行为游戏，因为它是一种幼儿参与的“游戏”，所以重点在于参与的过程，而非以表演呈现为其终极目的。幼儿戏剧活动的主要精神就在于游戏的过程中如何玩得投入、玩得愉快，幼儿透过自身肢体及思考(身与心)的参与，从过程中得到收获与满足，在潜移默化中培养他们的人生观和价值观。

一、选择恰当的剧本

选择剧本主动权应该交给孩子，孩子们选择剧本时可以是成人为他们编写的，也可以是他们集体参与编写的，还可以是他们自己编的。只有幼儿真正参与选择、改编和创作的故事，才能真实地反映他们对生活的体验和理解。在选择剧本的时候，孩子们会出现激烈的争论。这时我们的教师就需要给孩子们一定的指导建议，在给孩子提指导建议时需要注意几个问题：一是搭建起完美的框架；二是提供扣人心弦的戏剧线索；三是编织完整的故事情节；四是制造激烈的戏剧冲突。这样的作品才能真正地引起孩子的共鸣，得到孩子的喜爱。

二、分配角色

排练开始了，孩子们罗列出剧中的演员表，在分配角色时，老师鼓励每个幼儿先

① 人民教育出版社中学语文室．幼儿文学[M]．北京：人民教育出版社，2006：289—290．

尝试表演某个自己感兴趣的角色，并提示他们按照自己对角色的理解来表演，强调创意，鼓励他们大胆创编台词、动作等。最初很多幼儿缺乏信心不敢演，有的甚至临场放弃，教师应不断鼓励，孩子们经过反复的尝试，会渐渐喜欢上这种能展示自己的方式。在排练的过程中也有幼儿会提出愿意承担新角色的要求，教师应和幼儿进行商量共同完成角色分配工作。

三、排练语言和动作

孩子们演戏和大人不同。如果把台词反反复复地告诉孩子，让他们背诵下来，只会使台词失去活性。指导者应该重视孩子们的创作能力，让他们成为戏剧的中心。戏剧表演中的语言表达对幼儿来说是很有难度的，他们在“说”剧本的时候语言很流畅，到了表演的时候就会暂时性忽视语言，把注意焦点放在动作的表达上。开始排演时，小演员往往感到紧张，或讲话声音太低，或说话时背对观众。这些表演中语言技巧问题，也不要强求幼儿。在排练时，可以让孩子们对作品进行进一步的感受、模仿、体验，在模仿中把握角色的情感、动作、语言。在这一过程中，孩子们会互相帮助设计语言和动作，甚至还会有争议，这时指导者要进行很好的引导。

总之在进行对话和动作时，指导者可以让孩子成为戏剧表演真正的主人，孩子们在表演中娱乐了自身，点燃了想象力，那将会给你很多意外的惊喜。

四、布景和道具

一个好的节目离不开布景和道具，孩子们在舞台上赢得的鲜花和掌声，自然离不开老师们台下精心的设计、制作和布景。而这些都与手工有关。在进行布景和道具制作时一定要把握几个原则：一是要创设适应幼儿的特点，富有想象，形式活泼、夸张。二是整体设计要与表现主题一致。三是设计中的各个元素（立体物、平面图、装饰品、幻灯投影等）搭配要和谐统一。可以说这是一项统一而烦琐的工作，我们要有很清晰的设计思路和精巧的制作表现。四是设计要有时代性和区域性特点。为了保障演出顺利进行并取得良好的演出效果，要预先做一个比较详细的整体设计方案，列出本次演出的主题、布景所采用的形式、道具制作、平面效果图或者幻灯绘制等，这样有助于我们把烦琐的工作做得井然有序，同时能较好地表现主题和区域特点。① 与此同时，同样要发挥孩子的主体性，让孩子大胆想象，自由表达。孩子能做的就一定要孩子来做，孩子不能做的要听他们的建议，一起商量，这样的布景和道具一定深受孩子喜爱。

总之，在进行戏剧排练的过程中，孩子应该是整个排练演出过程中的主角，让他们在合作中自由地、创造性地表达自己的思想、感受和愿望，这才是戏剧真正的魅力。

---

① 沈建洲．幼儿园实用手工[M]．上海：复旦大学出版社，2011：101—102.

第六节　关于幼儿影视文学

随着影视的普及和发展，影视媒介对孩子的影响越来越大，这种影响不仅仅停留在视觉艺术感知能力，丰富业余文化生活的层面上，还影响着少年儿童的知识结构、行为方式、价值观念、人格修养、审美情趣等。

一、幼儿影视文学的概念

影视文学是指拍摄电影和电视剧时所创作的剧本，亦称脚本。幼儿影视文学是指为拍摄幼儿影视片所创作的文学剧本，它是幼儿影视创作的文学基础，是导演再创造的依据。幼儿影视要把它提供的文学语言转化为银幕、屏幕语言，把它提供的间接形象转化为视觉形象。

幼儿影视文学既要求依据电影、电视艺术的思维特点进行创作，又要符合电影、电视艺术创作的规律及表现形式，又要在题材处理和形象塑造等方面考虑到幼儿的年龄特点、心理需求和审美趣味。

综上所述，我们可以给幼儿影视文学一个明晰的定义：幼儿影视文学，主要指幼儿影视剧本，是从幼儿视角出发，以幼儿为主要表现对象和接受主体，并为拍摄幼儿电影、电视服务的一种充满童真、童趣的具有独特审美价值的文学体裁。

二、幼儿影视文学的分类

常见的幼儿影视文学样式有：幼儿电影文学、幼儿电视剧文学、幼儿科教片、幼儿纪录片等。下面特以幼儿电影文学中的故事片和美术片为例进行介绍。

(一)幼儿故事片

幼儿故事片是指通过演员的表演表现叙事性幼儿文学作品的影片。这类影片具有完整的故事情节，由演员饰演故事中的人物，银幕形象真实可信，适合幼儿的年龄特点、心理特征、艺术情趣和接受能力，有利于幼儿健康成长。一部优秀的幼儿故事片，通常具有鲜明的时代特点和民族特色，具有生动的人物形象、引人入胜的故事情节和完整的形式，充满了童真、童趣，因而很受小朋友欢迎。幼儿故事片按内容可分为生活片、科幻片、童话片。生活片取材于现实，以表现幼儿生活为主，如《小鬼当家》。童话片是根据童话小说改编的影片，是借助于幻想的力量创造情境和形象来反映生活的影片，如《精灵鼠小弟》。幼儿科幻片大都由科幻小说改编而成，一般从今天已知的科学原理和科学成就出发，对未来世界的情境做幻想式展示。例如《外星人 ET》《霹雳贝贝》等。

《小鬼当家》海报

《精灵鼠小弟》海报

《外星人 ET》海报

(二)幼儿美术片

美术片，一种特殊形式的电影。美术片是中国的名词，在世界上统称 animation，是动画片、木偶片、剪纸片的总称。美术片主要运用绘画或其他造型艺术的形象(人、动物或其他物体)来表现艺术家的创作意图，是一门综合艺术。美术电影有短片、长片和系列片多种，题材和形式广泛多样，在世界影坛上占有重要地位。在电视领域中更受重视，为少年儿童和成年观众所喜闻乐见。美术片主要分为以下几类。

1. 动画片

动画片英语称卡通（cartoon)，是以绘画表现人物形象 、剧情的影片 ，是美术片中最基础、最多的一种。动画片经过约一个世纪的发展，如今已经成为一个成熟丰富的产业，世界上有很多杰出的动画家和动画导演制作出了很多优秀的动画片。例如迪斯尼动画系列的《米老鼠》《爱丽丝梦游仙境》《小飞侠》《小熊维尼》等；宫崎骏动画系列的《魔女宅急便》《龙猫》《千与千寻》等；皮克斯系列的《玩具总动员》《怪物电力公司》《海底总动员》等；还有《神奇宝贝》《海绵宝宝》《企鹅家族》《我们这一家人》《樱桃小丸子》《哈姆太郎》等优秀动画片。值得一提的是，20 世纪 60 年代中国研制成功的水墨动画片是动画片的一个发展，它吸取了中国传统画的技法，画面形象无明确的轮廓线，在宣纸上自然渲染，浑然天成，把水墨画的韵味和技法与动画电影巧妙地融为一体，一个个场景就是一幅幅淋漓的水墨画。角色的动作和表情很灵动，泼墨山水的背景豪放壮丽，柔和的笔调充满诗意。水墨动画打破了动画单线平涂的制作规范，那种虚虚实实的意境和轻灵优雅的画面，使动画片的艺术格调有了重大的突破，在世界动画领域堪称一绝。例如水墨动画《牧笛》这部影片主题色彩鲜艳，具有轻松活泼的基调。影片中牧童和水牛的形象吸取了老画家李可染的绘画特点，简练而富有墨趣。影片始终传递着细腻、含蓄的情感，片中没有一句对白，完全用牧童、水牛的形象和动作，来表达两者之间深厚的情感。又如水墨动画《山水情》充分发挥了中国水墨画动画的特色，用高潮的动画技巧将写意山水与古琴曲这两种中国古典艺术最高水平的代表完美地结合起来，把中国画的形、神、意、韵、气、物通过动画的形式表现出来，古意悠悠，意境深远，表述了人在自然中获得灵感，自然在人的艺术中升华的道理，体现了人、自然、艺术三位一体及天人合一的思想，深刻表达了和自然融合的喜悦。

《企鹅家族》海报

《魔女宅急便》海报

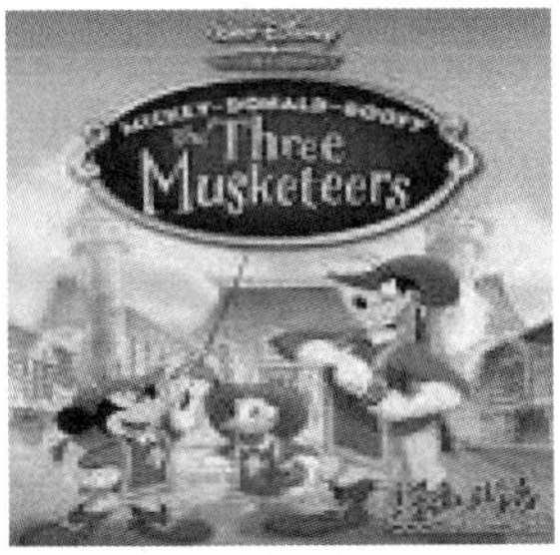

《米老鼠》海报

水墨动画《牧笛》剧照

2. 木偶片

木偶片是以木偶表现人物形象、剧情的影片。制作木偶使用的材料，与影片的艺术风格关系密切。1982年，中国试用陶瓷制木偶（瓷雕），创造了木偶片的新形式 。木偶片是在借鉴木偶戏的基础上发展起来的，富于立体感。动画片中木偶一般采用木料、石膏、橡胶、塑料、海绵、钢铁和银丝关节器制成，以脚钉定位。随着科技的发展，目前也有用瓷质、金属材料制成的木偶。拍摄时将一个动作一次分解成若干环节，用逐格拍摄的方法拍摄下来，通过连续放映而还原为活动的形象。例如《崂山道士》影片中运用了木偶的制作手段，虽说木偶片在表情上有一定的局限性，但影片中导演还是很好地把握了人物肢体动作。通过戏曲动作表演，对白唱段来塑造人物。肢体动作顺畅自然，夸张到位，人物活灵活现。既具有立体电影令人身临其境的特色，又具有木偶片幽默、轻松的风格，给人美好的艺术享受。木偶片《神笔》故事始终围绕着马良和神笔的不平凡命运而展开。放牛娃马良一心想学画，整天用树枝和木炭做笔画画。一天夜里他梦见一位神仙送他一支神笔，画什么就得到什么，乡亲们得到他用神笔画成的耕牛、水车等实物，都非常感激他。此事被官府得知，官老爷派人逼迫马良画一座金山。马良在金山周围画了海洋和帆船，贪婪的官老爷带着家人上船，马良挥舞神笔掀起狂风大浪，那只帆船很快沉没。从此，马良自由地为劳动人民画需要的东西。影片具有强烈的传奇色彩，用浪漫主义手法塑造了天真、可爱的马良这个艺术形象。

木偶片《崂山道士》剧照

木偶片《神笔》剧照

3. 剪纸片

剪纸片是借鉴南宋流传至今的皮影戏和民间剪纸等传统文化的基础上发展起来的一个美术电影片种。它以平面雕镂艺术作为人物造型的主要表现手段，制成平面关节纸偶。环境空间由绘制的纸和天片，贴在前、后玻璃板上构成背景。拍摄时，将纸偶放在玻璃上，用逐格拍摄的方法把分解的动作拍摄下来，通过连续放映而形成活动影象。例如剪纸片《渔童》内容健康，人物性格鲜明，充满浓厚的民族色彩和中国风格。影片取材于张士杰搜集的农民起义军义和团的民间故事，它表现了中国人民反抗帝国主义侵略的斗争精神，歌颂了劳动群众的勇敢和智慧。剪纸片《金色的海螺》是根据阮章竞的同名抒情长诗改编，描述打渔青年经过种种考验，终于与珊瑚岛上的海螺姑娘共同生活的故事，说明坚贞不移的精神最终定能战胜一切邪恶。影片人物造型生动，栩栩如生，背景设计色彩优美，镂刻精细，海底珊瑚仙岛的景色尤为迷人，成功地体现了剪纸片的艺术特点和民族风格。

剪纸片《鱼童》剧照

剪纸片《金色的海螺》剧照

4. 折纸片

折纸片是美术电影的一个片种。它用硬纸片折叠、粘贴，制成各种立体人物和立体背景，采用逐格拍摄方法逐一摄制下来，通过连续放映而形成活动的影象。制作时将纸片刷染成各种色调，折叠成所需的形象，串上细银丝或细铅丝作为活动的关节，再粘贴合缝，装上脚钉。动作操纵与木偶类同。折纸片不同于剪纸片，因为它的人物和背景都是立体的，又不同于木偶片，因为它的人物和背景都是用纸折叠而成。从而形成了折纸片轻巧、灵活、充满稚气的独特艺术特点，它适合表现简短的童话故事。例如《聪明的鸭子》这部童话题材影片，讲的是黑头、绿头、红头三只小鸭机智、巧妙地战胜小黑猫的故事。在影片中，导演虞哲光针对幼儿的心理特点，确定小鸭的造型既要稚气、可爱，又要体现出唯恐不假、唯恐不怪的不似而似的艺术特色。他从自己折叠的二百多只小鸭中，选了 3 只头大大的，颜色分别为黑、绿、红的小鸭作为影片主要形象。影片中 3 只小鸭的动作稚气中流露出勇气，单纯而笨拙感中表现出活泼天真，十分可笑而又可爱，深受少年儿童特别是幼儿的喜欢。虞哲光的另一部折纸片《一棵大白菜》这部童话片描述小花猫在菜园里追扑蚱蜢时，掘起了一棵大白菜，山羊公公错怪了小白兔偷菜，小花猫主动承认了错误，受到了山羊公公的称赞。该片采用平面中展示立体，仿浮雕的造型风格。

折纸片《聪明的鸭子》剧照

折纸片《一棵大白菜》剧照

三、幼儿影视文学的特点

(一)蒙太奇性

蒙太奇是法语译语，建筑上的“装配、组接”之意，借用在影视艺术中指影视作品由一个个镜头、场面、片段组接而成。蒙太奇性是影视剧作统摄性的特性，影视作品的这一特性要求作者在写作文学剧本时要有这种蒙太奇思维，以可以组接到一起的一系列镜头、场景、段落等结构作品。具体地来说，电影剧本通常是按场景写作的，要把连贯的故事分解为一场场的人物行动和环境呈现，同时这一场场的动作组接起来要能传达完整连贯的信息。而在每场内部，通常则是一个镜头一个镜头的描写(不同于包括景别、角度、镜头运动在内的分镜头剧本)，按镜头的改变分段。

(二)可视性

苏联著名电影导演普多夫金曾经说过：“编剧必须记住这一事实，即他所写的每一句话要以某种可见的视觉造型的形式出现在银幕上，因此重要的不是所写的字句本身，而是他写的这些字句能在外形上表现出来，成为造型的对象。”影视艺术，是视觉艺术。而所谓“视觉性”，即指剧本用文学语言所描写的形象能够体现、转化为鲜明的视觉形象，具有具体实在的形象性。因此，作为拍摄依据的幼儿影视文学剧本必须描写出鲜明生动、符合拍摄要求的视觉形象来。这样，幼儿影视文学在塑造艺术形象、语言、描写环境场面时，就必须避免抽象的叙述，也不能给读者观众留有太多的发挥想象的余地，同时还要充分照顾到幼儿的特点，尽可能塑造出鲜明可爱富有儿童情趣的可转化为视觉画面的艺术形象。幼儿影视文学只有具备视觉性，才能真正“影视化”，但非戏剧化、小说化。

(三)趣味性

趣味性是幼儿影视文学不容忽视的特性，是幼儿影视文学美学特征的集中体现。在大多情况下，幼儿影视文学的趣味性体现为作品的喜剧性。在文学表现上，多采用幽默、夸张、机智、揶揄、倒错、误会等手段。例如《天书奇谭》中的县太爷一抹小花脸，小眼睛、八字胡、身形瘦小、枯干却穿着肥大的官袍。未曾演出就已经笑料百出。《怪物公司》中的妖怪们竟然在动画大师餐馆就餐。紫色胶冻怪急着和苏利文及搭档单眼儿麦克打招呼，一不留神踏上路旁下水道盖儿，哧溜一下下去了。清洁工是鼻涕虫怪，他卖力地拖着地板，屁股后面一路留下了明晃晃的黏膜。《猫和老鼠》采用了猫与鼠的原型，它们之间的关系常在一瞬间发生变化——化敌为友或势不两立：为敌时绞尽脑汁，互不相让；为友时，亲如兄弟，谁也不记仇。汤姆和杰瑞总是处在激烈运动之中，而且动作感强烈而夸张，幽默而有趣，哪怕被撞成一块饼，被冻成一块冰块，被锯成两半……

《天书奇谭》剧照

《猫和老鼠》海报

《怪物公司》剧照

(四)形象性

优秀的幼儿影视文学作品离不开成功的形象，而成功的形象必然具有鲜明的个性。正是因为幼儿影视文学作品中有了富有独特性格的人物形象，才有了我们童年记忆中的那些烙着深深印记的典型人物。例如《魔法阿妈》中那些千奇百怪的、富有想象力的人物形象。有行走在陆地上的巨大鲸鱼；有汽车压扁后还能走路的蛇；还有爸爸退休后接替他们上班的小牛头小马面，都一律新颖别致，可爱有趣。特别是主要人物阿妈，热心、活泼、乐观、古怪、拥有魔法又精力旺盛，是一位唠唠叨叨又不失童真的老太太。在一开始与外孙的相处中，手忙脚乱，乱作一团。随着一次次事件的展开，阿妈温情展露无遗。从陌生到慢慢地相互依赖，阿妈冷酷下面的善良、温暖一览无遗。《天书奇谭》中的反面人物很有代表性：老奸巨猾的老狐狸婆，妖艳妩媚的女狐狸精，又笨又可爱的跟班小狐狸，对上司巴结奉承、曲意逢迎的小吏，作威作福、贪得无厌的官僚，年幼无知、天性贪玩的小皇帝……如同玩具一样的人物设定，让人忍俊不禁。所塑造的这些人物，大多是坏人，事态百象，讽喻现实，其阅世的深度和嘲弄的水准却非同一般，绝非停留在俗套层面上。比较典型的是县官很贪，但却是孝子，这是有深刻的现实意义的，他的结局是得到了无数个爸爸，可谓辛辣之极。片中即便是寥寥数笔，只有几个镜头的小人物，也个个形象跃然纸上，栩栩如生。

《魔法阿妈》剧照

本章小结

通过本章的学习，我们初步掌握了幼儿戏剧和幼儿影视文学的基本知识、鉴赏方法和创编的方法。我们需要在夯实理论基础的前提下，更深入地探索幼儿与这两种文学样式的关系，做到理论与实践相结合，让幼儿真正从中受益。

练习与实践

1. 幼儿戏剧的特点有哪些？你是如何理解的？

2. 选择幼儿喜欢的题材，试着改编成幼儿戏剧。

3. 学生分组活动、选择合适的剧本，每组排演一场幼儿戏剧，在班里表演，老师评定成绩。

4. 请写出你印象最深刻的一部动画片，并说明使你难忘的原因。

作品作家链接

1.“妙乎”回春（童话剧）

⊙ 方　圆

人物　猫大夫（著名的动物界医生）

　　　小猫“妙乎”（猫大夫的儿子）

　　　小兔　小牛　小鹅

时间　早晨

场景　“动物医疗站”。一间芭蕉叶盖的屋子。墙上挂着写有“妙手回春”的横幅，猫医生的椅子像只倒放的灯笼辣椒，病员坐的是扁豆荚形的长凳。床、桌等各有特色。

［幕启时，只见小屋外戴眼镜的猫大夫在打太极拳。远处公鸡叫，一会儿，他侧耳听听屋里，见没动静，摇摇头，向树林跑去。不一会儿，躺着的小猫“妙乎”翻过身蒙头大睡。猫大夫回来，敲窗。

猫　妙乎，该起来了！唉！还想当名医呢！

妙　（又翻了个身）呜……呜……

猫　（进门）妙乎，妙乎，怎么不响啊？

（掀开被，拎妙乎耳朵）

妙　妙——呜！妙——呜！爸爸，您不知道我在背书吗？

猫　背书？我看你连书都不翻，还背什么书？

妙　您在家，我跟您学！您不在家，我才念书！

猫　好了，我没空和你斗嘴。我要去出诊了，有谁来了你就记下来。有急事，你打电话来，号码369。

（拿起电话拨号，听筒和话筒是苹果形，柄是香蕉形）

喂，喂！嗯，没人接电话，一定病得很重，我得赶快去了。

妙　（起床坐到桌边）爸爸，您去好了。有谁来看病，我给看。

猫　你还没学会，好好看书，将来我教你。（匆匆忙忙下）

妙　（边吃东西边翻书）ABC，CBA，看书真想打瞌睡，当个医生谁不会？胡说八道信口吹！哎哟，好累呀！（伏在书上睡着）

［小兔挎着草莓篮上。

兔　猫大夫！猫大夫！

妙　（抬起头）妙呜妙呜！（开门）喂，你是谁？

兔　我是小兔。猫大夫在吗？我请他看病。

妙　不在家。

兔　您是他的儿子吗？

妙　我不回答你。不过我告诉你，我是大名鼎鼎的妙乎医生。

兔　真的吗？我怎么没听说过？

妙　我才当医生，你当然不知道。不过，有句话你该知道。

兔　什么？

妙　人家赞扬我医术高明，是“妙乎回春”！

兔　好像只有妙手回春……

妙　不对，你记错了，我这儿有书为证。（翻书）翻不着，反正是你错了。

兔　我不跟您争了。妙乎医生，今天猫大夫不在家，请您给我看看好吗？

妙　行，小事一桩，坐下吧。（给小兔按脉，看面色）哎哟不好！你生大病啦！

兔　（吓一跳）什么什么？

妙　你生了一种出血病，出血病，危险透了！

兔　(吓坏了)啊!

妙　(拿起镜子)你看,你的眼睛都变红啦!

兔　(松了一口气)我们从小就是红眼睛,我爸爸妈妈,爷爷奶奶,哥哥姐姐弟弟妹妹……生来就是红眼睛,不是出血。

妙　生来就这样?那就是遗传性的毛病,非看不可。

兔　(糊涂了)那,那猫大夫怎么从来没讲过?

妙　(一本正经)你到底听谁的?

兔　那请您给看看吧。

妙　这是红药水,一天吃三顿,还用它滴眼睛,也是一天三次。(拿一大瓶红药水给小兔)

兔　(不敢接)红药水能吃、能滴眼睛吗?

妙　你不照照你的眼睛,都红成什么样了!坐着马上吃,马上滴!

[兔怀疑地接过,坐着犹豫不决。小牛上。

妙　还磨蹭什么?谁不知道我"妙乎回春"!

牛　哞——,谁的喉咙这么大呀?

兔　(如获救)小牛快来,妙乎医生让我吃红药水,还要用红药水滴眼睛。我有点儿害怕。

牛　从没听说红药水能吃呀!

妙　妙呜妙呜,你是谁,来这儿大发议论?

牛　哞——,我是小牛,您是医生吗?

妙　我是得过"妙乎回春"锦旗的医生妙乎!

牛　什么!"妙乎回春"?

妙　对。

[小牛反刍,胃里的草回上来,用口嚼着,没有能接话。

妙　你怎么啦?不做声光努嘴?!

牛　(咽下草)哞——,不是,刚才我胃里的东西回上来,得嚼一嚼。

妙　(拍拍小牛背)得了,又是一个病号!

牛　怎么啦?

妙　你呀,生了大病啰!

牛　什么病?

妙　吃的东西要回上来,那是胃病;经常回上来,那就是胃癌。

牛　癌?

妙　对,这非我看不可!

牛　我们从小吃东西都要回上来嚼嚼,我爸爸妈妈,爷爷奶奶,哥哥姐姐……

妙　得了,跟小兔一样,遗传的病。你可得开刀才行!要不半路上倒下去,我可不会救啰!

牛　(害怕地)那我怎么办呢?

妙　躺在那床上去,我来磨刀,给你做手术。

［妙乎拿起一把大菜刀，在门坎上磨起来。小鹅上。

牛　(慢腾腾躺上去)真害怕呀！怎么拿菜刀给我动手术……

兔　(坐立不安地)真害怕呀！红药水吃下去肚子不疼吗？

鹅　(鞠个躬)吭——，请问，谁在里面叫害怕？

妙　(抬起头)是小兔小牛，我给他们治病。喔，你也是来看病的？

鹅　我没生病。

妙　不，很明显，你生了大病。

鹅　(镇静地)什么大病？

妙　脑瘤。脑子里的瘤都长到外面来了！非开刀不可！

鹅　(笑)吭吭吭，我们生来就这样……

妙　那你和他俩一样，得了遗传病。

鹅　(继续笑)吭吭吭，你这样的医生我也会当。

妙　乱讲！我可是得了“妙乎回春”的锦旗的！

鹅　吭吭吭，只有妙手回春，没有“妙乎回春”！

妙　你们三个都一样地读白字！

鹅　(端详着他，灵机一动)好吧，就算你对。(看看发抖的小兔、小牛)不过，我也学过一点儿医，我看你也生了大病。

妙　(有点儿紧张)别骗人！我生了什么病？

鹅　吭——，你生了未老先衰病。

妙　(不明白)怎么讲？

鹅　你小小年纪就衰老得不行了，不医好马上得完蛋。

妙　(更紧张，凑近他)你，你有什么根据？

鹅　自然有。(拿起镜子给他)你自己瞧瞧，瞧你的胡须有多长！

妙　(照着)胡须？这胡须一生下来就……

牛　(疑问地)哞——，那也是遗传病？

妙　啊！我？

鹅　是吧？你爸爸妈妈，爷爷奶奶，姐姐哥哥，弟弟妹妹，生下来都有胡须……

妙　(害怕起来)难道我也是遗传病，那我当不了名医了！妙呜呜呜……(哭起来)

鹅　(推推小兔小牛)有一个办法可以治好。(这时猫大夫回来了，在门外拄着手杖听)

妙　只要能救我，用什么办法都行。

鹅　我先问你：小兔和小牛到底得了什么病？

妙　天知道他们生什么病。

兔　你不是说我生了出血病，眼睛都变红了吗？

牛　哞——，不是说我得了胃癌，走不到家半路就会倒下去吗？

妙　我是随便说说。

牛　哞——，随便说说？我差点儿没让你用菜刀宰了！

兔　嘿，我差点儿没把红药水吃掉！

鹅　（笑）吭吭吭，他俩没病，你倒是真有病啊！

妙　（又紧张起来）怎么办？

鹅　小兔小牛帮个忙。（拿出一根细绳，在墙上一个铁环中穿过，一头交给兔、牛，另一头拿着）来，“妙乎回春”大夫，把胡须结在这一头，拉它七七四十九次，胡须掉下来就好啦！

妙　不疼吗？

鹅　有一点儿，可是要病好哪。（用绳子扎住他的胡须）

牛　（开心地用力拉）嗨哟，唪——！

妙　（怪叫）哎哟！妙——乎！妙乎！妙——乎！……

鹅　（一本正经）一下、两下、三下、四下……

妙　哎哟、哎哟，哎哟哟！（全身跟着绳一上一下）

兔、牛哈哈，哈哈！

妙　（忍不住）几下啦？

鹅　十三、十四、十五……妙乎大夫，还有二十几下就行啦！

妙　什么大夫不大夫，我连书都没好好看过一本。（把绳子从胡须上取下，抓起电话拨号）369，喂喂！

［猫大夫出现在门口。

兔
牛　猫大夫好！
鹅

妙　爸爸！您可回来了……

猫　我早就在窗外边．瞧你吹得晕头转向的！（搂住小鹅肩）孩子，你今天帮助了妙乎，我谢谢你．也谢谢小兔、小牛！（小动物们摇头表示不必）

妙　爸爸，（摸摸胡须羞愧地）我今后一定老老实实学习，不吹牛了！

鹅　到时候啊，我送你一面锦旗，就写上“妙乎回春”四个大字！

［众笑。幕落。

（选自《儿童时代》1981年第6期）

作家简介

方园，1947年生，原名方选之，安徽桐城人。曾在无锡市人民医院、卫生防疫站从事宣传工作。现在无锡市文联从事专业创作。1979年开始发表作品，主要有长篇童话《蟋蟀国历险记》《圣诞小人历险记》，小说《带箭的康娜》和童话剧《“妙乎”回春》《红房子》等，作品获得冰心儿童图书奖等多项奖励。

作品导读

《“妙乎”回春》是儿童十分喜爱的童话剧。它以寓思想教育于有趣的故事之中而获得了成功。作者巧妙地利用小猫、小兔、小牛、小鹅等动物的特性与孩子们所掌握的常识的矛盾，进行合理的想象和精心的构思，使全剧充满喜剧色彩，波澜起伏，妙趣横生。剧本内容反映的是一个爱吹牛的小猫妙乎，自以为懂得医道，一连出了好几个洋相，最后，聪明的小鹅巧施妙计，才使它认识了自己的缺点并下决心改正。该剧剧本戏剧性较强，情节发展，有起有伏，波澜迭起。起初，按照妙乎医生的诊断，小兔要喝红药水，小牛需上“手术台”开刀，正在这“紧急关头”，小鹅来了，虽然它也被错判为生了“肿瘤”，但小鹅机智地抓住妙乎把“妙手回春”当成“妙乎回春”的错误，化被动为主动，反给妙乎治起病来了。通过有趣的诊察，终于查出了妙乎“不老老实实学习”的大毛病。寓思想教育于有趣的故事之中是该剧本的一个成功之处。

作者善于把人物置于戏剧冲突的中心，围绕人物个性特点展开剧情，是创作成功的根本原因。小猫“妙乎”信口开河地说小兔、小牛、小鹅这个病了、那个病了，它编造的那些病症与幼儿已知的动物生理特征形成矛盾，暴露出“妙乎”不懂装懂，自以为是的缺点。“小鹅”说“妙乎”得了“未老先衰病”，要拔掉胡须才能治好。这是用游戏方式来解决戏剧冲突，符合幼儿的审美趣味。

剧本中的台词极富个性化，特别是以“妙乎”这日常生活中唤猫和猫叫的声音，且“乎”与“手”又字形相近，因此小猫把“妙手回春”当作“妙乎回春”，既显得合理，又渲染了“妙乎”的不懂装懂和骄傲自大。

此外，作者在运用拟人化手法的同时，亦注意不同动物之特性，如小兔的眼睛是红的，牛的反刍的习性，鹅的头上有肉瘤以至小猫有胡须，且叫声为“妙乎”……这一切都使剧中“人物”显得更加真实，且风味十足。

2. 回　声(话剧)

[日本]⊙　坪内逍遥

对面是高山，山旁一户农家，一个孩子和母亲到这里过暑假。

大郎　(五六岁。高高兴兴地跳出来)真高兴！真高兴，妈妈叫干的活儿都干完啦，这回光剩下玩儿啦。(说着，高高兴兴地这儿那儿地跑跳着。)

大郎　万岁！万岁！

[山那边响起了回声。

回声　万岁！万岁！

[大郎吃了惊，奇怪地望着。

大郎　(自语)唉呀！这是谁呀！

(大声地)谁在那儿哪……

[山那边重复着。

回声　……在那儿哪？

大郎　(自语)唉呀！山那边也问啦！(大声地)你是谁呀？

回声　你是谁呀？

大郎　我呀，是大郎！

回声　我呀，是大郎！

大郎　我才是大郎哪！

回声　我才是大郎哪！

大郎　不！你不是大郎！

回声　不！你不是大郎！

大郎　是大郎！

回声　是大郎！

大郎　唉呀！你真讨厌！

回声　……呀！你真讨厌！

大郎　讨厌！

回声　讨厌！

大郎　去你的！

回声　去你的！

大郎　你！小狗。

回声　你！小狗。

［妈妈从窗里探出头来。

妈妈　大郎！你跟谁那么粗声粗气的……

大郎　（要哭的样子）妈妈！山那边有个坏孩子，净这个那个的学我。

妈妈　那，你跟他说什么啦？

大郎　我跟他说："讨厌！去你的！小狗！"

妈妈　你好好跟他说说试试，他也就跟你好好说啦。可别像刚才那样粗声粗气的啦！啊？

［妈妈缩回头。

大郎　（向山那边）噢咿……！

回声　噢咿……！

大郎　别生气啦！刚才我不对啦！

回声　别生气啦！刚才我不对啦！

大郎　咱俩做朋友吧。

回声　咱俩做朋友吧。

大郎　你来这儿玩吧。

回声　你来这儿玩吧。

大郎　到这儿来！

回声　到这儿来！

大郎　我过不去！

回声　我过不去！

大郎　那！咱们就这样说话吧。

回声　那！咱们就这样说话吧。

大郎　行吗？

回声　行吗？

大郎　好吧。

回声　好吧。[妈妈又从窗口探出头来。

妈妈　大郎，吃饭啦，快回来吧。

大郎　唉！(向山那边)我吃饭啦，不说啦！

回声　……吃饭啦，不说啦！

大郎　再见。

回声　再见。

妈妈　大郎！快点呀，你还在那儿磨蹭什么哪！

大郎　妈妈，刚才我照你说的那样，和和气气地跟他说话，那孩子就跟我好啦。

妈妈　嗯，你看是不！你跟人家好好的，人家也跟你和和气气地吧？可得好好记住点。来吧，来吧，快回来吧。

——剧终

作家简介

坪内逍遥(1859—1935)，原名坪内雄藏，日本小说家、剧作家、评论家、翻译家。生于岐阜县，小时在私塾读中国古籍，继入外语学校学英语。毕业于开成学校(即东京帝国大学)。倾心于英国文学，译过司各特等的作品。1883年得文学学士学位，曾任东京专门学校(即后来的早稻田大学)讲师。所著《小说神髓》于1885年出版。

1887年后，坪内停止小说创作，转而致力于戏剧文学和演剧运动，主持早稻田大学文学科，从事文学人才的培养和戏剧的改良运动。1890年为学生讲授莎士比亚，次年创刊《早稻田文学》杂志，发表《美辞论稿》，指导学生演剧活动，加入江户时代大戏剧家近松研究会。这一时期，发表历史剧《桐一叶》(1894)，并被授予文学博士学位。他还成立"文艺协会"，创办露天剧场。1909年译完《莎士比亚全集》40卷。后以20余年时间完成第二次新译，成为闻名世界的莎士比亚学者。在此期间陆续创作《子规鸟孤城落月》《坪内逍遥手迹》(1897)、《新曲浦岛》(1904)、《留别新月夜》(1917)、《义时的最后》(1918)等著名戏剧作品。

受富山房之委托，曾主编小学国语教科书。晚年热心于儿童剧运动，编写《家庭用儿童剧》三卷，《学校用小剧本》等，对日本儿童剧的发展起了很大作用。

1928年为庆祝坪内70寿辰，并表彰他以戏剧运动为中心的在文艺上的多方面的功绩，为他创立了戏剧博物馆。

作品导读

《回声》是比较典型的幼儿话剧。剧本的构思十分奇特，台上的主要演员是一个五六岁的孩子和看不见的角色——回声；还有一个是只从窗口探了两次头的妈妈。它抓住幼儿不能理解山谷回音，确实以为山那边也有人在说话的现象，巧妙地设置了大郎与山谷回音的戏剧冲突，使一种生活哲理和山谷回音的知识，尽在这情趣十足、耐人寻味且富于艺术感染力的作品中得到生动的显现。回声是一种普通的物理现象，大郎却把它当成了一位小朋友。他好奇地与之“对话”，发现对方老是顶嘴，因而被激怒。这就产生了矛盾冲突。他说话越来越粗声粗气，冲突也不断升级。其实大郎与回声的冲突是他要求别人说话和气有礼貌，而自己并未如此对待别人造成的。当他在妈妈的启发指点下，以友好的语气说出承认并克服自己缺点的话时，矛盾也就自然缓和、解决了。当然，大郎才 5 岁，不明白回声是怎么回事，对神秘的回声感到好奇、产生乐趣。正是如此，整出戏才充满幼儿情趣。充满幼儿情趣的矛盾冲突是幼儿戏剧的灵魂和本质。

本剧的台词十分生活化、幼儿化，完全是幼儿的稚气的口吻，而且简练朴实、亲切直白，概括了待人接物的基本道理，充分体现了幼儿剧的语言特色。

3. 小熊请客

⊙ 包蕾

第一场 在树林中

［太阳透过树丛，照射着绿油油的草地，各种颜色的小野花，开得可好看啦！树上的小鸟快活地叫着。

［在一阵怪里怪气的音乐声中，狐狸顺着林中小路一颠一拐地走了过来。

狐狸 （数板）

我的名字叫狐狸，
一肚子的坏主意，
人人见我都讨厌，
说我好吃懒做没出息。
（他抬头看了看太阳）
太阳升得高又高，
肚子里还没吃东西！
（白）唉！真倒霉！到现在连一点儿吃的还没弄到手，饿得我两条腿一点儿劲儿都没有了，我还是先到大树背后躺着歇一会儿吧！

［狐狸靠着大树懒懒地迷上了眼睛。

［一阵轻快的音乐由远而近，小猫咪提着一包点心，连唱带跳地跑了过来。

小猫 （唱第一曲“到小熊家里去”）

喵喵喵，
真呀真快活。
今天过节小熊请客。
我们到他家里去，
又吃又玩又唱歌。
喵喵喵，喵喵喵，
真呀真快活！

［狐狸听见小猫的歌声，就从树后跳了出来。

狐狸　喂！小猫咪！你到小熊家去吗？带我一块去吧？

小猫　你？（唱第二曲“我才不带你！”）

狐狸，狐狸！

你没出息，

你自己不做工，

还想白白吃东西。

我呀，哼！

我才不带你！

[小猫咪头也不回，连蹦带跳地渐渐走远了。狐狸看着小喵咪的背影气呼呼地骂了起来。

狐狸　哼！真气死我啦！小猫咪真是个坏东西！（他伸了伸懒腰，打了个哈欠）唉！我还是在这儿躺一会儿吧！

[狐狸背靠着树，两眼刚刚眯起来。远远又传来一阵愉快的音乐。小花狗带着给小熊的礼物，蹦蹦跳跳地跑来了。

小花狗　（唱第一曲“到小熊家去”）

汪汪汪，

真呀真快活，

今天过节小熊请客。

我们到他家里去，

又吃又玩又唱歌。

汪汪汪，汪汪汪，

真呀真快活！

[狐狸等小花狗走近了，又从树后跳了出来。

狐狸　小花狗，你今天打扮得真好看，上哪儿去呀？

小花狗　今天过节，我们到小熊家去玩！

狐狸　小花狗，你带我一块去吧？

小花狗　你？（唱第二曲“我才不带你！”）

狐狸，狐狸！

你没出息，

你自己不做工，

还想白白吃东西，

我呀，哼！

我才不带你去！

狐狸　哼！小花狗也是个坏东西！我还是在这儿再歇会儿吧！

[狐狸伸了一个懒腰，垂头丧气地靠在大树背后，远远传来了小鸡的歌声。

小鸡　（唱第一曲“到小熊家里去”）

叽叽叽，

真呀真快活，
今天过节小熊请客。
我们到他家里去，
又吃又玩又唱歌。
叽叽叽，叽叽叽，
真呀真快活！

[狐狸又跳了出来，满脸含笑地迎着小鸡走过来。

狐狸　哎呀呀，亲爱的小鸡呀！我简直都不敢认你啦！你今天打扮得多么漂亮呀！这是要到哪儿去呀？

小鸡　今天小熊请客，我们到他家玩去！

狐狸　这可真是太好啦！咱们可以在一块儿好好地玩玩啦！我跳舞给你看。小鸡(狐狸把两眼眯成一条缝，声音特别柔和地)你带我一块儿去吧？

小鸡　(上下看了狐狸一眼)你？
(唱第二曲“我才不带你！”)
狐狸，狐狸！
你没出息，
你自己不做工，
还想白白吃东西，
我呀，哼！
我才不带你！

[小鸡连头都没有回一下。就一跳一跳地走远了。狐狸气死了，看着小鸡的背影，恨恨地骂起来。

狐狸　哼！又是一个坏东西！(想了想)好哇，你们不带我去，我自己去。到了小熊家，我就把好吃的东西，一口气都吞到肚子里，你们等着吧！

[狐狸眨了眨眼睛，舔了舔舌头，一颠一拐地朝小熊家走了去。

[音乐也随着渐隐下去。幕落。

第二场　小熊的家

[在一间用石头堆起来的屋子中间放着一张木桌，四张小木凳，桌上摆着小熊给朋友们准备好的小鱼、肉骨头和小虫子。一盆开得非常好看的红花放在桌子中央。

[小熊正在一边唱着一边收拾屋子。

小熊　(唱第三曲“朋友来了多高兴！”)
把地扫干净，
桌子凳子擦干净，
朋友来了多高兴！
啦啦啦，啦啦啦，
朋友来了多呀多高兴

[“砰砰砰”，响起了敲门声。

小熊　谁呀？

小猫　我是小猫咪。

[小熊高兴地跑去把门打开，亲切地把小猫让进来，又把门关好。

小熊　(唱第四曲“欢迎曲”)

欢迎你，欢迎你！

好朋友，我欢迎你！

小猫　(唱)

看见你真高兴，

(白)小熊！

这一包点心送给你！

[小猫咪把点心递给小熊。

小熊　(唱)

谢谢你！

我也请你吃东西，

这是骨头、小鱼和小虫，

随便吃点儿别客气。

小猫　(唱)

骨头、小虫我不爱，

小小鱼儿我最欢喜！

[小猫正在高兴地吃着，又响起了一阵敲门的声音。

小熊　谁呀？

小花狗　我是小花狗。

[小熊扭动着胖胖的身子要去开门，小猫已经跑到前面把门打开，让小花狗进来，又把门关好。

小熊
小猫 }(唱第四曲“欢迎曲”)

欢迎你，欢迎你！

好朋友。我们欢迎你！

小花狗　(唱)看见你们真高兴，

(白)小熊！

这一包点心送给你！

[小花狗把带来的点心交给小熊。

小熊　(唱)

谢谢你，

我也请你吃东西，

这是骨头、小虫和小鱼，

随便吃点儿别客气！

小花狗　（唱）

小虫、小鱼我不爱，

肉骨头我是最欢喜！

［小花狗、小猫正在高兴地吃着，“砰砰砰”门响了。

小熊　谁呀？

小鸡　我是小鸡。

［小花狗第一个跑过去打开门，把小鸡让进来。又把门关好。

小熊
小猫
小花狗 }（唱第四曲“欢迎曲”）

欢迎你，欢迎你！

好朋友，我们欢迎你！

小鸡　（唱）

看见你们真高兴，

（白）小熊！

这一包点心送给你！

小熊　（唱）

谢谢你，

我也请你吃东西，

这是骨头、小虫和小鱼，

随便吃点别客气！

小鸡　（唱）

骨头、小鱼我不爱，

小小虫儿我最欢喜！

［在欢快的音乐声中，大家正吃得高兴，忽然响起了几下重重的敲门声。

小熊　谁呀？

狐狸　快开门，我是大狐狸！

小熊　（惊讶地）哎呀！原来这个坏东西来了。

［门敲得更厉害了。

狐狸　快开门！把好吃的东西都拿来！

（大伙很快地凑在一块，小鸡、小猫不停地问：“怎么办?”“怎么办呀?”

小熊　（低声地）别急！我有办法啦！

小鸡　快说呀！

小花狗
小猫 }　什么办法？快说！

小熊　我盖房子的时候，还剩下来好些石头块儿，我把它分给你们。等一开门，咱们就一块儿拿石头砸他！

大伙　好！快点儿！

［小熊这时好像一点儿也不笨啦，很快就把石头分完了。

小熊　(轻声地)好了吗……我去开门。

［门“吱呀”一声开了，狐狸一步就跨进了门口。

狐狸　快把好吃的东西拿来！别惹我生气！

大伙　好吧！给你！给你！给你！！！

［大伙一面喊着，一面把石头狠狠地朝狐狸扔过去。狐狸抱起头，狼狈地叫起来。

狐狸　哎哟、哎哟……疼死我喽……快点儿逃走吧……

［狐狸夹起尾巴，想夺门逃走，他猛一转头，一下子碰在石头墙上，痛得他倒退了两步，才看准门口，一溜烟跑了出去。

［紧接着响起一阵快乐的笑声。

小熊　现在咱们大家可以好好地玩玩啦！

［大家一边唱歌，一边跳起舞来。

小猫　(唱第五曲“赶走大狐狸”)
喵喵喵喵。

小花狗　汪汪汪汪。

小鸡　叽叽叽叽、叽叽叽叽。

大伙　哈哈哈哈。

小熊　赶走大狐狸！

大伙　心里多欢喜！

小熊　跳起舞来唱起歌。

大伙　高高兴兴来游戏！
啦啦啦啦啦啦啦啦！
啦啦啦啦啦啦啦！
赶走大狐狸！
心里多欢喜！
跳起舞来唱起歌。
高高兴兴来游戏！
啦啦啦啦啦啦啦啦！
啦啦啦啦啦啦啦！

［欢腾的尾声音乐清脆地响了起来！幕慢慢地落下来。

作家简介

包蕾(1918—1989)，原名倪庆秩，笔名叶超，浙江镇海人，现代剧作家、儿童文学家。幼儿文学代表作有童话《小兔子“我知道”》《猪八戒新传》，剪纸片《猪八戒吃西瓜》，动画片《三个和尚》等。

作品导读

这是一出脍炙人口、深受几代孩子青睐的童话剧。剧本的情节很单纯：爱劳动的小猫、小花狗、小鸡在去小熊家做客的路上，分别遇到懒而馋的狐狸，并先后拒绝他也要去做客的要求；当小动物们礼貌地来到小熊家，并受到主人殷勤招待时，狐狸蛮横霸道地闯进屋，要吃掉所有好东西，最终被小动物们齐心协力地用石头轰跑。由于作品采用游戏性质的方式表现角色之间的矛盾冲突，整出戏便纯净明快、气氛热烈，充满浓郁的幼儿情趣。其中，情节的两处反复，小动物和狐狸到小熊家的不同言行造成的对比，加上朗朗上口的台词、极富个性的音乐和对狐狸的脸谱化处理，使角色性格鲜明，能让幼儿加深印象、加强记忆，让他们在享受游戏快乐的同时受到思想教益。

本剧以广播剧形式问世，它以舞台剧形式直接面向小观众，同样具有极强的吸引力。

4. 老公公种红薯

⊙ 沈幕根

出场者　幕外人　老公公　小花狗　小猴子(木偶)

幕外人　(手拿三个木偶出场。站台外)小朋友，下面演出这幕木偶戏叫作《老公公种红薯》。这就是戏中的木偶老公公(出示木偶)，这是小花狗(出示木偶)，还有一只调皮的小猴子(出示木偶)。现在，请演老公公的演员把手伸出来(把老公公木偶套在演员手上)。老公公你好！

老公公　你好！你好！

幕外人　老公公，这里的小朋友要请你演戏，你愿意吗？

老公公　愿意，愿意，马上开始。(退入舞台)

［音乐声起。幕启：台左一间屋，台右一棵树，树下一口井。鸡叫，天明，老公公从屋里出来。

老公公　(唱或念)

公鸡叫，东方红，
从屋里出来老公公。
老公公出来做啥子？
哦，下地去把红薯种。
小花小花快快来，
和我一起去劳动。
(喊)小花！小花！

幕外人　老公公在叫小花狗啦！现在，请演小花狗的演员把手伸出来。

［把小花狗木偶套在演员手上，一松手，小花狗奔上舞台，和老公公亲热。

老公公　小花，我们一起去种红薯，好吗？

小花狗　汪！汪！汪！(进屋拿出锄头)

老公公　小花真乖，把我的锄头拿出来了。哦，我忘了，还有红薯种喃？

小花狗　汪！汪！汪！(又进屋拿出水桶，内装薯种)

老公公　哟，薯种和水桶都拿出来啦！(爱抚地)来，就把红薯种在这儿！

小花狗　汪！汪！汪！(刨土)

老公公　让我来挖，嗨！嗨！嗨！……(挖土)把薯种放下去。(放薯种)小花，打水来浇啊！

［小花狗用桶从井里吊水，老公公盖土，浇水。

老公公　种好啰。小花狗，我们回家去吧。

幕外人　现在，该小猴子出场啦！请演小猴子的演员把手伸出来。

［为演员套上木偶，一松手，小猴子就跑进舞台内种红薯的地方。

小猴子　嗨，刚才老公公和小花狗在这儿埋的啥子东西？等我把它翻出来看一下。(刨几下，回头看)哎呀，老公公和小花狗出来啦！(赶快躲起来)

老公公　(带小花狗出)刚才忘记把水桶带回家啦！让我们把它拿回来。

小花狗　(向红薯地)汪！汪！汪！

老公公　咦，咋个这地刨乱啦？哎，红薯种都翻出来啦？(想一下，与小花狗耳语)

小花狗　汪！汪！汪！

［老公公和小花狗装着回家去。分别躲起来。

［小猴子见他们走了，又出来刨。老公公和小花狗突然出来挡着小猴子。

小花狗　汪！汪！汪！

小猴子　哎呀，不要咬我，不要咬我。

老公公　小猴子，你为啥来偷我们的薯种？

小猴子　不是！不是！

小花狗　汪！汪！汪！

小猴子　当真不是，我翻出来看一下是个啥东西！

老公公　唉，小猴子，没有得到别人的许可，就不能乱动别人的东西，知道吗？

小猴子　嗯，我知道了。

老公公　我和小花在种红薯。小猴子，你愿意和我们一起劳动吗？

小猴子　愿意，愿意，愿意。

老公公　那我们再把红薯种下去，你和小花去抬水。

小猴子　哎，打水去。

［小猴子抢在小花狗前头去打水，失手把水桶掉到井里。老公公帮助他弄起来，并教他怎样做才对。小猴子同小花狗抬水，又把水桶落在地上，把扁担倒转来打在小花狗头上，小花狗叫了起来，老公公又抬给小猴子看。

［浇了水，小猴子汗直流，老公公和小花狗替他揩汗。

［小猴子把活路一样一样学会了，他快乐得直蹦跳。

老公公　好了，今天的活路做完了，明天再来劳动吧！

［小猴子蹲在种红薯的地方不动。

老公公　小猴子，走呵！

小猴子　（不想走）嗯……

小花狗　汪！汪！汪！

小猴子　（无奈）老公公再见！

小花狗　汪！汪！汪！

小猴子　小花再见！（下）

［小花狗与老公公耳语。

老公公　嗯，是有点不放心，我们躲起来看一下再说。（又与小花狗分别躲起来）

［果然小猴子又跳出，看一阵，刨土。

［老公公和小花狗急出，狗叫。

老公公　小猴子，你这是在做啥子？

小猴子　老公公，咋个红薯还不长出来？我把它翻开来看一下。

老公公　唉，哪有那么快啊！这红薯发芽、长藤以后，还要剪藤……

小猴子　还要做啥子喃？

老公公　还要栽藤……

小猴子　还要做啥子喃？

老公公　还要翻藤……

小猴子　还要做啥子喃？

老公公　还要施肥……

小猴子　还要做啥子喃？

老公公　还要浇水……

小猴子　还要做啥子喃？

老公公　还要锄草……

小猴子　还要做啥子喃？

老公公　还要除虫……

小猴子　还要做啥子喃？

老公公　还要花很多很多劳动啊！

小猴子　还要花很多很多劳动啊！

老公公　你懂了吗？

小猴子　懂了！懂了！

老公公　你愿意参加很多很多劳动吗？

小猴子　愿意！愿意！

老公公　不要着急啊！事情要一步一步地来。

小花狗　汪！汪！汪！

小猴子　知道了！知道了！

老公公　(爱抚小猴子)回家去吧，明天早晨再来。

小猴子　老公公再见啦！小花再见啦！

[分别下。

幕外人　今天、明天，后天，日子一天一天过去了，经过老公公、小花狗和小猴子的辛勤劳动，薯藤移栽后，红薯长大了，要收红薯了。小朋友们看，他们唱着丰收的歌儿出来啦！

[老公公、小花狗和小猴子边唱边出场。

合唱　我们爱劳动，
不怕流汗多，
我们爱劳动，
本领学得多，
勤快带来好结果，
红薯丰收多快乐！

老公公　小花狗，小猴子，我们来割薯藤、挖红薯啦！(说着便开始挖起来)

小猴子　我们来挖红薯啦！

老公公　嗨佐！(挖出一个)一个！

小猴子　一朵！

老公公　不对啊！应该说一个！

小猴子　哦，一个！

老公公　对啦！(又挖)嗨佐！

小猴子　两个！

老公公　(又挖)嗨佐！

小猴子　三个！

老公公　(又挖)嗨佐！

小猴子　八个！

老公公　不对啊！

[小猴子搔脑袋。

老公公　(向台下)小朋友，请你们告诉小猴子，三个过了是几个？

[小朋友回答：四个！

老公公　(向小猴子)听见了吗？

小猴子　嗯，四个！

老公公　(又挖)嗨佐！

小猴子　五个！

老公公　(又挖)嗨佐！

小猴子　六个！

老公公　(又挖)嗨佐！

小猴子　七个！

老公公　(又挖)嗨佐！

小猴子　　四个！

老公公　　不对啊！(问小朋友)小朋友，七个过了是几个？

［小朋友答：八个！

小猴子　　哦！八个！

老公公　　(又挖)嗨佐！

小猴子　　九个！

老公公　　(又挖)嗨佐！

小猴子　　哎哟！大的！大的！

小花狗　汪！汪！汪！

［老公公喘气，小猴子、小花狗替他揩汗，扇凉。

老公公　　现在我们分红薯去！(分一个与小猴子)你一个！

小猴子　　(接过)你一个！

老公公　　不对啊！你应该说我一个！

小猴子　　哦，我一个！

老公公　　(分一个与自己)我一个！

小猴子　　我一个！

老公公　　不对，你应该说你一个！

小猴子　　哦，你一个！

老公公　　对啦！(分一个与小花狗)你一个！

小猴子　　你一个！

老公公　　不对，你应该说他一个！

小猴子　　哦，他一个！

老公公　　对啦！(又分)你一个！

小猴子　　我一个！

老公公　　我一个！

小猴子　　你一个！

老公公　　他一个！

小猴子　　他一个！

老公公　　完全对啦！啊呀！这一个顶大的，给哪个喃？

小猴子　　给老公公。

小花狗　　汪！汪！汪！

老公公　　我看，给小猴子吧！

［把红薯推给小猴子，小猴子被大红薯压倒。

小猴子　　不！不！给老公公！(推回去)

老公公　　那么，给小花狗吧！

［把红薯推给小花狗，小花狗也被压倒。

小花狗　　汪！汪！汪！(把红薯推给老公公)

老公公　　那咋个办呢？

幕外人　依我说，把大红薯送给幼儿园的小朋友做薯种，让他们都来种红薯。(问小朋友)好不好?

[小朋友答：好!

老公公

(拍手)好呀!

小猴子

小花狗　汪!汪!汪!

幕外人　那么，把红薯抬到幼儿园去，走呵!

[共同抬大红薯下，合唱丰收歌。

5. 五彩小小鸡

⊙孙毅

人物　母鸡

小鸡：红红　黄黄　蓝蓝　白白　黑黑

灰鼠

棕鼠

老鹰

幕启　春天，草地一片新绿，鸟儿欢快鸣叫。布谷鸟叫着"布谷、布谷……"飞向远处……

[母鸡"咯……"着急地抱着一捧干草来到草地上。她来回看着，终于选到了一块合适的地方。她先用教爪扒吧扒地，再将干草铺成一个草窝。她左看右看，十分满意地拍着翅膀奔下。

[一会儿，母鸡抱来了一只粉红色的蛋放在草窝里。她又一次一次去抱来了浅黄、浅蓝、奶白色的蛋。挨次放在草窝里，排成一行。而后，母鸡含着木炭在红蛋上画个"1"字，蛋里发出"多多"的音调；又在黄蛋上画个"2"字，蛋里发出"来来"的音调；她在蓝蛋上画个"3"字，蛋里发出"咪咪"的音调；又在白蛋上画个"4"字，蛋里发出"发发"的音调。母鸡将四只蛋摆成正方形后，跳进草窝，蹲在蛋上孵着。她朝左右两边看了看，用嘴将露出身外的一只蛋向里面拔了拔，见四只蛋全在她的身底下了，才放心地闭起了眼睛。

[母鸡突然"咯咯——哒……"地叫了起来。当她从鸡蛋上跨出草窝时，兴奋地对着刚生下的比其他四只蛋更大的彩色蛋，"咯咯——哒，咯咯咯——哒……"大叫起来。

[母鸡又含着木炭在彩色蛋上画个"5"字，唤着"少少"，同时将这彩色蛋安排在四个蛋的中间。

[母鸡又跨进草窝，像闭目养神似地孵着。

[一只灰鼠贼头贼脑地探出头来，母鸡睁开眼，灰鼠就逃了。另一边，一只棕鼠又伸出头来，母鸡一扭头，棕鼠也逃了。母鸡不安地动了动身子，

刚坐稳，就“咯咯……”惊叫着跳出草窝。一声“少少……”音传出，只见那彩色蛋头上伸出两只鸡脚来，朝天乱蹬着。突然，那彩色蛋“骨碌”一声，头朝上，脚朝下地倒了过来，两只鸡脚一着地，就顶起彩色蛋壳跑了。母鸡要捉他，他在四只蛋当中逃来逃去，和母鸡捉起迷藏来了。最后还是让他逃脱，一溜烟不见了，母鸡急得“咯……”地追去。可刚追几步，又停下来，她衔来一根绳子将四只蛋围捆起来，这才放心地去追。一会儿又回转来走到台口。

母鸡　（对台下的观众）小朋友们，请你们帮帮忙，替我看好我的红红、黄黄、蓝蓝、白白四个小宝贝……好不好？

观众　好——

母鸡　要是有谁来偷蛋，请你们喊“鸡妈妈……”我就来了，谢谢你们，再见了……（奔下）

［一会儿，草窝里突然钻出灰鼠，它嗅了嗅鸡蛋，又推了推，因为四只蛋捆在一起，它推不动。

观众　（喊）鸡妈妈……

［灰鼠一听小观众的喊声，马上逃了。过了一会儿，灰鼠带着棕鼠又来了。

观众　（又喊）鸡妈妈……

［灰鼠迅速站起身咬断了捆蛋的绳子。绳子一断，四只蛋散开了，灰鼠向红蛋一扑，抱住蛋，向后面一仰，四脚朝天地抱住蛋，棕鼠拖着灰鼠尾巴就跑。

观众　（更着急地喊）鸡妈妈 ……

［母鸡正抱住彩色蛋跑来，那彩色蛋的两只小鸡脚还拼命蹬呢。母鸡听见小朋友急叫着也慌了。

母鸡　（问小朋友）出了什么事啦？

观众　老鼠……偷蛋……

［母鸡见两只老相鼠正拼命地在拖蛋，急忙放下彩色蛋“咯……”地去追老鼠，可是一回头彩色蛋又跑掉了，母鸡想去追彩色蛋又止步，还是去追老鼠，两只老鼠被母鸡啄得丢下蛋狼狈而逃。

［母鸡将红蛋抱进草窝。点着红、黄、蓝、白四只蛋，同时发出“多、来、咪、发”四个音。

母鸡　（问小朋友）哎呀，我的第五个小宝贝往哪儿跑的呀？我忘啦！

观众　（指着彩色蛋跑的方向）那儿……

母鸡　哦，谢谢你们，谢谢……

［彩色蛋从另一面跑上，灰鼠与棕鼠追来。彩色蛋跑到红、黄、蓝、白四只蛋前后左右躲着，两只鼠围着蛋追。灰鼠忽然不跟着棕鼠围着四只蛋追彩色蛋了，它掉转头与棕鼠包抄彩色蛋。彩色蛋正受着灰鼠与棕鼠的两面夹攻，这时，红蛋与黄蛋突然分开，彩色蛋急忙挤到红、黄、蓝蛋

的中间。五只收紧紧挨在一起，没有空隙。

观众　(又不断喊)鸡妈妈……

母鸡　怎么啦？……

观众　老鼠……又来了……

［母鸡正要赶上去啄鼠，这两只鼠早就溜掉了。

母鸡　(伤心地哭了)我的第五个小宝贝不见了……

观众　来了……他来了……

母鸡　哦，哈哈！(看见彩色蛋回来了)别跑，别再跑了，老鼠会把你吃掉的。

［母鸡又跨进草窝，在蛋上孵了起来。

［在“多多”音乐声中，红蛋从母鸡身下滚出来，蛋壳破裂成两片，跳出一只小红鸡。

母鸡　红红，我的小红红。

红红　妈妈……

［在“来来”音乐声中，黄蛋从母鸡身底下滚出来，蛋壳头上破裂了，小黄鸡伸出头来。

母鸡　黄黄，我的小黄黄。(用嘴将蛋壳啄成两半)

黄黄　(从蛋壳里跳出来)妈妈……

［在“咪咪”的音乐声中，蓝蛋从母鸡身底下滚了出来，蛋壳头上破了个洞，小蓝鸡伸出头来。蛋壳底下也破了个洞，小蓝鸡又伸出脚来，红红拉蓝蓝的头，黄黄拉蓝蓝的脚，拉不出来。

母鸡　嗳！别拉，别拉！(将蛋壳啄破)

蓝蓝　(从蛋壳里出来了)妈妈……

母鸡　蓝蓝，我的小蓝蓝！

［在“发发”的音乐声中，白蛋从母鸡身底下出来了。白蛋头上破了个大洞，伸出了小白鸡的头，红红连忙去拉白白，黄黄拉红红，蓝蓝拉黄黄，拉呀拉呀，像拔萝卜似的将白白拉出了蛋壳。

母鸡　……白白，我的小白白！

白白　妈妈……

［红红、黄黄、蓝蓝、白白围着草窝里的母鸡，“叽叽叽叽……”一面叫着，一面转圈子欢舞着。

母鸡　咯咯咯咯……(跳出草窝，左看右看，看不见彩色蛋，叫着)小五，小五呢？

［小鸡们帮着母鸡将草窝拆散了，也找不到彩色蛋。

母鸡　怎么不见了？

小鸡　(叽叽喳喳地)怎么不见了……

［突然远处发出“少少”的声音。

母鸡　(昂首眺望)在那儿，在那儿。(对小鸡们)孩子们，快来快来……

［母鸡冲下，小鸡们飞也似的跟着奔下。

［彩色蛋靠着他两只小鸡腿顶着蛋壳逃上。灰鼠和棕鼠在后面追着，跑了个圆场；灰鼠、棕鼠两面夹攻，从左右两边抱住了彩色蛋。

观众　鸡妈妈……

母鸡　（奔上）来了，来了！（对准灰鼠的左眼啄去，灰鼠痛得"吱吱"叫，捂着左眼逃下）。

［几乎同时，小鸡们咬住了棕鼠的尾巴，棕鼠想逃也逃不脱了。母鸡奔来，"咯咯……"对准棕鼠的尾巴猛地一啄，啄断了棕鼠的尾巴，棕鼠没命地逃跑了。

小鸡　（举起棕鼠尾巴，胜利地叫着）叽叽叽叽……

母鸡　（用脸去贴了贴彩色蛋）我的第五个小宝贝。啊呀，一点暖气都没有了，怎么出得来呢？

［小鸡们都围在彩色蛋的周围，用身体去温暖彩色蛋。

［母鸡也去抱住彩色蛋温暖着它，忽然"少少……"的音乐声响起来，母鸡放开彩色蛋，大家凝视着它，蛋里发出"叮咚叮咚……"的响声，那蛋头上像橡皮球似的一动一动地鼓了起来，又瘪下去。

母鸡　他想出来了，他想出来了！（对彩色蛋）谁叫你老是跑呀跑的，把暖气都跑掉了，出不来了吧！

小鸡　妈妈……我们帮帮他，帮帮他……

母鸡　对，应该帮助他。

［小鸡们围着蛋壳啄着，一阵"叮叮，咚咚，叮叮，咚咚……"还是啄不开。

小鸡　（求救似的）妈妈……

母鸡　好，我来，我来。（用嘴猛啄着蛋壳上端，只听"咚咚咚"三下，蛋壳破了个大洞）出来吧，出来吧！别怕难为情了！（彩色蛋里冒出个小黑鸡的头，又连忙缩进去了）

母鸡　（温和地）出来吧！别怕难为情了！

小鸡　出来吧，出来吧！别怕难为情了！

［在"少少"的音乐声中，小黑鸡害臊地捂着脸慢慢地从彩色蛋壳里伸出头来。母鸡和小鸡们帮着掰开蛋壳，原来是只又瘦又长的小黑鸡。

母鸡　黑黑，我的不听话的小黑黑。

黑黑　妈妈……（难为情地捂着脸）

母鸡　下次可别一个人跑了，现在你长大了，老鼠不敢碰你了，你瞧你有尖尖的嘴巴，尖尖的脚爪，可是你碰到了老鹰就……

［母鸡放没说完，一声唿哨，从天空扑下了一只老鹰。

母鸡　老鹰来了！快躲到我身后。

［红红躲在母鸡身后，黄黄躲在红红身后，蓝蓝躲在黄黄身后，白白躲在蓝蓝的身后，黑黑躲在白白的身后。

［母鸡"咯咯……"地扑开翅膀护着小鸡，和老鹰对峙着。

[老鹰突然扑向母鸡，母鸡便张开翅膀一面后退一面“咯咯……”地大呼着。

[老鹰忽然也后退了，当母鸡朝前冲时，老鹰来了个急转身，向最后的黑黑扑了过去。母鸡急忙过去拦阻。老鹰还是紧追不放，母鸡和小鸡被逼得几乎跑成了个圆圈。

[老鹰又突然转身，从另一边追最后的黑黑，母鸡领着小鸡几乎又跑成一个圆圈的时候，老鹰又突然转身追着黑黑。母鸡又反过去拦阻老鹰时，老鹰趁黑黑还没来得及跟着鸡队伍转过来，就突然闪电似地转身扑向黑黑。黑黑吓得离开了队伍跑到观众席里，躲在一个小朋友身后，老鹰向远处飞去。

母鸡　黑黑……

小鸡　黑黑……

[观众席里突然个小朋友，他胸挂冲锋枪，向小观众们大声呼吁着。

小朋友　小朋友们，我们帮助母鸡打老鹰好吗?

观众　好!

小朋友　老鹰来了我们就“哒……”(用手装着打枪的样子)

[一声呼哨，老鹰飞来。

母鸡　(提醒)老鹰又来了!(小鸡们钻进母鸡的双翅下躲着)

小朋友　(一声命令)打，打!

观众　(都用手呈成枪，瞄准老鹰)哒……

[老鹰在空中受到小朋友们的枪击，忽上忽下躲闪着。

[老鹰飞到观众席里扑向黑黑。

[观众群情激愤，举起手装成枪瞄准老鹰。

[当老鹰又飞起的时候，观众席突然站起一个或两三个小朋友，举起会喷火的冲锋枪“哒……”地向老鹰打去。老鹰应声落下。

[台上台下一阵欢呼。

众小鸡　啊，老鹰打死了!老鹰打死了!

母鸡　谢谢小朋友……(突然大叫起来)啊呀，我的黑黑呢……

(黑黑在一个小观众身后叫着：“妈妈，我在这儿呢!”)

母鸡　在哪儿呢?

小鸡　在这儿呢!(指着台下)

黑黑　(从观众席里难为情地出来跑上舞台)我在这儿呢。

母鸡　我以为你又跑了!(母鸡和小鸡围了上去，亲抚着黑黑)

黑黑　我再也不离开大家了。

母鸡　对对，不能离开大家，快谢谢小朋友呀!

黑黑　谢谢小朋友。

母鸡
小鸡　谢谢小朋友。

小朋友　（站起来回答）不谢！不谢！

观众　不谢！不谢！

［幕在“谢谢小朋友”和“不谢，不谢”的一片欢快声中落下。

［下面是开关与结尾贯串用的歌词。

红黄蓝白黑，
五彩小小鸡，
团结在一起，
永远不分离！

作家简介

孙毅，生于1923年，原名孙志万，江苏宿迁人，儿童戏剧家。长期从事儿童文艺工作，儿童剧、木偶剧创作颇丰。

作品导读

本剧很有“戏味儿”，戏剧冲突既紧张又单纯，既激烈又有趣。全剧围绕五色蛋及小鸡们的命运设置悬念，编剧情节，可谓一波三折。先是母鸡孵蛋护蛋。彩蛋最早破壳却最后钻出来，他不听鸡妈妈的话，跑了三次，差点儿被老鼠抱走。随后是母鸡护小鸡。老鹰三次俯冲，在关乎小鸡们的生死搏斗中，黑黑又首当其冲。直到老鹰被击落，小观众才会松一口气。剧中的矛盾并不复杂，造成冲突的老鼠偷蛋、老鹰抓小鸡不过是孩子们熟悉的游戏。让小朋友直接参加表演，使台上台下融为一体，造成热烈欢快的气氛，产生鲜明而强烈的艺术效果，幼儿完全能够理解和接受。

值得一提的是，作品台词少，舞台提示语言占了相当篇幅。作为剧情的重要内容，这些提示语言一经舞台化，趣味性极浓，小观众一看便明白，并从中可以获得极大的审美享受。此外，开头和结尾的歌词画龙点睛，突出了主题。

幼儿影视文学

1. 崂山道士

作品简介

从前有个叫王七的人，一直羡慕神仙的生活，以至于白日做梦来到了崂山拜师学艺。王七拜三清观道士为师，又不能忍受每天砍柴挑水的辛苦和山上乏味的生活。几天下来，他就想偷偷下山回家。临走前恰巧看到师父施展穿墙术，又看到神仙有喝不完的酒等法术，觉得这样走了太不值得了，于是临行前求师父传授他穿墙术。王七学完法术后心满意足地下了山。回家后不但在妻子面前显示自己所学的的法术，还忘记了师父的教训，心存不良打算，利用法术偷取别人家的东西，以为就找到了生财之道，结果法术失效，撞了一头包。梦醒之后的他吓了一身冷汗，遭到了妻子的斥责，还真是被鬼迷了心窍。

作品导读

《崂山道士》是一部国产动画片，被评为中国十大经典动画片之一。它是根据中国古典名著《聊斋志异》中的相关情节改编而成的。它是一个很短的动画，总共算来也不过几十分钟，但它却告诉人们了一个发人深思的道理——心术不正，再大的招数也会失去作用，让心术不正者受到天责。

在《崂山道士》的背景中，导演运用了国画的表现形式，山峦起伏、云雾缭绕、茂林修木、虚虚实实表现得非常充分。不仅烘托了人物，对表达这一古老的题材也起到了很好的衬托作用。这部影片尝试用中国山水画作背景，开创了立体木偶与平面山水有机结合的先例，这种虚实对比的视觉效果，开设了新的艺术表现形式，取得了很好的艺术视觉效果。

2. 大闹天宫

作品简介

在花果山带领群猴操练武艺的猴王因无称心的武器，便去东海龙宫借宝。龙王许诺，如果猴王能拿动龙宫的定海神针——如意金箍棒，就奉送给他。但当猴王拔走宝物之后，龙王又反悔，并去天宫告状。

玉帝采纳了太白金星的主张，诱骗猴王上天，封他为弼马温，将他软禁起来。猴王知道受骗后，一怒之下，返回花果山，竖起“齐天大圣”的旗帜，与天宫分庭抗礼。玉帝发怒，命李天王率天兵天将捉拿猴王，结果被猴王打得大败而归。玉帝又接受金星的献策，假意封猴王为“齐天大圣”，命他在天宫掌管蟠桃园。

一日，猴王得知王母娘娘设蟠桃宴，请了各路神仙，唯独没有请他。猴王火冒三丈，大闹瑶池，打得杯盘狼藉，他独自开怀痛饮，又吃了太上老君的九转金丹，收罗了所有酒菜瓜果，回花果山与众猴摆开了神仙酒会。玉帝暴怒，倾天宫之兵将，捉拿猴王。交战中猴王中了太上老君的暗算，不幸被擒。玉帝把他送上斩妖台，要将其处死。无论是刀砍斧剁，枪刺剑斩，还是雷劈火烧，都伤不了猴王的金刚不坏之身，倒把玉帝吓得够呛。老君请缨，将他送进炼丹炉，结果不但没有烧死，反使猴王更加神力无比，更炼就了一双火眼金睛。于是猴王奋起反击，把天宫打得落花流水，吓得玉帝狼狈逃跑，与《西游记》中的描写不同，大闹天宫之后的孙悟空回到花果山，跟孩儿们过起了幸福的生活。

作品导读

《大闹天宫》从 1960 年到 1964 年，历时四年时间创作完成，绘制了近 7 万幅画作，在没有现代的特技、计算机和数字技术的前提下，完全凭手工制作出来的这部动画片，成为中国民族动画的一部鸿篇巨制。影片公映后，影响一直延续了几代中国人。

《大闹天宫》作为中国动画史上的经典之作，是对中国古典文学名著《西游记》最好的动画版诠释。这部作品具备我国古典神话题材最为瑰丽的想象力和创造力，塑造了一系列像孙悟空、玉皇大帝、龙王等个性鲜明的人物，并且构建了一个集佛、神、妖、人一体的神秘世界。

3. 魔法阿妈

作品简介

豆豆的爸爸因为出了车祸，豆豆不得不暂时去那外表看起来很可怕的阿嬷(外婆)家住一段时间，由于阿嬷有着制服妖怪的能力，更是一个专捉恶鬼的大师，使得鬼怪都很怕她，其中一个被关在罐子里的鬼怪因为豆豆的贪玩，不小心给溜了出来，鬼怪为了对付阿嬷，欺骗豆豆收集阿嬷的眼泪，企图阻止阿嬷来收服自己。

作品导读

本片是台湾本土制作闽南语动画电影，由王小棣导演，获得美国芝加哥儿童国际电影节观众票选最佳影片。全片以民俗文化为土壤，气氛的把握非常到位，导演善于调动各种元素来进行渲染和铺垫。它从中国台湾的民间鬼神信仰出发，以魔幻的叙事手法呈现了都市与乡村的冲突交流。除了乡土教育外，也能提供学生反思城乡生活与价值差异的机会，这也是创作者所要表现的社会现实。该片还根据孩子的语言特点设计了许多搞笑的情节和对白，颇具趣味性，使观众能在轻松的气氛中感受浓郁而又淳朴的乡土氛围。在动画自由、瞎想的世界中，挥洒出受限于现实困难的童真奇想，真正达成了作者心目中以民俗文化为土壤的魔幻写实。

4. 千与千寻

作品简介

年龄仅有10岁的少女千寻在和爸爸妈妈去郊外新家的林中小路上，爸爸将车意外开到了一个充满神秘的古老的城楼前，城楼下面有长长的隧道。好奇的父母带着她走了进去，结果隧道的那边却是另外一个世界，父亲却误以为这是以前经济泡沫未破时盖的仿古游乐城。父亲循着诱人的饭香来到了空无一人的小镇上，屋子里摆满了可口的食物，父亲和母亲迫不及待地吃起来。千寻的父母因贪吃了贡品遭到诅咒而变成了猪。这时渐黑的小镇上亮起了灯火，而且一下子多了许多样子古怪、半透明的幽灵。

千寻仓皇逃出，一个叫小白的人救了她，并告诉她怎样去找锅炉爷爷以及汤婆婆，必须获得一份工作才能不被魔法变成别的东西。为了破解咒语，解救父母，也是为了不让自己遭受同样的惩罚，千寻到汤婆婆开的温泉室里做帮工，还被剥夺了名字，千寻的化名为“千”，开始了拯救双亲的旅程……在经历友爱、成长、修行的冒险过程后，千寻和父母终于回到了人类世界。

作品导读

《千与千寻》是一部由吉卜力工作室制作的日本动画电影，导演和编剧为宫崎骏。

《千与千寻》于2001年7月20日在日本首映，创下约2350万观影人次和304亿日元的票房收入，成为日本历史上最卖座的影片。《千与千寻》是宫崎骏在《幽灵公主》宣布息影之后的出山力作，被誉为宫崎骏的《爱丽丝梦游仙境》。故事讲述一个小女孩在神灵异世界里发生的故事。《千与千寻》获得第75届奥斯卡最佳动画长片奖。《千与千寻》寓意深刻、褒贬兼蓄，富有浪漫主义色彩。故事的结构和作者想表现的思想有着典型的东方特色。本片把人和神怪幽灵之间的相互排斥、抵制而又相互影响的这个古老的话题拍成电影，观众有一种自己置身于"神怪幽灵"的情景之中之感。通过千寻遭受神怪磨难的经历描述，侧面反映了人类一直以来在冒犯着自然发展的规律，人类为此也必须付出沉重的代价。宫崎骏营造的这个犹如桃花源般美丽的神仙生活着的幻境神界，神仙们的生活与我们生活的俗世没有多大区别，同样的有善恶、有欲念、有情感、有森严的等级，也有游戏规则。与其说那是神仙境地，还不如说是现实社会熔炉的缩影。

5. 怪物公司

作品简介

在我们生活的世界之外，怪物们也有一个属于他们的世界，而维持这个怪物世界的唯一动力能源就是来自小孩子受到惊吓时所发出的高分贝尖叫声。为此，怪物们还成立了自己的怪物有限公司，由这个公司中的怪物专门负责前往人类世界恐吓孩子们，从而收集他们的尖叫。

苏利文(毛怪)是一只蓝紫色皮毛、长着触角的大块头怪物，它面目狰狞，是怪物有限公司里赫赫有名的顶级恐吓专家之一；苏利文的专属恐吓助理，同时也是它的好朋友的麦克(大眼仔)是一只绿色的自以为是的独眼怪物，别看个子比苏利文小好几号，脾气可不小，常常喜欢自做主张。此外，公司里还有各式各样性格各异的成员，CEO(是不是应该叫"首席恐吓官")亨利；长着蛇头、爱开玩笑的接待员希莉娅，还有专门和苏利文对着干，互相不服气的鲍格斯……各类怪物各司其职，运作得一点不比人类开办的公司差。

不过随着小孩子们对怪物们的恐吓把戏越来越习以为常，想得到他们的尖叫也成了一件异常困难的事，阴险狡诈的鲍格斯在怪兽们下班后擅自把通向人类世界的门启动了。不过这一切全被苏利文看在眼里，他带着好奇走了进去，无意中却把一个两岁的人类小女孩阿布带回了怪物世界。几千年来，只有怪物到人间，还从来没有发生过人类来到怪物世界的先例。这下可麻烦大了，精力无比充沛的阿布将怪物世界折腾了个天翻地覆，鸡飞狗跳，连自问神勇的苏利文也拿她束手无策，而麦克本来就是绿色的脸急得更加绿了。在他们准备送阿布回家的这段时间里，他们与阿布产生了深厚的友谊，这种友谊迫使苏利文冒着生命危险与老板争夺阿布。最终的结局是美满的，老板被抓，苏利文接替了老板，受阿布的启发，他把公司改成了欢笑电力公司，用笑声来发电。

作品导读

《怪物公司》是迪士尼在2001年推出的动画长片，该片是皮克斯继《玩具总动员1&2》和《虫虫特工队》之后推出的第四部全电脑动画片，也是迪士尼自创建之日以来，首次起用“反派怪物”担当主角。本片是一部由电脑制作的全新的喜剧片，它打开了通向怪兽世界的大门。《怪物公司》不论从故事剧本的编写，到后面分镜头剧本的设计、角色设计，都反映出这是为儿童服务的创作理念。在叙事中，创作人员一般不采用倒叙、闪回的镜头，他们强调只说故事重要的部分，同时使用时间线性的方式来说。这部影片无一例外地运用了传统戏剧式模式，故事从起源到发展，再到高潮和结尾，其结构脉络围绕事件的开端、发展、高潮、结局的戏剧性冲突展开，段落与段落间条理清晰，便于儿童的读解。

影片为了更适合儿童观看，对许多情节进行了含蓄的艺术处理，比如在惊吓戏方面就很注意这一点。在影片开始时怪物们在上班时都要进行化妆，然后再去恐吓孩子们。还有就是小女孩被包装机碾压的那场戏，导演为了降低恐怖气氛，处理得就很含蓄。

参考文献

[1] [英]大卫·伍兹．儿童戏剧：写作、改编、导演及表演手册[M]．陈晞如，译．台北：华腾文化股份有限公司，2009.

[2] 张晓华．创造性戏剧原理与实务[M]．台北：成长基金会，1999.

[3] 沈建洲．幼儿园实用手工[M]．上海：复旦大学出版社，2011.

[4] 人民教育出版社中学语文室[M]．幼儿文学．北京：人民教育出版社，2006.

[5] 陈振桂．新儿童文学教程[M]．南宁：广西人民出版社，2012.